KNAUR

Von Alexander Schuller ist im Knaur Taschenbuch Verlag bereits erschienen:
Katakomben

Über den Autor:
Alexander Schuller, Jahrgang 1961, arbeitete nach seinem Volontariat auf der Henri-Nannen-Schule 34 Jahre als TV- und Print-Journalist, zuletzt bis 2019 als Autor beim *Hamburger Abendblatt.* Darüber hinaus schrieb Schuller neben zwei Spielfilmen drei Theaterstücke und rund 40 Bücher: Romane, Sachbücher, Film-Tie-Ins und Biografien. Darunter waren auch mehrere Auftragsarbeiten als Ghostwriter. Der gebürtige Münchner, geschiedener Vater von drei erwachsenen Kindern, lebt heute in Hamburg, wo er seit fünf Jahren außerdem eine Weinbar betreibt. Sein neuer Roman *Der Kuckuck* beruht größtenteils auf autobiografischen Erlebnissen.

ALEXANDER SCHULLER

DER KUCKUCK

THRILLER
NACH EINER
WAHREN
GESCHICHTE

KNAUR

Besuchen Sie uns im Internet:
www.knaur.de

Aus Verantwortung für die Umwelt hat sich die Verlagsgruppe
Droemer Knaur zu einer nachhaltigen Buchproduktion verpflichtet.
Der bewusste Umgang mit unseren Ressourcen, der Schutz unseres Klimas
und der Natur gehören zu unseren obersten Unternehmenszielen.
Gemeinsam mit unseren Partnern und Lieferanten setzen wir uns
für eine klimaneutrale Buchproduktion ein, die den Erwerb von Klimazertifikaten zur Kompensation des CO_2-Ausstoßes einschließt.
Weitere Informationen finden Sie unter: www.klimaneutralerverlag.de

FSC® www.fsc.org
MIX
Papier aus verantwortungsvollen Quellen
FSC® C083411

Originalausgabe Oktober 2021
Knaur Taschenbuch

Ein Imprint der Verlagsgruppe
Droemer Knaur GmbH & Co. KG, München

Redaktion: Birgit Förster
Covergestaltung: Carola Bambach
Coverabbildung: Shutterstock, Lincoln Beddoe
Satz: Adobe InDesign im Verlag
Druck und Bindung: CPI books GmbH, Leck
ISBN 978-3-426-52710-8

2 4 5 3 1

Dieser Roman beruht auf wahren Begebenheiten,
Gesprächsprotokollen und Interviews.
Die Namen, Schauplätze sowie einige Ereignisse
wurden jedoch aus juristischen Gründen und
zum Schutz der Persönlichkeitsrechte geändert.
Die Dialoge sind frei erfunden.

Für Marion

ERSTER TEIL

DER FUCHS

Kaum ein einziges anderes Mitglied der ersten Klasse (der Säugetiere) genießt einen so hohen Ruhm und erfreut sich einer so großen Bekanntschaft wie Freund Reineke, das Sinnbild der List, Verschlagenheit, Tücke, Frevelhaftigkeit und, wie ich sagen möchte, gemeinen Ritterlichkeit.

Alfred Edmund Brehm,
deutscher Zoologe und Schriftsteller

SONNABEND, 17. JULI 1993, 16.30 UHR

Dann lass uns ins Strandbad fahren, das hat noch bis 7 Uhr auf, nörgelt Ebi, eigentlich Eberhard, korrekt Eberhard Haller, 24 Jahre alt, dumm wie Brot. Er schnippt seine Kippe aus dem Seitenfenster seines verbeulten Kombi, einem Ford Taunus Turnier, Baujahr 1982, Farbe dunkelblau, in den Kies des Parkplatzes vorm *Forsthaus* auf der Ilkahöhe über Tutzing, wo sie gerade Rippchen gegessen hatten. Dazu hatte Ebi sich ein großes Radler genehmigt, sein Kumpel Luki, eigentlich Lukas, vollständig Lukas Friedrich, 23 Jahre alt, eine Cola.

Luki, der wie immer bezahlt hatte, trinkt aus Prinzip keinen Alkohol, das allerdings unfreiwillig. Gut 15 Monate zuvor war eine Frau verletzt worden, als er zugedröhnt auf der Bundesstraße 472 bei Bad Heilbrunn kurz über den Mittelstreifen gefahren und seitlich in ihren SUV gekracht war. Eigentlich fast frontal. Danach hatte er sich mit seinem Auto im Straßengraben zweimal überschlagen, es war auf der Fahrerseite liegen geblieben. Ihm war so gut wie nichts passiert; ein paar Kratzer im Gesicht, ein paar Prellungen, ein Schleudertrauma. Ein Wunder, hatten die Feuerwehrleute gemeint, die ihn aus dem Wrack herausgeschnitten hatten. Seine Karre war logischerweise Totalschaden. Sechs Monate später hatte er eine einjährige Bewährungsstrafe wegen fahrlässiger Körperverletzung und Vollrausches in der Öffentlichkeit kassiert und den Führerschein für zwei Jahre abgeben müssen, mindestens.

Lukas steht daher noch die MPU bevor, und auch die Geschichte mit der Versicherung ist noch lange nicht ausgestanden. Alles in allem ist es eine verflucht teure Angelegenheit, doch am meisten nerven ihn der Kurs beim TÜV Süd, an dem er regelmäßig teilnehmen muss, und vor allem die unangekündigten Urintests. Außerdem kosten die Taxifahrten von Tutzing nach Starnberg und zurück ein Heidengeld, wenn Eberhard keine Zeit hat, ihn zu fahren. Denn Lukas hasst das Busfahren, Fahrradfahren sowieso.

Was willst denn im Strandbad, Ebi?

Muschis gucken, feixt Eberhard.

Lukas zieht zweifelnd die Augenbrauen hoch. Herrgott, was für eine dumme Visage dieser Kerl hat. Auch wenn Ebi für seine operierte Hasenscharte nichts kann.

Weißt du vielleicht was Besseres?

Lukas überlegt kurz. Er tut zumindest so. Selbstverständlich weiß er etwas Besseres, weil er im Gegensatz zu Ebi immer etwas vorhat, heute sogar was ziemlich Großes. Vor Lukas liegt das Ziel einer Reise, die vor einigen Monaten begonnen hat. Ein Schimmer Glückseligkeit legt sich über sein Gesicht, weil in diesem Moment Hannelore vor seinem geistigen Auge erscheint, wie sie verschwitzt mit verwuschelter Frisur auf ihrem Bett liegt, ihre Beine spreizt und flüstert: Bitte, Luki, mach's mir noch einmal!

Hm. Glaub schon, sagt Lukas.

Was hast denn vor?, insistiert Eberhard, der von der Stütze lebt und ab und an als Möbelpacker oder Bauhelfer was nebenher verdient, schwarz, während Lukas im Starnberger Tennisclub die Bar des Clubhauses in Vollzeit schmeißt. Sein zweiter richtiger Job seit seiner abgebrochenen Lehre als Restaurantfachmann, zwischendurch hatte er dies und das getan, jedenfalls nichts Gescheites. Eberhard hat häufig frei, an den Wochenenden sowieso, Lukas dagegen hat sich heute unerlaubt einfach mal freigenommen, obwohl der Sonnabend bei gutem Wetter ein Großkampftag ist. Er hatte am frühen Morgen seinen Chef Georg Keller angerufen, um ihm mit schwacher Stimme mitzuteilen, dass er krank sei. Dass er die ganze Nacht über der Schüssel gehangen hätte. Das kann er sich leisten, denn der Clubwirt, der gleichzeitig als Vereinsvorsitzender des Starnberger Tennisclubs amtiert, hält große Stücke auf ihn. Seitdem Lukas für ihn arbeitet, hat sich der Umsatz um gut zwanzig Prozent erhöht.

Du musst mich heute noch nach Starnberg fahren, sagt die Umsatzrakete. In die Possenhofener Straße, am besten gleich. Ich bin verabredet.

Eberhard, nicht zuletzt sein Sklave, ist ebenso muskulös wie gutmütig. Ein Brecher, aber leider auch ein ziemlicher Depp mit dem IQ einer Weißwurst. Doch mit Deppen kennt Lukas sich aus. Sein jüngerer Zwillingsbruder Ludwig ist nämlich auch einer, bereits von Geburt an. Fahr los, Ebi, drängt er, ich sag dir, wohin.

Kennengelernt haben die beiden sich beim Kehraus am Faschingsdienstag, ein knappes halbes Jahr zuvor, drei Monate nach Lukas' Prozess. *Eine total verrückte Geschichte,* sagt Lukas, wenn jemand danach fragt, was allerdings nicht häufig vorkommt; was Eberhard dann immer mit Stolz erfüllt. Diese Geschichte geht so: Lukas hatte in der Starnberger *Schützenhalle* hartnäckig eine Frau angetanzt, so um die fünfzig, die sich als Salome verkleidet hatte. Genau seine Kragenweite. Es hatte zwischen ihnen gefunkt, doch zwischendurch hatte er pinkeln gehen müssen und sich dann auf der Herrentoilette plötzlich ihrem Ehemann gegenübergesehen, in Begleitung von zwei kräftigen Freunden, die mächtig geladen und nicht lange gefackelt hatten. Lukas hatte eine mordsmäßige Watschen aufs linke Ohr kassiert, war sofort zu Boden gegangen und hatte dann nur noch versucht, sein Gesicht und seinen Unterleib vor den Tritten zu schützen. Der Koloss namens Eberhard, der eben noch furzend neben Lukas am Urinal gestanden hatte, kann zwar bis heute nicht richtig erklären, warum er sich in diese Schlägerei eingemischt hatte, aber Tatsache war, dass er die drei Schläger einen nach dem anderen mit urwüchsiger Gewalt umgehauen und Lukas so vor der Notaufnahme bewahrt hatte, vermutlich sogar vor Schlimmerem. Das Problem mit Betrunkenen ist, dass man sie praktisch totschlagen muss, um zu verhindern, dass sie wieder aufstehen, hatte Eberhard ihm später erklärt. Mit Schlägereien kennt er sich aus. Weißt du, Ebi, sagt Lukas jetzt häufig, du bist vielleicht manchmal ein bisserl langsamer, aber dein Beschützerinstinkt ist überragend!

Im weiteren Verlauf jenes Abends hatte Eberhard ihm dann nach ein paar Hellen treuherzig erzählt, dass er eine günstige Bleibe suchen würde, ziemlich dringend sogar. Denn auf dem Wohnungsmarkt standen wegen seines Schufa-Eintrags, wegen seiner unregelmäßigen Einnahmen und wohl auch wegen seines furchterregenden Aussehens die Chancen schlecht. Wunderbar!, hatte Lukas gerufen und ihm kameradschaftlich auf die Schulter gehauen, Mensch, Ebi, du wirst es nicht glauben, aber ich bin auf der Suche nach einem Mitbewohner, sonst flieg ich aus meiner Wohnung raus. Ich kann mir die Miete allein nicht mehr leisten. Was nicht einmal gelogen war.

So war Ebi nur zwei Tage später mit zwei Kartons und einem halben Dutzend Plastiktüten in seine Tutzinger Zweizimmerwohnung eingezogen. Unser *Bullenkloster*, sagt Lukas, weil er weiß, dass er Ebi damit zum Lachen bringen kann.

Spendierst mir noch eine Zigarette, Luki?

Kauf dir doch endlich mal eigene! Lukas langt gönnerhaft in seine Packung, gibt seinem Kumpel eine und zündet sich selbst auch eine Zigarette an. Er spürt ein Kribbeln im Bauch, weil er wieder an Hannelore denken muss, Hannelore Plattner, die Mannschaftsführerin der Ü-40-Damenmannschaft des Starnberger Tennisclubs, die schon seit einer geraumen Weile scharf auf ihn ist, und wie. Dabei ist sie mit ihren 47 beinahe ein Vierteljahrhundert Jahre älter als er. Aber für Lukas ist sie ein Schuss, nein, sie ist der Schuss schlechthin. Lebenslustig, charmant, selbstbewusst, erfolgreich, offenherzig. Die Unternehmerin kann es sich eben leisten, immer ein bisschen mehr von dem zu zeigen, was sie besitzt. Sie neigt sogar ein wenig dazu, was sie nicht gerade zum beliebtesten Vereinsmitglied macht. Viele Tennisspielerinnen empfinden Hannelore Plattner als missliebige Konkurrenz. Sie sorgen sich um ihre Ehemänner und sind eifersüchtig auf sie, zum einen, weil sie auch verflucht gut Tennis spielt, zum anderen neuerdings auch wegen Lukas, dem neuen Stern im Vereinslokal. Denn Lukas, der neue Barmann und Kellner, sieht einfach toll aus, groß gewachsen, schlank, nicht zu muskulös, gepflegtes, halblanges Haar, lässig und souverän im Auftreten, gute Manieren, immer aufmerksam und ziemlich reif für sein Alter. Ein richtig fescher Bursche halt. So einen wünscht man sich als Schwiegersohn. Es wäre zu schade, solch ein prächtiges Exemplar links liegen zu lassen.

Lukas selbst weiß am besten, wie es läuft. Die einen führen, die anderen folgen, und bald hatte Hannelore die Initiative ergriffen und damit begonnen, *ihrem Luki* zu ihren großzügigen Trinkgeldern ein besonders strahlendes Lächeln zu schenken, wobei sie ab und zu keck mit ihrer Zungenspitze über ihre fein geschwungene Oberlippe leckte. Natürlich nur, wenn niemand genau hingesehen hatte. Doch in einem Tennisverein bleibt so etwas nicht lange geheim, sondern befeuert die Gerüchteküche erst recht.

Hannelore Plattner hatte ihn nicht einmal mit der Nase darauf stoßen müssen, dass sie gerne mit dem Feuer spielt. Lukas besitzt dafür eine Antenne, er war jedoch absichtlich zurückhaltend geblieben. Auch wenn sie sich auf dem Clubgelände begegnet waren und ihre Hand seine Hüfte im Vorbeigehen berührt hatte, unabsichtlich, rein zufällig, huch!

Er hatte längst gemerkt, dass Hannelore nicht die einzige Frau in den besten Jahren war, die sich mehr oder minder verstohlen nach ihm umdrehte. Aber sie entspricht nun einmal perfekt seinem Beuteschema, und so hatte Lukas damit begonnen, ihre Avancen zu erwidern, wie es seine Art ist; erst einmal vorsichtig und schüchtern, um nur wenig später in den zweiten Gang hochzuschalten und etwas mehr Gas zu geben. Gleichzeitig hatte er jedoch weiterhin auch die anderen Trockenpflaumen in Hannelores Alter bespaßt. Eine freche Bemerkung hier, ein Luftküsschen da, die Weißweinschorlen oder das *Prosecchelchen* immer daumenbreit über dem Strich eingeschenkt.

Beinahe jeder im Verein hatte dann gewusst, dass zwischen Hannelore Plattner und Lukas was im Busch war, aber niemand hatte geahnt, dass sie inzwischen nach Feierabend regelmäßig im Clubhaus mit ihm versackte. Begonnen hatten ihre heimlichen Treffen kurz vor Ende der Hallensaison, an einem Dienstag, weil Hanneloress Mannschaft immer dienstags trainierte. Als Lukas am letzten Dienstag im März gegen 23 Uhr das Vereinslokal dichtgemacht hatte, war sie urplötzlich im Gastraum erschienen. Frisch geduscht, mit feuchten Haaren, ungeschminkt, in einem türkisfarbenen Trainingsanzug. Sie hatte gut gerochen.

Krieg ich vielleicht noch eine Weinschorle, Luki? Ich weiß, es ist schon spät, und du willst bestimmt Feierabend machen. Ihr Augenaufschlag war sensationell gewesen.

Ach, das passt schon, Frau Plattner. Ich hab ja nix vor.

Ihm war sofort klar gewesen, dass Hannelore Plattner sich nur deshalb so lange in der Damenumkleide aufgehalten hatte, weil sie sicher sein wollte, dass sie allein mit ihm war. Aber er hatte sich nichts anmerken lassen.

Nix vor? Wie, du hast etwa *keine* Freundin, die auf dich wartet? Komm, schwindle mich nicht an, Luki!

Ich hab nicht mal einen Freund, Frau Plattner. Tut mir leid, Sie enttäuschen zu müssen.

Frau Plattner? Ich bitte dich! Hannelore! Und auch nicht *Sie,* sondern *du.* Aber, pssst! Das muss unter uns bleiben …

Lukas hatte wortlos den Schlüssel zum Vereinshaus im Schloss umgedreht und stecken lassen, damit niemand von außen aufschließen konnte. Hatte dann die Lamellenwände vor den Fenstern im Barbereich zugezogen und alle Lichter bis auf die schummerige Tresenbeleuchtung ausgeschaltet. Er hatte schüchtern gelächelt. Pssst!

An diesem, ihrem ersten Abend hatte er noch hinter dem Tresen gestanden und Gläser poliert, während sie auf der anderen Seite der Bar auf einem Hocker Platz genommen hatte. Als er ihr die Weinschorle serviert und sich selbst eine Cola genommen hatte, hatte sie sich gewundert, dass er keinen Alkohol trank.

Ich mach mir nichts draus, hatte Lukas gesagt, Sport, was ihr ziemlich imponiert hatte.

Schon seit Längerem treffen sie sich nicht mehr nur noch an den Dienstagen im Clubhaus, wo sie längst nebeneinander an der Bar hocken. Hannelore hatte ihn mittlerweile sogar ein paarmal zu sich nach Hause mitgenommen, wenn ihr Lebensgefährte, *ihr Günther,* auf Dienstreise war, und Lukas dann die nächtliche Heimfahrt mit dem Taxi nach Tutzing spendiert. Mit ihr gefrühstückt hatte er jedoch noch nie.

Überhaupt war es zwischen ihnen bisher nur zu intensiven Berührungen gekommen, die sie stets forciert hatte. Doch wenn Lukas dann genauso reagiert hatte, wie man es von einem jungen Mann im Allgemeinen erwarten konnte, hatte Hannelore ab einem gewissen Punkt immer wieder abgeblockt. Mehr als heftige Knutschereien und ein bisschen Gefummel waren bisher nicht drin gewesen, obwohl Lukas von Treffen zu Treffen immer mutiger geworden war und ab und zu sogar ihre Hand dorthin gelegt hatte, wo es sich für Hannelore vielleicht angenehm anfühlen musste. Ihre Finger hatten ihn dann zumeist ein paar Augenblicke lang spielerisch inspiziert, fast schon gedankenverloren, aber dann war sie wieder sittsam von ihm abgerückt. Mein Gott, Lukas, was mache ich hier bloß?

Doch Lukas hatte ihr Verhalten akzeptiert. Zwar nicht klaglos, sondern wie ein Gentleman. Er hatte noch nie gebettelt. Er war kein Drängler, sondern gab sich als junger und unerfahrener Mann, obwohl ihn ihre Zurückweisungen schmerzten.

Doch genau dieser Schmerz ist sein bestgehütetes Geheimnis: Der Schmerz erregt ihn und vermag seine Fantasie ins schier Unermessliche zu steigern, jeden Morgen, wenn er duscht. Hannelore beherrscht dieses Spiel, das er so mag, meisterhaft. Aber die ganze Zeit hatte das attraktive Luder nicht bemerkt, dass er derjenige war, der die Regeln bestimmte und den Takt angab.

Heute, an diesem heißen Samstag im Juli, ist Lukas sich sicher, dass es passieren wird.

Er weiß inzwischen, dass Hannelores Sohn Tobias, aus der Ehe mit ihrem früh verstorbenen Mann, in Tübingen Medizin studiert. Er weiß auch, dass sie gerade überlegt, sich von ihrem aktuellen Lebensgefährten zu trennen. Wobei dieser Günther Pfaffmann, der ebenfalls Tennis im Starnberger Club spielt, in Hannelores Kunststofffabrik als Vertriebschef eine Schlüsselposition besitzt und offenbar sehr gut in seinem Job ist. Das macht das Ganze für mich ja auch so schwierig, hatte sie Lukas gegenüber schon öfter geklagt.

Er kann sie gut verstehen. So gut. Doch Lukas hatte mit seiner Meinung von Günther Pfaffmann stets hinterm Berg gehalten, hatte lediglich ab und zu genickt oder den Kopf geschüttelt oder sich missbilligend geräuspert, wenn sie sich über ihn beschwert hatte. Soll sie doch selbst darauf kommen, dass es sich um ein grandioses Arschloch handelt. Wichtiger wäre es jedoch, wenn es Hannelore dann auch noch gelingen würde, aus dieser Erkenntnis die richtige Konsequenz zu ziehen und Günther Pfaffmann aus ihrem Leben zu verbannen.

Lukas hatte sich dann, am letzten Dienstagabend, doch noch weiter als bisher aus dem Fenster gelehnt und ihr brühwarm erzählt, dass *ihr Günther* ein echter Geizhals wäre. Dass er beispielsweise nach den Medenspielen seiner Herrenmannschaft mit einer Rundenbestellung immer so lange warten würde, bis höchstens noch drei Spieler anwesend waren. Bis dahin hatte er auf Kosten der anderen Tenniskameraden fleißig mitgetrunken, aber niemand würde nun behaupten können, dass Günther Pfaffmann keine Runden zahlte.

Jaja, Günther und das Geld, hatte Hannelore geseufzt. Da weiß ich inzwischen auch nicht mehr so recht, ob ich ihm trauen kann.

Dazu kann ich aber jetzt echt nichts sagen, hatte Lukas treuherzig entgegnet. Das geht mich nichts an. Ich bin hier nur Barmann und hab gerade viel zu viel gequatscht.

Red doch keinen Schmarrn, Luki! Ich sehe doch ganz genau, wer du in Wahrheit bist. Und zwar ein sehr talentierter und attraktiver junger Mann mit guten Manieren, der mit Sicherheit mehr zu bieten hat, als mit einer alten Schachtel wie mir zu poussieren – du Schlawiner, du!

Wenn *du* das sagst! Dabei habe ich das nicht mal gelernt, das Kellnern, meine ich. Es liegt mir halt. Ich bin da reingewachsen. Meine Eltern … Meine Eltern besitzen ein Hotel, weißt du? Gar nicht weit von hier, in Bad Tölz. Vielleicht kennst du es sogar, hatte Lukas herumgedruckst.

Ach so ist das? Ich habe mich schon öfter gefragt …

Es ist das *Friedrich* in Bad Tölz, sagt Lukas. Endlich ist es heraus, und Hannelore steigt voll darauf ein.

Nein, sag bloß: *Das* Hotel Friedrich! Natürlich, du heißt ja auch mit Nachnamen Friedrich! Dass ich nicht selbst darauf gekommen bin! Aber dann verstehe ich nicht, dass du hier beim Schorsch arbeitest und nicht in eurem Hotel.

Seine Miene wird ernst. Hannelore, darüber möchte ich nicht so gerne reden. In unserer Familie haben wir leider massive Probleme. Das hat was mit dem Unfall meines Vaters zu tun, aber das geht niemanden was an.

Mein Gott, ich erinnere mich dunkel. Der Unfall deines Vaters stand damals in der Zeitung, nicht wahr? Das tut mir leid, Lukas. Wie lange ist das jetzt her?

Ich war drei Jahre alt, als er in Berchtesgaden mit meinem Großvater abgestürzt ist. Auf der Jagd. Ich habe beide kaum gekannt.

Wie furchtbar!

Kann ich komischerweise nicht sagen, Hannelore. Wie gesagt, ich war noch sehr klein, als sie starben.

Du weißt, dass ich meinen Ehemann ebenfalls sehr früh verloren habe? Lukas nickt. Verfluchter Krebs, sagt Hannelore leise, mit nicht mal vierzig! Gibst du mir noch eine Schorle?

Mit Eis?

Das weißt du doch, Luki. Immer mit Eis!

Er geht um den Tresen herum, nimmt ein frisches Weinglas, mixt die Weinschorle und serviert sie. Auch wenn du offenbar nur ungern darüber sprichst, Luki, ich bin nun einmal ein bisschen neugierig, jetzt, wo wir uns doch schon etwas näher kennengelernt haben, sagt Hannelore Plattner. Ich würde dich gerne einmal fragen, wie diese Probleme …

Lukas hatte unschlüssig hinter dem Tresen verharrt und dabei seinen Kopf gesenkt. Sie hatte ihren Fauxpas sofort bedauert und seine Hand genommen.

Verzeih mir, ich wollte dir nicht zu nahe treten!

Ist schon gut, Hannelore … Na gut, wenn du es genauer wissen willst: Da ist zum einen mein Stiefvater, dieses Ekelpaket. Genau genommen sind es sogar drei Probleme, denn da sind ja noch meine neurotische Mutter und mein Zwillingsbruder Ludwig, der behindert ist – also, in echt jetzt, ein schrecklicher Geburtsfehler. Ich bin wahrscheinlich der einzig Normale in unserer Familie, glaube ich jedenfalls. Und deshalb bin ich wohl auch das schwarze Schaf … Aber das alles darf wirklich niemand wissen.

Von mir erfährt doch niemand was, Luki, hatte Hannelore Plattner geflüstert! Pssst!

Was war eigentlich vorgestern auf dem Platz mit deinem Mann los? Lukas hatte beschlossen, das Thema zu wechseln.

Mit Günther? Hannelore hatte sofort die Augen verdreht und sich auf die Unterlippe gebissen. Erinnere mich bloß nicht daran!

Im Club war es bekannt, dass Hannelore und Günther sehr ehrgeizig waren. Günther Pfaffmanns Manko jedoch war, dass Hannelore besser spielte als er. Viel besser. Sie setzte seiner überlegenen Physis stets ihre gefühlvolle Technik entgegen, platzierte ihre Bälle mal links und mal rechts, meistens genau in die Ecken des Spielfelds, oder sie lockte ihn mit Stopps ans Netz, um ihn dann eiskalt zu passieren. An der Grundlinie war die Nummer eins der Ü-40-Damen eine lebende Gummiwand.

Günther Pfaffmann, der nach einer halben Stunde mit hochrotem Kopf über den Platz gekeucht war, hatte zunehmend auch leichte Bälle ins Aus gedroschen und war immer wütender geworden. Lukas hatte dann von der voll besetzten Terrasse des Clubhauses aus genau beobachten können, wie er versucht hatte, seine Lebensgefährtin aus wenigen Metern Entfernung abzuschießen, mit voller Absicht, als Hannelore sich einmal selbst ans Netz vorgewagt hatte. Zum Glück war die Kanonenkugel um wenige Zentimeter an ihrem Kopf vorbeigezischt. Sie hatte daraufhin das Match sofort abgebrochen und den Platz verlassen, war in ihren Porsche gestiegen und weggefahren. Der düpierte Günther Pfaffmann hatte den Platz abgezogen, war wie ein geprügelter Hund außen ums Clubhaus herum in die Herrenumkleide geschlichen und hatte sich im Clublokal nicht mehr blicken lassen. Dieses Match war im Club das Tagesgespräch gewesen.

So was tut man doch nicht, wenn man sich liebt! Lukas hatte seine Entrüstung nicht verborgen.

Liebt? Ich weiß es im Moment nicht so genau. Aber Günther hat auch seine guten Seiten.

Das musst du ja am besten wissen. Lukas hatte sich mit beiden Händen auf dem Tresen abgestützt, sich leicht zu ihr hinübergebeugt und ihr fest in die Augen gesehen. Ich weiß nur, dass du in letzter Zeit traurig wirkst, irgendwie bedrückt. Was fasziniert dich an ihm …? Entschuldige, darf ich das überhaupt fragen?

Sie hatte erneut ihre Hände auf seine gelegt. Nein, Lukas, du darfst *nicht* fragen, hatte sie gesagt. Das ist mir nun doch ein wenig zu intim. Aber du sollst wissen: Ich bin froh, dass Günther seit vergangenem Montag in Tschechien und Polen unterwegs ist. So habe ich noch mindestens eine Woche meine Ruhe.

Noch einen Absacker? Lukas hatte seine Hände zurückgezogen. Geht aufs Haus! Schorsch wird es nicht merken! Pssst!

Als sie sich eine Viertelstunde später auf dem dunklen Parkplatz, verborgen hinter einem dichten Rhododendron, voneinander verabschiedet hatten, war es zu einem langen, feuchten Kuss gekommen. Lukas hatte Hannelores Körper gestreichelt, überall. Sie hatte leise gestöhnt und sich bei ihm revanchiert, hatte ihre Hand zum ersten Mal in seine Hose geschoben und ihn massiert, bevor sie sich einmal mehr dazu entschlossen hatte, auf halber Strecke auszusteigen. Doch als sie in ihren Porsche geklettert war, hatte sie anders gelächelt als sonst. Er hatte Glanz in ihren Augen gesehen, und ihre Stimme hatte rau geklungen, ein wenig heiser: *Heute* geht es leider nicht, Luki. Tobias fährt erst am Freitagmorgen zurück nach Tübingen zu seiner Freundin. Aber – sie hatte eine lange Pause eingelegt – wir beide finden bestimmt noch zusammen, vielleicht ja schon am Wochenende? Ich bin schließlich Strohwitwe … Sie hatte gezwinkert. Ganz bezaubernd.

Das sollte doch klappen, hatte Lukas geantwortet. Was hätte er sonst sagen können? In seine Tutzinger Drecksbude, wo Eberhard in diesem Moment bestimmt wieder ein abgenudeltes Pornovideo guckte, konnte er sie ja schlecht einladen. Aber entscheidend war sowieso nur, dass Hannelore endgültig angebissen hatte. Dass sie bereit für ihn war.

Dann also bis bald, hatte sie gesagt und Gas gegeben. Der Motor hatte aufgebrüllt, die Hinterreifen hatten durchgedreht, und der Kies hatte gespritzt. Eigentlich hätte sie nicht mehr fahren dürfen.

***

So, Ebi, hier kannst mich jetzt rauslassen, sagt Lukas, als sie Hannelore Plattners Villa in der Possenhofener Straße erreichen. Ein Seegrundstück. Er setzt seine verspiegelte Sonnenbrille auf, kontrolliert den Sitz seiner Haare im Spiegel der Sonnenblende, greift nach hinten auf die Rückbank, schnappt sich die Sechser-Schachtel mit neuen Tennisbällen und öffnet die Beifahrertür, kaum dass der Kombi ruckelnd zum Stehen gekommen ist.

Wow, sagt Ebi. Wer wohnt denn hier?

Manno, Ebi! Ein Hirn wie ein Sieb! Hannelore Plattner. Du weißt doch, die Tennislady, von der ich dir erzählt hab! Ich sag dir, das ist eine Superhütte, mit Sauna, Whirlpool, Bootssteg und Bootshaus …

Wie geil. Eberhard stellt den Motor ab und löst seinen Gurt.

Lukas sieht ihn verwundert an. Was machst du da?

Ich denke, wir besuchen jemanden.

Lukas schüttelt den Kopf. Bist du narrisch, Ebi? *Du* besuchst garantiert niemanden, sondern *du wartest hier*. Ich muss erst mal checken, ob die Luft rein ist. Aber pass auf, hier! Lukas klaubt aus der Seitentasche seiner kakifarbenen Bermudashorts ein Bündel Scheine hervor und zählt fünf Zwanziger ab. Eberhard starrt ungläubig auf das Geld. Nun nimm schon, sagt Lukas gönnerhaft. Wenn ich in einer halben Stunde nicht zurück bin, kannst du ins Strandbad fahren und Muschis gucken, bis du blind wirst. Wir sehen uns dann erst morgen Abend.

Ich soll also jetzt hier auf dich warten?

Ja. Und zwar genau eine halbe Stunde lang. Hast du es kapiert?

Klar doch. Wie willst du aber nach Tutzing zurückkommen?

Ebi, denk nach! Ich geh morgen von hier aus zur Arbeit in den Club. Du holst mich dann am Abend ab, wie immer. Ich ruf dich an, wenn ich weiß, wann ich Feierabend habe. Wird bestimmt nicht später als zehn.

Na gut, sagt Eberhard. Hast du vielleicht noch was zu rauchen?

Lukas reicht ihm seine halb volle Schachtel. Hier, nimm, ich habe noch eine!

Eberhard steckt den Daumen seiner rechten Hand zwischen Zeigefinger und Mittelfinger und grinst dabei. Zeig es ihr, Tiger!

Worauf du einen lassen kannst, sagt Lukas lachend. Er klopft ihm anerkennend auf die Schulter. Das tut er häufig. Bist echt ein Kumpel, Ebi! Dann steigt Lukas aus und sieht sich unauffällig um. Bis auf einen alten Mann, der in einiger Entfernung den schmalen Grünstreifen zwischen Bürgersteig und Gartenmauer mit einem Rechen harkt, haben sich die vernünftigen Menschen in den Schatten verkrochen.

Das automatische Gartentor ist offen. Na bitte. Lukas schlendert durch die breite Toreinfahrt auf die imposante weiße Walmdachvilla zu, die sich hinter einer dichten Ligusterhecke versteckt. Direkt hinter der Hecke erhebt sich zusätzlich noch ein zwei Meter hoher Zaun mit scharfen Spitzen. Aber es gibt keine Kameras. Hannelores Porsche-Cabrio parkt mit offenem Verdeck auf der gepflasterten Einfahrt vor der leeren Doppelgarage, die penibel aufgeräumt und sauber ist. Sogar der grau gestrichene Betonboden ist makellos.

Lukas hatte jedoch noch nie so etwas wie Ehrfurcht vor diesem Anwesen mit seinen bestimmt 400 bis 500 Quadratmetern Wohnfläche besessen. Denn in Bad Tölz war er in ähnlich großzügigen Verhältnissen aufgewachsen. Ohne Bootshaus natürlich, dafür aber besitzt seine Familie eine Alm mit einer luxuriösen Jagdhütte unter dem Watzmann-Massiv bei Berchtesgaden.

Schräg vor der überdachten zweiflügligen Haustür hatte Günther Pfaffmann eine mannshohe Vogeltränke aus Edelstahl aufstellen lassen. Die Installation eines Künstlers soll eine Pferdetränke darstellen, wie man sie aus amerikanischen Western kennt. Es stecken sogar ein paar stählerne Indianerpfeile darin, angeschweißt, Neureichenscheiß eben. Hannelore findet das Kunstwerk doof: totale Geldverschwendung. Typisch Günther!

Er klingelt, doch es dauert eine Weile, bis sie an die Tür kommt. Zuerst bewegt sich der Vorhang hinter dem schmalen Fenster zur rechten Seite der Haustür, und dann reißt sie auch schon die Tür auf, in einem weißen Frotteebademantel, der halb offen ist, barfuß, frisch geschminkt, mit leuchtend rot lackierten Fußnägeln. Sie ist überrascht. Lukas kann einen kurzen Blick auf ihren roten Spitzen-BH und das passende Höschen erhaschen. Auf ihr Dekolleté, in dem ein paar Falten zu viel auf zahllose intensive Sonnenbäder hinweisen. Hier bin ich, sagt Lukas. Er streckt ihr den Karton mit den Tennisbällen entgegen. Die sind für dich! Aber er merkt: Irgendwas stimmt nicht.

Denn Hannelore sieht alles andere als erfreut aus, und das irritiert Lukas in diesem Moment nun doch ein wenig. Sie zerrt ihn am Ärmel seines verwaschenen Polohemdes ins Haus hinein und schließt geräuschvoll die Eingangstür.

Was machst du hier, Luki? Am helllichten Tag!

Er stutzt. Du hast mich doch eingeladen.

Was habe ich? Sie tritt einen Schritt zurück und bindet ihren Bademantel zu.

Hallo? Am vergangenen Dienstag! Dein Sohn wäre ab Freitag in Tübingen und Günther in Tschechien und Polen unterwegs. Das hast du gesagt. Und dann hast du mich angefasst und ich dich, und es hat dir, glaube ich, gut gefallen, und dann hast du gesagt, dass du mich am Wochenende erwarten würdest …

Hannelore Plattner seufzt. Na ja, so explizit habe ich es zwar nicht ausgedrückt, aber gut, stimmt schon, sagt sie leise. Sie atmet tief ein. Doch das hätte nicht passieren dürfen. Sie nimmt ihm den Sechser-Karton Tennisbälle ab und legt ihn auf die Kommode. Neben ihre Handtasche. Wofür denn die Bälle?

Statt Blumen, sagt Lukas lächelnd. Ein paar Sekunden lang herrscht verlegene Stille. Es ist aber passiert, sagt er dann. Ich meine, deutlicher geht es doch nicht. Und jetzt bin ich hier.

Ja, schon, aber weißt du, Luki: Es haben sich ein paar Dinge verschoben.

Wie, verschoben?

Die Umstände ändern sich gerade. Hannelore Plattner weicht zurück, bis an den Fuß der Treppe, die nach oben in ihr Reich führt. Dorthin, wo Lukas bisher noch nicht gewesen ist. Über den Küchentresen und die Couch im Wohnzimmer sind sie noch nicht hinausgekommen. Sie wirkt auf einmal fahrig.

Verstehe ich jetzt nicht, sagt Lukas. Er fühlt Schmerz, nur fühlt der sich jetzt nicht gut an.

Es ist so, Lukas: Günther hat angerufen. Er kommt früher nach Hause. Schon heute Nacht … Und außerdem bin ich für den Abend schon verabredet.

Ja, genau. Mit mir, sagt Lukas selbstbewusst und reckt sich.

Nein, nicht mit dir. Aber das geht dich auch nichts an. Wir

beide sehen uns am Dienstag im Club, und dann reden wir. Einverstanden?

Reden? Aus seinem Schmerz wird Zorn. Das fühlt er deutlich.

Hannelore Plattner lässt ihre Schultern hängen. Also gut, sagt sie, warte bitte kurz. Ich möchte mir nur rasch was anziehen. Aber ich habe wirklich nur ein paar Minuten Zeit.

Sie läuft flink die Treppe hinauf in den ersten Stock und verschwindet um eine Ecke. Lukas zögert keine Sekunde und folgt ihr. Auf dem dicken Wollteppich kann man keine Schritte hören.

Er überrascht sie in ihrem Schlafzimmer. Hannelore Plattner steht in ihrer roten Unterwäsche vor einem riesigen Kleiderschrank. Ihren Bademantel hat sie achtlos aufs Bett geworfen. Sie langt nach einem roten Sommerkleid mit Rosenmuster, aber es gelingt ihr nicht mehr, es vom Bügel herunterzunehmen und überzustreifen. Weil sie in diesem Moment von hinten umarmt und rücklings aufs Bett geworfen wird. Schon ist er über ihr.

Luki! Spinnst du?, ruft sie erschrocken.

Ich glaube eher, du spinnst, sagt er, und kniet sich auf ihre Oberarme. Wie früher, als er mit seinem Bruder im Garten so lange Muskelreiten gespielt hatte, bis Ludwig Rotz und Wasser geheult hatte. Danach hatte es von seiner Mutter regelmäßig Ohrfeigen gesetzt, Zimmerarrest und Fernsehverbot.

Was soll denn das werden? Aua, du tust mir weh.

Nach was sieht es für dich aus? Du verarschst mich heute jedenfalls nicht.

Wie redest du denn mit mir? Hör mal, Lukas: Ich schrei gleich die ganze Nachbarschaft zusammen, du Tschapperl …

Tschapperl nennst du mich? Er spricht ganz ruhig. Ich versteh dich einfach nicht, Hannelore. Du willst es doch auch. Er beugt sich hinunter und versucht, sie zu küssen. Sie presst ihre Lippen aufeinander. Als es ihm dennoch gelingt, seine Zunge zwischen ihre Lippen zu stecken, beißt sie zu. Lukas zuckt zurück. Herrgott, tut das weh. Aber er kann kein Blut schmecken.

Geh verdammt noch mal runter von mir! Dann ruft Hannelore Plattner um Hilfe, und Lukas kann sich nun davon überzeugen, dass sie wirklich laut schreien kann. Und dass sie erstaunlich viel Kraft besitzt.

Hör auf, sagt Lukas streng. Hör auf zu schreien. Du hast eh keine Chance! Hört dich doch niemand! Also, gib Ruhe! Er knetet mit seinen Knien ihre Oberarme, verstärkt den Druck. Hannelore Plattner jault vor Schmerzen auf, brüllt dann noch lauter um Hilfe und versucht gleichzeitig, Lukas mit allen Mitteln abzuwerfen. Sie denkt nicht daran, Ruhe zu geben. Sie ist eine Kämpferin, wie auf dem Tennisplatz. Ihr rechtes Knie trifft ihn in der Nierengegend. Das macht Lukas noch zorniger, vor allem aber ist es ihr elendes Gezappel, das ihn nervt. Einen Moment lang denkt er daran, ihr eine Ohrfeige zu verpassen, doch dann besinnt er sich eines Besseren, langt nach ihrem Kopfkissen und presst es mit aller Kraft auf ihr Gesicht. Halt endlich dein Scheißmaul! Das hält doch kein Mensch aus!

Hannelore Plattner windet sich unter seinem Gewicht wie eine Schlange. Stemmt ihr Becken hoch, versucht erfolglos eine Brücke, um dann ihre sehnigen, trainierten Beine von hinten über seinen Kopf zu bringen. Lukas macht einen krummen Rücken und presst das Kissen mit beiden Händen noch fester auf ihr Gesicht.

Auf einmal merkt er, dass ihre Widerstandskraft nachlässt. Ihre Beine sind ausgestreckt und zucken. Er wartet aber lieber noch ein wenig ab, lupft dann neugierig das Kissen, um nach ihr zu sehen. Hannelore Plattners Augen sind geschlossen. Sie scheint nicht mehr zu atmen. Ihr Make-up ist merkwürdigerweise kaum verschmiert. Lukas legt das Kissen zur Seite und tätschelt ihre Wangen. Hast du dich jetzt endlich beruhigt?

In diesem Moment reißt Hannelore Plattner ihre Augen auf und saugt gierig Luft in ihre Lungen ein. Es hört sich an wie das Krächzen einer Eisensäge, die sich mit stumpfen Zähnen durch Metall frisst. Dafür werde ich dich anzeigen, Lukas, du mieses Schwein! Sie hustet. Und jetzt geh verdammt noch mal runter von mir … Hau ab! Verschwinde! Raus aus meinem Haus! Ihre Stimme ist nur ein heiseres Röcheln.

Das wirst du bestimmt nicht tun, sagt er. Seine Stimme ist noch leiser geworden. Denn nur du bist schuld daran, dass das hier gerade ein bisschen eskaliert ist. Du allein! Sein Blick fällt auf ihren Bademantel, der neben dem Bett auf den Boden gerutscht ist.

Sie starrt ihn ungläubig an. Öffnet ihren Mund, um etwas zu sagen, aber ihre Stimme versagt endgültig.

Warum hast du alles kaputt gemacht zwischen uns? Aber ihre Antwort wäre ihm jetzt egal, denn er hat keine Lust mehr auf Diskussionen. Er bückt sich hinunter und zieht den Gürtel aus den Schlaufen des Bademantels heraus. Er muss ein wenig daran zerren, doch schließlich hält er ihn in den Händen. Als er wieder hochkommt, spürt er einen leichten Stich an seinem Kinn, so als ob er sich beim Rasieren geschnitten hätte. Hat sie etwa gerade versucht, ihn zu schlagen? Das muss man sich einmal vorstellen! Doch ihre Faust hat seine Wange nur ganz leicht gestreift. Mehr hast du nicht drauf, du blödes Miststück?

Lukas springt federnd auf, packt ihre Beine an den Knöcheln und zieht sie mit einem einzigen Ruck vom Bett auf den Boden hinunter. Ihr Kopf prallt mit einem dumpfen Laut auf den Teppichboden und fällt kraftlos zur Seite. Blöde Nutte! Er dreht die Wehrlose auf den Bauch, kniet sich auf ihren Rücken, schlingt den Frotteegürtel zweimal um ihren Hals und zieht dann an beiden Enden. Er zieht so lange, bis irgendwas in ihrem Hals knackt.

Ganz ruhig liegt Hannelore Plattner nun da. Kein Gekeife

mehr. Kein Rumgezappel. Nur eine wunderbare Stille. Schon geht es ihm besser. Lukas schaut sich um, dann hinunter auf Hannelore Plattner. Vielleicht sollte er jetzt rasch ein wenig aufräumen.

***

Als Lukas seinen Chauffeur im dunkelblauen Kombi sitzen sieht, der brav auf ihn wartet, fällt es ihm ein, kurz auf seine Armbanduhr zu schauen. Nur 19 Minuten hat sein Besuch bei Hannelore gedauert, alles in allem.

Eberhard glotzt Lukas an, als die Beifahrertür auffliegt. Ich wollte gerade losfahren. Hast sie doch nicht flachgelegt?

Blöderweise ist was dazwischengekommen. Lukas gleitet auf den Beifahrersitz und schließt die Tür. Das glaubst du nicht, Ebi, sagt er entrüstet und winkt genervt ab, ihr bescheuerter Freund kommt heute schon von seiner Dienstreise zurück. Dieser Penner hat genau in dem Moment angerufen, als sie vor mir gekniet und meine Hose heruntergezogen hat.

Das gibt's wirklich nicht, Luki, staunt Eberhard.

Lukas atmet tief durch. O doch, das gibt's! Hose wieder hoch und servus, Papa … Versaut mir dieser Arsch doch tatsächlich den Fick des Jahrhunderts. Na ja. Lass uns mal besser von hier verschwinden. Ich möchte nicht, dass Hannelore meinetwegen noch Ärger mit ihrem Macker bekommt.

Versteh ich gut, sagt Eberhard und startet den Motor. Der Anlasser dreht ein paarmal durch, doch dann springt der Motor an. Scheißkarre.

Ich glaub, du brauchst langsam doch mal einen neuen. Lukas lächelt. Willst du eine Zigarette, Ebi?

Eberhard langt beherzt zu und steckt sich die Zigarette in den Mund, obwohl die halb volle Schachtel, die Lukas ihm vorhin großzügig überlassen hatte, vor ihm auf dem Armaturenbrett liegt. Und wohin fahren wir jetzt? Der Tag ist noch lang!

Gib mir erst mal meine hundert wieder, sagt Lukas streng. Er schnippt mit den Fingern. Als ihm Eberhard etwas widerstrebend die fünf Zwanziger hinhält, steckt Lukas die Scheine wortlos ein. Dann tippt er sich an die Stirn. Seine Miene hellt sich auf. Ebi, was hältst du davon: Wir fahren jetzt noch mal kurz ins Strandbad, danach lade ich dich zum Jugo ein, und hinterher gehen wir ins *Luna*.

Echt jetzt?

Na klar, sagt Lukas lachend und schlägt seinem Kumpel mit der flachen Hand auf den Oberschenkel. Scheiß auf die Weiber!

Genau! Alles Fotzen außer Mutti, ruft Eberhard. Sagst du doch immer!

So ist es. Wir Männer müssen zusammenhalten … Schau, da vorn in der Einfahrt, da kannst du wenden.

Der Alte von vorhin ist verschwunden. Die Possenhofener Straße ist menschenleer. Ist auch besser so, denkt Lukas. Und jetzt: einfach abhaken, die eingebildete Kuh. Hannelore Plattner ist Geschichte. Er freut sich auf eine Grillplatte für zwei.

SONNTAG,
18. JULI 1993, 7.35 UHR

Der Notruf aus der Possenhofener Straße geht um 7.35 Uhr in der Polizeidirektion Starnberg ein. Zwölf Minuten später, um 7.47 Uhr, fahren zwei Streifenwagen mit eingeschaltetem Blaulicht auf das Grundstück. Der Hausherr steht rauchend, in Unterhosen und T-Shirt, vor der geöffneten Haustür.

Vier Polizisten springen aus dem Streifenwagen. Herr Pfaffmann? Ich bin Hauptkommissar Peter Oberländer, sagt einer von ihnen.

Ja, ich hatte angerufen. Meine Lebensgefährtin! Hannelore … Günther Pfaffmann zittert. Sie ist tot. Kommen Sie schnell, bitte! Er geht ins Haus hinein. Die vier Polizisten folgen ihm die Treppe hoch.

Günther Pfaffmann bleibt vor der geöffneten Schlafzimmertür stehen. Ich habe Hannelore heute Morgen nach dem Aufwachen im Kleiderschrank gefunden … Hier, in unserem Schlafzimmer. Ich glaub, sie ist erwürgt worden.

Ist noch jemand im Haus?

Nein, ich bin allein. Er zeigt in den Raum hinein. Im Kleiderschrank.

Bleiben Sie hier stehen, Herr Pfaffmann, sagt Peter Oberländer. Gustl, pass du mir bitte auf den Herrn auf.

Ach du Scheiße, flüstert Oberländer, als sie Hannelore Plattners Leiche im Kleiderschrank sehen. Ihr Kopf steckt in einer Schlinge. Ein Elektrokabel ist an der Kleiderstange festgebunden und stramm gezogen. Eine ganz normale Verlängerungsschnur. Es sieht danach aus, als ob Hannelore Plattner sich erhängt hätte. Sie sitzt im Schrank, den Rücken an die linke Seitenwand gelehnt, die Beine flach ausgestreckt, wie ein großes L. Ihr Gesicht ruht auf ihrer Brust, ihre Zunge hängt halb aus dem Mund heraus. Es riecht schwach nach Urin. Typisch für einen Tod durch Strangulation. Oberländer streift sich Gummihandschuhe über und befühlt die Halsschlagader. Ihre Haut ist kalt. Nach wenigen Sekunden schüttelt er den Kopf. Gustl, führst du Herrn Pfaffmann bitte nach unten?

Hübsche Frau, flüstert Roland Ernst, der junge Polizeihauptwachtmeister.

Willst du vielleicht noch ihre Unterwäsche kommentieren, blafft ihn sein Vorgesetzter an.

'tschuldigung, Peter.

Schaut euch mal die Abschürfungen an, sagt Fritz Brunner, ebenfalls Hauptwachtmeister, aber schon älter und dementsprechend erfahren. Er knipst seine Taschenlampe an und leuchtet auf den Hals der Toten. Das Weiße da: Sind das nicht Stofffasern? Und die Haut ist aufgeschürft. Ich glaub nicht, dass es sich um einen Suizid handelt.

Könnte gut sein. Aber, Moment, sagt Oberländer, da ist noch was. Er öffnet die zweite Schranktür. Auf dem Boden des Kleiderschranks liegen ein zerknüllter weißer Bademantel und der dazu passende Gürtel. Offensichtlich achtlos hineingestopft.

Da hat es jemand eilig gehabt, konstatiert Brunner.

Und das Schlafzimmer ist definitiv der Tatort, fügt Oberländer hinzu und sieht sich um. Dabei fällt ihm das einseitig genutzte Doppelbett ins Auge. Darauf wird er den Herrn gleich ansprechen. *Ich habe sie nach dem Aufwachen im Kleiderschrank gefunden,* hatte er am Telefon gesagt. Jedenfalls dann, wenn Günther Pfaffmann in der Lage sein sollte, zu antworten. Also, nix anfassen, Leute, bis die KTU eintrifft, sagt Oberländer. Fritz, gib Folgendes an unsere Kollegen in FFB durch. Die sollen das große Besteck mitbringen. Und du, Roland, sicherst draußen das Grundstück ab.

FFB steht für Fürstenfeldbruck, Sitz der Kriminalpolizeiinspektion, zuständig für die vier Landkreise Dachau, Fürstenfeldbruck, Landsberg und Starnberg.

***

Wenig später sitzt Oberländer dem Zeugen Günther Pfaffmann am Küchentresen gegenüber. Der Hausherr hat sich einen Jogginganzug überstreifen dürfen. Pfaffmann stützt sein Kinn in die linke Hand. Sein Blick ist leer. Plötzlich blickt er den Hauptkommissar an. Kann ich mir einen Kaffee machen? Möchten Sie vielleicht auch einen? Ist nur ein Knopfdruck! Ich wollte mir ja vorhin einen machen, als …

Peter Oberländer runzelt die Stirn. Als was? Doch Günther Pfaffmann antwortet nicht auf seine Frage. Der Hauptkommissar weiß: Je frischer die Tat, desto mehr neigen Täter dazu, sich um Kopf und Kragen zu reden. Es ist eine alte Polizistenweisheit, und Oberländer hat nur noch fünf Jahre bis zu seiner Pensionierung.

Ich weiß nicht, wie ich Ihnen das erklären soll, sagt Günther Pfaffmann. Er dreht sich Hilfe suchend zu seinem Bewacher um, der an der Arbeitsplatte lehnt. Rechts hinter ihnen steht die Kaffeemaschine. Gustl, nicht wahr? Also, Herr Gustl …

Haringer!

Entschuldigung. *Herr* Haringer: Könnten Sie die Maschine einschalten? Ich brauche jetzt unbedingt einen Kaffee.

Da explodiert aber nix, oder, Herr Pfaffmann?

Seh ich vielleicht wie ein Bombenleger aus? Günther Pfaffmann lächelt hilflos.

Das weiß man nie, entgegnet der Hauptkommissar. Er wendet sich an Haringer, den alle nur Gustl nennen. Schau in Gottes Namen nach – und wenn alles in Ordnung ist, machst du dem Herrn seinen Kaffee. Ich nehme inzwischen die Personalien auf.

Über der Kaffeemaschine ist ein Schrank. Darin befinden sich die Tassen, fügt Günther Pfaffmann hinzu. Oberländer kommt aus dem Staunen über die Selbstbeherrschung dieses Mannes nicht heraus.

Fünf Minuten später sind alle Personalien geklärt: Die Tote im Kleiderschrank heißt Hannelore Plattner, geborene Seemann, Alter 47, Inhaberin der *KuSto GmbH* in Wolfratshausen, einem Spezialbetrieb für Industriekunststoffe, verwitwet, Mutter eines erwachsenen Sohnes, Tobias, 22. Das vermeintliche Häufchen Elend gegenüber heißt Günther Pfaffmann, ist 43 Jahre alt und Lebensgefährte des Opfers, als Vertriebsleiter in der Firma der Getöteten beschäftigt. Beide sind ordnungsgemäß in der Possenhofener Straße in Starnberg gemeldet. Der Sohn studiert in Tübingen Medizin und wohnt nach den Angaben Günther Pfaffmanns im *Josef-Unger-Haus,* einem Studentenwohnheim, wo er sich seit vergangenem Freitag auch aufhalten soll.

Der Hausherr führt vorsichtig eine Tasse Kaffee zum Mund. Oberländer bemerkt, dass Günther Pfaffmanns Hände nicht mehr zittern.

Wir sind vorhin unterbrochen worden, Herr Pfaffmann. Sie sagten, *als …*

Als was?

Sie sagten, Sie hätten sich gerade einen Kaffee machen wollen, *als …*

Ja, als mir plötzlich einfiel, dass Hannelore im Kleiderschrank sein könnte.

Wie sind Sie denn darauf gekommen?, fragt der Hauptkommissar, beinahe amüsiert. Erzählen Sie, am besten von Anfang an. Lassen Sie sich Zeit. Jede Einzelheit könnte wichtig sein.

Da gibt es eigentlich gar nicht so viel zu erzählen. Ich war für unser Unternehmen, also Hannelores Firma, in Bratislava und in Prag und wollte eigentlich nach Polen, genauer, nach Krakau, weiterfahren. Aber irgendwie hatte ich das Gefühl, ich müsste zurück. Ich habe sie dann von unterwegs aus noch angerufen, und in Nürnberg habe ich ihr dann einen großen Strauß Rosen gekauft.

Wie meinen Sie das, Sie hatten das Gefühl, Sie müssten zurück?

Günther Pfaffmann stellt die Kaffeetasse ab. Wir hatten etwas stürmische Zeiten, wissen Sie.

Nein, das weiß ich nicht, sagt der Hauptkommissar. Aber ich weiß, dass es zu meinen Pflichten gehört, Sie jetzt noch einmal darauf hinzuweisen, dass alles, was Sie sagen, in einem Ermittlungs- oder Strafverfahren auch gegen Sie verwendet werden kann.

So ein Quatsch. Ich erzähle Ihnen alles genau so, wie es gewesen ist. Wie ich Hannelore gefunden habe. Günther Pfaffmann nimmt einen weiteren Schluck Kaffee. Stört es Sie, wenn ich rauche? Er zeigt auf eine Schachtel *Marlboro light,* die am anderen Ende des Tresens liegt. Daneben ein teures Gasfeuerzeug der Marke *Dupont* aus Gold und ein Aschenbecher.

Sie wohnen schließlich hier, sagt Oberländer und schiebt ihm das Ensemble herüber.

Vielen Dank, sagt Günther Pfaffmann höflich und zündet sich eine Zigarette an. Oberländer beobachtet jede seiner Bewegungen. Hannelore hat meine Raucherei gehasst, sagt Günther Pfaffmann nach einigen Zügen, obwohl ich von vierzig auf fünf runter bin und nur noch draußen auf der Terrasse qualme.

Oberländer und Haringer tauschen befremdete Blicke. Polizeihauptwachtmeister Brunner betritt die Küche: Die Kollegen sind in einer Viertelstunde da. Ach so, und draußen auf der Straße haben sich ein paar Nachbarn versammelt.

Dann schnapp dir den Roland, und fragt gleich mal herum, zweckdienliche Hinweise und so weiter. Aber haltet euch bitte bedeckt, denn wir wissen ja noch nix Genaues, sagt Oberländer. Er wendet sich wieder an Günther Pfaffmann. Entschuldigung. Erzählen Sie bitte weiter.

Ich bin kurz nach elf nach Hause gekommen.

Wann hatten Sie noch mal in Nürnberg die Rosen für Ihre Lebensgefährtin gekauft?

Das habe ich Ihnen doch noch gar nicht gesagt. Nur, *dass* ich einen Strauß Blumen in Nürnberg gekauft habe. Günther Pfaffmann überlegt. Kurz vor Ladenschluss war's, also kurz vor 16 Uhr.

Und dann haben Sie noch sieben Stunden von Nürnberg bis hierher gebraucht?

Moment, Moment! Günther Pfaffmann hebt beschwichtigend die Hände. Ich weiß genau, was Sie mir damit unterstellen wollen. Aber am Kindinger Berg habe ich eine gute Stunde im Stau gestanden. Die Autobahn war wegen eines Lastwagenunfalls voll gesperrt. Dann war ich noch etwa zwei Stunden in unserer Firma, vielleicht sogar noch ein bisschen länger. Meine Sekretärin kann Ihnen das bestätigen. Ich bin dann von Wolfratshausen direkt in unser Stammlokal hier in Starnberg gefahren, um was zu essen. Ins *Opatija.*

Kenne ich. Schönes Lokal, sagt Oberländer. Wie heißt Ihre Sekretärin?

Carola Zeise. Soll ich Ihnen ihre Adresse und Telefonnummer geben?

Später. Und was haben Sie gegessen und getrunken?

Eine Grillplatte für eine Person, zwei kleine Bier, ein Sliwowitz, sagt Günther Pfaffmann.

Das werden wir alles überprüfen, warnt Oberländer.

Sicher werden Sie das. Günther Pfaffmann zündet sich eine weitere Zigarette an. Also, Hannelore hatte mir während unseres Telefonats gesagt, dass sie vermutlich nicht zu Hause sein werde, weil sie am Abend in München verabredet sei. Ich meine, sie hatte ja auch nicht damit gerechnet, dass ich meinen Reiseplan spontan ändern würde. Ich konnte mir also Zeit lassen.

Jetzt erst fällt Oberländer die Kristallvase mit dem Rosenstrauß auf. Sie steht neben der Spüle. Wissen Sie, mit wem sie sich in München treffen wollte?

Günther Pfaffmann presst die Lippen zusammen und schüttelt den Kopf. Keine Ahnung, sagt er.

Mit einer Freundin?

Wohl eher nicht.

Oberländer merkt, dass es Günther Pfaffmann auf einmal schwerfällt, zu reden. Schon schwirrt in seinem Kopf eine Vermutung herum, wenn er an die Reizwäsche der Getöteten denkt. Mit einem Mann vielleicht?

Günther Pfaffmann nickt langsam. Wahrscheinlich. Aber ich weiß wirklich nicht, mit wem.

Können Sie mir das bitte einmal erklären?

Hannelore und ich haben eine ziemlich spezielle Beziehung geführt, sagt Günther Pfaffmann zögernd.

Aha, sagt der Hauptkommissar.

Ich bin nicht sicher, ob Sie das auf Anhieb verstehen werden.

Tue ich auch nicht. Mit *spezieller Beziehung* kann ich ohnehin nicht viel anfangen, sagt Oberländer.

Günther Pfaffmann nimmt einen tiefen Zug. Vielleicht hätte ich offene Beziehung sagen sollen. Hannelore ist, also, sie war sexuell sehr aktiv.

Moment: Und Sie haben das akzeptiert?

Um ehrlich zu sein: Im vergangenen Jahr hat unser Beziehungsmodell – wenn Sie es so nennen wollen – für mich an Attraktivität verloren. Für Hannelore vermutlich auch, aber sie war noch nicht so überzeugt davon wie ich.

Oberländer und Haringer sind sprachlos. Ein überzeugenderes Motiv haben sie selten gehört. Und Günther Pfaffmann sprudelt wie geschütteltes Sodawasser.

Ich habe jedenfalls das Gerücht gehört, da sei ein junger Mann, den Hannelore in den vergangenen drei Monaten wohl schon ein paarmal getroffen hat, sagt er. Der Barmann aus unserem Tennisverein, Lukas Friedrich. Und dann natürlich ihre Verabredung in München. Mehr weiß ich allerdings nicht. Wir haben uns niemals gegenseitig kontrolliert. Das war unsere Abmachung. Anders funktioniert so was nicht.

Oberländer merkt sich den Namen, Lukas Friedrich, und nimmt dann in diesem Moment bewusst einen Richtungswechsel vor: Halten Sie es für möglich, Herr Pfaffmann, dass Ihre Lebensgefährtin Suizid verübt hat?

Nein. Niemals. Dafür lege ich beide Hände ins Feuer. Hannelore hat das Leben geliebt. Sie besaß keinen Grund, sich selbst etwas anzutun. Günther Pfaffmann zündet sich die dritte Zigarette an der zweiten an. Auf seiner Stirn glänzen Schweißtropfen.

Das lasse ich erst mal so stehen, sagt Oberländer, der fleißig Stichworte notiert. Wie hieß der Kerl noch gleich? Genau, Lukas Friedrich. Doch wenn Ihre Lebensgefährtin das Opfer eines Gewaltverbrechens geworden ist, dann muss sie ihren Mörder vermutlich gekannt haben. Jedenfalls sind uns bisher keine Einbruchsspuren aufgefallen.

Sie haben ja auch noch nicht überall nachgesehen … Aber Sie haben vermutlich recht.

Oberländer verschränkt die Arme vor seiner Brust und durchbohrt den Zeugen mit seinem Blick. Wir haben jedoch das *als* noch immer nicht geklärt, Herr Pfaffmann.

Ja, als ich nach Hause gekommen bin, stand Hannelores Auto vor der Garage, aber sie war nicht da. Ihre Handtasche lag auf der Kommode in der Eingangshalle, und das ganze Haus war dunkel. Ich habe nach ihr gerufen, habe dann das ganze Haus nach ihr abgesucht, vom Dachboden bis hinunter in den Keller. So viel zum Thema Einbruch … Dann bin ich raus in den Garten zum See hinunter, in unser Bootshaus. Aber keine Spur von ihr. Gegen ein Uhr morgens habe ich mich ins Bett gelegt und bin sofort eingeschlafen.

In Ihrem gemeinsamen Schlafzimmer?

Günther Pfaffmann nickt.

Sie haben in Ihrem Bett geschlafen, während Ihre Lebensgefährtin sich nur ein paar Meter von Ihnen entfernt tot im Kleiderschrank befunden hat?

Ja. Günther Pfaffmann schaudert.

Müssten Sie nicht von vorneherein gewusst haben, dass Ihre Lebensgefährtin zu Hause war, wo doch ihr Wagen auf dem Grundstück parkte?

Nein, nein, wenn Hannelore nach München fährt, nimmt sie lieber die S-Bahn, ganz gleich, ob sie von Starnberg oder von Wolfratshausen aus in die Stadt fährt.

Aber dann war da natürlich noch ihre Handtasche …

Sie würde niemals ohne Handtasche aus dem Haus gehen. Aber sie hat so einige, sehen Sie ruhig in ihrem Schrank nach. Günther Pfaffmann schließt erschöpft die Augen. Nein, es war der Bademantel, Herr Kommissar, murmelt er. Den legt sie immer zusammengefaltet auf ihr Bett. Es ist ein Ritual. Und als ich dann heute Morgen auf den Knopf der Kaffeemaschine drücken wollte, fiel mir plötzlich ein, dass auf ihrem Bett etwas fehlte – nämlich der Bademantel, und der Rest war Intuition.

Intuition?, unterbricht Oberländer und tauscht mit seinem Kollegen Haringer einen weiteren vielsagenden Blick. Beide Polizisten haben in diesem Moment auch eine Intuition. Und zwar eine gewaltige, dass sie nämlich Günther Pfaffmann besser kein Wort glauben sollten.

Sie glauben mir vermutlich kein Wort, nicht wahr, Herr Kommissar?, sagt Günther Pfaffmann ruhig.

Gedanken lesen kann er also auch noch. Oberländer räuspert sich. Ihre Geschichte klingt zumindest sehr ungewöhnlich.

Das weiß ich selbst. Aber daran kann ich nichts ändern. Günther Pfaffmann zuckt mit den Schultern. Genau so war's.

Schritte in der Eingangshalle. Brunner steckt wieder seinen Kopf in die Küche. Die KTU ist jetzt da. Ich zeig den Kollegen mal den Weg.

Sehr gut, sagt sein Vorgesetzter und klappt sein Notizbuch zu. Ja. Das war's fürs Erste, Herr Pfaffmann. Der Zeuge rauft sich die Haare. Oberländer bemerkt, dass Günther Pfaffmanns Augen feucht werden. Schon rinnt ihm eine Träne die Wange hinunter. Und dann beginnt er lautlos zu schluchzen. Hemmungslos. Dieser Mann ist ein Chamäleon, denkt Oberländer. Schlau wird er jedenfalls nicht aus ihm. Brauchen Sie ärztliche Hilfe, Herr Pfaffmann? Wollen Sie vielleicht jemanden anrufen?

Günther Pfaffmann blickt ihn aus wässrigen Augen an. Meinen Sie damit einen Anwalt?

Möchten Sie denn einen Anwalt anrufen?

Stehe ich denn unter Verdacht? Ich habe doch nichts getan … *Ich habe Hannelore nicht umgebracht!* Er zieht geräuschvoll seine Nase hoch und wischt sich mit dem Ärmel seines Jogginganzugs die Tränen aus dem Gesicht.

Ich würde Ihnen gerne glauben, Herr Pfaffmann, sagt Oberländer. Aber das ist geschwindelt. Für den Hauptkommissar ist dieser Fall so gut wie gelöst: eine typische Beziehungstat. Mord aus Eifersucht. Gefolgt von einem dilettantischen Versuch, einen Suizid vorzutäuschen und verräterische Spuren zu verwischen. Günther Pfaffmann hält sich vermutlich für einen Oberschlauen. Er wiederum hält ihn für aalglatt, geradezu gerissen und skrupellos. Tränen der Trauer wie auf Knopfdruck. Solche Verdächtige nennt er *Burgschauspieler*.

Keine Höflichkeiten mehr, keine Samthandschuhe. Passen Sie

auf, Herr Pfaffmann, sagt Oberländer. Ich nehme Sie trotz Ihrer Geschichte vorläufig fest, wegen des Verdachts, Ihre Lebensgefährtin Hannelore Plattner getötet zu haben. Meine Kollegen werden Sie aufs Revier bringen. Sie können sich vorher noch was anderes anziehen, und ich gehe davon aus, dass Sie keine Schwierigkeiten machen werden.

Günther Pfaffmann schüttelt den Kopf. Nein, ich werde Ihnen bestimmt keine Schwierigkeiten machen, auch wenn Sie sich irren. Oberländer ignoriert Pfaffmanns Einspruch.

Strecken Sie bitte Ihre Hände vor. Der Tatverdächtige lässt die Schultern hängen und kommt seufzend der Aufforderung nach. Haringer will ihm die Handschellen anlegen.

Moment noch, bitte. So will ich nicht raus auf die Straße. In der Eingangshalle steht mein Koffer, sagt Günther Pfaffmann. Da sind frische Hemden und Hosen drin. Er wendet sich an den Hauptkommissar. Herr Oberländer?

Herr Pfaffmann?

Auch wenn Sie der Ansicht sind, dass Sie mit mir bereits den Richtigen haben: Versprechen Sie mir bitte – wenn Sie oder Ihre Kollegen wahrscheinlich schon bald mit Hannelores Sohn reden –, nichts von unserem Arrangement zu erwähnen. Tobias liebt seine Mutter sehr.

Das kann ich Ihnen leider nicht versprechen.

Ich weiß. Aber vielleicht lässt es sich irgendwie umgehen.

***

Während Günther Pfaffmann, begleitet vom Polizeihauptwachtmeister Gustav Haringer, sich im Kaminzimmer ankleidet; während die Beamten Brunner und Ernst draußen auf der Straße die Nachbarn befragen und während Oberländer die Mordermittler aus Fürstenfeldbruck, Hauptkommissar Karsten Klodt und seine

Assistentin, Kommissaranwärterin Franziska Junginger, über seine erste Vernehmung des Zeugen informiert, machen die Kriminaltechniker Rolf Freitag und Paul Hofreither im Schlafzimmer der getöteten Hannelore Plattner eine schaurige Entdeckung.

Kollegen – das müsst ihr euch ansehen!, ruft Freitag. Die Beamten versammeln sich im Schlafzimmer. Freitag hält ein Kopfkissen hoch. Auf der einen Seite eines Kopfkissens ist die holzschnittartige Silhouette des Gesichts von Hannelore Plattner deutlich zu erkennen. Die Augenpartie, die Nase, die Wangen, ihr Mund.

So was habe ich noch nie gesehen, sagt Franziska Junginger.

Ich auch nicht, meint Karsten Klodt verblüfft, dabei habe ich schon ziemlich viel gesehen. Er wirft einen Blick auf den Leichnam. Das Make-up ist kaum verschmiert. Merkwürdig.

Kloth gilt als erfahrener und geduldiger Ermittler, der sich in verzwickte Fälle regelrecht verbeißen kann.

Ob dies jedoch ein verzwickter Fall werden könnte, daran hegt sein Starnberger Kollege Oberländer massive Zweifel. Ich sag's Ihnen: Dieser Pfaffmann ist eiskalt. Er bringt sie im gemeinsamen Schlafzimmer um, stopft sie in den Schrank und legt sich dann seelenruhig schlafen. Ich halte den subjektiven Tatverdacht jedenfalls für gegeben.

Fest steht, dass derjenige, der ihr das Kissen aufs Gesicht gedrückt hat, über Bärenkräfte verfügen muss, sagt der Kriminaltechniker. Der Kopf muss wie in einem Schraubstock festgesteckt haben.

Trauen Sie Ihrem Verdächtigen das zu?, fragt Klodt.

Wenn er in Rage gewesen ist? Verletzte Eitelkeit, Eifersucht, Wut, Zorn können die Körperkräfte leicht verdoppeln.

Das ist mir bekannt, Kollege Oberländer.

Sie haben ihn aber eben nicht erlebt. Trauer sieht für mich anders aus. Aber eine Nacht in der Arrestzelle, und er gesteht. Spätestens, wenn er nach Stadelheim einfährt.

Darüber muss aber immer noch ein Richter entscheiden, *Herr* Kollege. Klodt ist kein Freund von Schnellschüssen, schon gar nicht ins Blaue hinein. Wenn er mit einem Betonkopf wie Peter Oberländer konfrontiert ist, neigt er zu latent oberlehrerhaftem Verhalten.

SONNTAG, 18. JULI 1993, 17.35 UHR

Als Klodt am frühen Abend das Vernehmungszimmer in der Starnberger Polizeidienststelle betritt, könnte er den subjektiven Tatverdacht Oberländers gegen Günther Pfaffmann bereits mit einigen brauchbaren Indizien entkräften. Denn aus den bisherigen Untersuchungen am Tatort ergeben sich aufgrund der Faserspuren recht deutliche Anhaltspunkte, die den ersten Entwurf eines Tathergangs gestatten: Danach war Hannelore Plattner aufs Bett geschleudert worden, wo der Täter versucht hatte, sie mit ihrem eigenen Kopfkissen zu ersticken. Sie hatte sich heftig gewehrt. Dieser Kampf war dann mit großer Sicherheit auf dem Teppichboden des Schlafzimmers neben ihrem Bett fortgesetzt worden. Dort hatte der Täter Hannelore Plattner mit ihrem Bademantelgürtel mindestens bis zur Bewusstlosigkeit gewürgt, die leblose Frau dann zum geöffneten Kleiderschrank geschleift und mithilfe einer drei Meter langen Verlängerungsschnur, die von einer Stehlampe im Schlafzimmer stammte, versucht, ihren Suizid vorzutäuschen.

Bei der oberflächlichen Untersuchung der Toten waren Hautabschürfungen festgestellt worden, im Besonderen an ihren Ellbogen und Fersen. Besonders auffällig waren die Hämatome auf der Oberseite ihrer Oberarme. Kloth nimmt an, dass der Täter auf ihren oberen Extremitäten gekniet hatte. Den vorläufigen Todeszeitpunkt haben die Kriminaltechniker auf den Sonnabend zwischen 14.30 Uhr und Mitternacht festgelegt. Der Hals der Getöteten wies deutliche Spuren einer Strangulation mit einem Bademantelgürtel aus frottierter Baumwolle auf, ihr Zungenbein war womöglich gebrochen, aber Kloth und die Kriminaltechniker hatten übereinstimmend die Vermutung geäußert, dass Hannelore Plattner eventuell sogar noch gelebt hatte, als sie von ihrem Mörder in den Kleiderschrank verfrachtet worden war. Sie waren sich auch einig, dass sie vor ihrem gewaltsamen Tod mit hoher Wahrscheinlichkeit keinen sexuellen Verkehr hatte oder vergewaltigt worden war, doch mit dem genauen Obduktionsbericht aus der Münchener Rechtsmedizin rechnet Kloth frühestens Ende der kommenden Woche.

Erstaunlicherweise waren am Tatort weder verwertbare Fingerabdrücke noch Blutspuren entdeckt worden. Auffällig waren nur einige kurze Haare, die zumindest nach einem oberflächlichen Blick durch eine starke Lupe wahrscheinlich nicht von der Getöteten stammten. Dabei hatte es sich um Körperhaare gehandelt, vermutlich um die Haare eines Mannes. Kloth hatte die Kriminaltechniker angewiesen, das Kissen, die Überdecke des Bettes, den Bademantel nebst Gürtel, den Ring und die Unterwäsche des Opfers ebenfalls in die Rechtsmedizin bringen zu lassen.

Er vermutet auf diesen Asservaten DNA-Spuren des Täters; Schweiß und Hautpartikel, Tränen und Speichel, wobei die genetische Spurensuche noch in den Kinderschuhen steckt. Aber die Kriminaltechnik macht große Fortschritte.

Was für die Unschuld des Lebensgefährten spricht: Alle seine bisherigen Angaben lassen sich durch Belege und Zeugenaussagen bestätigen. Günther Pfaffmann hatte demnach kurz vor 16 Uhr in einem Blumengeschäft in der Nürnberger Innenstadt einen Strauß dunkelroter Baccararosen gekauft, mit Schleierkraut, für 40 Mark. Am Kindinger Berg hatte es zum angegebenen Zeitpunkt einen Verkehrsunfall mit anschließender Vollsperrung gegeben. Seine Assistentin Carola Zeise hatte gegenüber Franziska Junginger ausgesagt, dass sie mit ihrem Chef knapp zweieinhalb Stunden in der Firma verbracht hatte. Und das Personal im Restaurant *Opatija* hatte Pfaffmanns Angaben ebenfalls bestätigt.

Also wenn er es gewesen ist und sich der vermutete Todeszeitpunkt erhärtet, dann kann Pfaffmann sie nur zwischen 23 Uhr und Mitternacht getötet haben, denkt Kloth. Und das spräche gegen einen dilettantischen Versuch, einen Suizid vorzutäuschen. Günther Pfaffmann hätte schließlich die ganze Nacht lang Zeit gehabt, sich etwas Besseres auszudenken. Er hätte ihren Leichnam zum Beispiel im Starnberger See versenken können.

Die Tür des Verhörraums öffnet sich, aber nicht der Tatverdächtige kommt herein, sondern Hauptkommissar Peter Oberländer.

Sie wirken ja so zerknirscht, sagt Kloth.

Tja. Vielleicht war ich doch ein wenig vorschnell. Oberländer wedelt mit einer schriftlichen Zeugenaussage. Ein Nachbar von der Plattner und dem Pfaffmann hat sich noch bei uns gemeldet. Er habe gegen 17 Uhr einen dunkelblauen Kombi beobachtet, der auf der Straße vor der Villa geparkt hat. Darin saßen zwei jüngere Männer, von denen der Beifahrer ausgestiegen und zum Haus gegangen sei. Er habe aber nicht beobachten können, ob ihm auch die Tür geöffnet worden sei, was er jedoch annimmt. Denn der Beifahrer sei erst nach ungefähr zwanzig Minuten wieder in den Kombi gestiegen. Er habe zunächst an einen Pizzaboten gedacht.

Wer ist der Zeuge?

Hansgeorg Riessle, ein älterer Herr. Schon in den Achtzigern. Er hatte dennoch in der Nachmittagshitze den Grünstreifen vor seinem Grundstück und dann seinen Vorgarten sauber gemacht. Seine Augen seien zwar nicht mehr die besten, hat er unseren Leuten gesagt, aber er sei sich hundertprozentig sicher, dass es sich um ein relativ altes Ford-Modell gehandelt habe, mit Starnberger Kennzeichen, STA-E-564.

Donnerwetter, sagt Karsten Kloth.

Ja, denn das Auto hat ausgerechnet in seiner Einfahrt gewendet. Der Wagen ist tatsächlich ein Ford-Kombi und auf einen Eberhard Haller zugelassen, 24 Jahre alt, wohnhaft in Tutzing. Die Kollegen sind schon unterwegs dorthin.

Von der Zeit her haut es jedenfalls hin. Und dieser Lukas Friedrich, der Barmann aus dem Tennisverein?

Den nehmen wir uns nachher gemeinsam vor. Oberländer stockt. Aber da ist immer noch dieses, sagen wir mal, grenzwertige Verhalten des Zeugen Pfaffmann, fügt er dann hinzu.

Ungewöhnlich ist es schon. Also das, was Sie mir über Ihre Vernehmung berichtet haben. Das muss Klodt zugeben. Doch jeder Mensch trauert anders. Günther Pfaffmann könnte auch traumatisiert sein.

Wenn er unschuldig ist, wirft Oberländer ein.

Auch wenn er es getan hat und wenn er unschuldig ist, sowieso, erwidert Kloth. Dann könnte sein Verhalten der verzögerten Trauer entsprechen, die zunächst ausbleibt und erst durch spätere Ereignisse ausgelöst und durchlebt wird.

Wer sagt das?

Meine Assistentin, Franziska Junginger. Vielleicht sollte ich hinzufügen: Sie ist Diplom-Psychologin. Ich habe sie allerdings nach München geschickt, um Hannelore Plattners Verabredung zu überprüfen … Ich glaube, das Beste wird sein, wir lassen Herrn Pfaffmann jetzt erst mal reden.

Wie auf ein Stichwort öffnet sich erneut die Tür zum Vernehmungszimmer. Der Verdächtige wird vom Beamten Haringer eskortiert. Pfaffmann trägt Handschellen.

Nehmen Sie Platz, sagt Klodt. Und können Sie Herrn Pfaffmann bitte die Handschellen abnehmen, Herr Haringer? Dann redet es sich entspannter. Ich bin Karsten Klodt, Hauptkommissar bei der Mordkommission der Kriminalpolizeiinspektion Fürstenfeldbruck.

Günther Pfaffmann ist bleich. Er wirkt fahrig, als er sich an Peter Oberländer wendet. Könnte ich meine Zigaretten haben, bitte? Die hat man mir vorhin abgenommen.

Hier drinnen herrscht absolutes Rauchverbot, sagt Oberländer streng, während Günther Pfaffmann die Handfesseln abgenommen werden.

Dafür kassiert er einen tadelnden Blick von Klodt.

Na gut, ausnahmsweise, lenkt Oberländer rasch ein und geht sogar selbst los, um die Zigaretten und einen Aschenbecher zu holen. Auch Gustl Haringer verlässt den Raum. Günther Pfaffmann massiert seine Handgelenke.

Karsten Klodt schaltet den Kassettenrekorder ein: Vernehmung des Günther Pfaffmann, Sonntag, 18. Juli 1993, 17.45 Uhr, durch die Hauptkommissare Peter Oberländer, Polizeidirektion Starnberg, und Karsten Kloth, Kriminalpolizeidirektion Fürstenfeldbruck. Herr Pfaffmann, Sie sind über Ihre Rechte belehrt worden?

Ja, sagt Günther Pfaffmann, mehrmals.

Und Sie wollen nach wie vor keinen Rechtsbeistand hinzuziehen? Sie können Ihren Anwalt kontaktieren, oder Ihnen wird ein Pflichtverteidiger zur Seite gestellt, falls Sie keinen Anwalt haben oder sich keinen leisten können. Dazu haben Sie das Recht.

Oberländer kehrt mit den Zigaretten zurück.

Das halte ich nicht für notwendig. Denn ich habe meine Lebensgefährtin Hannelore Plattner nicht getötet. Seine Stimme ist fest, klingt überzeugend, aber nicht laut.

Nennen Sie uns einen Grund, warum wir Ihnen Ihre Geschichte glauben sollen, Herr Pfaffmann. Denn Sie haben Hauptkommissar Oberländer gegenüber in Ihrer ersten Vernehmung, ich zitiere, *über stürmische Zeiten* berichtet und über Ihre offene Beziehung mit Hannelore Plattner, die Sie beenden wollten.

Günter Pfaffmann hebt die Hand. Beenden? Nein, auf keinen

Fall. Aber verändern – ja! Und außerdem … Kloth beugt sich interessiert vor. Ich habe nachgedacht, ob Hannelore irgendwelche Feinde hatte. Mir ist tatsächlich jemand eingefallen, es liegt auf der Hand.

Um wen handelt es sich, Herr Pfaffmann?

Rüdiger Jahnke. Er war bis vor gut drei Jahren Hannelores Partner, sagt Günther Pfaffmann. Wenn Sie so wollen, mein Vorgänger in Hannelores Unternehmen und auch privat. Er soll Firmengelder unterschlagen haben. Eine sehr unschöne Trennung, würde ich sagen. Hannelore hat ihn jedenfalls fristlos entlassen und ihn angezeigt.

Wissen Sie, wo sich dieser Rüdiger Jahnke zurzeit aufhält?

Soweit es mir bekannt ist, wird er von einem Berliner Anwalt vertreten. Das Ermittlungsverfahren zieht sich.

Oberländer räuspert sich. Das hätten Sie mir aber schon heute Morgen erzählen können.

Pfaffmann zündet sich eine Zigarette an. Dann sagt er: Da war ich ziemlich durcheinander. Das bin ich übrigens immer noch. Das verstehen Sie doch, oder?

Aber Sie wirken auch erstaunlich beherrscht für einen Mann, der gerade seine Lebensgefährtin durch ein scheußliches Verbrechen verloren hat, wirft Kloth ein.

Günther Pfaffmann lächelt ihn traurig an. Fassade, Herr Kloth, alles nur Fassade. Was würde es denn nützen, wenn ich jetzt ausflippen würde? Ich will, dass dieses Schwein gefasst wird.

Kloth schaltet das Aufnahmegerät aus, lässt seinen Zeigefinger jedoch auf der Aufnahmetaste ruhen. Sein Bauchgefühl sagt ihm, dass Günter Pfaffmann zwar ein merkwürdiger Vogel ist, aber kein Mörder. Wenn wir Sie jetzt gehen lassen würden, Herr Pfaffmann, wo würden Sie übernachten? Denn in Ihr Haus können Sie so lange nicht zurück, bis die kriminaltechnische Untersuchung komplett abgeschlossen ist.

Entweder in einem Hotel oder, er atmet durch, bei meiner Assistentin in Sauerlach, Frau Zeise. Dazu müsste ich sie allerdings anrufen.

Dann tun Sie das, Herr Pfaffmann, sagt Kloth und erhebt sich. Ich bin erst mal fertig. Irgendwelche Einwände, Kollege Oberländer?

Nein, sagt Oberländer tonlos. Sie halten sich dann aber bitte zu unserer Verfügung, Herr Pfaffmann!

Natürlich. Günther Pfaffmann erhebt sich ebenfalls. Er will Kloth schon die Hand hinstrecken, besinnt sich jedoch im letzten Moment.

Kloth hätte den Händedruck auch nicht erwidert.

SONNTAG, 18. JULI 1993, 18.45 UHR

Guten Abend. Sind Sie Eberhard Haller?

Eberhard, der nur eine ausgeleierte Micky-Maus-Unterhose trägt, weil es immer noch heiß ist, fühlt sich überrumpelt. Stehen da doch tatsächlich zwei Bullen vor seiner Wohnungstür. Er beschließt, erst einmal nichts zu sagen. Denn die Polizei verheißt niemals etwas Gutes.

Sind Sie denn Eberhard Haller?

Der Ton des Bullen gefällt Eberhard ganz und gar nicht. Trotzdem nickt er.

Und der dunkelblaue Ford-Kombi, Kennzeichen STA-E-564, der draußen auf der Straße vor dem Haus parkt, gehört der Ihnen?

Ach du Scheiße, fällt es Eberhard in diesem Moment ein, der TÜV ist seit vier Monaten abgelaufen! Er schaut die beiden Beamten misstrauisch an. Ja, schon. Das ist meiner. Warum?

Ihr Wagen wurde gestern Nachmittag gegen 17 Uhr in der Possenhofener Straße in Starnberg beobachtet, wie er rund zwanzig Minuten vor einem Haus parkte.

Keine Ahnung. Weiß ich nicht.

Waren Sie denn gestern Nachmittag in der Possenhofener Straße in Starnberg, Herr Haller?

Kann mich nicht daran erinnern.

Aber Sie wurden zweifelsfrei erkannt, Herr Haller. Darüber hinaus befand sich noch eine zweite Person in Ihrem Wagen.

Keine Ahnung, von was Sie reden. Da kennt mich niemand. Denn da war ich noch nie. Eberhards Augen flackern. Er wittert Unheil, Gefahr, weicht zwei Schritte zurück.

Blöderweise betritt der eine Bulle die Wohnung und belässt es so bei dem bisherigen Abstand. Haben Sie Ihren Wagen vielleicht an jemanden verliehen? Oder ist jemand anders gefahren?

Würd ich nie tun, mein Auto verleihen. Warum fragt ihr mich das alles?

Die beiden Beamten schauen sich kurz an. Dann sagt der größere von beiden: Ziehen Sie sich bitte mal was an, und kommen Sie mit, Herr Haller!

Weil meine Karre keinen TÜV hat oder was?

Wieso TÜV? Der Polizeibeamte schüttelt den Kopf. Es geht um Mord, Herr Haller. Und Sie begleiten uns deshalb jetzt zwecks Überprüfung Ihrer Angaben aufs Starnberger Revier. Los, ziehen Sie sich was an!

Eberhard realisiert, dass der andere Bulle nachrückt, die Hand auf dem Griff seiner Pistole, die in einem Holster an seiner Hüfte steckt. Ich fordere Sie nicht noch einmal auf, Herr Haller, sagt der Große, leisten Sie keinen Widerstand!

Da ist er bei Eberhard jedoch an der falschen Adresse. Denn in diesem Moment setzt sein Fluchtreflex ein. Später werden beide Beamten zu Protokoll geben, dass sie sich gefühlt hätten wie zwei Kegel, die von einer brachialen Kraft von der einen Wand zur anderen geschleudert worden seien, einmal, zweimal, dreimal. Als Eberhard aus seinem Wohnungsflur hinaus ins Treppenhaus flieht, gelingt es dem zweiten Polizisten jedoch, dem Flüchtenden ein Bein zu stellen. So aus dem Gleichgewicht gebracht, hechtet Eberhard wie über einen Schanzentisch über den obersten Treppenabsatz hinweg und schlägt dann bäuchlings, mit dem Gesicht zuerst, auf der Kante der vierten Treppenstufe auf, was ihn seine beiden oberen Schneidezähne kostet. Er überschlägt sich, prallt mit dem Kopf gegen die Wand und bleibt benommen auf dem unteren Treppenabsatz liegen. Blut rinnt aus seiner aufgeplatzten Oberlippe über sein Kinn. Noch bevor er sich aufrappeln kann, sind die Beamten über ihm. Während ihm der eine seinen Fuß auf den Nacken stellt, um Eberhards Kopf hinunterzudrücken und ihm die Luft zu nehmen, gelingt es dem größeren mit viel Mühe, Eberhards Arme auf den Rücken zu hebeln und seine Hände zu fesseln. Danach sind die beiden Beamten schweißgebadet. Und weil sie nicht abschätzen können, ob der stöhnende und grunzende Eberhard Haller seinen Widerstand aufgibt oder vielleicht doch nicht, fordern sie vorsichtshalber Verstärkung an.

So sitzt Eberhard Haller erst eine gute Stunde später in Fußfesseln im Verhörraum des Starnberger Polizeireviers. Seine Hände sind am Metalltisch fixiert. Trotz seiner großen, kräftigen Statur wirkt er jetzt hilflos, was auch an seiner besudelten Unterhose liegt.

Die Hauptkommissare Kloth und Oberländer müssen Überstunden machen. Durch den Einwegspiegel sehen sie ungeduldig zu, wie ein Notarzt den Riesen oberflächlich untersucht, die aufgeplatzte Oberlippe desinfiziert und ihm notdürftig das getrocknete Blut vom Kinn und vom Hals wischt.

Der Patient zeigt normale Reaktionen, sagt der Arzt in Richtung des Spiegels, während er seinen Notarztkoffer zusammenpackt, Puls und Blutdruck sind im grünen Bereich, die Wunde auf der Oberlippe muss nicht genäht werden. Herr Haller ist auf jeden Fall vernehmungsfähig.

Oberländer drückt die Intercom-Taste. Danke, Herr Doktor. Er wendet sich an Kloth. Mir fällt gerade das Kopfkissen ein. Kraft scheint der Kerl da jedenfalls zu besitzen. Und er wollte sich einer Befragung entziehen …

Das sieht man. Hören wir uns erst mal an, was er zu sagen hat, schlägt Kloth vor. Er wirft einen Blick auf seine Armbanduhr. Sind die ersten 48 Stunden erst einmal verstrichen, ohne dass es eine erste Spur zum Täter gibt, wird es meistens zäh.

Als die beiden Kommissare das Vernehmungszimmer betreten wollen, schießt einer der vier Polizeibeamten, die am Ende nötig waren, um Eberhard Haller gemeinsam in einen Streifenwagen zu wuchten, um die Ecke und will Peter Oberländer einen schmalen Aktenordner in die Hand drücken. Der Verdächtige Haller ist kein unbeschriebenes Blatt, sagt der Beamte, etwas außer Atem. Kloth liest sein Namensschild an der Uniform: L. Reisinger, Polizeimeister. Vor gut fünf Monaten an Fasching haben wir ihn einmal erkennungsdienstlich behandelt, wegen des Verdachts der schweren Körperverletzung, sagt Reisinger.

Oberländer will nach der Akte greifen, Kloth ist schneller. Zeigen Sie mal bitte her, Kollege Reisinger, sagt er, nimmt ihm den Ordner aus der Hand, schlägt ihn auf und überfliegt die abgehefteten Aussagen und Protokolle.

Eberhard Haller hatte am diesjährigen Faschingsdienstag auf der Herrentoilette der Schützenhalle drei Gäste verprügelt und dabei erheblich verletzt, sagt Reisinger dienstbeflissen.

Hat er sie grundlos verprügelt? Kloth blättert sich zu Eberhard Hallers Aussage durch.

Jetzt erinnere ich mich, wirft Oberländer ein und tippt sich an die Stirn. Er hatte sich auf der Toilette in eine Schlägerei eingemischt. Drei Kerle hatten einen anderen in der Mangel, er hatte damals ausgesagt, die hätten ihn wahrscheinlich totgeschlagen, wenn er nicht eingegriffen hätte.

Dann hatte er einen Grund, sagt Kloth mit Blick aufs Protokoll. Wissen wir, wen er da rausgehauen hat?

Nein. Das wollte er uns nicht sagen. Vielleicht konnte er es ja auch nicht. Die Anzeige der Geschädigten ist auch erst ein paar Tage später eingegangen. Das Verfahren wurde dann eingestellt, sagt Oberländer.

Kloth klappt die Akte zu und drückt sie Oberländer in die Hand. Dann wollen wir mal, sagt er, und: Wir lassen ihn erst mal nackig.

***

Bereits nach wenigen Minuten zweifelt Kloth daran, dass Eberhard Haller als Täter infrage kommt. Bauchgefühl ist nun einmal Bauchgefühl. Der betagte Zeuge Riessle hatte zwar von zwei Männern in einem dunkelblauen Ford-Kombi gesprochen, doch derjenige, der ausgestiegen war, war kein Riese. Kloth ist vor allem aber darüber verblüfft, dass Eberhard Haller bisher nicht einmal gefragt hat, warum man ihn überhaupt – gegen seinen erbitterten Widerstand – aufs Revier gebracht hat. Interessiert's dich eigentlich gar nicht, warum du hier bist, Eberhard?

Eberhard Haller reagiert mit Schulterzucken. Seine Mundwinkel hängen trotzig hinunter, er scheint instinktiv vorsichtig und misstrauisch zu sein. Keine Ahnung, was ich wieder ausgefressen haben soll.

Du weißt es nicht? Hat man dir bei der Festnahme nicht gesagt, dass es um eine Mordsache geht? Kloth hat sich bewusst für die kumpelhafte Ansprache entschieden.

Kopfschütteln.

Dann hast du es wohl vergessen. Kennst du denn eine Hannelore Plattner?

Nie gesehen.

Aber gehört hast du schon von ihr.

Auch nicht.

Oberländer, der mit verschränkten Armen an der Kopfseite des Tisches steht, mischt sich ein. Falls du es noch immer nicht kapiert hast, Eberhard: Diese Hannelore Plattner, die dort in der Possenhofener Straße gelebt hat, ist jetzt tot. Ich glaube, du brauchst einen Rechtsanwalt.

Ich kenne aber keine Hannelore Plattner, sagt Eberhard Haller und starrt Kloth an.

Mehr hast du dazu nicht zu sagen? Kloth ist dran.

Zu was denn? Ja, tut mir leid, dass sie tot ist. Aber was hab ich damit zu tun?

Was hast du in Gottes Namen ausgerechnet vor ihrem Haus in der Possenhofener Straße gemacht? Mindestens zwanzig Minuten lang hat dein Auto vor ihrem Haus geparkt.

Ich kann stehen, wo ich will.

Dann warst du also da. Und mit wem hast du in deinem Auto gesessen? Eberhard Haller blinzelt Kloth an. Ganz richtig: Du bist *gesehen* worden, sagt Kloth. Aber da war noch ein anderer in deinem Auto. Ein Kumpel von dir?

Wo? Ich versteh nicht.

Tu nicht dümmer, als du's eh schon bist, mischt Peter Oberländer sich ein. Er tritt an den Tisch heran und beugt sich zu Eberhard Haller hinunter. Du bist *erkannt* worden, als du ins Haus hineingegangen bist …

Bin ich nicht, weil ich im Auto sitzen geblieben bin.

Dann war's halt der andere. Wer von euch hat sie denn nun umgebracht? Oberländers Gesicht ist nur noch wenige Zentimeter von Eberhard Hallers Nase entfernt.

Umgebracht?

Ja, Eberhard. Es geht um Mord! Kapierst du es jetzt endlich?

Wollt ihr mir etwa was anhängen? Mord? Keiner von uns war's!, schreit Eberhard Haller. Ihr seid ja verrückt, ihr Scheißbullen.

Schrei nicht so. Wer war bei dir? Kloth.

Warum hast du dann vorhin versucht, abzuhauen? Oberländer.

Schon ist Kloth wieder dran. Wer war noch bei dir im Auto? Guter Bulle, schlechter Bulle.

Hat dein Kumpel die Frau getötet? Oberländer.

Seid ihr deppert? Luki hat doch niemanden umgebracht. So was würde der nie tun! Eberhard Haller schüttelt erbost den Kopf.

Schau an, Luki heißt dein Kumpel. Wer ist denn dieser Luki?

Der Luki halt, sagt Eberhard Haller. Kloth sieht ihn scharf an und bewegt seine rechte Hand kreisförmig – nun mach schon deinen Mund auf! Schließlich tut Eberhard Haller ihm den Gefallen: Lukas Friedrich heißt er. Wir wohnen zusammen, sagt er leise.

Und wenn ihr euch langweilt, bringt ihr gemeinsam Frauen um? Oberländer richtet sich auf, wendet sich an Kloth. Ich glaube, Herr Kollege, wir sollten dem Eberhard jetzt sofort einen Pflichtverteidiger zur Seite stellen. Sonst hat sein Geständnis keinen Bestand vor Gericht.

Was denn für ein Geständnis?, ruft Eberhard Haller entsetzt. Ich hab niemanden ermordet, und der Luki auch nicht. Er hat der Frau doch bloß ihre Tennisbälle bringen wollen.

Kloth ignoriert ihn. Bewusst. Das seh ich auch so, Kollege, sagt er zu Peter Oberländer. Aber wir sollten ihm vielleicht noch eine Chance geben! Was meinen Sie? Er wendet sich an den Verdächtigen. Sag mir einmal, Eberhard: Wo finde ich denn diesen Luki? Wo ist er jetzt gerade?

Die beiden Kommissare beobachten, wie es in Eberhard Hallers Schädel rattert. Er arbeitet im Tennisclub, hier in Starnberg, stottert Eberhard. Um neun Uhr heute Abend soll ich ihn abholen.

Na bitte, denkt Kloth. Peter Oberländer schlägt Eberhard freundschaftlich auf die Schulter. Mach dir keine Sorgen, darum kümmern wir uns. Aber jetzt nehme ich dich erst einmal vorläufig fest. Wie durch Zauberhand öffnet sich Sekunden später die Tür zum Vernehmungszimmer, und zwei Polizeibeamte betreten den Raum. Bringt den Herrn Haller in die Arrestzelle, sagt Oberländer. Vielleicht könnt ihr auf dem Weg einen alten Trainingsanzug für ihn auftreiben – damit er sich nicht erkältet.

Eine Frage hätte ich aber noch, sagt Kloth, der eine plötzliche Eingebung hat. Woher kennt ihr euch, der Luki und du?

Das war zufällig. Ich war zur richtigen Zeit am richtigen Ort, sagt der Luki immer.

Auf der Herrentoilette in der Schützenhalle, am letzten Faschingsdienstag – richtig?

Ganz genau, Herr Kommissar, sagt Eberhard Haller verblüfft. Ich hab den Luki rausgehauen, wissen Sie. Die hatten ihn voll am Arsch. Total unfair, drei gegen einen. Seitdem sind wir Freunde!

So steht es auch in deiner Akte. Na ja. Bringt ihn weg!

Eberhard Haller weiß zwar nicht so recht, wie ihm geschieht, aber er lässt sich widerstandslos abführen. Kloth schaut auf seine Uhr und versucht, ein Gähnen zu unterdrücken. Es bleibt beim Versuch. Zehn Stunden dauert jetzt schon seine Sonntagsschicht, und so, wie es aussieht, ist sie noch lange nicht zu Ende. Doch seine Überstunden zählt er schon lange nicht mehr. Und schon morgen früh um neun muss er in die Münchner Rechtsmedizin, wo Hannelore Plattners Leichnam obduziert werden soll.

In Momenten wie diesen denkt Kloth häufig daran, dass er auch was Anständiges hätte lernen können, obwohl seine Aufklärungsquote bei Tötungsdelikten seit zehn Jahren bei phänomenalen hundert Prozent liegt. Außerdem sind es nur noch drei Jahre, vier Monate und fünf Tage: Dann wird er in den Sack hauen, Überstunden nicht mitgezählt.

SONNTAG, 18. JULI 1993, 20.05 UHR

In Hannelore Plattners Handtasche hatten die Kriminaltechniker einen Terminkalender gefunden. Darin hatte sie eine Telefonnummer und die Adresse eines italienischen Restaurants in München-Grünwald nebst Datum und Uhrzeit rot eingekringelt, dazu der Vorname eines Mannes, Kurt, mit Ausrufezeichen. Mehr als genug, um Hannelore Plattners Verabredung in München schnell ausfindig machen zu können. Als Kloth und Oberländer auf den Parkplatz des Starnberger Tennisclubs einbiegen, stellt die Einsatzzentrale einen Anruf von Franziska Junginger auf dem C-Netz zu ihnen durch. Die Einführung der neuen Mobiltelefone ist erst für den Herbst angekündigt, vielleicht verschiebt sie sich auch wieder.

Der Tisch war auf den Namen Kurt Hecher reserviert worden, sagt Franziska Junginger. Ein Architekt aus Pullach, verheiratet, vier Kinder. Nachdem Hannelore Plattner nicht zum verabredeten Zeitpunkt erschienen war, hat er aus dem Restaurant mehrfach bei ihr zu Hause angerufen, dann aber allein zu Abend gegessen und war schließlich nach Hause gefahren.

Kloth will wissen, wie die beiden sich kennengelernt haben.

Über eine Chiffreanzeige in der *Neuen Münchner Presse,* sagt Franziska Junginger. Ich war bei ihm zu Hause, bin natürlich sehr diskret vorgegangen, aber sein Alibi stimmt hundertprozentig mit den Aussagen des Gastwirts und seiner Ehefrau überein.

Na prima, sagt Kloth. Das grenzt wenigstens den Kreis der Verdächtigen ein. Kloth fragt sich jedoch im Stillen, wie Franziska Junginger es wohl geschafft hatte, *diskret* vorzugehen; an einem Sonntagabend bei wildfremden Menschen zu klingeln, um das Alibi eines Ehebrechers zu überprüfen. Kollege Oberländer und ich sind gerade auf dem Weg zu einem weiteren möglichen Kandidaten, sagt er. Vielen Dank! Wir sehen uns dann nachher auf dem Revier in Starnberg!

***

Die Nachricht vom Tod Hannelore Plattners hatte schon am Nachmittag den Tennisclub erreicht. Im Eingangsbereich hatte man daraufhin einen runden Beistelltisch in einen improvisierten Altar verwandelt. Darauf stand ein Mannschaftsfoto der Ü-40-Damenmannschaft, das man von der Wand genommen – Kloth entdeckt sofort die Lücke in der Fotogalerie an der Wand des Clubhauses – und mit einem Trauerflor versehen hatte. Daneben brennt eine dicke Kerze, und ein Kondolenzbuch liegt auch auf dem Tisch. Die Vereinsgaststätte ist leer, doch etwa noch ein Dutzend Clubmitglieder genießen auf der Terrasse den Sommerabend. Von draußen hören die beiden Kommissare das Ploppen der Ballwechsel. Oberländer schaut wehmütig auf die blitzenden Zapfhähne auf dem Tresen, unter denen mehrere vorgezapfte Biere stehen.

Hätte ich jetzt auch gern, so ein richtig schönes kaltes Bier, sagt Kloth.

Peter Oberländer wundert sich, dass seinem Kollegen aber auch gar nichts entgeht.

Große Panoramascheiben geben den Blick auf die Terrasse und die darunterliegenden angrenzenden Tennisplätze frei. Oberländer deutet auf einen jungen Mann, der mit einem Tablett leerer Gläser durch die Tischreihen geht. Ist er das?

Das wäre zu schön, sagt Kloth.

Lukas hat die beiden Beamten längst bemerkt. Als er mit dem vollen Tablett den Gastraum betritt, wünscht er ihnen freundlich einen guten Abend. Kann ich Ihnen behilflich sein? Wir sind leider keine öffentliche Gaststätte …

Oberländer zeigt auf seine Uniform. Halten Sie das hier für Sportkleidung?

Und wir sind auf der Suche nach einem jungen Mann, sagt Kloth, er heißt Lukas Friedrich, auch Luki genannt. Er mustert den Kellner, der ein schwarzes Poloshirt, eine schwarze knöchellange Kellnerschürze und weiße Tennisschuhe ohne Socken trägt.

Luki? Dann muss doch jemand Eberhards Auto gesehen haben, dann muss Ebi bereits mit der Polizei gequatscht haben, dann muss ich aufpassen. Und wenn schon: Ihr Bullen könnt mir gar nix, denkt Lukas. Ja, der bin ich. Moment, sagt er, ich stell nur rasch die leeren Gläser ab. Als er mit seinem beladenen Tablett an ihm vorbei hinter den Tresen geht, sieht Kloth, dass er unter seiner zusammengebundenen Kellnerschürze eine kakifarbene Bermudashorts trägt.

Er stellt das Tablett auf dem Tresen ab. Geht es um den Tod von … Hannelore Plattner?

Kloth und Oberländer versuchen beide, ihre Verblüffung zu verbergen.

Ist sie wirklich ermordet worden?

Wir hoffen, Sie können uns etwas dazu sagen, was vielleicht hilfreich ist, entgegnet Oberländer. Denn Sie wurden gestern gegen 17 Uhr vor ihrem Haus gesehen und auch, wie Sie es betreten und etwa fünfzehn bis zwanzig Minuten später wieder verlassen haben.

Ja, das stimmt, sagt Lukas Friedrich.

Wieso glauben Sie, dass es sich um ein Tötungsdelikt handelt? Kloth verwendet absichtlich nicht den Begriff *Mord.*

Lukas Friedrich deutet hinaus auf die Terrasse. Einige unserer Mitglieder wohnen ebenfalls in der Possenhofener Straße, sagt er. So was Schreckliches lässt sich doch nicht geheim halten.

Peter Oberländer nickt Kloth verstohlen zu. Lukas ahnt, vor

wem er sich hüten muss. Vor dem anderen Bullen in Zivil, der seine Emotionen im Griff hat.

Und warum haben Sie gestern Nachmittag Frau Plattner einen Besuch abgestattet?

Ich habe ihr einen Karton neuer Bälle vorbeigebracht, dic sic vergessen hatte.

Kloth fällt ein, dass der Augenzeuge Riessle von einem Pizzaboten gesprochen hatte. Obwohl ein Karton mit Tennisbällen wesentlich kleiner ist als ein Pizzakarton. Wann war das noch mal genau, Herr Friedrich?

So, wie Sie es gesagt haben: etwa gegen 17 Uhr. Wir haben uns dann noch kurz unterhalten, während mein Freund Eberhard draußen in seinem Wagen gewartet hat.

Kloth schaltet sich wieder ein. Gehört das zu Ihrem Aufgabenbereich, Herr Friedrich? Clubmitgliedern Sachen hinterherzutragen, die sie im Club vergessen haben?

Nicht direkt, würde ich sagen. Aber es gibt solche und solche Clubmitglieder. Außerdem lag es auf meinem Weg. Lukas Friedrich seufzt leise. Moment bitte, sagt er plötzlich. Er dreht sich um und öffnet eine Schiebetür, hinter der sich die Küche verbirgt. Sofort riecht es nach Fritteuse. Lukas Friedrich steckt seinen Kopf in die Küche. Chef, magst bitte mal kommen? Die Polizei ist hier, wegen der Sache mit Frau Plattner! Er wendet sich wieder an die beiden Kommissare. Mein Boss, Herr Keller. Er hat heute Küchendienst …

Georg Keller? Ich kenne ihn, sagt Oberländer zu Kloth, ein echtes Starnberger Urgewächs.

Kloth nimmt an, dass er damit sich und den Vereinswirt meint.

Das Urgewächs, quadratschädelig, rotgesichtig und untersetzt, tritt aus der Küche. Georg Keller schiebt die Tür zu, trocknet seine Hände am karierten Touchon ab, der an seiner rechten Hüfte baumelt. Peter!

Servus, Schorsch … Du ahnst bestimmt, warum wir hier sind.

Georg Keller winkt ab. Furchtbar! Eine schreckliche Geschichte. Die Hannelore! So eine herzige, hübsche Frau. Wer tut so was? Und warum? Hier, in Starnberg! Meine Güte, Peter …

Georg Keller, Clubwirt und Vereinspräsident, sagt Oberländer, besitzt außerdem das beste bayerische Restaurant in der Stadt – Kellers Biergarten.

Sehr interessant, sagt Karsten Kloth und stellt sich vor. Auch um Keller sofort eine Frage zu stellen und die Verbrüderung zwischen den beiden Starnbergern aufzuweichen. Sie sagten eben: *Wer tut so was?* Was meinen Sie damit, Herr Keller?

Dass es sich ja wohl nicht um einen Unfall gehandelt hat. Und dass die Polizei offenbar bereits einen Tatverdächtigen in Gewahrsam genommen hat … Günther Pfaffmann, der übrigens auch Mitglied in unserem Verein ist.

Sie sind aber sehr gut informiert, sagt Kloth.

So was spricht sich halt schnell herum, und die Hannelore … die Frau Plattner und der Günther Pfaffmann waren ja auch nicht irgendwer, sagt Keller. Er tritt näher an Klodt heran. Aber so, wie die beiden sich häufig in aller Öffentlichkeit gestritten haben … Also, der Günther Pfaffmann – ich möchte natürlich nichts gegen ihn sagen –, aber der ist nicht sonderlich beliebt bei uns im Club.

Aha, sagt Kloth. Er bemerkt, dass Lukas Friedrich auf der Stelle tritt, so als ob er dringend pinkeln müsse. Mit dem jungen Mann ist er noch nicht fertig. Fahren Sie fort, Herr Keller!

Na ja, ich meine, die beiden sind – oder waren – im Grunde beide nicht ohne. Extrem ehrgeizig und rechthaberisch. Hannelore Plattner war eine fanatische Tennisspielerin und eine sehr gute dazu, während er auf dem Platz eher zum Choleriker neigt, sagt Keller.

Dann besaß Hannelore Plattner also nicht viele Freunde im Verein?

Vor allem keine Freundinnen, Herr Kommissar, um es mal vorsichtig auszudrücken.

Keller schaut einen Moment zu lang zu Lukas Friedrich hinüber. Kloth entgeht das nicht. Dafür, dass Sie eigentlich nichts über Herrn Pfaffmann sagen wollten, reden Sie aber ganz schön viel, Herr Keller – und das sogar ungefragt.

Sie können fragen, wen Sie wollen. So ist es halt. Keller deutet auf Lukas Friedrich. Erzähl du doch mal dem Herrn Kommissar, was neulich auf Platz eins los war! Sonntag vor einer Woche!

Jetzt bloß nicht übertreiben. Lukas weiß, dass er im Grunde einen ziemlichen Bock geschossen hat, indem er Georg Keller hinzugerufen hat. Aber er hatte Zeit gewinnen wollen.

Das hat jeder auf der Terrasse gesehen.

Was denn, Herr Friedrich? Geht es bitte etwas genauer?

Na ja, der Herr Pfaffmann ist voll ausgerastet und hat versucht, die Frau Plattner abzuschießen. Also mit einem Ball, am Netz. Er hat sie aber nicht getroffen.

Und dann?

Dann ist sie stocksauer abgehauen, und der Herr Pfaffmann hat den Platz abgezogen und hat sich dann verpisst. Es war ja auch total peinlich für ihn.

Ich verstehe, was Sie meinen, sagt Kloth und wendet sich an Oberländer, denn er hat bemerkt, dass sie von den Gästen auf der Terrasse aufmerksam beobachtet werden. Draußen unterhält sich niemand mehr. Wir sollten die Personalien von allen Mitgliedern aufnehmen, die diese Szene am vergangenen Sonntag beobachtet haben. Und natürlich die Namen und Adressen von Frau Plattners Mannschaftskameradinnen.

Braucht ihr mich noch, Peter? Ich hab noch in der Küche zu tun, mischt Keller sich ein.

Nein, danke, Herr Keller, später vielleicht noch, entgegnet

Kloth. Er wendet sich an Lukas. Aber Ihnen würde ich gerne noch ein paar Fragen stellen.

Mir?

Kloth nickt.

Natürlich. Könnte ich vorher noch rasch ein paar Getränke rausbringen?

Bitte. Peter, könntest du das mit den Adressen übernehmen? Er deutet mit dem Kinn auf die Terrasse und blinzelt ihn an.

Der Chef der Starnberger Polizei setzt eine sauertöpfische Miene auf. Natürlich ist er es als Hauptkommissar nicht gewohnt, Anordnungen oder, wie jetzt, Befehle entgegenzunehmen. Aber er fügt sich.

Machen Sie noch rasch Ihre Getränke, Herr Friedrich. Ich setz mich dann solange an den Stammtisch, sagt Kloth.

Bin dann sofort bei Ihnen, Herr Kommissar, sagt Lukas Friedrich.

Kloth nimmt wie angekündigt Platz. Während Lukas frische Biere zapft und vier Weinschorlen mixt, lässt er ihn nicht aus den Augen. Der junge Mann ist ohne Frage der sprichwörtlich fesche Bursche. Sieht gebildet aus, wie ein junger Mann aus gutem Hause. Glatt rasiert, gut geschnittene, wenn auch längere Haare, braun gebrannt, gepflegt. Und so einer wohnt in einer abgeranzten Wohnung mit einer tumben Jammergestalt wie diesem Eberhard Haller zusammen? Das ist die erste Ungereimtheit, für die Kloth gerne eine Erklärung haben möchte. Und wenn er sich jetzt auch an die Befragung von Günther Pfaffmann erinnert und an diesen zartroten Hauch von einem Nichts, das Hannelore Plattner trug, als sie ihrem Mörder gegenübergestanden hatte; wenn er darüber hinaus an die Gefühle zurückdenkt, die er selbst vor gut 45 Jahren als Teenager für seine Englisch-Nachhilfelehrerin empfunden hatte, dann entsteht in seinem Kopf rasch eine lebhafte Vorstellung davon, wie eine anscheinend sehr offenherzige, schamhaft *lebenslustig* genannte, selbstbewusste und attraktive Frau in den besten Jahren das Interesse von Lukas Friedrich geweckt haben könnte. Oder war es sogar umgekehrt?

Sie möchten wirklich nichts trinken, Herr Kommissar?

Kloth schüttelt stumm den Kopf und folgt Lukas Friedrich mit seinem Blick, der mit einem vollen Tablett Gläser routiniert auf die Terrasse hinaus entschwindet.

Zwei Minuten später setzt der junge Mann sich zu ihm und zündet sich eine Zigarette an. Das stört Sie doch hoffentlich nicht, oder?

Nein, sagt Kloth und denkt: Fühl dich lieber nicht so sicher, Burschi. Ja, wir wurden vorhin bei der Frage unterbrochen, warum Sie gestern an Ihrem freien Tag – es muss ja wohl Ihr freier Tag gewesen sein – ausgerechnet dem späteren Mordopfer Hannelore Plattner einen Besuch abgestattet haben, um ihr Tennisbälle vorbeizubringen.

Lukas Friedrich räuspert sich. Ja, ich weiß, es klingt wahrscheinlich ziemlich merkwürdig. Aber ich wollte das vorhin, in Anwesenheit von Herrn Keller, lieber nicht zur Sprache bringen …

Erklären Sie mir das etwas genauer, bitte.

Lukas Friedrich kratzt sich im Nacken. Es ist nämlich so, dass ich mir gestern unter einem Vorwand freigenommen habe. Ich war fertig, total kaputt. Keinen Tag Pause, seit Beginn der Saison, jeden Tag zehn bis zwölf Stunden … Ich hatte Schorsch, meinen Chef, am frühen Morgen angerufen und ihn angelogen, dass ich krank sei. Magen-Darm. Es wäre gut, wenn er davon nichts erfahren würde.

Das erklärt aber noch immer nicht die Sache mit den Tennisbällen, sagt Kloth mit ausdruckslosem Gesicht.

Aber Sie haben es doch eben selbst gehört, Herr Kommissar. Hannelore Plattner hatte sie vergessen … Lukas merkt, dass Kloth ihm kein Wort glaubt. Darf ich offen reden?

Selbstverständlich.

Ich glaube, dass Hannelore Plattner sehr unglücklich gewesen ist. Wissen Sie, in einem Club mit seinen festen Strukturen kriegt man als Kellner und Barmann automatisch eine Menge davon mit, was da unter der Oberfläche brodelt.

Was hat denn Ihrer Meinung nach bei Frau Plattner gebrodelt?

Lukas zieht an seiner Zigarette. Sie hatte jemanden zum Reden gesucht.

Und das waren Sie? Kloth muss sich an allen Wolken festhalten, um nicht hinunterzufallen.

Ja. Lukas Friedrich stützt sein Kinn in die linke Hand, so als ob er überlegen würde. Seine Augen wandern hinüber zu den Clubmitgliedern auf der Terrasse. Also, ich weiß tatsächlich ziemlich genau Bescheid darüber, was zwischen ihr und ihrem Mann abging, sagt Lukas zögernd, also mit Herrn Pfaffmann. Er beugt sich vor, senkt seine Stimme zu einem Flüstern. Es gibt hier im Club mehrere Frauen, die sind – waren – nicht unbedingt gut auf ihre Mannschaftsführerin zu sprechen.

Wissen Sie, warum?

Hannelore Plattner hat wohl selten was anbrennen lassen. Es gab jedenfalls eine Menge Gerüchte.

Und Sie, Herr Friedrich? Hat sie Sie denn auch nicht anbrennen lassen?

Lukas Friedrich lächelt. Ich fand Hannelore Plattner attraktiv, das stimmt. Aber sie war ja gut 25 Jahre älter als ich.

Sie haben meine Frage nicht beantwortet …

Lukas knetet verlegen sein linkes Ohrläppchen. Ach, Scheiße, sagt er dann und muss plötzlich ein Schluchzen unterdrücken. Er zieht geräuschvoll die Nase hoch. Sie würden es ja sowieso erfahren: Ja, Hannelore und ich … wir waren vermutlich ein bisschen mehr als nur befreundet.

Platonisch, meinen Sie, wirft Kloth ein.

Lukas Friedrich wiegt seinen Kopf hin und her. Schon ein bisschen mehr.

Georg Keller kommt aus der Küche heraus und sieht missbilligend zu ihnen herüber. Was ist denn, Luki? Wir haben Gäste!

Kloth hebt die Hand. Keller solle bitte schweigen.

Einen Moment, Chef!, ruft Lukas Friedrich, bin gleich da!

Also mit der Polizei im Haus wird das heute nichts mehr, brummt Keller. Ich mach zu. Und überhaupt könnte man das ja auch alles auf dem Revier bereden und nicht vor meiner Kundschaft. Er stapft an ihnen vorbei und geht hinaus zu seinen Gästen.

Sollen wir aufs Revier fahren?, schlägt Kloth vor.

Nein, nein. Passt schon, sagt Lukas Friedrich. Er sammelt sich. Holt Luft. Also, das mit uns hat vor drei Monaten begonnen. Auf einmal stand Hannelore am Tresen, gerade als ich zumachen wollte. Ich hatte nicht gewusst, dass noch jemand in der Umkleidekabine gewesen war. Es war schon sehr spät, an einem Dienstag. Am Dienstag hat sie immer Mannschaftstraining. Ich habe sofort gemerkt, dass sie was von mir wollte. Sie bestellte eine Weinschorle …

Und dann erzählt Lukas, wie er und Hannelore Plattner sich nähergekommen waren. Dass er sie sogar ein paarmal heimlich besucht hatte, bei ihr daheim in der Possenhofener Straße, und wie ihre Annäherungsversuche immer intensiver geworden waren – aber gleichzeitig auch eben ihre Angst vor ihrem Lebensgefährten. Was für ein Arschloch! Entschuldigung, sagt Lukas Friedrich und hält sich erschrocken den Mund zu.

Nur zu, sagt Kloth.

Wir hatten keinen Sex, aber wir haben uns ein paarmal geküsst, sagt Lukas. Ich sag's Ihnen wirklich ganz offen, Herr Kommissar: Je mehr Zeit wir miteinander verbracht haben, desto mehr hat sie mich fasziniert. Er schnieft, zieht wieder die Nase hoch, seine Augen fangen an zu glitzern.

Lukas Friedrich hat anscheinend auch Redebedarf, vermutet Kloth, und obwohl bei ihm längst alle Alarmglocken schrillen, bleibt er betont sachlich und kühl. Dann haben Sie Frau Plattner gestern Nachmittag besucht, weil Sie wussten, dass ihr Lebensgefährte Herr Pfaffmann in Polen auf Dienstreise war.

Ich weiß, was Sie jetzt denken. Aber, nein, so war es nicht! Es war eigentlich nur eine Schnapsidee von mir, kurz mal bei ihr vorbeizufahren und ihr ihre Tennisbälle zu bringen. Ursprünglich wollten Ebi und ich ja einen draufmachen.

Eberhard Haller?

Ja. Wir wohnen zusammen in Tutzing.

Das ist uns bekannt, sagt Kloth schmallippig.

Dann haben Sie mit ihm gesprochen?

Das können Sie sich doch denken, Herr Friedrich. Weiß Herr Haller eigentlich von Ihrem Verhältnis zu Frau Plattner?

Vermutlich ahnt er was. Aber wenn Sie mit Eberhard geredet haben, müssten Sie gemerkt haben, dass er in seinem eigenen Universum lebt.

Gibt es wohl einen Unterschied zwischen aalglatter und ehrlicher Betroffenheit?, fragt sich Kloth. Und was passierte dann?

Sie meinen mit Hannelore? Sie war irgendwie verärgert.

Ihretwegen.

Nein, wegen Günther Pfaffmann. Der hatte sie angerufen und gesagt, dass er früher nach Hause kommen wollte, aber sie war ja für den Abend verabredet.

Das wussten Sie alles?

Ja, das heißt, nein. Hannelore … Sie sagte mir, sie wollte nach München, zu einer Freundin. Sie wäre verabredet.

Wissen Sie, wie diese Freundin heißt?

Nein. Keine Ahnung.

Was hatte Frau Plattner eigentlich an?

Wie meinen Sie das?

Als sie Ihnen die Tür öffnete! Was trug sie da? Kloth schlägt absichtlich einen ungeduldigen Ton an.

Lukas muss einen Augenblick lang überlegen. Dann sagt er: Ich glaube, sie trug eine blaue Shorts und eine weiße Bluse. Er lacht gezwungen auf. Sie hat sich noch bei mir entschuldigt, weil sie sich gerade bekleckert hatte, mit Kaffee.

Kloth verzieht keine Miene, obwohl sein Magen Karussell mit ihm fährt. Denn diese Geschichte, die ihm Lukas Friedrich gerade auftischt, klingt verdammt gut. Nein, sie klingt eigentlich fast schon zu gut. Drei Fragen habe ich noch, meint er lapidar.

Lukas Friedrich sieht ihn gespannt an.

Sind oder waren Sie in Frau Plattner verliebt?

Lukas Friedrich fährt sich durch die Haare. Kloth lässt ihm Zeit. Ich glaube, ja, flüstert Lukas. Das kann man schon sagen. Ein bisschen.

Erklären Sie mir noch einmal: Wieso haben Sie sich bei Ihrem Chef am Samstagmorgen krankgemeldet?

Weil ich seit Beginn der Saison keinen einzigen Tag freihatte. Es wäre deshalb schön, wenn Sie Schorsch gegenüber …

Kloth hebt seine rechte Hand. Was mich allerdings wundert, ist, dass Sie so lange miteinander geredet haben. Ich meine, Sie haben Frau Plattner doch nur ihre Tennisbälle bringen wollen, und dann verbringen Sie etwa zwanzig Minuten in ihrem Haus.

Wir haben über ihre Situation mit Herrn Pfaffmann und unsere Situation geredet. Na ja, und wir haben uns dann auch noch geküsst.

Aber nicht mehr?

Nein, natürlich nicht. Ich konnte Eberhard doch nicht so lange warten lassen. Und Hannelore wollte ja nach München.

Sie waren also nicht enttäuscht, weil Frau Plattner keine Zeit für Sie hatte? Sie haben ja eben gesagt, dass Sie verliebt in sie gewesen sind. Ein bisschen.

Nein, wieso? Wir hatten doch nichts geplant.

Schade eigentlich, dass Sie nichts geplant hatten. Die Gelegenheit wäre doch günstig gewesen … Lukas Friedrich schweigt betroffen. Was hat Frau Plattner noch zu Ihnen gesagt?

Dass wir uns bereits am Dienstag wiedersehen würden.

Und dann?

Bin ich gegangen. Eberhard und ich sind noch kurz ins Strandbad, später zum Jugo was essen und danach noch ins Luna – eine Diskothek. Bis halb drei etwa. Lukas Friedrich seufzt schwer. Kloth droht nicht mit einer Überprüfung dieser Angaben, er *weiß* bereits, dass sie stimmen werden, wenn einer der Ermittler morgen pflichtgemäß nachhaken wird.

Haben Sie kein eigenes Auto?

Lukas Friedrich senkt verlegen den Blick. Mein Führerschein ist weg. Hab ziemliche Scheiße gebaut. Er deutet an, dass er betrunken hinterm Steuer gesessen hatte. Ein Unfall mit Personenschaden. Aber das weiß niemand. Eberhard fährt mich manchmal.

Gut, sagt Kloth, das soll es fürs Erste gewesen sein – danke für Ihre Zeit, Herr Friedrich. Wenn Ihnen noch etwas einfallen sollte: Hier ist meine Karte.

Klar, sagt Lukas Friedrich und steckt Kloths Visitenkarte ein.

Sie halten sich dennoch zu unserer Verfügung. Haben Sie Urlaubspläne, Herr Friedrich?

Urlaub? Von was denn? Nein, ich muss arbeiten. Die MPU ist teuer, und meinen Anwalt und die Gerichtskosten habe ich auch noch nicht bezahlt. Und vermutlich muss ich der Frau auch noch Schmerzensgeld bezahlen.

Verstehe. Kloth schaut hinaus auf die Terrasse, die sich inzwischen geleert hat. Georg Keller hat bereits alle Gläser, Flaschen und Aschenbecher auf einem Tisch zusammengestellt und damit begonnen, die Stühle mit den Tischen zusammenzuketten. Oberländer notiert die Adresse des letzten Pärchens. Denn wahrscheinlich habe ich in den nächsten Tagen noch ein paar Fragen an Sie, Herr Friedrich …

Kein Problem, sagt Lukas Friedrich und erhebt sich. Sie finden mich entweder hier oder montags in Kellers Biergarten. Und wo ich wohne, wissen Sie ja. Aber ich muss jetzt dem Chef zur Hand gehen. Sonst flippt der noch aus.

Lassen Sie sich nicht aufhalten, sagt Kloth. Er lächelt freundlich.

Ich geh dann mal, sagt Lukas Friedrich.

Beinahe hätte ich es vergessen, sagt Kloth, Ihr Mitbewohner hat vorhin angedeutet, dass er sie hier abholen wollte. Aber daraus wird nichts, denn wir haben ihn vorläufig festgenommen. Er befindet sich auf dem Starnberger Revier in Arrest.

Ebi? Wieso das denn?

Widerstand gegen die Staatsgewalt, Körperverletzung …

Ach du Scheiße!, ruft Lukas. Er klingt ehrlich erschrocken.

Hat der Eberhard Haller Sie nicht mal rausgehauen? Im letzten Fasching, in der Schützenhalle?

Über Lukas Friedrichs Gesicht huscht ein Lächeln. Ja, das hat er. Sonst würde ich jetzt vermutlich nicht mit Ihnen reden können, wahrscheinlich – aber, ich sag Ihnen was: Der Ebi sieht vielleicht zum Fürchten aus und ist auch nicht das schärfste Messer in der Lade, aber wenn er was kapiert, dann sind das Ungerechtigkeiten. Dann wird er zum Tier!

Sie meinen, Herr Haller besitzt einen ausgeprägten Beschützerinstinkt?

Er ist einfach bloß ein echter Kumpel. Und er hat eine angeborene Scheißangst vor Uniformen.

***

Als sie wieder im Streifenwagen sitzen, entschuldigt Kloth sich sofort beim Starnberger Hauptkommissar dafür, dass er ihn vorhin im Tennisclub wie einen Polizeischüler behandelt hat. Das war wirklich nicht meine Absicht, Peter, aber schon nach den ersten Sätzen von diesem Lukas Friedrich haben sich bei mir die Nackenhaare hochgestellt. Ich habe spontan gedacht, es wäre vielleicht besser, wenn ein Ortsfremder mit ihm redet.

Schon gut, sagt Oberländer. Ich weiß, was Sie meinen. Aber danke, dass Sie es noch mal erwähnt haben. Apropos, Peter! Sie haben mich eben geduzt, Herr Kloth.

Karsten, sagt Kloth. Ich bin, glaube ich, der Ältere, ich darf dir das Du anbieten.

Sieht ganz so aus, sagt Peter Oberländer. Wie viele Jahre hast du noch?

Gut drei.

Ich fünf, sagt Oberländer. Übrigens: Die Trauer der Clubmitglieder hält sich in Grenzen.

Wie kommst du darauf?

Zwischentöne, Blicke, Reaktionen. Besonders von den Frauen. Aber keine konkreten Aussagen. Jedenfalls war Hannelore Plattner als Spielerin wohl sehr geachtet, aber nicht als Mensch. Das deckt sich mit den Andeutungen des Vereinspräsidenten.

Kloth signalisiert Zustimmung. Nach all dem, was uns Günther Pfaffmann erzählt hat … Vielleicht hat sie in fremden Revieren gewildert. Aber jetzt müssen wir rasch noch einmal zu ihrem Haus. Ich glaube nämlich, dass dieser Lukas Friedrich versucht, uns am Nasenring durch die Manege zu ziehen. Von seiner Selbstsicherheit könnte sogar Günther Pfaffmann sich eine Scheibe abschneiden. Der Bursche weiß auf alles eine Antwort, und das Verrückte ist: Jede seiner Antworten ist absolut plausibel.

Auf der Fahrt in die Possenhofener Straße klärt Kloth Oberländer in knappen Worten über die Einzelheiten seiner Befragung auf. Lukas Friedrich hat von Verliebtsein gesprochen, aber ich bin sicher, er meint damit, dass er – jetzt mal ganz direkt – geil auf sie gewesen ist, beendet Kloth sein Gedächtnisprotokoll.

Und sie auch auf ihn?

Vielleicht ja, vielleicht nein, entgegnet Kloth. Ich könnte mir anhand ihrer angeblichen Vorlieben, von denen wir bisher ja nur Rudimentäres wissen, tatsächlich vorstellen, dass sie mit ihm gespielt hat.

Also, sie macht ihn heiß, weist ihn aber immer wieder zurück, und er macht sie dann kalt.

So ungefähr, sagt Kloth, ohne eine Miene zu verziehen.

***

Oberländer knipst in der Eingangshalle das Licht an. Die Villa ist geschmackvoll und teuer eingerichtet, wie aus einem Wurf, und deshalb vermutet Kloth, dass es sich um das Werk eines Innenarchitekten handelt. Die Farbe Weiß dominiert. Hannelore Plattners kühles Einrichtungskonzept wird von ein paar ausgesuchten Antiquitäten unterbrochen. Alles ist perfekt, auf ihn wirkt es zu perfekt. Im Wohnzimmer bleibt Oberländers Blick an einer Designeranlage von *Bang & Olufsen* kleben. Mein Traum, sagt er, aber leider nicht meine Gehaltsklasse. Nach was suchen wir eigentlich?

Nach getragener Wäsche, sagt Kloth. Er wedelt mit dem Satz Asservatenbeutel, den er aus dem Streifenwagen mitgenommen hat. Nach einer blauen Shorts und einer weißen Bluse – vermutlich mit Kaffeeflecken drauf. Lukas Friedrich hat vorhin behauptet, Hannelore Plattner hätte ihm so die Tür aufgemacht und nicht in der roten Unterwäsche, in der ihr sie am Morgen vorgefunden habt.

Glaubst du ihm?, fragt Oberländer.

Eben nicht. Aber das könnte zur Kardinalfrage werden.

Im Keller der Villa finden sie einen großzügigen Haushaltsraum vor, mit Waschmaschine und Wäschetrockner, einem Bügelautomaten und drei Wäschetonnen für weiße, bunte und dunkle Wäsche. Sie durchsuchen die Behälter, aber sie finden weder eine blaue Shorts noch eine bekleckerte weiße Bluse.

Also, ich weiß nicht, sagt Oberländer zögernd, meine Frau hat in unserem Badezimmer einen Wäschepuff von *IKEA*, und wenn der voll ist, trägt sie ihn runter in unsere Waschküche und sortiert die Wäsche. Ich meine, wer geht schon jedes Mal wegen einer schmutzigen Shorts und einer Bluse in den Keller?

Kloth hat keine Frau. Nicht mehr. Seine Scheidung ist jedoch ein Thema, das er seit gut 15 Jahren ausblendet. Seitdem stopft er seine Dreckwäsche in einen großen Leinenbeutel, den er alle zwei Wochen in eine Wäscherei bringt. Gute Idee, Peter, sehen wir nach.

Oberländers Vermutung erweist sich als richtig. Der Wäschepuff in Hannelore Plattners Badezimmer ist ein kunstvoll geflochtener Korb aus echtem Rattan mit Bambusrahmen und zwei Tragegriffen aus Leder an beiden Seiten, die mit Messingnieten verziert sind. Der Korb ist so groß wie ein Schiffskoffer, dennoch ist er federleicht. Kloth streift sich ein paar Gummihandschuhe über und öffnet behutsam den Deckel. Ganz oben liegen eine blaue Shorts und die weiße Bluse. Kloth nimmt als Erstes die Bluse heraus und zieht den dünnen Leinenstoff vorsichtig auseinander. Vorn, in Höhe des Dekolletés finden sich zwei kreisrunde, hellbraune Flecken. Das könnte tatsächlich Kaffee sein, sagt Oberländer, dann hätte Lukas Friedrich nicht gelogen.

Verflucht, sagt Kloth.

SONNTAG, 18. JULI 1993, 23.15 UHR

Georg Keller, den alle nur »Schorsch« nennen, ist ein Gastwirt alter Schule. Das heißt, dass er am Ende jeden Tages den Kassenabschluss macht. In seinem Starnberger Biergarten wird das von seiner Frau erledigt, der Tennisclub ist sein Metier. Dazu raucht er immer einen Zigarillo und trinkt ein kleines Helles. Sein Feierabendbier.

Die Kühlschränke sind aufgefüllt, die Öffnungen der Zapfhähne sind gegen die lästigen Fruchtfliegen in mit Leitungswasser gefüllte Weizenbiergläser getaucht; die Spülmaschinen sind ausgeräumt, alle Gläser poliert, und das *Mise en Place* für den nächsten Tag ist ebenfalls erledigt. Vor Georg Keller liegen ein Haufen Kleingeld, drei verschieden große Haufen Banknoten, zwei Kellnerportemonnaies und das Kassenbuch mit dem ausgedruckten aktuellen Z-Bon aus der elektronischen Registrierkasse, dem fiskalischen Kassenabschlussbericht, auf dem alle Tagesumsätze angegeben sein sollten.

Alles fertig, Chef, sagt Lukas und stellt sich neben den Stammtisch, den Keller für gewöhnlich zur allabendlichen Abrechnung nutzt.

Hock dich mal kurz hin, Lukas, sagt der Wirt, ohne zu ihm aufzuschauen.

Was gibt's denn? Lukas Friedrich nimmt Keller gegenüber Platz. Da, wo vorhin Kloth gesessen und ihn befragt hat.

Ich will nicht lange drum herumreden, Lukas. Es hat in den vergangenen Wochen zunehmend Beschwerden gegeben, sagt Keller. Und zwar über dich, fügt er hinzu.

Lukas runzelt die Stirn. Warum?

Mir ist es auch schon aufgefallen, sagt Keller. Ich habe dich beobachtet, weißt? Und wenn *mir* etwas auffällt, dann fällt es auch den Gästen auf.

Was denn? Ich reiß mir hier jeden Tag den Arsch auf. Oder stimmt was nicht mit der Abrechnung?

Keller lacht auf. Ach, *die* ist so weit in Ordnung, von den üblichen Unregelmäßigkeiten mal abgesehen. Über die paar Mark fünfzig, die das Personal sich abzwackt, reg ich mich schon lange nicht mehr auf. Die sind in den Getränkepreisen inkludiert. Lukas will protestieren, aber Keller hebt die Hand. Es gehe ihm um was ganz anderes. Um sein Verhalten gegenüber den weiblichen Gästen. Den Damen! Lukas versteht nicht. Und so, wie er in diesem Moment verblüfft aus der Wäsche guckt, versteht er es offenbar wirklich nicht. Er merkt nur, dass es ihm gerade heiß den Rücken hinunterläuft.

Einige Damen – aber auch einige männliche Mitglieder – sind in den vergangenen Wochen auf mich zugekommen, sagt Keller mit ernstem Gesicht. Und alle sagen übereinstimmend, dass sie sich von dir zunehmend belästigt fühlen … Du musst mich jetzt nicht so anstarren. Ich sag dir bloß, was mir zugetragen wurde und was ich mir daraufhin selbst angesehen habe. Ich wollte es dir eigentlich schon vor ein paar Tagen sagen, aber jetzt, nach dieser fürchterlichen Geschichte mit der Hannelore Plattner, halte ich es für genau den richtigen Zeitpunkt, einen Schlussstrich zu ziehen.

Lukas setzt einen höhnischen Blick auf. Da bin ich aber gespannt.

Du bist ohne Frage ein Ass im Service, aber du vergisst, wo deine Grenzen liegen. Du schmeißt dich wie ein Gigolo an die Frauen heran. Bevorzugt an die älteren Semester.

Sagt wer?

Keller zuckt mit den Schultern.

Die Damen lieben mich, sagt Lukas lächelnd.

Georg Keller grinst spöttisch. Das *denkst* du. Aber weißt du, was einige dieser Damen inzwischen über dich sagen?

Ist mir doch scheißegal, was die Leute hinter meinem Rücken reden. Die Umsätze stimmen, oder etwa nicht? Lukas ist empört.

Die waren tatsächlich schon mal besser, entgegnet der Vereinswirt kühl. Er deutet auf das gezählte Geld.

Heute war ein schwacher Tag, kontert Lukas. Zu heiß zum Tennisspielen.

Du hörst mir nicht zu. Es geht nicht um heute Abend. Und wenn, ginge es sowieso um gestern, als du die Moni und mich einfach hast hängen lassen! An einem Sonnabend! Glaubst du eigentlich, ich bin blöd? Schwindelst mich rotzfrech an, du hättest Durchfall gehabt die ganze Nacht! Lukas will erneut protestieren. Verdammt, unterbrich mich nicht, ruft Georg Keller zornig und schlägt mit der Faust auf den Tisch, dass die aufgeschichteten Münzen durcheinanderpurzeln.

Okay, okay! Ich hab gestern vielleicht Mist gebaut, Georg! Entschuldige, aber ich hatte doch seit Monaten kein einziges freies Wochenende ... Wie kläglich, denkt Lukas.

Ich auch nicht! Keller schüttelt den Kopf. Aber glaubst du etwa, das kommt nicht raus? Du bist gestern Nachmittag in der Possenhofener Straße gesehen worden, wie du dich zur Hannelore Plattner hineingeschlichen hast.

Woher willst *du* denn das wissen? Lukas verschränkt trotzig die Arme vor seiner Brust. Aber sein Herz klopft. Er überlegt fieberhaft, wie er aus dieser Nummer herauskommen könnte. Doch es fällt ihm kein Ausweg ein.

Ich kann eins und eins zusammenzählen, sagt Georg Keller. Und ich mag es nicht, dass einer meiner Angestellten mit einem Mord in Verbindung gebracht wird. Das verstehst du doch, oder?

So ein Blödsinn, ruft Lukas, was hab ich denn mit dem Mord an Hannelore Plattner zu tun?

Ich glaube, die Polizei denkt da anders. Wie lange lief da eigentlich schon was zwischen dir und der Plattner? – Gott hab sie selig!

Schmarrn! Da ist nix gelaufen.

Steh doch wenigstens dazu, Lukas. Ich weiß schon lange, dass ihr euch beinahe jeden Dienstag getroffen habt, und zwar hier an der Bar. Georg Keller zündet sich seinen halb gerauchten Zigarillo an.

Lukas hört an seiner Stimme, dass Widerspruch zwecklos ist. Aber gesagt hast du nichts, geht er ihn an.

Weil ich diskret bin, Lukas. Und was meinst du, wie ich unseren Platzwart bearbeiten musste, damit der sein Maul hält …

Verdammt, Anton Gstettner, der wegen seiner Vorliebe für Obstbrände auch Himbeertoni genannt wurde und der seinen Rausch am liebsten im Geräteschuppen ausschlief.

Ganz genau, so wie du jetzt dreinschaust, Lukas. Der Toni hat euch ein paarmal turteln sehen. Damit kam er zu mir. Und so habe ich mich dann zweimal persönlich davon überzeugt, was nach Feierabend in meinem Lokal passiert. Ich bin dir nachgeschlichen.

Lukas senkt schuldbewusst den Kopf.

Ich sag dir eins: Wenn die Polizei mich fragen sollte, Lukas – und das wird sie bestimmt noch –, dann werde ich alles erzählen, was ich weiß. Nur, damit dir das klar ist.

Die weiß es doch schon, sagt Lukas. Er hebt den Kopf und sieht Georg Keller furchtlos ins Gesicht. Aber ich habe mit der Sache absolut nichts zu tun. Das war der Pfaffmann. Der hat Hannelore umgebracht.

Keller hält Lukas' Blick stand. Das wäre jedenfalls besser für dich, sagt er. Allerdings wird sie davon auch nicht wieder lebendig, und überhaupt ist es mir eigentlich völlig wurscht, ob ihr geschnackselt habt oder nicht. Mir geht es um den Verein. Da will ich Ruhe haben. Aber du bringst mir Unruhe hinein, und deshalb brauchst du morgen nicht wiederzukommen. Du bist hiermit entlassen, und zwar fristlos. Ich hab mit Moni gesprochen, die wird deine Schichten übernehmen. Georg Keller schiebt Lukas das Sonntagstrinkgeld über den Tisch. Ich überweise dir trotzdem noch dein Gehalt für diesen Monat. Aber pack jetzt deine Sachen und geh!

Lukas presst seine Lippen aufeinander. Er ballt unter der Tischplatte die Fäuste. Seine Knie fangen an zu zittern. Am liebsten würde er seinem Chef jetzt eine reinhauen. Denn Keller hat ihn abserviert, und, was der ja nicht ahnen kann, abserviert zu werden ist für Lukas so ungefähr das Schlimmste, was man ihm antun kann. Ihn wie Luft zu behandeln, ihm in den Hintern zu treten, ihn zu ignorieren. Er reißt sich mühsam zusammen, steckt sein Trinkgeld ein, erhebt sich langsam von der Sitzbank und schickt sich zum Gehen an. Doch nach zwei Schritten verharrt er und bleibt neben Georg Keller stehen. Der sieht ihn verwundert an. Ist noch was?

Natürlich ist da was. Und warum jetzt nicht dem fetten Schwein aufs Maul hauen? Wenn es einer verdient hat, dann er.

Entschuldige, Georg, wenn es wehtut! Dumm gelaufen, dass deine Mutter dich geboren hat, sagt Lukas. Georg Keller kapiert nicht, doch Lukas hilft ihm gerne auf die Sprünge. Er greift blitzschnell in seine Haare und schmettert sein Gesicht auf den Tisch. Reißt ihn an den Haaren wieder hoch. Einmal, zweimal, dreimal. Das Bierglas fällt scheppernd um, die Münzen rollen vom Tisch. Blut spritzt über das gezählte Geld und vermischt sich mit dem umgekippten Bier. Es geht so schnell, dass der Clubwirt nicht einmal dazu kommt, zu schreien. Lukas zieht ihn von der Bank herunter. Erst jetzt stöhnt Georg Keller auf, wo er ausgestreckt auf den Fliesen liegt. Lukas erstickt sein elendes Gewimmer mit einem Tritt gegen das Kinn. Er zieht durch, hämmert den Ball mit Vollspann unter die Latte. Eins zu null für Deutschland, Deutschland ist Weltmeister! Kellers Kopf wird nach hinten gerissen. Ein grässliches Geräusch. Hoffentlich hab ich mir jetzt nicht den großen Zeh gebrochen, denkt Lukas. Georg Keller rührt sich nicht mehr. Sehr gut. Aber Lukas will sein angefangenes Werk richtig zu Ende bringen. Da fällt ihm der große Aschenbecher auf dem Stammtisch ins Auge. Er ist aus behauenem poliertem Granit, sieht aus wie ein zu flach geratener Mörser und wiegt bestimmt drei Kilogramm, vielleicht sogar mehr. Lukas hat es schon immer gehasst, dieses klobige Scheißding sauber zu machen, obwohl eigentlich nur Georg Keller seine stinkenden Zigarillos darin ausdrückt.

Schon hat er den Stein aus dem Metallgestell herausgeholt. Er hält ihn mit beiden Händen über seinen Kopf, kniet sich neben Keller und lässt ihn auf sein Gesicht hinuntersausen. Der Gastwirt zeigt keine Reaktion. Lukas findet trotzdem Gefallen an der Sache. Und schlägt mit dem Aschenbecher so lange auf Kellers Kopf ein, bis die Schädeldecke platzt und das Gesicht nur noch eine blutige, konturlose Masse ist. Fertig. Erledigt. Du pisst mich nicht mehr an, Schorsch. Lukas atmet schwer. Was für ein großartiger Film.

Was schaust mich denn so komisch an?, fragt Georg Keller. Er drückt seinen Zigarillo im Aschenbecher aus.

Nichts, sagt Lukas. Ich habe mich nur gerade gefragt, wie du das hier zukünftig ohne mich reißen willst.

Du wirst es nicht glauben, aber ich habe festgestellt, dass jeder Mensch ersetzbar ist, sagt Georg Keller. Sogar eine Lichtgestalt wie du. Und jetzt verschwinde aus meinem Lokal und am besten auch aus meinem Leben.

Ich finde ja, dass du gerade einen Riesenfehler machst.

Georg Keller springt erstaunlich gelenkig auf. Raus hier! Hau bloß ab!

120 Kilogramm stehen gegen knapp 75. Lukas hebt abwehrend die Hände. Aber gleichzeitig grinst er frech. Ich geh ja schon, Georg. Brauchst jetzt gar nicht so rumzubrüllen.

Und schon ist Lukas auf und davon. Zum Taxistand am Bahnhof sind es nur zehn Minuten zu Fuß. Er marschiert beschwingt durch die laue Sommernacht. Denn Georg Keller hat recht. Das nächste Mal sollte er es ruhiger angehen lassen.

MONTAG, 19. JULI 1993, 11.20 UHR

Kloth ist erleichtert, dass die Obduktion von Hannelore Plattner in der Münchner Rechtsmedizin nur etwas mehr als zwei Stunden gedauert hat. An den leicht süßlichen, metallischen Geruch, der über dem Sektionssaal liegt, hat er sich auch in den 25 Jahren, in denen er der Mordkommission angehört, nicht gewöhnt. Professor Weingarten und Oberarzt Mayr sind ein eingespieltes Team, man kennt sich schon lange.

Die Todesursache – *hypoxisch-hyperkapnischer Erstickungstod durch a. Bedeckung der Atemwege mittels eines Kopfkissens, gefolgt von einer Strangulation mit b. einem weichen Bademantelgürtel und/oder c. einem Elektrokabel* – ist schnell herausgefunden und eindeutig. Allerdings haben die Mediziner nicht mit Gewissheit sagen können, ob der Tod durch die Strangulation mit dem Gürtel oder mit dem Elektrokabel eingetreten war. Der Todeszeitpunkt wiederum stimmt mit der ersten Annahme der Kriminaltechniker weitgehend überein, wobei dieser Zeitraum allein durch die Zeugenaussage des Nachbarn Riessle enger eingegrenzt werden kann. Danach war Hannelore Plattner am Sonnabend, den 17. Juli 1993, zwischen 17 Uhr und Mitternacht getötet worden. Fest steht auch, dass sie nicht vergewaltigt worden war und dass sie zuletzt Sekt und Kaffee getrunken und ein Stück Apfelkuchen gegessen hatte. Und dass jemand ihren leblosen Körper oberflächlich abgewischt hatte.

Bei ihrer akribischen Suche nach verwertbaren Spuren auf dem Körper der Toten und auf den Asservaten haben die beiden Rechtsmediziner verschiedene Baumwollfasern am Hals des Opfers sicherstellen können, die sie dem Bademantelgürtel zuordnen konnten; außerdem haben sie Baumwollfasern des Kopfkissens im Gesicht und am Haaransatz der Toten gefunden; weitere Baumwollfasern – vermutlich von einem Handtuch – sowie Wollfasern an den Unterseiten der Waden, den Ellbogen und den Fersen, die zweifelsfrei aus dem Schlafzimmerteppich stammten. Darüber hinaus wurden insgesamt sieben Haare sichergestellt, die von drei, vermutlich männlichen Personen herrühren. Körperhaare. Fingerabdrücke haben Professor Weingarten und Oberarzt Mayr nicht gefunden, dafür aber einen winzigen Hautpartikel in der Einfassung des etwa zweikarätigen Brillantrings.

Insgesamt eine ziemlich dünne forensische Spurenlage, Herr Kloth, sagt Anja Landau, die jüngste ermittelnde Staatsanwältin der Staatsanwaltschaft München II. Ich finde das sehr erstaunlich, bei der rohen Gewalt, die der Täter ausgeübt hat. Übrigens hat die KTU am Nachmittag noch etwas entdeckt, was ich Ihnen nicht vorenthalten möchte: Es gibt Spuren, die darauf hindeuten, dass der Täter den Teppich und das Bett im Schlafzimmer abgesaugt hat. Den Staubsauger haben wir nebst Beutel ebenfalls sichergestellt, aber wenn es darauf Fingerabdrücke gegeben haben sollte, wurden die abgewischt. Der Täter ist zumindest nach bisher vorliegender Aktenlage planvoll vorgegangen … Sie übergibt Kloth den vorläufigen Bericht der Kriminaltechnik. Der Inhalt des Beutels wird zurzeit noch analysiert, fügt die Staatsanwältin hinzu.

Anja Landau und Kloth sehen sich zum ersten Mal. Eine zierliche Frau, aber offensichtlich zielstrebig, ehrgeizig und hartgesotten, findet Kloth. Dasselbe würde er auch über seine Assistentin Franziska Junginger sagen. Denn die erste Obduktion ist immer die schwerste, aber die beiden jungen Frauen hatten nicht ein einziges Mal gezuckt oder weggesehen; auch nicht als der Professor das Skalpell zum Y-Schnitt angesetzt hatte, um routiniert den Brustkorb und die Bauchhöhle zu öffnen und die inneren Organe herauszulösen und in Augenschein zu nehmen.

Hannelore Plattner war eine kerngesunde Frau gewesen. Lediglich ein paar Leberflecke, so Weingarten, hätten irgendwann eventuell zu einem malignen Melanom entarten können. Die Dame war zweifelsohne zu häufig und zu lange in der Sonne gewesen.

Draußen herrscht endlich eine angenehm milde Sommertemperatur nach den vielen Hundstagen; so um die 25 Grad. Der Himmel ist von dünnen Schleierwolken durchzogen. Kloth lockert seine gestreifte Krawatte, blinzelt in die Sonne und genießt die frische Luft auf dem Krankenhausgelände der Ludwig-Maximilians-Universität, bevor er antwortet.

Ich finde es schon mal bemerkenswert, Frau Staatsanwältin, dass die sichergestellten Körperhaare von drei verschiedenen Männern stammen.

Sie sagten vorhin, es gebe bereits zwei Tatverdächtige?

Ja, den Lebensgefährten des Opfers, Günther Pfaffmann, und den heimlichen jungen Geliebten, Lukas Friedrich, sagt Kloth. Wobei es mich nicht überraschen würde, wenn wir ihnen zwei der drei unterschiedlichen Haarproben zuordnen könnten. Aber das große Problem, das ich sehe, ist, dass beide im Haus der Frau Plattner regelmäßig ein und aus gegangen sind. Ich muss Ihnen sicherlich nicht erzählen, wie schwierig es ist, die Form der Haarübertragung nachzuweisen respektive einfach, sie später vor Gericht zu entkräften – gerade in diesem Fall.

Nein. Müssen Sie nicht. Und der dritte Mann?

Ist ein uralter Film und uns bisher leider unbekannt, scherzt Kloth und freut sich, dass die Staatsanwältin sich ansatzweise zu einem Lächeln hinreißen lässt. Er wird wieder ernst. Vielleicht kommt fürs dritte Haar der Sohn infrage oder eben der große Unbekannte. Ich möchte die Ermittlungen jedenfalls aufs Lebensumfeld von Hannelore Plattner fokussieren – vor allem aber auf Lukas Friedrich.

Wie sehen Sie das, Frau Junginger?, fragt die Staatsanwältin.

Ich habe mir ehrlich gesagt noch keine Meinung zu unseren beiden Verdächtigen Pfaffmann und Friedrich gebildet – denn ich versuche gerade, den Kreis der Verdächtigen zu verkleinern. Mit dem Sohn des Opfers und mit dem ehemaligen Freund der Getöteten stehen noch zwei Überprüfungen an. Schade ist natürlich, dass wir zurzeit weder diesen Hautpartikel am Ring des Opfers zuordnen können noch die DNA auf den Kleidungsstücken und dem Kissen. Ich möchte wetten, dass sich darauf garantiert massenhaft Spuren finden lassen.

Deshalb werden wir diese Beweisstücke auch in jedem Fall aufbewahren, bis die Gentechnik irgendwann einmal so weit ist, sagt Anja Landau. Doch selbst dann könnte es schwierig werden, einem der beiden Hauptverdächtigen den Mord nachzuweisen.

Ich bin gespannt, ob ich das noch in meiner aktiven Dienstzeit erleben werde, orakelt Kloth.

Seien Sie da mal nicht so pessimistisch, Herr Kloth, sagt die Staatsanwältin. Man hat mir erzählt, Sie seien Mister Hundertprozent. Wann höre ich wieder von Ihnen?

So schnell wie möglich. Ich möchte Ihnen aber lieber nichts versprechen, was ich nicht halten kann, sagt Kloth rasch.

Großartig, erwidert Anja Landau, diese Einstellung gefällt mir. Ich glaube, wir werden gut miteinander auskommen.

***

Lukas kann nicht anders: Er muss laut lachen, als Eberhard nach seiner unfreiwilligen Nacht in der Arrestzelle des Starnberger Reviers am Mittag im Flur ihrer Wohnung auftaucht. In einem grauen Trainingsanzug der Polizei, wie ein geprügelter Hund. Da hat wohl einer mit dem Biber gewürfelt und seine Zähne verloren!, feixt Lukas.

Weißt du, wie höllisch weh das tut?, nuschelt Eberhard und besieht sich das Malheur im Flurspiegel.

Das glaube ich gern. Wie ist das denn passiert?

Gib mir bitte erst mal was zu rauchen, bettelt sein Mitbewohner. Haben wir was zu trinken?

Klar, entgegnet Lukas und springt aus dem zerschlissenen Fernsehsessel auf, den sie vor ein paar Wochen am Straßenrand gefunden haben. Setz du dich jetzt erst mal hin, du armes Schwein. Ich mach dir einen Kaffee. Ohne Milch, nicht wahr? Die Zigaretten liegen auf dem Tisch. Bedien dich!

An Eberhards Gesichtsausdruck kann Lukas sofort ablesen, dass der sich über diese Freundlichkeit wundert. Mit solch einem herzlichen Empfang hatte er bestimmt nicht gerechnet, Biber-Scherz hin, Biber-Scherz her. Lukas verschwindet in der Küche. Du hast übrigens mal wieder vergessen, abzuwaschen, ruft er tadelnd und nimmt aus der übervollen Spüle einen gebrauchten Kaffeebecher heraus, spült ihn kurz ab, füllt zwei Teelöffel Instantkaffee hinein, den er mit heißem Wasser aus dem Boiler unter der Spüle auflöst. Dabei bist du dran mit Küchendienst!

Entschuldige, Luki, sagt Eberhard mühsam, ich mach das nachher weg! Lass einfach alles so stehen.

Worauf du dich verlassen kannst, sagt Lukas, als er mit Eberhards Kaffee ins Wohnzimmer zurückkehrt und sich vor ihm aufbaut. Die Küche sieht wieder aus wie Sau. Und, hast du auch mal unser Bad gesehen? Der Kaffee schwappt im Becher, tropft auf den Boden. Eberhard kauert sich im Sessel zusammen. Lukas kann ja so gemein sein, doch vor allem hat er ja recht! Ich habe ihn dir extra nicht so heiß gemacht, Ebi, säuselt Lukas, dann tut es nicht so weh.

Eberhard verzieht beim ersten Schluck trotzdem schmerzvoll das Gesicht. Danach betastet er vorsichtig seine zerschundene Oberlippe.

Herrschaftszeiten! Hab ich es dir nicht gesagt, Ebi!, ruft Lukas. Langsam! Und jetzt erzähl mal! Was haben die Bullen mit dir gemacht?

Zwei weitere geschnorrte Zigaretten später kann Lukas vermuten, dass sein Mitbewohner nach seiner spektakulären vorläufigen Festnahme auf dem Revier nur das Nötigste erzählt hat. Und dass Eberhard mit Sicherheit bei der Wahrheit geblieben ist. Mit den Tennisbällen rein und nach einer guten Viertelstunde ohne die Tennisbälle wieder raus.

Aber dass die Alte mich flachlegen wollte, hast du denen nicht erzählt?

Die Bullen haben das nicht gefragt. Die haben bloß gedacht, ich wäre das gewesen.

Die sind ja nicht ganz dicht, Ebi. Mann, ist das eine Riesensauerei, wenn die dir was anhängen wollen. Übrigens: Die haben mich auch im Verdacht!

Eberhard zeigt erschrocken mit dem Finger auf Lukas. Wie jetzt?

Dabei habe ich diesem Kommissar bloß die Wahrheit erzählt über die Hannelore Plattner, sagt Lukas entrüstet. Dass sie scharf auf mich gewesen ist.

Aber du warst doch nur ein paar Minuten bei ihr drin.

Ja, genau. Weil ihr depperter Freund nach Hause kommen wollte. Aber was hast du den Bullen noch gesagt? Wollten die dich fertigmachen, oder was?

Nichts habe ich den Bullen erzählt. Nur, dass ich dich im Tennisclub abholen sollte.

Das war alles?

Eberhard Haller nickt heftig.

Was für eine Scheiße!, ruft Lukas. Da waren wir beide wohl zur falschen Zeit am falschen Ort. Mann, Mann, Mann!

Beide müssen lachen. Ich hab mein Maul gehalten, Luki. Kannst dich voll drauf verlassen. Außerdem ...

Außerdem was?

Na ja, ich hab immer gedacht, wenn einer einen umbringt, dann merkt man es demjenigen auch an.

Achtung, Gefahr! Wie meinst denn das jetzt, Ebi?

Nur so. Doch er fühlt sich von Lukas' misstrauischem Blick durchbohrt. Unangenehm. Sehr unangenehm. Eberhard windet sich, denn er spürt, dass er sich gerade zu weit vorgewagt hat.

Was redest du da für einen Scheiß, Ebi? Glaubst du etwa, ich hätte was mit dieser ganzen Scheiße zu tun?

Das meine ich doch, Luki! Weißt du, die Bullen haben mich da ganz schön lange schmoren lassen, und dann hab ich plötzlich gemerkt, dass sie sich eigentlich mehr für dich interessiert haben.

Das hast du *gemerkt?*

Eberhard nickt erneut. Ich bin schließlich nicht blöd.

Nein, das bist du nicht, Ebi, sagt Lukas. Er lächelt. Aber du weißt ja selbst, dass irgendwas mit dir nicht stimmt. Ich würde an deiner Stelle zum Beispiel mal darüber nachdenken, warum du so häufig verarscht wirst. Vielleicht ja auch deswegen, weil du manchmal entsetzlichen Müll redest.

Aber wir sind Freunde!

Klar sind wir Freunde, Ebi! Und Freunde verarschen sich nicht gegenseitig, verstehst? Freunde sagen sich immer die Wahrheit. Und deshalb musst du jetzt aus dieser Mücke auch keinen Elefanten machen. Willst du noch einen Kaffee?

Lukas hatte im Alter von zehn Jahren entdeckt, dass er Gleichaltrige, aber auch Erwachsene, vor allem seine bescheuerten Lehrer im Internat, glauben machen konnte, dass etwas, was sie für wahr gehalten hatten, nicht stimmte. Er hatte immer nur lange genug auf sie einreden und ihnen das Wort im Mund herumdrehen müssen, bis sie alle damit angefangen hatten, ihre eigene Sicht der Dinge infrage zu stellen. Irgendwann hatte jeder den Punkt erreicht, an dem er sich selbst nicht mehr über den Weg traute. Dieses Spiel hatte er sich unbewusst von seiner Mutter abgeschaut, die es meisterhaft beherrschte.

Aber Lukas glaubt, dass er inzwischen besser darin ist als seine Mutter. Diese Hexe, die sich immer nur um seinen verdammten Bruder Ludwig gekümmert hat.

So kommt es auch in ihrem *Bullenkloster* häufiger vor, dass etwas kaputtgeht. Dass eine Flasche oder ein Glas umkippt, hinunterfällt und auf dem Boden zersplittert. Manchmal wirft Lukas aus Spaß eine Tasse oder einen Teller auf die Küchenfliesen, wenn Eberhard nicht da ist, nur um ihm später wortreich vorzuwerfen, er habe wohl mal wieder nicht aufgepasst.

Außerdem neigt Eberhard dazu, Dinge zu verlegen. Besonders häufig passiert ihm das mit seinem Schlüsselbund und seinem Portemonnaie. Lukas hat ihm deshalb fürsorglich einen kleinen Brotkorb in den Flur gestellt und ihm eingebläut, seine Schlüssel und seinen Geldbeutel immer sofort in diesen Korb zu legen, wenn er heimkam. Eberhard hatte gehorcht, doch nach einer Weile hatte er eines Morgens, als er es ausnahmsweise einmal besonders eilig hatte, weil er zufällig Arbeit als Gerüstbauer bekommen hatte, seinen Autoschlüssel im Korb vermisst. Er hatte sich zuerst gewundert und dann hektisch die gesamte Wohnung durchsucht. Mit großem Trara, mit riesigem Geschrei, am Ende schon den Tränen nahe, und dann war es selbstverständlich Lukas gewesen, der die Schlüssel gefunden hatte. Weißt du, wo du die gestern Abend hingetan hast? In den Kühlschrank! Ins Gefrierfach! Da muss man mal darauf kommen! Ebi, was ist bloß mit dir los?

Ich weiß ganz genau, Luki, dass ich sie gestern Abend in den Korb gelegt habe! Ich glaube, du hast die Schlüssel versteckt, um mich zu ärgern!

Was redest du für einen Unsinn? Du siehst Gespenster! Erinnere dich: Du hast dir gestern Abend nach dem Heimkommen als Erstes ein Bier aus dem Kühlschrank geholt. Und genau da wird es passiert sein …

Dieses Vergnügen gönnt sich Lukas mittlerweile immer wieder von Zeit zu Zeit, jedoch in unregelmäßigen Abständen, damit für Eberhard kein Muster erkennbar wird – obwohl *diese* Gefahr vermutlich nicht allzu groß ist. Lukas ist fasziniert, dass sein Mitbewohner von Mal zu Mal verzweifelter reagiert.

Im Laufe der vergangenen Jahre hat er überdies herausgefunden, dass es einfacher ist, diejenigen zu manipulieren, die ihn mögen, die ihm wohlgesinnt sind und ihm vertrauen; vor allem aber Menschen, die Mitgefühl besitzen. Ganz gleich, ob sie schlau sind oder leicht beschränkt, wie der grobschlächtige und einfältige Eberhard Haller, der aber mit einer erstaunlich empfindsamen Seele gesegnet ist und in Lukas von Anfang an einen Freund gesehen hat. Weil *sein* Luki der erste Mensch in seinem Leben ist, der ihm schon einmal aus tiefstem Herzen gedankt hat; einer, der ihm jetzt immer mit Zigaretten aushilft oder mit ein paar Mark; einer, der ihm einen Schlafplatz zur Verfügung stellt – und für den seine verfluchte Hasenscharte keinen Grund zur Ablehnung darstellt. So einer wie der Luki kann es nur gut meinen. So einer kann kein hinterfotziges Arschloch sein. Davon ist Eberhard überzeugt.

Bist du eigentlich traurig?, fragt er. Ich finde nämlich, du schaust ganz bedrückt aus, Luki.

Warum fragst du mich das jetzt?

Na, wegen dieser Frau Plattner.

Ganz ehrlich? Ja, sehr, sagt Lukas seufzend, um die Hannelore ist es echt schade. Wer tut bloß so was? So gemein. Das macht mich total fertig.

FREITAG,
23. JULI 1993, 10.00 UHR

Eine von Kloths persönlichen Thesen hat sich bereits ein paar Tage nach dem Auffinden der toten Hannelore Plattner einmal mehr bewahrheitet: Wenn Ermittlungen am Anfang zu glatt laufen, fahren sie sich für gewöhnlich später fest. Er hatte deshalb in weiser Voraussicht schon am vergangenen Dienstag personelle Unterstützung angefordert, um alle als Zeugen infrage kommenden Mitglieder des Tennisclubs so zeitnah wie möglich zu befragen. Doch herausgekommen ist nichts Erhellendes, eigentlich nur die Bestätigung der Eindrücke, die Kloth und Oberländer bereits durch die Zeugenbefragungen von Günther Pfaffmann, Lukas Friedrich, Georg Keller und Eberhard Haller gewonnen hatten.

Auch die Aussagen der geschockten KuSto-Belegschaft in Wolfratshausen hatten nichts Wesentliches zutage gefördert. Die Chefin? Sehr nett, sehr gerecht, aber auch fordernd und leistungsorientiert; ziemlich sozial eingestellt, 13. Monatsgehalt und Urlaubsgeld, insgesamt ein gutes Arbeitsklima – was will man mehr? Die meisten der rund 24 Angestellten hatten während ihrer Befragung Tränen unterdrücken müssen, einige hatten hemmungslos geweint. Und Günther Pfaffmann? Er war nicht so gut weggekommen. Arrogant, überheblich, cholerisch; andererseits total strukturiert und ein guter Verkäufer, gewiss, aber was die Chefin ausgerechnet an ihm gefunden hatte?

An diesem Freitagmorgen ist die Staatsanwältin Anja Landau nach Starnberg gekommen. Denn der Mord an der Unternehmerin hat es inzwischen auf Seite eins der Lokalzeitung und der Regionalausgaben der großen Münchener Zeitungen gebracht, und die Ermittler fühlen sich genötigt, ihre Arbeit in diesem Mordfall noch straffer zu koordinieren und voranzutreiben.

Günther Pfaffmann hatte alle überrascht, indem er von sich aus die Presse kontaktiert und für die Ergreifung des Täters 10 000 Mark Belohnung ausgesetzt hat, aus eigener Tasche. Bisher war jedoch erstaunlicherweise kein einziger konkreter Hinweis eingegangen. Dafür hatten ein paar der üblichen Trittbrettfahrer und Wichtigtuer ihren Quatsch abgesondert.

Ein Dutzend Ermittler haben sich an diesem Vormittag im Großraumbüro der Starnberger Polizeidienststelle versammelt. Als Herrin des Verfahrens leitet die junge Staatsanwältin diese Konferenz, und Kloth findet, dass Anja Landau trotz ihres jungen Alters einen äußerst kompetenten Eindruck vermittelt.

Als Erstes gibt Oberländer zu bedenken, dass die hohe Belohnung, die Günther Pfaffmann ausgelobt hat, ein geschicktes Ablenkungsmanöver sein könnte. Kloth ist anderer Meinung. Für ihn scheidet Hannelore Plattners Lebensgefährte trotz aller Umstände, sogar trotz der wenig schmeichelnden Beschreibungen seiner Persönlichkeit und natürlich auch seiner speziellen Trauerbewältigung als Täter aus. Aber überzeugend argumentieren kann er nicht, noch nicht, und deshalb hält er lieber seinen Mund, um im Falle eines Irrtums – was er sich eigentlich nicht vorstellen kann – nicht als Idiot dazustehen. Für ihn ist das offene Beziehungsmodell, das Günther Pfaffmann beschrieben hatte, nur sehr schwer nachvollziehbar.

Tobias Plattners Alibi ist bombenfest, meldet sich Kloths Assistentin Franziska Junginger zu Wort. Außer dem Sohn können wir ihren Ex Rüdiger Jahnke ebenfalls von der Liste der Verdächtigen streichen, da er sich bereits seit zehn Tagen nachweislich in den USA aufhält – er macht Urlaub.

Stille senkt sich über den Konferenzraum. Füße scharren, einige hüsteln, blicken unschlüssig, vermeiden den Augenkontakt mit der Staatsanwältin aus München.

Dann können wir uns jetzt ja primär auf unsere zwei Verdächtigen konzentrieren, sagt Anja Landau. Einmal auf Günther Pfaffmann und dann auf Lukas Friedrich, den Barmann aus dem Tennisverein – vielleicht ja auch so etwas wie ein verkappter Gigolo.

Und da wird es jetzt interessant, sagt Kloth, der bisher geschwiegen hatte. Er setzt sich aufrecht hin. Alle Augen richten sich auf ihn. Wir wissen inzwischen mit einiger Sicherheit, dass Hannelore Plattner und Lukas Friedrich ein wie auch immer geartetes Liebesverhältnis pflegten. Auf jeden Fall ein Verhältnis, das über eine gewöhnliche Beziehung zwischen einem Kellner und einem Stammgast hinausgeht. Das hat Lukas Friedrich von sich aus in einer ersten Befragung freimütig geäußert. Also haben Frau Junginger und ich uns gestern Abend noch einmal mit seinem Chef Georg Keller unterhalten – ich sollte besser sagen, mit seinem ehemaligen Chef. Denn Lukas Friedrich arbeitet schon seit vergangenem Montagabend nicht mehr im Tennisclub. Georg Keller hat ihm fristlos gekündigt, direkt im Anschluss an meine Befragung.

Warum denn das? Weil er mit Hannelore Plattner angebandelt hatte – oder sie mit ihm? Oberländer ist baff.

Nein. Sondern weil sich – Achtung! – in den vergangenen Wochen mehrere Mitglieder des Tennisvereins tatsächlich über diesen attraktiven und eigentlich ziemlich beliebten Burschen beschwert haben – vor allem einige Damen im Alter von Hannelore Plattner und älter, sagt Kloth. Er sieht seine Assistentin ermunternd an. Das Zeichen für Franziska Junginger, die jetzt übernehmen soll.

Ja, Herr Keller hat uns erzählt, Lukas Friedrich habe sich diesen Frauen gegenüber zum Teil regelrecht übergriffig verhalten, sagt die Kommissaranwärterin.

Inwiefern denn übergriffig?, fragt Oberländer.

Verbal. Anzüglichkeiten. Kesse Sprüche, purer Sexismus. Ich würde es als übertrieben heftiges Flirten bezeichnen, also, salopp ausgedrückt, als Anbaggern – in eine Richtung. Lukas Friedrich hält sich anscheinend für einen unwiderstehlichen Charmebolzen und ist von sich selbst extrem überzeugt.

Das deckt sich mit Aussagen und Beschreibungen von Clubmitgliedern, die wir inzwischen eingeholt haben, wirft ein Beamter in die Runde.

Anja Landau hört aufmerksam zu.

Es ist natürlich noch zu früh für eine solche Einschätzung, aber ich – also, Hauptkommissar Kloth und ich –, wir vermuten trotzdem, dass es sich bei Lukas Friedrich offenbar um einen Narzissten mit gerontophiler Neigung handelt, sagt Franziska Junginger.

Dass er sich also zu wesentlich älteren Frauen hingezogen fühlt?, fragt die Staatsanwältin.

Ja, aber nicht aus Liebe. Den Gerontophilen geht es in erster Linie um Sex – um körperliche Befriedigung, sagt Franziska Junginger, wobei sie bewusst zu den versammelten Ermittlern spricht, von denen einige offensichtlich mit diesem psychologischen Fachbegriff nichts anfangen können. Wir haben erfahren, dass Hannelore Plattner sexuell sehr aktiv gewesen ist, fährt Franziska Junginger fort. Dafür spricht ihr offen gelebtes Beziehungsmodell, das ihr Lebensgefährte Günther Pfaffmann glaubhaft beschrieben hat. Und auch Frau Plattners geplatztes Treffen mit einem Architekten in München-Grünwald am Tattag. Sie hat in den vergangenen zwei Jahren mindestens ein Dutzend Chiffre-Kleinanzeigen aufgegeben, über die sie Gleichgesinnte kennenlernen wollte und auch kennengelernt hat.

Sodom und Gomorrha, murmelt eine Stimme. Und das ausgerechnet bei uns, in Starnberg. Die Bemerkung sorgt unter den

Männern für Heiterkeit. Am lautesten lacht Oberländer. Anja Landau findet das nicht witzig. Hören Sie Ihrer Kollegin bitte zu, meine Herren!

Kloth, der keine Miene verzogen hat, ist heilfroh, dass auch Franziska Junginger gelassen bleibt. Mit einem Blick auf ihren direkten Vorgesetzten sagt sie: Aus den uns bisher vorliegenden Indizien und Aussagen lassen sich zum gegenwärtigen Zeitpunkt daher drei Theorien eines möglichen Tathergangs ableiten. Erstens: Hannelore Plattner wurde nach dem Besuch von Lukas Friedrich und vor der Rückkehr ihres Lebensgefährten Günther Pfaffmann in der Zeit zwischen 17.20 Uhr und 23 Uhr von einem Unbekannten getötet. Die KTU hat ein einzelnes Haar sichergestellt, das sich von zwei weiteren gefundenen Haarproben unterscheidet. Aber die entscheidende Frage lautet doch: Warum? Welches Motiv hätte der Täter gehabt? Es gibt keine Einbruchsspuren, es wurde nichts gestohlen, und Hannelore Plattner wurde auch nicht vergewaltigt. Zweitens: Günther Pfaffmann hat seine Lebensgefährtin nach seiner angekündigten vorzeitigen Rückkehr von seiner Dienstreise in der Zeit zwischen 23 Uhr und Mitternacht stranguliert und versucht, einen Suizid vorzutäuschen. Ein mögliches Tatmotiv hat er uns bei den beiden bisherigen Befragungen selbst genannt: Eifersucht, weil er die offene Beziehung mit Hannelore Plattner beenden, das heißt verändern, wollte und sie dazu nicht bereit war, sagt Pfaffmann.

Angeblich noch nicht bereit war, greift Kloth sanft korrigierend ein.

Ja, das stimmt. Und die dritte Theorie: Lukas Friedrich hat Hannelore Plattner am Sonntag besucht, weil er Sex mit ihr wollte. Doch sie wies ihn ab, da sie eine Verabredung in München-Grünwald hatte. Darüber hinaus musste sie befürchten, dass ihr Lebensgefährte früher als angekündigt auf der Matte stehen würde. Deshalb kam es zwischen ihr und Lukas Friedrich zum Streit, er drehte durch, tötete sie und versuchte ebenfalls, einen Suizid vorzutäuschen und seine Spuren zu verwischen.

Lukas Friedrich wollte ihr doch nur ein paar Tennisbälle bringen. Und sie hatte ihm nicht halb nackt in Bademantel und Reizwäsche die Tür geöffnet, grätscht Oberländer dazwischen.

Das behauptet er, entgegnet Kloth.

Und dass sie blaue Shorts und eine bekleckerte weiße Bluse trug, die wir identifiziert und einkassiert haben? Oberländer lässt nicht locker. Ich stelle mir die Situation gerade einmal bildlich vor, Kollegen: Lukas Friedrich taucht bei Hannelore Plattner auf, sie reden miteinander, sie trinkt Sekt, dann beginnen sie, sich aus irgendeinem Grund zu streiten. Sie flieht vor ihm in ihr Schlafzimmer, er folgt ihr, es kommt zum Kampf, er versucht, sie auf dem Bett mit ihrem Kopfkissen zu ersticken, stranguliert sie dann mit dem Gürtel ihres Bademantels, verfrachtet sie in den Kleiderschrank, täuscht ihren Selbstmord vor, wischt ihren Leichnam mit einem Handtuch ab, wirft dann noch einen Blick in den Wäschekorb im Bad, um später behaupten zu können, sie habe eine blaue Shorts und eine weiße Bluse getragen, und macht schließlich noch den Tatort oberflächlich sauber, wobei ich mich frage, woher er wohl wusste, wo der Staubsauger steht.

Das klingt leider sehr plausibel, Peter, sagt Kloth.

Vielleicht. Aber das alles hat Lukas Friedrich in einer Viertelstunde bewerkstelligt? Oder in höchstens zwanzig Minuten? Ich meine, es kann allein schon bis zu vier Minuten dauern, bis ein Mensch erstickt.

Die Zeitspanne ist tatsächlich kurz bemessen, sagt Anja Landau. Ich finde Ihre Bedenken daher richtig und wichtig, Herr Oberländer. Denn sie sprächen für eine gezielte Tötungsabsicht – für einen geplanten Mord. Dafür sehe ich zurzeit jedoch keinen Anhaltspunkt, soweit es Lukas Friedrich betrifft. Sie wendet sich an Kloth. Sie haben doch mit ihm gesprochen: Würden Sie Lukas

Friedrich eine solch eiskalte Vorgehensweise zutrauen? Kloth hat keine Antwort parat. Und das zeigt er auch, mit einem kurzen Kopfschütteln. Gut, sagt Anja Landau, dann schlage ich vor, dass wir jetzt erst einmal alles über Günther Pfaffmann und Lukas Friedrich in Erfahrung bringen: ihre familiären Hintergründe, ihre finanzielle Situation, anhängige Verfahren, Strafverfahren und Verurteilungen – ihr gesamtes Vorleben, soweit noch nicht geschehen. Und wenn wir hoffentlich mehr über diese beiden Herren wissen, laden wir sie als Verdächtige offiziell vor. Könnten Sie das bitte koordinieren, Herr Kloth?

MITTWOCH, 28. JULI 1993, 9.30 UHR

Das Hotel »Friedrich« liegt mitten im Zentrum von Bad Tölz. Zum Hotel gehört eine ausladende Sommerterrasse – direkt an der gepflasterten Marktstraße, die für den Autoverkehr gesperrt ist –, an diesem Morgen bumsvoll mit frühstückenden Hotelgästen. Vor mehr als zwanzig Jahren hatte Kloth hier auch schon mal gesessen. Damals, als er noch verheiratet gewesen war.

Anja Landau hat es sich nicht nehmen lassen, ihn und Franziska Junginger nach Bad Tölz zu begleiten, denn die Strafakte von Lukas Friedrich ist umfangreicher als angenommen. Vor seiner rechtskräftigen Verurteilung wegen fahrlässiger Körperverletzung und Volltrunkenheit in der Öffentlichkeit war er schon mehrfach polizeilich aufgefallen; zum ersten Mal mit 14 wegen Ladendiebstahls und Beförderungserschleichung; er hatte eine rechtskräftige Verurteilung nach Jugendstrafrecht wegen einiger Eigentumsdelikte zu bieten – alles in allem jedoch Kleinigkeiten – und außerdem ein Verfahren wegen Wilderei, mit 17 Jahren. Doch was nicht im Auszug aus dem Bundeszentralregister stand, hatte Anja Landau in ihrer Behörde ausgraben können: ein Ermittlungsverfahren wegen sexueller Belästigung, das inzwischen gut dreieinhalb Jahre zurücklag und eingestellt worden war. Damals war Lukas Friedrich 19 Jahre alt gewesen.

Günther Pfaffmann dagegen hat außer sieben Punkten im Flensburger Verkehrszentralregister wegen zu schnellen Fahrens eine makellose Bilanz aufzuweisen.

Von der Papierform her ist Lukas Friedrich unser Mann – zurzeit, sagt die Staatsanwältin und spricht zur Sicherheit noch einmal aus, was Franziska Junginger und Kloth inzwischen ebenfalls denken. Deshalb möchte Anja Landau heute auch dabei sein, wenn die beiden Mordermittler sich im familiären Umfeld der Familie Friedrich umhören wollen. Angemeldet haben sie ihren Besuch nicht.

Wie darf ich Ihnen behilflich sein? Die Rezeptionistin des Hotels »Friedrich« spricht mit einem unüberhörbaren russischen Akzent, und da steht es auch, auf ihrem Namensschild: Tatjana Faktorova. Hatten Sie reserviert?

Kloth schüttelt den Kopf, beugt sich über den Empfangstresen, zeigt ihr unauffällig seinen Dienstausweis und stellt seine Begleitung und sich selbst vor. Wir würden gerne Irene Friedrich in einer dringenden Angelegenheit sprechen, und nein, wir sind nicht angemeldet.

Tut mir leid, aber die Chefin ist nicht da, sagt Tatjana Faktorova. Sie befindet sich momentan im Urlaub. Darf ich fragen, um was es geht?

Wir sind auf der Suche nach einem Lukas Friedrich. Kloth ist der Meinung, manchmal müsse man eine Nebelkerze werfen.

Lukas Friedrich? Sind Sie sicher?

Kloth stutzt. Lukas Friedrich ist nach unseren Unterlagen der Sohn von Irene Friedrich.

Nein, nein: Sie meinen sicher Ludwig Friedrich. Aber er ist ebenfalls nicht da, sondern mit seiner Mutter verreist.

Wir ermitteln in einem Mordfall, mischt Anja Landau sich ein.

Tatjana Faktorova blickt die Staatsanwältin erschrocken an. Doch schon fängt sie sich wieder. Ludwig soll in einen Mordfall verwickelt sein? Nein, das ist ganz unmöglich. Aber alles Weitere sollten Sie wohl besser mit Herrn Friedrich besprechen! Sie greift zum Telefonhörer. Hans, entschuldige bitte die Störung – aber die Polizei ist hier … Es geht offenbar um einen Mordfall … Ja, ganz genau: Die Herrschaften erwähnten Lukas …

Wenig später sitzen Anja Landau, Franziska Junginger und

Karsten Kloth im »Stüberl« des Hotels, einem kleinen Gastraum, dessen Wände und Decke vollständig mit Kassetten aus dem fein gemaserten Holz der Zirbelkiefer verkleidet sind. Rundherum künden Jagdtrophäen von der offensichtlichen Leidenschaft des Hausherrn. Das »Stüberl« würde erst abends öffnen, hier wären die Herrschaften ungestört, hatte Tatjana Faktorova gemeint und ihnen Kaffee servieren lassen. Für Franziska Junginger lieber einen grünen Tee? Sehr gerne!

Eine Viertelstunde später erscheint Hans Friedrich, ein groß gewachsener, kräftiger Mann um die fünfzig mit einem eisgrauen, kurz geschorenen Haarkranz und einem Henri-IV.-Bart, gekleidet in einen schlichten Trachtenanzug, dafür aber mit einer auffälligen hellblauen Seidenkrawatte um den Hals. Alles in allem sehr edel und sicherlich auch ziemlich teuer, denkt Kloth.

Sie sind auf der Suche nach Lukas? Was hat er denn diesmal wieder angestellt? Mord? Ich hoffe doch sehr, das ist ein Missverständnis! Gestatten, Hans Friedrich, ich bin der Direktor dieses Hotels. Ah ja, Sie sind bereits bestens versorgt, wie ich sehe! Also, wie kann ich Ihnen behilflich sein? Hans Friedrich nimmt am Kopfende des Tisches Platz und schaut die drei Ermittler erwartungsvoll an.

Kloth kann solch joviale Zeitgenossen nicht ausstehen.

Sind Sie der Vater von Lukas Friedrich?, fragt Anja Landau.

Gott bewahre, entgegnet Hans Friedrich, nein, ich bin sein Stiefvater! Sein Hüsteln klingt gekünstelt. Ich sollte Ihnen dann wohl zunächst die familiären Verhältnisse erklären, um Ihnen unnötige Fragen zu ersparen. Haben Sie aber vielleicht auch ein Foto von diesem Lukas Friedrich? Nicht, dass es sich um eine Verwechslung handelt!

Wortlos zieht Anja Landau einen Ordner aus ihrer Aktentasche, schlägt ihn auf und schiebt ihn über den Tisch zu Hans Friedrich hinüber. Kloth registriert wohlwollend, dass sie die entsprechende Seite im Ordner mit den erkennungsdienstlichen Fotos des gut drei Jahre zurückliegenden Ermittlungsverfahrens wegen sexueller Belästigung mit einem neonfarbenen Aufkleber markiert hat, um nicht erst umständlich blättern zu müssen. Hans Friedrich wirft einen kurzen Blick auf das Foto und nickt. Ja, das ist unverkennbar Lukas, dieser *Hundling* ... Was steht da? Sexuelle Belästigung? Oje. Er schiebt Anja Landau den Ordner zurück.

Hundling. Diesen Ausdruck habe ich schon lange nicht mehr gehört, sagt Kloth. Wieso kommen Sie darauf, dass Lukas verschlagen sei?

Hans Friedrich lacht spöttisch auf. Weil der Lukas nun mal einer ist. Schauen Sie: Er hat seiner Mutter von klein auf Schwierigkeiten gemacht, später auch mir. Der Junge war einfach nicht zu bändigen, weder im Kindergarten noch später in der Schule. Als er schließlich 16 war, wollte ihn kein Internat im Umkreis von hundert Kilometern mehr nehmen. Meine Frau Irene und ich haben ihn dann gemeinsam mühsam dazu überreden können, es hier bei uns im Hause mit einer Lehre als Restaurantfachmann zu versuchen. Damals habe ich mich noch, so gut, wie es eben ging, um ihn gekümmert. Tja, und was macht dieses Bürschchen? Klaut eine meiner Büchsen aus dem Waffenschrank und geht heimlich in die Berge, um zu jagen.

Offenbar erfolgreich, sagt Anja Landau und deutet auf den Ordner.

Ach ja, die Wilderei-Sache. Die Geldstrafe hat damals Irene für ihn bezahlt, sagt Hans Friedrich. Doch was meinen Sie, was ich für einen Ärger wegen des Gewehrdiebstahls bekommen habe.

Noch einmal kurz zurück, bitte, sagt Kloth. Wenn Sie nicht Lukas' Vater sind, dann sind Sie der Vater von Ludwig? Habe ich das richtig verstanden ...?

Hans Friedrich schüttelt den Kopf. Es verhält sich folgendermaßen: Irene Friedrich, meine Frau, ist Alleinerbin des Familienunternehmens in vierter Generation.

Also des Hotels mit dem dazugehörigen Biergarten, sagt Anja Landau.

Richtig. Ihr Vater und ihr Bruder kamen vor gut zwanzig Jahren auf einer gemeinsamen Bergtour ums Leben, und ihre Mutter starb zwei Jahre später an Krebs.

Das ist hart. Und der Vater der beiden Kinder?, möchte Kloth wissen.

Hans Friedrich verzieht das Gesicht. Ich weiß, dass es sich um einen Italiener handelt, einen Wasserskilehrer vom Gardasee. Irene, also meine Frau, war damals noch sehr jung, ein dummes Ding, vollkommen unerfahren, auch geschäftlich – Sie verstehen?

Ich glaube schon, sagt Anja Landau knapp.

Franziska Junginger räuspert sich geräuschvoll. Lukas und Ludwig sind also Zwillinge?

Ach so, hatte ich das noch gar nicht erwähnt? Hans Friedrich seufzt. Ja, natürlich – eineiige Zwillinge sogar. Ich bin dann etwa drei Jahre nach dem Tod ihrer Mutter vom Insolvenzverwalter als Hotelmanager eingesetzt worden, sagt Hans Friedrich. Das Hotel und der Biergarten haben ja Substanz, aber der Betrieb war zu jener Zeit finanziell am Ende. Irene war mit ihrer sterbenden Mutter, den beiden Buben und als Geschäftsführerin total überfordert. Aber wie Sie heute sehen können …

Haben Sie es offenbar hingekriegt, sagt Kloth schmeichelnd und schmiert eine Portion Sidol auf Hans Friedrichs Heiligenschein.

Kann man wohl so sagen, erwidert Hans Friedrich. Noch einen Kaffee? Oder einen grünen Tee, Frau …?

Junginger. Danke vielmals.

Nein danke, winkt auch Anja Landau ab, doch ich hätte jetzt gerne noch mehr über Lukas und seinen Bruder erfahren.

Verzeihen Sie, gnädige Frau, aber darüber haben meine Frau und ich einen Mantel des Schweigens gelegt.

Das verstehe ich jetzt nicht, insistiert die Staatsanwältin.

In unserem Haus ist Lukas seit Jahren eine Persona non grata … Sehen Sie, das Foto, das Sie mir eben gezeigt haben ... Ich habe bis jetzt nicht einmal gewusst, dass es gegen Lukas ein Ermittlungsverfahren wegen sexueller Belästigung gab.

Ergebnislos übrigens, sagt Anja Landau knapp, das Verfahren wurde aus Mangel an Beweisen eingestellt.

Und jetzt steht Lukas unter Mordverdacht?

Wir reden doch *en famille,* Herr Friedrich, mischt Kloth sich ein, nicht wahr? Hans Friedrich nickt. Also, gegen Ihren Stiefsohn besteht zurzeit lediglich ein Anfangsverdacht, am Sonnabend, den 17. Juli, vor knapp zwei Wochen also, eine Frau in Starnberg getötet zu haben.

Du großer Gott, diese Unternehmerin aus Wolfratshausen? Die Tote im Kleiderschrank?

Ja. Kennen Sie sie etwa?

Ich hab darüber in der Zeitung gelesen. Ihr Mann hat 10 000 Mark Belohnung für die Ergreifung des Täters ausgesetzt. Hans Friedrich mustert Kloth scharf. Stimmt doch, oder? Er muss einen Moment lang überlegen. Dann sagt er seufzend: Ja, ich weiß, wer Hannelore Plattner war. Sie war zwar kein ausgesprochener Stammgast, aber sie ist in den vergangenen Jahren ein paarmal hier bei uns abgestiegen.

Allein?

Nein, Frau …

Landau.

Nein, Frau Landau. Aber wir sind ein sehr diskretes Haus, wie alle Hotels ab einer gewissen Klasse – Sie verstehen?

Die Staatsanwältin nickt. Doch bei Mord sollte die Diskretion vielleicht in den Hintergrund treten … Also, Frau Plattner hat hier ab und zu mit einem Herrn übernachtet. Und vermutlich niemals mit demselben.

Mit wechselnden männlichen Begleitern, wenn Sie so wollen, ja. Wir können nachsehen.

Kann es sein, dass Lukas und Frau Plattner sich dann hier begegnet sind? Sie sagten vorhin was von Restaurantfachmann …

Hans Friedrich schüttelt vehement den Kopf. Lukas hatte zu diesem Zeitpunkt seine Lehre bei uns schon lange abgebrochen. Drei Monate vor der Abschlussprüfung! Er ist dann einfach weg – mit 18.

Wie, weg? Anja Landau runzelt die Stirn.

Na, auf und davon. Mitten in der Nacht. Mit dem Wagen seiner Mutter, Bargeld und seinen Lieblingsklamotten.

Den Wagen und das Geld hat er gestohlen?

Was denken Sie denn? Aber nennen wir es meinetwegen *unterschlagen*.

Und Sie haben keine Anzeige erstattet?, fragt Franziska Junginger.

Meine Frau wollte das nicht. Ich hätte ihn angezeigt. Aber für sie war Lukas von diesem Tag an wie ein gelesenes Buch, das sie zugeklappt hat und nie wieder aufschlagen wollte. Ich glaube, sie war einfach nur erleichtert, dass er aus ihrem Leben verschwunden ist.

Und wie war das für Sie, Herr Friedrich?

Letztendlich dasselbe. Wissen Sie, ich habe mich, wie schon gesagt, anfangs um den Jungen bemüht, als ich sein Stiefvater wurde. Aber das war wohl zu spät. Eine harte Hand, die früher bereits konsequent durchgegriffen hätte, hätte ihm sicherlich gutgetan, obwohl es ihm im Grunde an nichts gefehlt hat. Er hatte sogar eine eigene Kinderfrau …

Franziska Junginger kraust die Stirn. Wir reden die ganze Zeit über Lukas. Was ist mit Ludwig?

Während der Geburt gab es Komplikationen. Lukas ist der Erstgeborene, Ludwigs Gehirn dagegen hat ein paar Sekunden lang zu wenig Sauerstoff erhalten. Es heißt, die Nabelschnur hätte sich um seinen Hals geschlungen. Vielleicht steckte er auch zu lange im Geburtskanal fest. Was weiß ich, meine Frau mag nicht darüber reden. Fest steht nur: Ludwig ist heute auf dem Stand eines Kleinkindes, ein behinderter junger Mann mit emotionaler Instabilität und gestörter Impulskontrolle, der intensive Zuwendung braucht … Meine Frau befindet sich zurzeit mit ihm in einer Schweizer Privatklinik in Meilen, Hohenegg. Dort fährt sie regelmäßig mit ihm hin. Das tut dem Jungen gut.

Sie kennen sich aus, wirft Anja Landau ein.

Na ja, ich bin schließlich mit der Mutter dieses behinderten Kindes seit über 15 Jahren verheiratet. Das bleibt dann wohl nicht aus.

Und Sie hatten Glück, dass der Insolvenzverwalter Ihnen diesen Auftrag anvertraut hat, sagt Kloth.

Sie meinen, weil Irene und ich … Also, die erfolgreiche Arbeit hat uns zusammengeschweißt – und schließlich zusammengebracht. Nichts, wofür man sich schämen muss oder rechtfertigen.

Sie haben den Namen Ihrer Frau angenommen.

Ja, schon. Wenn Sie ursprünglich Kotzer geheißen hätten, dann hätten Sie dies vermutlich auch getan.

Franziska Junginger schaut betreten nach unten und versucht, sich ein amüsiertes Lächeln zu verkneifen.

Würden Sie Lukas denn eine solche Tat zutrauen?, fragt Kloth. Seine anfängliche Abneigung gegen den Hotelier weicht zunehmend einer gewissen Sympathie.

Einen Mord? Kann ich nicht sagen, entgegnet Hans Friedrich. Ja und nein. Ich habe ihn seit knapp fünf Jahren nicht mehr gesehen, und zuzutrauen ist Lukas vermutlich so einiges.

Wie meinen Sie das?, fragt Anja Landau.

Nun ja, wenn es eine Ungerechtigkeit in der Welt gibt, dann die, dass Lukas das, was sein Bruder Ludwig so gut wie gar nicht hat, im Überfluss besitzt. Ich habe jedenfalls noch nie einen so durchtriebenen, vermutlich intelligenten Kerl erlebt. Sie müssen wissen: Lukas hat es schon als Schulbub fertiggebracht, einem Eskimo Schnee zu verkaufen und dem Beduinen Sand. Er hat für alles eine Ausrede parat gehabt! Er hat den größten Bockmist gebaut, aber er ist nur sehr selten erwischt worden – dafür haben zumeist andere den Kopf hinhalten müssen. Ein richtiger Hundling eben.

Das Ermittlertrio schweigt. Kloth und die Staatsanwältin tauschen einen wissenden Blick. Sie sind hier erst einmal fertig.

Vielleicht ist aber auch Folgendes interessant für Sie, sagt Hans Friedrich in die Stille hinein, ich habe vor knapp vier Monaten den Mann dieser Hannelore Plattner hier in unserem Haus erlebt. Diesen Pfaffmann, oder wie er heißt, der jetzt die Belohnung ausgesetzt hat. Fragen Sie Tatjana, unsere Managerin vorn an der Rezeption. Der hat einen Auftritt hingelegt, ich sag Ihnen …

Das machen wir, verspricht Kloth.

Aber, wie gesagt, all das, was ich Ihnen erzählt habe, behandeln Sie bitte absolut vertraulich.

Selbstverständlich, sagt Anja Landau.

***

Das war doch sehr ergiebig, stellt Kloth eine gute Stunde später zufrieden fest, als sie im Biergarten des Restaurants »Sonnenhof« in Seeshaupt am Starnberger See zu Mittag essen. Der Hauptkommissar verbindet das Nützliche gerne mit dem Angenehmen, und wenn eine Zeugenbefragung so erfolgreich verläuft wie eben, gilt das Belohnungsprinzip. Für Kloth ist dies heute ein ofenfrischer Schweinebraten mit Knödeln und Gurkensalat, während die Staatsanwältin Anja Landau und seine Assistentin Franziska Junginger jeweils einen Salat mit gebratenen Putenstreifen bestellt haben.

Die Hotelmanagerin Tatjana Faktorova hatte minutiös den theaterreifen Auftritt von Günther Pfaffmann an der Rezeption des Hotels geschildert. Drohungen, Gepolter, Verwünschungen – sogar ein Fußtritt gegen den Tresen. Aber sie hatte ihm die gewünschte Auskunft über die Zimmernummer von Hannelore Plattner beharrlich verweigert. Es hatte nicht viel gefehlt, und die Hotelmanagerin hätte die Polizei gerufen.

Für eine offene Beziehung ist Herr Pfaffmann wohl doch nicht geschaffen, sagt Kloth. Die hat entgegen seiner bisherigen Darstellung wohl eher einseitig funktioniert.

Ja. Vielleicht haben wir es sogar mit dem Klassiker zu tun. Mord aus Eifersucht, sagt Anja Landau. Wobei zwischen Drohen und Handeln häufig eine größere Lücke klafft.

Nur aus Eifersucht? Ich bin mir zwar nicht hundertprozentig sicher, aber ich sehe zwischen Günther Pfaffmann und Hans Friedrich eine gewisse Parallele, sagt Franziska Junginger, beziehungstechnisch, meine ich. Kloth und die Staatsanwältin schauen auf. Es ist nur ein Gefühl, aber beide sind meines Erachtens nicht aus Liebe mit ihren Partnerinnen zusammen – oder zusammen gewesen. Zwei wohlhabende Frauen, beide Firmenerbinnen, tun sich ausgerechnet mit zwei Männern zusammen, die in ihren Unternehmen Schlüsselpositionen besitzen.

So etwas passiert halt, meint Kloth. Wobei ich hinzufügen will, dass ich mit dem Herrn Friedrich anfangs Probleme hatte. Im Verlauf des Gesprächs ist er mir aber etwas sympathischer geworden. Die Betonung liegt jedoch auf *etwas*.

Aber nehmen wir mal an, Günther Pfaffmann musste vielleicht befürchten, dass seine Lebensgefährtin ihn eines Tages einfach abserviert. Da kommt zu seiner latenten Eifersucht Existenzangst, wirft Franziska Junginger ein.

Anja Landau legt die Gabel auf ihren Salatteller. Dann gebe ich jetzt zu bedenken, dass Pfaffmann weder Aktien in der Firma besitzt noch einen besonderen Rückhalt in der Belegschaft.

Ja, in der Firma ist er nicht besonders beliebt, sagt Franziska Junginger. Er bekleidet zwar nominell die höchste Position, aber es gibt offenbar weder ein Vermächtnis noch irgendein anderes notarielles Schreiben, das die Nachfolge regelt. Durch den Tod seiner Mutter ist Tobias Plattner jetzt de facto Inhaber eines florierenden Unternehmens. Vielleicht hat Pfaffmann es darauf angelegt, genau diese Konstellation herbeizuführen – der junge, unerfahrene Firmenerbe und er, der gewiefte Kaufmann und Vertriebler, der Tobias Plattner um den Finger wickeln kann.

Ziemlich viele Variablen, sagt Kloth und betrachtet einen Moment lang wehmütig das letzte Stück knuspriger Schwarte, bevor er es sich in den Mund steckt. Finden Sie nicht?

Da wäre vielleicht noch etwas, sagt Franziska Junginger abwartend.

Bitte, sagt Kloth.

Wir wissen ja jetzt mehr über Günther Pfaffmann: Dass er nicht nur der alerte, souveräne Managertyp ist, als der er sich gibt. Aber dieser Werdegang von Lukas Friedrich, seine bisherigen Straftaten – vor allem aber seine Kindheit …

Ja? Anja Landau beugt sich interessiert vor.

Mal aus meiner Sicht als Psychologin betrachtet, allerdings ohne Gewähr: Während Hans Friedrich über die Familie geredet hat, musste ich die ganze Zeit daran denken, dass Lukas als kleiner Junge vermutlich eine ziemlich schlimme Zeit durchgemacht hat.

Wie kommen Sie darauf, Franziska?, fragt Kloth. Weil er und sein Bruder Ludwig uneheliche Kinder sind, die ihren Vater vermutlich noch nie gesehen haben? Aber die familiären Verhältnisse im Hause Friedrich waren doch exzellent.

Vom Materiellen her bestimmt, entgegnet Franziska Junginger. Aber aus den knappen Erzählungen seines Stiefvaters glaube ich herausgehört zu haben, dass Lukas wohl von Anfang an hinten heruntergefallen ist. Erinnern Sie sich noch an den Satz: Ich glaube, sie war einfach nur erleichtert, dass er aus ihrem Leben verschwunden ist? Ich vermute, dass sich alles immer nur um den behinderten Ludwig gedreht hat. Lukas dagegen hat mit ziemlicher Sicherheit vergeblich um die Liebe und Anerkennung seiner Mutter gebettelt, und weil er die nicht bekommen hat, ist sein Verhalten zunehmend auffälliger geworden – vorsichtig ausgedrückt.

Und wie bringen Sie Ihre These mit dem Mord an Hannelore Plattner in Verbindung?

Franziska Junginger zuckt mit den Schultern. Die psychologische Forschung ist leider noch ziemlich jung auf diesem Gebiet. Hätte Lukas Friedrich jedenfalls einen positiven Mutterkomplex, dann würde er seine Mutter und mütterliche Frauen lieben. Er würde von allem angezogen werden, was Mütterlichkeit ausstrahlt. Hätte er dagegen einen negativen Mutterkomplex, würde er sich genau andersherum verhalten.

Dass er seine Mutter liebt, davon würde ich schon mal nicht ausgehen, sagt der Kommissar.

Ich auch nicht, sagt Franziska Junginger. Ich könnte mir daher vorstellen, dass Lukas so etwas wie ein moderner Don Juan ist; ein junger Mann, der von Liebschaft zu Liebschaft jagt, weil er unbewusst in jeder Frau seine Mutter sucht, die für ihn aber unerreichbar bleibt. Doch wenn er, was wohl eher der Fall ist, seine eigene Mutter hasst, wird er Probleme mit allem haben, was weiblich ist. Dann würde er die Frauen, die er eigentlich begehrt, sozusagen entwerten.

Und weil seine ersten kindlichen Beziehungserfahrungen so schlecht waren, dominieren in ihm heute negative Gefühle wie Pessimismus, Neid, Angst, Hass und Schuld, sagt Anja Landau.

Das meine ich damit, sagt Franziska Junginger, doch strafverschärfend könnte hinzukommen, dass Lukas Friedrich sich von niemandem geliebt fühlt, weil er einfach nicht weiß, wie sich Liebe anfühlt. Und deshalb könnte er selbst auch nicht lieben. Kurz gesagt: Lukas Friedrich könnte der Prototyp eines empathielosen Narzissten sein, aber das ist natürlich nur eine vage Ferndiagnose.

Kloth staunt. Er hat gerade etwas dazugelernt.

Die Staatsanwältin spießt ein Stückchen gebratene Pute auf ihre Gabel. Da stimme ich Ihnen zu, Frau Junginger. Aber wir werden dennoch weiterhin in alle Richtungen denken müssen. Trotzdem sollten wir Günther Pfaffmann und Lukas Friedrich ab sofort als dringend tatverdächtig betrachten. Und wir sollten jetzt den Druck auf sie erhöhen und DNA-Proben von ihnen einfordern.

Das wäre auch mein nächster Schritt gewesen, sagt Kloth. Doch es klingt nicht nach einem Eingeständnis, diesen Ermittlungsschritt bisher versäumt zu haben. Aber die Frage ist: Kriegen wir denn für solche Proben einen richterlichen Beschluss? Oder sehen Sie bereits genügend Gefahr im Verzug, Frau Landau? Dann könnten wir sie jetzt offiziell zu einer Anhörung vorladen.

Letzteres. Ich finde, wir sollten eine Konfrontation riskieren, um die Reaktionen der beiden Herren beobachten und besser einschätzen zu können. Und dann sehen wir weiter.

DONNERSTAG, 5. AUGUST 1993, 14.45 UHR

Die Bullen, allen voran dieser Kloth, wollen ihn also schmoren lassen. So wie Eberhard. Wie armselig. Wie erbärmlich! Sie werden schon sehen, was ihnen das bringt. Nämlich gar nichts. Null. Nada. Äußerlich wirkt Lukas ruhig, innerlich amüsiert er sich blendend. Schließlich dreht sich in diesem Moment alles um ihn. Okay, nach einer guten Dreiviertelstunde ist der Stuhl etwas unbequem geworden, aber dagegen kann er was tun. Aufstehen zum Beispiel, sich vor den Einwegspiegel im Verhörraum stellen, den Sitz seiner Haare überprüfen und sich ein paar Mitesser auf den Nasenflügeln ausdrücken.

Was macht der denn da um Gottes willen? Anja Landau, hinter dem Spiegel, wendet sich angeekelt ab. Auf dem Glas sind ein paar weiße Talgsprenkel zu sehen. Lukas Friedrich betrachtet das Ergebnis, anscheinend zufrieden. Dann nimmt er wieder Platz.

Er versucht, uns zu provozieren, vielleicht eher sogar zu manipulieren, sagt Franziska Junginger tonlos. Seht her, ihr habt nichts gegen mich in der Hand. Ich bin euch überlegen. Ihr könnt mich kreuzweise. Das will er uns damit sagen.

Die Staatsanwältin und Kloth blicken sich an. Beide wissen: Lukas Friedrich besitzt gute Karten, um unbeschadet aus der ganzen Sache rauszukommen, obwohl inzwischen einiges mehr dafür spricht, dass er Hannelore Plattner getötet hat. Dass Lukas Friedrich ein Mörder ist.

Nach der Befragung des Stiefvaters Hans Friedrich hatten die Ermittler in seiner Vergangenheit gegraben, und das sehr gründlich. Sie hatten mit ehemaligen Lehrern gesprochen, die ihn auf den diversen Internaten unterrichtet hatten; sie hatten zwei Gastronomen besucht, bei denen Lukas Friedrich als Kellner gearbeitet hatte, allerdings nur sehr kurz, da er die Probezeit nicht überstanden hatte; sie hatten sich noch einmal im Starnberger Tennisverein umgehört und bei den Mitgliedern und dem Vereinspräsidenten Georg Keller nachgebohrt – und sie hatten in Obermaiselstein zwischen Sonthofen und Oberstdorf die Frau ausfindig machen können, die drei Jahre zuvor Lukas Friedrich wegen sexueller Belästigung angezeigt hatte. Sie heißt Conny Fischbach, 51 Jahre, ledig; damals Angestellte in einem Aldi Süd in Sonthofen, jetzt Filialleiterin. Damals, als *es* passiert war, hatte Lukas Friedrich in dem Discounter als Hilfskraft die Regale bestückt.

***

Conny Fischbach greift wie automatisch nach einer Selbstgestopften, die in einem Wasserglas auf dem Küchentisch einen Strauß bilden.

Geht es denn, Frau Fischbach? Sie sind auf einmal so blass. Franziska Junginger vermutet, dass sie noch immer traumatisiert ist.

Nur einen Moment, bitte …

Bloß keinen Druck ausüben: Franziska Junginger wartet geduldig.

Also, sagt Conny Fischbach nach zwei tiefen Zügen, der Lukas Friedrich war hier bei mir eingezogen. Ich hab ja Platz unterm Dachstuhl und ein Extrabad, und ich hatte gedacht: Dem Burschen tust du was Gutes. Wir hatten uns auf 200 Mark Miete geeignet.

Franziska Junginger nickt. Zum einen, um die Zeugin aufzumuntern, zum anderen, weil sie hundertprozentig ins Bild passt. Die beiden Frauen sitzen sich am Tisch einer Landhausküche in einem umgebauten Kuhstall gegenüber. Es ist der alte Hof meiner Eltern, hatte Conny Fischbach erklärt. Sie hatten die Milchwirtschaft aufgegeben, das Land an den neuen Golfclub verpachtet und ins Hauptgebäude vier Ferienwohnungen eingebaut. Aber seit dem Tod des Vaters wäre sie neben ihrem Hauptberuf für die Verwaltung zuständig, denn ihre Mutter wäre mit ihren 76 nicht mehr so gut beieinander.

Anfangs lief es ja ganz gut zwischen uns, aber nach einem Monat wurde Lukas dann merkwürdig, sagt Conny Fischbach.

Inwiefern merkwürdig?

Das kann ich nur schwer beschreiben. Er hatte auf einmal ständig was auszusetzen. Nix Schlimmes, eigentlich hörte es sich nach gut gemeinten Vorschlägen an. Mach das doch so und nicht so zum Beispiel. Aber dann hieß es immer häufiger: Weißt, Conny, du hast keine Ahnung, wie man das macht! So ungefähr.

Was machen?

Er hat mir zum Beispiel vorgehalten, dass ich unsere Ferienwohnungen viel zu günstig vermieten würde. Und warum ich die Miete nicht schwarz kassieren würde … Aber das geht ja gar nicht, wegen der Beherbergungsnachweise.

Lukas Friedrich hat sich also in Ihre Geschäfte eingemischt.

Das kann man so sagen. Und nach gut zwei Monaten hatte ich plötzlich das Gefühl, dass er mich beklaut.

Hat er Sie denn bestohlen?

Das habe ich aber erst später gemerkt, nachdem ich ihn rausgeschmissen hatte – nachdem er abgehauen war.

Was hat er Ihnen denn gestohlen?

Geld natürlich auch, aber niemals alles. Oder Schmuck, aber nur einen Ohrring, und als ich ihn vorsichtig darauf angesprochen habe, also, auf den Ohrring, hat er mir weismachen wollen, ich hätte den bestimmt verloren.

Und dann haben Sie natürlich nach dem Ohrring gesucht, konstatiert Franziska Junginger.

Ich bin fast verrückt geworden. Ich habe das ganze Haus auf den Kopf gestellt, wissen Sie? Und mein Büro beim Aldi, und unter den Sitzen im Auto und im Kofferraum habe ich gesucht … Conny Fischbach schließt für einen Moment die Augen. Und jetzt passen Sie auf: Als ich mich nach Tagen mit dem Verlust abgefunden habe, taucht der Ohrring plötzlich wieder auf.

Haben Sie den Ohrring gefunden?

Nein. Lukas legte ihn mir auf den Frühstückstisch und sagte beiläufig: Hier, ich hab ihn unter der Kommode im Flur entdeckt! Doch ich könnte schwören, dass ich dort mindestens schon fünfmal nachgeschaut hatte. Sie seufzt. Wissen Sie, in der Zeit, in der Lukas hier gewohnt hat, sind noch so einige andere Dinge verschwunden, die dann wieder auftauchten oder dann doch endgültig verschwunden sind. Können Sie sich vorstellen, dass ich manchmal gedacht habe: Conny, du bist wahrscheinlich verrückt geworden!

Das kann ich mir leider sehr gut vorstellen, sagt Franziska Junginger. Aber Sie sind nicht verrückt, Frau Fischbach – Sie sind ein Opfer. Er hat sie manipuliert. Das alles gehört zu seinem Spiel, wenn Lukas Friedrich derjenige ist, für den ich ihn inzwischen halte, auch ohne psychologisches Gutachten.

Und für was halten Sie ihn? Conny Fischbach sieht die junge Kommissaranwärterin mit großen Augen an, so, als ob sie die Antwort fürchten würde.

Offen gesagt halte ich Lukas Friedrich für eine massiv gestörte Persönlichkeit, der andere Menschen, Menschen wie Sie zum Beispiel, die es gut mit ihm meinen, vollkommen egal sind.

Conny Fischbach nickt zwar, aber sie wirkt jetzt hilflos, und Franziska Junginger überlegt kurz, ob ihre aufrichtige Zeugin etwas mit dem Begriff *Soziopath* anfangen könnte. Und ob sie überhaupt ahnt, dass sie vermutlich großes Glück hatte.

Aber wie hätte ich das denn wissen sollen? Er hat doch diesen unglaublichen Charme besessen, verstehen Sie? Und er war schlau.

Schlau?

Ich meine, das passte einfach nicht zusammen, dass dieser gut aussehende junge Mann nur die Regale in unserem Aldi bestückte. Allein schon, wie er geredet hat! Er hatte mir erzählt, dass er bei seinen Eltern rausgeflogen sei – wegen seines Stiefvaters. Dass er zurzeit in seinem Auto schlafen würde. Und dass er davon träumte, irgendwann das Hotel seiner Eltern in Bad Tölz übernehmen zu können.

Und da Sie ein großes Herz besitzen, konnte er es ziemlich rasch mit einer traurigen Lebensgeschichte erobern.

Und die stimmt dann wohl gar nicht!

Doch. Im Großen und Ganzen stimmt sie wahrscheinlich sogar. Aber die winzigen, manchmal entscheidenden Details verschweigen diese Leute. Und vor allem sind sie eines nicht: Sie sind niemals schuld oder verantwortlich für ihre Situation – das sind immer die anderen.

So einfach ist das?

Ja. So einfach ist das. Aber wenn es ein Trost für Sie ist, Frau Fischbach, Sie sind weder der erste noch der letzte Mensch, der eine solche Erfahrung machen musste.

Dann hab ich wohl voll ins Klo gegriffen – aber Sie sehen es doch selbst, ich bin ein mütterlicher Typ. Conny Fischbach lächelt zaghaft und deutet mit beiden Händen auf ihre Taille, die zwischen ihren ausladenden Brüsten und ihren Hüften eine gerade Linie bildet. Und nur, damit Sie es wissen, sagt sie, während sie sich eine dritte Zigarette an der zweiten anzündet: Da lief nix zwischen uns. Ist auch nie etwas gelaufen, obwohl … Sollen sich die Leute doch das Maul zerreißen. Wär ja noch schöner! Er tat mir einfach nur leid, ich wollte ihm helfen, und basta!

Franziska Junginger sieht sie verständnisvoll an. Eine weitere

Bemerkung wäre jetzt überflüssig. Conny Fischbach hat bestimmt 15 bis 20 Kilogramm zu viel für ihre Größe von vielleicht 1,65. Sie streicht sich ihre langen blonden Haare aus dem Gesicht. Franziska Junginger sieht, dass sie ziemlich raue, rissige Hände hat, die es gewohnt sind, zuzupacken. Sie sieht auch, dass ihre Gesichtshaut grau ist und dass beide Wangen von einigen roten Äderchen durchzogen sind. Stumme Zeugen von zu vielen Zigaretten und zu viel Alkohol. Aber das Wörtchen »obwohl« will sie sich merken.

Wissen Sie, Frau Junginger, ich versteh ab heute überhaupt nicht mehr, warum ich für diesen Mistkerl ein Hotel Mama eröffnet habe.

Sie haben Lukas Friedrich wegen Ihres großen Herzens in ihr Leben hineingelassen. Sie sind empathisch. Das haben wir gerade festgestellt.

Und wieso fällt er dann auf einmal über mich her und versucht, mich zu erwürgen? Mit einem Elektrokabel!

Franziska Junginger stutzt. Moment, in der Akte ist von sexueller Belästigung die Rede. Sie merkt, dass sie errötet. Das tut sie immer, wenn sie aufgeregt ist.

Conny Fischbach winkt ab. Das ist doch der eigentliche Skandal, Frau Junginger!

Ich bin jetzt zugegebenermaßen ein wenig verwirrt, Frau Fischbach. Sie wirft einen Blick in die Polizeiakte. Hier drin ist von einem Kabel nichts vermerkt.

Weil Ihre Kollegen Deppen sind. Oder bloß Männer, was weiß ich! Ich erklär es Ihnen, sagt Conny Fischbach aufgebracht. An jenem Abend hatte ich für uns beide gekocht – genau, Speckknödel in Pfifferlingssoße –, als er plötzlich mitten im Essen sagt, kein Wunder, dass ich so unglücklich sei. Weil ich mich nämlich immer gegen ihn sperren würde, was ja auch stimmte. Ich hab ihm gesagt, er soll doch ein für alle Mal damit aufhören, an mir herumzubaggern – weil ich ihn sonst rauswerfen würde. Da spießt er plötzlich seinen Knödel auf die Gabel, hält ihn hoch, und die Soße tropft neben den Teller hier auf diesen Tisch, aufs Tischtuch. Ich sag ihm: Hey, sag einmal, Lukas, was soll das? Glaubst mir etwa nicht, dass ich dich rausschmeißen werde? Aber er grinst mich nur frech an, hält mir den Knödel weiterhin direkt vor die Nase und sagt, so wie ich kochen und so viel, wie ich saufen würde, könne er mir beim Fettwerden zuschauen. Und dass ich mich nicht darüber wundern solle, dass die Kerle vor mir weglaufen würden.

Das hat er so zu Ihnen gesagt?

Wortwörtlich. Ich schwör's Ihnen! Conny Fischbach hält inne, räuspert sich, atmet tief ein und aus. Ich muss da aber noch was vorausschicken. Zwei Dinge. Erstens, ich hatte tatsächlich, ein paar Tage nachdem Lukas eingezogen war, eine längere Beziehung beendet, mit einem gewissen Herrn Moravetz, auch so einem Dreckskerl, und das hatte Lukas Friedrich logischerweise mitbekommen. Und natürlich haben wir dann auch darüber geredet, aber da hatte ich ihn als verständnisvollen jungen Mann erlebt. Irgendwie mitfühlend, verstehen Sie?

Erstaunlich, diese Wandlung, sagt Franziska Junginger. Sie sagten aber gerade: *auch so einem Dreckskerl.* Darf ich fragen, wieso Sie sich von Herrn Moravetz getrennt haben? Franziska Junginger hat das Gefühl, dass die Antwort auf diese Frage das recht klare Bild, das sie sich inzwischen von Conny Fischbach macht, komplettieren kann.

Ist das denn wichtig?

Ich denke, ja. Sehen Sie: Lukas Friedrich ist des Mordes verdächtig, und unseres Erachtens besitzt er, sagen wir mal, sehr spezielle Verhaltensweisen, gerade, was Frauen betrifft. Frauen in Ihrem Alter.

Aber ich wollte doch nichts von ihm!

Das behaupte ich ja auch gar nicht. Ich nehme eher an, dass er was von Ihnen wollte.

Davon können Sie ausgehen, Frau Junginger! Aber nicht sofort …

Wir versuchen, ein mögliches Motiv zu finden.

Wie hat er denn die aus Starnberg umgebracht?

Wenn er es denn gewesen ist … Der Täter hat sie stranguliert.

Mit einem Elektrokabel?

Franziska Junginger nickt. Das Opfer hatte jedenfalls eines um den Hals. Deshalb war ich eben auch so irritiert.

Um Gottes willen! Conny Fischbach greift sich an den Hals.

Wir waren gerade beim Herrn Moravetz stehen geblieben, sagt Franziska Junginger.

Ach, der … Conny Fischbach erhebt sich, um sich ein Glas Dornfelder einzuschenken. Die Flasche und ein benutztes Weinglas stehen auf der Arbeitsplatte. Wollen Sie auch einen?

Nein, danke, sagt Franziska Junginger. Am Nachmittag ist mir das noch zu früh. Sie sieht dabei zu, wie Conny Fischbach sich einschenkt und die Hälfte des Glases sofort leert. In drei Schlucken.

Ja, ich weiß, ich trinke ganz gern und vermutlich auch etwas zu viel, sagt sie, als sie das Glas auf der Arbeitsplatte abstellt, ohne Franziska Junginger dabei anzusehen. Aber ganz ehrlich: Daran ist tatsächlich der liebe Marco Moravetz schuld. Leben Sie mal über mehrere Jahre mit einem Alkoholiker zusammen. Früher habe ich nämlich kaum was getrunken, aber jetzt versuche ich krampfhaft, es mir wieder abzugewöhnen. Conny Fischbach füllt ihr Weinglas auf und setzt sich wieder zur Kommissaranwärterin an den Küchentisch. Und das fällt mir ehrlich gesagt, ziemlich schwer.

Dann waren Sie offensichtlich co-abhängig, stellt Franziska Junginger fest.

So sagt man wohl. Also, in diesem Punkt hatte der Lukas zum Beispiel recht: dass ich zu viel saufen würde. So hat er es ausgedrückt. Ich hatte jedenfalls immer Pech mit meinen Beziehungen. Auch damals vor dreißig Jahren, als ich noch schlanker war. Aber in meinem Job funktioniere ich wie eine Eins, sag ich Ihnen. Die Filiale hab ich voll im Griff, und die Vermietung läuft wie geschmiert.

Das glaube ich Ihnen aufs Wort, sagt Franziska Junginger.

Wirklich?

Absolut, ja!

Na gut. Was wollten Sie wissen? Richtig. Marco Morawetz. Den habe ich die letzten zwei Jahre nur noch ausgehalten. Irgendwann konnte ich nicht mehr …

… und dann haben Sie die Notbremse gezogen, sagt Franziska Junginger, die längst zur Therapeutin mutiert ist.

Genau so! Die endgültige Trennung verlief geräuschlos, ohne großes Buhei, und ich muss sagen: Da war es dann sogar hilfreich, dass Lukas Friedrich bereits unterm Dach eingezogen war.

Hatte es denn bis dahin Auseinandersetzungen mit Herrn Moravetz gegeben? Anzeichen von Gewalt?

Nicht nur Anzeichen, junge Frau. Aber zum Schluss, eigentlich schon in den letzten beiden Jahren, traute er sich dann nicht mehr, die Hand gegen mich zu erheben. Das Echo hätte er vermutlich auch nicht überlebt.

Verstehe.

Im Nachhinein betrachtet, war das alles eine einzige Katastrophe, sagt Conny Fischbach und nippt am Dornfelder.

Franziska Junginger spürt, dass der Staudamm geöffnet ist. Vorhin sagten Sie *obwohl,* Frau Fischbach, und zwar im Zusammenhang mit Lukas Friedrich, und dass zwischen Ihnen nichts gelaufen sei, obwohl … So haben Sie sich ausgedrückt.

Conny Fischbach lacht meckernd auf, beugt sich vor und packt

Franziska Jungingers Hand. Ihr Griff ist fest, die Ermittlerin lässt es geschehen. Conny Fischbach sieht ihr in die Augen. Ich erzähl Ihnen jetzt ganz genau, wie es gewesen ist. So, wie ich es auch Ihren Kollegen damals erzählt habe, aber diese Deppen haben einfach nichts kapiert. Oder sie haben mir nicht geglaubt. Der Lukas Friedrich, oder *der Luki,* der hatte ja nach ein paar Wochen damit angefangen, mich anders anzuschauen, mit so einem Glanz in den Augen.

Wahrscheinlich bereits kurz nachdem Ihr Lebensgefährte ausgezogen war, wirft Franziska Junginger ein.

Ja, und dann hat er auch immer solche komischen Bemerkungen gemacht!

Welcher Art?

Was denken Sie denn! Der wollte, wollte …

… Sex.

Schnackseln wollte er. Aber mit wem ich ins Bett gehe, entscheide immer noch ich.

Lukas Friedrich hat Ihnen also öfter signalisiert, dass er mehr von Ihnen wollte, als nur bekocht zu werden.

Signalisiert! Das ist gut! Bedrängt hat er mich! Einmal platzte er morgens sogar in mein Badezimmer herein, als ich unter der Dusche war. Hat sich entschuldigt, aber dann gefragt, ob er mir nicht den Rücken waschen soll! Oder wenn ich am Herd stand, schlich er sich von hinten an mich heran … Lauter solche Sachen!

Wie haben Sie reagiert?

Conny Fischbach seufzt. Zuerst hatte ich gedacht, Lukas wäre irgendwie unbeholfen oder er wollte mich vielleicht nur trösten, freundschaftlich umarmen, was auch immer. Aber ich hab das dann im Laufe der Zeit rigoros unterbunden und ihm gesagt, dass er sich eine Jüngere suchen soll. Sie lässt Franziska Jungingers Hand los. Ganz ehrlich, Frau Junginger, ich habe mich natürlich zwei-, vielleicht dreimal dabei ertappt, dass es vielleicht sogar lustig werden könnte, mit einem jungen Liebhaber unterm eigenen Dach. Aber irgendwas hat mich immer davon abgehalten. Manchmal hab ich mich natürlich auch gefragt: Conny, hast du ihm vielleicht doch einmal schöne Augen gemacht?

Glauben Sie, dass Lukas Friedrich Ihre Gedanken lesen konnte?

Jetzt, wo Sie mich das fragen: Manchmal hat er mich ganz merkwürdig angeschaut. Er hat ja diese tiefen braunen Augen. So, als ob er mich röntgen wollte. Dann hat er auch minutenlang nichts geredet. Conny Fischbach vergräbt ihr Gesicht in beiden Händen. Sekundenlang hört man nur noch das Ticken der Wanduhr über der Küchentür. Dann setzt sie sich aufrecht hin und legt ihre geballten Fäuste auf den Küchentisch. Ich hatte ihm an jenem Abend gesagt, dass er spätestens zum Ende des Monats seine Sachen packen soll. Und jetzt stellen Sie sich bitte vor, dass Ihnen da ein junger Mann gegenübersitzt, dem Sie gut vier Monate lang ein Dach überm Kopf gegeben haben, dem Sie die Wäsche gewaschen haben und der Ihnen plötzlich einen tropfenden Semmelknödel vor die Nase hält und ganz gemein sagt, dass er Ihnen beim Fettwerden zusehen könnte. Und als ich empört aufstehe, um in den Keller zu gehen und mir eine Flasche Wein zu holen, springt er auf und packt mich von hinten, fängt an, mich zu betatschen, überall, und umklammert mich, um sich an mir zu reiben. Wie ein Hund!

Was passierte dann? Franziska Junginger muss schlucken.

Die Tür zum Keller war offen. Ich habe versucht, ihn abzuschütteln … Ich bin schon recht kräftig, aber Lukas Friedrich ist wahnsinnig stark. Das sieht man ihm nicht an, aber der Bursche hat eine mörderische Kraft, sag ich Ihnen! Ich habe ihn angeschrien und ihm eine Ohrfeige verpasst, aber er hat nicht mal gezuckt. Er ließ sich nicht abschütteln und drängte mich immer weiter an den Rand der Kellertreppe … Moment, ich zeig Ihnen was!

Conny Fischbach verlässt ihren Platz, öffnet die Tür, die zum Keller hinunterführt, knipst das Licht an. Zu beiden Seiten des Treppenabsatzes ist jeweils eine Hakenleiste in die Wand gedübelt. Daran hängen ein Besen, ein Kehrblech und ein Handbesen, ein Schrubber, der Schlauch eines Staubsaugers, Staub- und Wischtücher, zwei Haushaltskittel – und ein weißes Verlängerungskabel. Franziska Junginger stockt der Atem. Conny Fischbach reißt das Kabel vom Haken und hält es der Beamtin wie eine Trophäe entgegen. Auf einmal lässt er mich dann los, ich falle beinahe die Kellertreppe hinunter und kann mich gerade noch am Geländer festhalten, und im nächsten Moment merke ich, wie er mir dieses Kabel um den Hals schlingt. Was genau passiert ist, weiß ich nicht mehr. Aber wir werden uns vermutlich nichts geschenkt haben, verstehen Sie? Wir haben auf jeden Fall das Gleichgewicht verloren. Als ich meine Augen wieder öffnete, lagen wir unten im Keller übereinander auf dem Betonboden. Ich mit dem Kabel um den Hals, und Lukas hielt sich seinen Kopf und stöhnte. Er hatte eine Wunde am Hinterkopf und hat geblutet wie ein Schwein. Wahrscheinlich war ich auf ihn draufgefallen. Jedenfalls war er hinüber. Das war mir aber scheißegal. Ich habe nur gemacht, dass ich wegkam. Ich hab mich also aufgerafft, bin hinüber ins Haupthaus gehumpelt, habe mich mit meiner Mutter verbarrikadiert und die Polizei gerufen.

Gehumpelt?

Noch am Abend hat der Arzt im Krankenhaus einen Bänderriss im linken Knöchel diagnostiziert, dazu ein paar Prellungen, aber keine Würgemale … Ich war insgesamt sechs Wochen krankgeschrieben.

Und das haben Sie unseren Kollegen gegenüber genau so geschildert?

Conny Fischbach nickt. Wort für Wort. Ich habe nicht übertrieben, wirklich nicht. Natürlich habe ich auch Anzeige erstattet. Aber wissen Sie, was Ihre Kollegen als Erstes gemacht haben? Sie haben noch im Krankenhaus eine Blutprobe angeordnet.

Und?

Tja. Ich hatte 1,3 Promille.

Und Lukas?

Der war schon fort, als die Polizei endlich hier aufkreuzte. Er hatte nur das Nötigste mitgenommen, unter anderem mein Portemonnaie, mit allen Papieren. Dafür hat er mir mehrere Blutflecken hinterlassen – Herrgott, was war das bloß für eine Sauerei!

Haben die Kollegen zufällig DNA-Proben genommen?

Sie meinen so was wie diese Wattestäbchen, die man immer in den Krimis sieht? Franziska Junginger nickt. Nein, daran kann ich mich nicht erinnern. Lukas hat sich jedenfalls nicht mehr in der Filiale blicken lassen. Das war bestimmt auch besser so … Sie schaut auf das Kabel in ihren Händen und dann auf den Treteimer neben der Kellertür. Tritt dann entschlossen auf das Pedal, der Deckel des Mülleimers klappt federnd hoch. Sie stopft das Kabel hinein. Das hätte ich schon lange tun sollen, sagt sie leise.

So, Karma leidlich wiederhergestellt, denkt Franziska Junginger und verschränkt ihre Arme vor der Brust, in der ihr Herz jetzt noch heftiger klopft. Denn sie stellt sich jetzt vor, wie Hannelore Plattner in ihrem Schlafzimmer verzweifelt um ihr Leben kämpfte.

Conny Fischbach nimmt erneut am Küchentisch Platz. Monate später bekam ich dann einen Brief von der Münchener Staatsanwaltschaft, dass das Verfahren gegen Lukas Friedrich eingestellt worden sei.

Wahnsinn, platzt es aus Franziska Junginger heraus. Warum?

Meine Aussage wurde wegen meines Blutalkoholgehalts als zu unsubstanziert angesehen.

Unsubstanziiert, greift die Kommissaranwärterin sanft korrigierend ein und ärgert sich schon im nächsten Augenblick darüber.

Meinetwegen auch das, sagt Conny Fischbach ungehalten. Doch schon fängt sie sich wieder: Ich hab mich dann selbst noch einmal bei der Polizei erkundigt, ich kenne da einen unserer Dorfpolizisten etwas näher … Was glauben Sie, was der mir erzählt hat … Franziska Junginger schüttelt den Kopf. Dann passen Sie mal gut auf jetzt: Die Münchener Kriminalpolizei hat Lukas wohl etwa zwei Wochen später verhört, und er hat den Polizisten gegenüber den Spieß einfach umgedreht. So, als ob ich ein mannstolles Weib sei, das ihm nachgestiegen ist, zumeist total betrunken. Er hat sogar behauptet, ich hätte ihn die Kellertreppe hinunterstoßen wollen – und deshalb hätte er versucht, sich an irgendetwas festzuhalten. Dabei hätte er nach dem Kabel gegriffen – und das hätte sich dann irgendwie an meinem Hals verfangen, als wir schließlich gemeinsam die Kellertreppe hinuntergefallen sind.

Das klingt ziemlich konstruiert, stellt Franziska Junginger sachlich fest, und davon steht auch kein Wort in dieser Akte – also vom Kabel.

Aber Ihre Kollegen haben ihm diesen Blödsinn offenbar abgenommen, sagt Conny Fischbach. Sie lässt die Schultern hängen. Möchten Sie vielleicht jetzt einen Wein?

Danke, nein. Immer noch nicht, sagt Franziska Junginger. Diese Geschichte muss sie erst einmal verarbeiten.

***

Mittlerweile wartet Lukas fast eineinhalb Stunden darauf, dass sich die Tür zum Verhörraum öffnet. Er wartet darauf, dass es endlich losgeht. Dass sich der Vorhang zum großen Finale erhebt. Er genießt die Vorfreude, dass die dämlichen Bullen ihn niemals weichkochen werden, egal, wie lange sie ihn jetzt noch hier drinnen schmoren lassen. Denn was soll ihm schon passieren? Wie wollen sie ihm nachweisen, dass er die Plattner plattgemacht hat? Genau, die Plattner plattgemacht! Er findet diese kurze Alliteration saukomisch.

Bestimmt unterschätzen sie ihn und seine Fähigkeiten. Damit sind sie nicht die Ersten. Denn er hat sich auf diesen Tag, der irgendwann einfach kommen musste, vorbereitet. Wegen der schlechten Erfahrungen mit seinem Mitbewohner Eberhard waren gleich drei Streifenwagen erschienen, um ihm die Vorladung zu überstellen. Und was hatten die Beamten gesehen, als sie ihre neugierigen Nasen in den Flur gesteckt hatten? Richtig, ihr *Bullenkloster* war tipptopp aufgeräumt, es war sauber und frisch gestrichen. Lukas hatte sich außerdem bei rund zwei Dutzend Restaurants und Hotels rund um den Starnberger See für den Service beworben, hatte sich bei einigen persönlich vorgestellt; allerdings mit einer Gehaltsvorstellung, die er ganz bewusst sehr weit jenseits von Gut und Böse angelegt hatte. Denn längst verfolgt er ein anderes Ziel. Ein Ziel, das im Süden liegt, auf der österreichischen Seite der Grenze. Dort, wo ihn niemand kennt, will er auf einer Skihütte anheuern. Gleichzeitig liebäugelt er aber auch mit der Schweiz, mit einem der wirklich mondänen Skiorte. Warum nicht nach dem Höchsten streben? St. Moritz, Klosters und Davos würden ihm gefallen. Oder soll es lieber doch Zermatt sein oder Gstaad? Lukas weiß: Mehr Geld kann man als Servicekraft nicht verdienen, und in der Schweiz wären die Zigaretten auch billiger. Je länger Lukas darüber nachdenkt, desto besser gefällt ihm seine Idee einer spontanen Luftveränderung. Und wenn es mit der Schweiz nicht klappen sollte, blieben ihm immer noch Obertauern, Lech oder St. Anton.

Darüber hinaus hat er zwei Tage in der Bibliothek der juristischen Fakultät der Ludwig-Maximilians-Universität verbracht, Raum T 002, Strafrecht. Dort hatte er sich unter den Jurastudenten auch gleich nach einem guten Münchener Strafverteidiger erkundigt – möglichst dem besten.

Jetzt endlich geht die Tür auf. Den Silberrücken kennt Lukas schon aus dem Tennisclub: Karsten Kloth, Hauptkommissar. Die viel jüngere Frau im dunkelblauen Hosenanzug, der Kloth höflich den Vortritt lässt, kennt Lukas noch nicht.

Herr Friedrich? Mein Name ist Anja Landau, ermittelnde Staatsanwältin bei der Generalstaatsanwaltschaft München II.

Soll er jetzt etwa aufstehen und der hübschen Zuckermaus die Hand küssen? Ja, sagt Lukas, um was geht es denn so Wichtiges, dass Sie mir erst von einer ganzen Polizeiarmee eine Vorladung überbringen lassen und mich dann hier drin eineinhalb Stunden lang warten lassen?

Bloß um einen Mord, sagt Anja Landau im Plauderton, aber warten Sie doch bitte noch eine Sekunde, Herr Friedrich, bis ich das Bandgerät eingeschaltet habe.

Wir hatten ja bereits vor etwa drei Wochen das Vergnügen, Herr Friedrich, brummt Kloth und nimmt neben der Staatsanwältin Platz.

Und seitdem hat sich auch nichts geändert, Herr Hauptkommissar, sagt Lukas selbstbewusst. Sie hießen doch … Kloth? Haben Sie inzwischen Günther Pfaffmann festgenommen?

Anja Landau und Kloth überhören die Provokation absichtlich. So, das Band läuft jetzt, sagt die Staatsanwältin, dann erst einmal die Formalien, Herr Friedrich – damit auch alles seine Ordnung hat.

Lukas lehnt sich entspannt in den Stuhl zurück. Nachdem Anja Landau die Rahmendaten des Verhörs ins Mikrofon diktiert hat, spult er unaufgefordert seine persönlichen Angaben herunter. Zum Schluss sagt er: Und bevor Sie mich sicher gleich fragen werden: Ich verzichte auf einen Anwalt.

Das ist Ihre Entscheidung. Dann wissen Sie sicherlich auch,

dass alles, was Sie sagen, zu einem späteren Zeitpunkt gegen Sie verwendet werden kann?

Keine Sorge. Ich werde bestimmt nichts sagen, was gegen mich verwendet werden kann.

Das heißt, Sie wollen nichts zur Sache aussagen? Sie können selbstverständlich die Aussage verweigern, wenn Sie der Meinung sind, dass Sie sich belasten.

Zu welcher Sache denn?

Anja Landau zieht fragend ihre Augenbrauen hoch. Ach so, richtig, sagt Lukas Friedrich, es geht darum, warum ich Hannelore Plattner *nicht* umgebracht habe.

Wir können diese Spielchen von mir aus stundenlang spielen, Herr Friedrich. Meinetwegen auch 48 Stunden lang. So lange dürfen wir Sie ohne richterlichen Beschluss in Gewahrsam nehmen. Wie sehen Sie das, Herr Kloth?

Ich habe nichts Besonderes vor, sagt Kloth, der Respektlosigkeit überhaupt nicht leiden kann.

Also, Herr Friedrich, den Grund für Ihre förmliche Vorladung haben Sie schon einmal richtig erkannt: Sie sind dringend tatverdächtig, am Sonnabend, den 17. Juli 1993, in der Zeit zwischen 17 Uhr und 17.20 Uhr die 47-jährige Hannelore Plattner in ihrem Haus in der Possenhofener Straße in Starnberg getötet zu haben. Es liegen inzwischen zahlreiche Indizien vor, die Sie als Täter belasten.

Da bin ich aber gespannt, sagt Lukas Friedrich, für den dies alles ein großer Spaß zu sein scheint.

… und darüber hinaus haben unsere umfangreichen Ermittlungen in Ihrem persönlichen Umfeld ergeben, dass Sie hinsichtlich Ihres Verhaltens gegenüber älteren Frauen in der Vergangenheit bereits Auffälligkeiten gezeigt haben, die den Mordverdacht gegen Sie ebenfalls erhärten.

Lukas Friedrich sieht erst die Staatsanwältin mit ausdrucksloser Miene an, dann Kloth. Sagt aber kein Wort. Denn ab jetzt ist Schluss mit dem Geplänkel. Keine Kraft vergeuden, ja nicht die Konzentration aufs Wesentliche gefährden. Lukas ist sich sicher: Die Staatsanwältin und der Hauptkommissar, die ihm jetzt gegenübersitzen, sind absolut überzeugt davon, dass er der Täter ist. Allerdings gibt es einen zweiten Verdächtigen, Pfaffmann, und der hatte im Gegensatz zu ihm ein überzeugendes Motiv, um Hannelore die Luft rauszulassen. Also, was wollen sie von ihm?

Schildern Sie uns bitte noch einmal, warum Sie an jenem Sonnabend Hannelore Plattner besucht haben – und was dann in ihrem Haus geschehen ist, sagt die Staatsanwältin.

Lukas nickt und erzählt dann seine Version der knapp zwanzig Minuten, die er gemeinsam mit Hannelore verbracht hatte; zwar nicht wortgleich, aber beinahe identisch zu seiner ersten Aussage, die er Kloth gegenüber im Tennisverein gemacht hatte. Er schnippt mit den Fingern. Mir ist übrigens noch was eingefallen: Hannelore hat Sekt getrunken. Jedenfalls stand da eine Flasche *Metternich* auf der Küchenplatte.

Hat Frau Plattner Ihnen nichts angeboten?

Nein. Ich trinke keinen Alkohol, schon allein wegen der anstehenden MPU. Das hatte ich Ihnen aber auch schon gesagt, Herr Hauptkommissar. Hannelore wusste dies ebenfalls.

Anja Landau muss nicht erst in die Akte hineinschauen. Sie weiß aus dem Gedächtnis, dass im Protokoll der Starnberger Polizei kein Wort von einer Sektflasche vermerkt wurde. Die Flasche könnte aber auch Hannelore Plattners Lebensgefährte Günther Pfaffmann weggeräumt haben, Zeit genug dafür hatte er schließlich.

Über was haben Sie gut zwanzig Minuten mit Hannelore Plattner gesprochen?, will Anja Landau wissen.

Es gab doch nur ein Thema. Sie und ich und ihre Beziehung zu Günther Pfaffmann, die am Ende war.

Könnten Sie das bitte etwas genauer ausführen, Herr Friedrich?

Na ja, Hannelore wusste, dass ich verliebt in sie war – was ich für sie empfunden habe. Sie sagte jedoch, dass sie noch Zeit bräuchte. Natürlich habe ich versucht, sie dazu zu bewegen, ihre Verabredung in München abzusagen und den Rest des Tages mit mir zu verbringen. Aber das wollte sie nicht, und da sie außerdem mit Günther Pfaffmanns Rückkehr rechnen musste, habe ich nicht weiter insistiert. Ich wollte sie nicht unter Druck setzen.

Wissen Sie, mit wem Hannelore Plattner in München verabredet war?, fragt Kloth.

Mit einer Freundin, hat sie gesagt, entgegnet Lukas Friedrich. Aber keine Ahnung, wer …

Der Typ ist gut. Verdammt gut sogar, sagt Franziska Junginger zu Peter Oberländer. Beide sitzen auf der anderen Seite des Einwegspiegels und verfolgen das Verhör. Lukas Friedrich ist glatter als eine Teflonpfanne. Franziska Jungingers Hals glüht, als hätte sie Nesselfieber.

Dann lügt er also Ihrer Meinung nach, sagt Oberländer.

Hundertprozentig lügt er, wie gedruckt. Sie müssen mal darauf achten, wie er die Unwahrheiten rüberbringt. Er sagt weder zu wenig, noch versucht er, mit übertriebenem Detailwissen zu punkten. Nein, der weiß genau, dass eine Lüge immer ganz dicht an der Wahrheit entlangschrammen muss … Verzeihung, ich wollte Sie jetzt natürlich nicht belehren!

Nein, nein – schon verstanden!, winkt Oberländer gütig ab und wendet sich wieder dem Geschehen auf der anderen Seite des Einwegspiegels zu.

Wollten Sie eigentlich irgendwann einmal Elektriker werden, Herr Friedrich?, wechselt Anja Landau im Verhörraum das Thema.

Einen Moment lang ist Lukas Friedrich tatsächlich verblüfft. Wie kommen Sie denn darauf?

Sagt Ihnen der Name Conny Fischbach etwas?

Oh, mein Gott, haben Sie die etwa auch über mich ausgefragt? Lukas schüttelt den Kopf und lacht leise auf. Doch schon hat er sich wieder gefangen. Trinkt die immer noch so viel?

Anja Landau schlägt den Aktenordner auf. Sie gibt vor, ein paar Zeilen zu lesen. Dann hebt sie den Kopf und versucht, ihren Hauptverdächtigen mit ihrem Blick zu durchbohren. Frau Fischbachs Schilderung der Ereignisse vor drei Jahren, die zu einem Ermittlungsverfahren gegen Sie wegen sexueller Belästigung und Körperverletzung geführt hat, klingt sehr glaubwürdig. Sie wollten sie offensichtlich mit einem Elektrokabel strangulieren. Eine verblüffende Parallele, finden Sie nicht?

Was soll denn das jetzt? Lukas Friedrich verzieht schmerzvoll das Gesicht. Das ist doch lächerlich! Das behauptet *sie!* Sie wissen doch genau, dass das Verfahren eingestellt wurde, und überhaupt: Wenn Sie sich schon so brennend für meine Vergangenheit interessieren, dann bleiben Sie auch bitte bei den Tatsachen. Von einem Kabel oder Körperverletzung ist nie die Rede gewesen. Außerdem war es Frau Fischbach, die mich aus Wut über was auch immer die Kellertreppe hinuntergestoßen hat! Er beugt seinen Kopf tief hinunter, das Kinn auf seiner Brust, und tippt sich mit dem Zeigefinger auf den Hinterkopf. Hier, Sie können gerne nachzählen: Die Platzwunde musste mit zwölf Stichen genäht werden. Wissen Sie, was? Die Alte hat großes Glück gehabt, dass ich sie nicht wegen Körperverletzung angezeigt habe …

Kloth wäre es lieber gewesen, wenn Lukas Friedrich laut geworden wäre. Aber dieser grandiose Schauspieler tat ihm diesen Gefallen nicht. Wo wir gerade beim Thema Wut sind, Herr Friedrich: Sie haben recht. Denn als wir in Ihrer Vergangenheit herumgestochert haben, sind wir auch auf Ihre bemerkenswerte Internatskarriere gestoßen. Wissen Sie, dass Ihre Lehrer sich noch sehr gut an Sie erinnern können? Der Direktor des Klosters

Schäftlarn erzählte mir, Sie seien für das gesamte Kollegium so etwas wie der *Schrecken des Schulhofs* gewesen …

Weil?

Weil Sie Ihre jüngeren Schulkameraden häufig drangsaliert hätten.

Drangsawas? Hat Direktor Dieffenbach Ihnen diesen Quatsch erzählt? Und das haben Sie diesem alten Nazi abgenommen?

Er war jedenfalls nicht der Einzige, der sich so oder so ähnlich über Ihre unkontrollierten Wutausbrüche geäußert hat. Wir haben mit einem halben Dutzend Ihrer ehemaligen Lehrer gesprochen.

Haben Sie Kinder, Herr Hauptkommissar? Kloth schüttelt den Kopf. Dann wissen Sie vielleicht nicht, wie grausam Kinder sein können, sagt Lukas leise und stockt. Für Kloth und die Staatsanwältin sieht es plötzlich so aus, als müsse er weinen. Er zieht ein paarmal die Nase hoch, seine Augen fangen an, zu glitzern. Ich habe mich immer nur gewehrt, sagt Lukas Friedrich. Seine Stimme klingt auf einmal brüchig. Ich war immer ein Außenseiter, verstehen Sie? Heute sagt man, glaube ich, Mobbing.

Ja. Weil Sie schon immer lieber zugehauen haben, entgegnet Kloth ungerührt, und zwar am liebsten dann, wenn keine Zeugen in der Nähe waren.

Behauptungen! Nichts als Behauptungen und Spekulationen!

Kloth beugt sich vor. Als Psychologe hätte ich Ihnen jedenfalls eine starke Verhaltensauffälligkeit attestiert, Herr Friedrich. Spätestens nach dem ersten Halbjahr sind Sie von jeder Schule, von jedem Internat geflogen.

Aber Sie sind kein Psychologe, sagt Lukas Friedrich, der sich erstaunlich schnell wieder beruhigt hat.

Stimmt. Das bin ich nicht, sagt Kloth. Ich orientiere mich an Fakten. Er tippt auf Lukas Friedrichs Akte. Und die stehen da drin, und sie lassen den Schluss zu, dass Sie in vielen Situationen Ihre Aggressionen nicht im Griff haben.

Finden Sie etwa, dass ich gerade ein emotionales Problem habe? Bin ich vielleicht gerade aggressiv?

Zurzeit nicht, weil Sie uns hier etwas vorspielen.

Das war's dann. Ich werde ab jetzt nicht mehr mit Ihnen reden, sondern ich werde jetzt gehen. Oder haben Sie vielleicht noch irgendeinen schlüssigen Beweis dafür, dass ich ein Mörder sein könnte?

Kloth bemüht sich, den Blickkontakt zu Anja Landau zu vermeiden, da sie in diesem Moment vermutlich dasselbe denkt wie er: dass ihnen die Felle wegschwimmen, dass sie Lukas Friedrich nicht aus der Reserve locken und zu einem Fehler verleiten können. Er wippt leicht mit dem linken Bein: ein verabredetes Zeichen, dass Anja Landau die Gesprächsführung übernehmen soll.

Wären Sie mit einem DNA-Test und der Entnahme von Haarproben einverstanden, Herr Friedrich?

Nein. Damit wäre ich nicht einverstanden. Ich glaube, dazu habe ich auch das Recht, denn das würde ja einen erheblichen Eingriff in meine Persönlichkeitsrechte bedeuten. Wenn Sie mir jetzt allerdings einen entsprechenden richterlichen Beschluss vorlegen würden, hätte ich wohl keine Möglichkeit, mich dagegen zu wehren … Haben Sie denn einen richterlichen Beschluss? Anja Landau schüttelt den Kopf. Lukas Friedrich läuft jetzt zur Höchstform auf. Nun ja, wenn ich richtig informiert bin, könnten Sie einen solch schwerwiegenden Eingriff in meine Grundrechte in Ihrer Eigenschaft als Staatsanwältin anordnen – wenn Sie Gefahr im Verzug sehen …

In diesem Augenblick würde Kloth am liebsten ausnahmsweise einmal die Rechtsstaatlichkeit für ein paar Sekunden außer Kraft setzen und über den Tisch hechten. Doch er beherrscht sich, wenn auch nur mühsam.

Warum so aggressiv, Herr Hauptkommissar? Lukas Friedrich breitet die Arme aus. Sind Sie der Meinung, dass von mir irgendeine Gefahr ausgeht? Kloth zieht es vor, nicht darauf zu antworten. Im Übrigen, fährt Lukas Friedrich fort, würde ich in diesem Fall sofort diesen Rechtsanwalt anrufen. Er holt aus seiner Hosentasche die Visitenkarte eines Münchner Strafverteidigers heraus und legt die Karte auf den Tisch. Anja Landau nickt. Hans Glogauer ist für sie kein Unbekannter, sondern er gilt als Koryphäe.

Was für ein Wichser, platzt es aus Franziska Junginger heraus.

Da stimme ich Ihnen vollumfänglich zu, Kollegin, entgegnet Oberländer und versprüht dabei eine Mischung aus Ironie und Frustration.

Fürs Protokoll: Der Verdächtige lehnt die Entnahme von Körperzellen respektive Haarproben zum Zweck einer molekularbiologischen DNA-Untersuchung ab, sagt Anja Landau und wendet sich wieder direkt an Lukas Friedrich. Ich muss schon sagen, Sie wirken ziemlich gut vorbereitet. Respekt.

Geht ja auch bloß um Mord, sagt Lukas Friedrich. Es gelingt ihm, den lapidaren Tonfall der Staatsanwältin zu treffen. Sagten Sie das nicht vorhin?

Darum geht es nach wie vor, sagt Anja Landau. Aber Sie können jetzt gehen, Herr Friedrich.

Okay. Lukas Friedrich erhebt sich, geht zur Tür und öffnet sie. Auf der Türschwelle dreht er sich um. Ich werde Ihnen übrigens nicht *Auf Wiedersehen* sagen. Und dann ist er verschwunden.

Was war das denn eben?, fragt Kloth entgeistert.

Eine klassische Niederlage für die Gerechtigkeit, sagt Anja Landau. Um es pathetisch auszudrücken. Haben wir was falsch gemacht?

Kloth zuckt mit den Schultern. Franziska Junginger und Peter Oberländer betreten den Verhörraum. Wir müssen den Kerl tatsächlich laufen lassen?, fragt der Starnberger Dienstellenleiter. Keine U-Haft?

Anja Landau schüttelt resigniert den Kopf. Ich hatte schon mal beim zuständigen Haftrichter ganz vorsichtig vorgefühlt. Dafür gibt es keinen hinreichenden Tatverdacht, nicht einmal für eine DNA-Probe. Bei einem Haftprüfungstermin wäre ich krachend gescheitert.

Aber er war es, sagt Franziska Junginger.

Vermutlich war er es. Ja. Anja Landau klappt den Aktendeckel zu. Sie blickt in die Runde. Wie ist es: Nehmen wir uns jetzt noch einmal den Herrn Pfaffmann vor? Bleierne Stille. Herr Kloth? Sie sagen ja gar nichts!

Nein, Kloth sagt nichts, denn er muss das Ganze erst einmal verdauen. Noch nie hat ihn ein Verdächtiger so vorgeführt. Nein, korrigiert er sich im Stillen, ein Täter. Doch aus seiner Erfahrung weiß er zu gut, dass die Staatsanwältin mit ihrer Einschätzung recht behalten würde. Das Indiziengerüst würde vor jedem Haftrichter zusammenstürzen wie ein Kartenhaus.

Sie hatten zwar jeden Stein umgedreht, aber was ihre Soko nach wie vor nicht vorweisen kann, ist ein Tatmotiv. Auch dass sie im Haus des Opfers genetisches Material sichergestellt hatten, das vermutlich von Lukas Friedrich stammt, verbessert ihre Lage nicht. Lukas Friedrich hatte schließlich zu keiner Zeit geleugnet, am Tattag Hannelore Plattner in ihrem Haus besucht zu haben – und davor ebenfalls. So wären selbst eines oder mehrere seiner Haare, die man in ihrem Schlafzimmer oder sogar auf ihrem Leichnam entdeckt hätte, kein stichhaltiger Beweis für seine Tatbeteiligung. Denn Haare waren nach den neuesten Erkenntnissen der Forensik ein ziemlich unzuverlässiges Indiz. Das amerikanische FBI hatte nach einigen spektakulären Fehlurteilen bereits sechs Jahre zuvor in mehreren wissenschaftlichen Untersuchungen die Zuverlässigkeit von Haarproben in Zweifel gezogen und festgestellt, dass nahezu unendlich viele Möglichkeiten existieren, wie Haare übertragen werden können.

Und wenn wir es doch riskieren, das genetische Material an Hannelore Plattners Ring zu untersuchen?, fragt Kloth plötzlich. Wenn wir es mit seinem Haar vergleichen?

Was würden wir denn damit gewinnen?, fragt Anja Landau zurück. Das Labor hätte nur einen Versuch. Und selbst wenn sich dann herausstellen sollte, dass es sich um eine Hautschuppe unseres Verdächtigen handelt, heißt das noch lange nicht, dass sie ihn geschlagen hat.

Lukas Friedrich hatte keine sichtbare Verletzung, sagt Franziska Junginger.

Oder wir haben sie übersehen, sagt Kloth. In seiner Stimme schwingt Ärger mit.

Pfaffmann, wirft Oberländer ein. Vielleicht geht da ja noch was.

Anja Landau lächelt ihn freundlich an. Ich weiß, was Sie uns damit sagen wollen, Herr Oberländer. Aber wir müssen bekanntlich in alle Richtungen ermitteln.

Schon klar, Frau Staatsanwältin. Ich hab's ja auch eher scherzhaft gemeint.

Trotzdem nehmen wir uns diesen Pfaffmann jetzt auch noch einmal vor, sagt Kloth entschlossen. Schicken wir ihm eine Vorladung. Aber in seinem tiefsten Inneren weiß er es längst: Es ist lediglich die Hoffnung, die zuletzt stirbt.

***

Manno, klagt Eberhard, das hat aber lang gedauert.

Allerdings, sagt Lukas und pfeffert die Beifahrertür zu, diese Scheißbullen haben mich glatt eineinhalb Stunden warten lassen.

Und?

Nix und. Ich hab die Alte ja nicht umgebracht. Basta.

Das war ja auch dieser Pfaffmann, sagt Eberhard.

Meinetwegen. Ist mir inzwischen wurscht, wer es war. Erst mal eine rauchen, und dann fahren wir nach Hause – in die Wohnung.

Lukas steckt sich eine Zigarette an, Eberhard startet den Motor, rollt vom Parkplatz des Starnberger Polizeireviers hinunter und fädelt sich in den Verkehr ein. Mann, Mann, Mann, sagt Lukas und bläst den Rauch aus seinen Lungen durchs halb geöffnete Beifahrerfenster. Die wussten alles – pass auf, da vorn ist rot.

Seh ich doch. Aber was meinst du damit, Luki: Die wussten alles?

Na ja, die kannten mein ganzes Leben. Vor allem, was schiefgelaufen ist. Und es ist so einiges schiefgelaufen, besonders mit meinen Eltern. Aber das kennst du ja auch.

Ja, sagt Eberhard. Mein Alter hat mich dauernd mit seinem Gürtel verdroschen.

Siehst du: Genau deswegen müssen wir beide zusammenhalten.

Deshalb sind wir Freunde, sagt Eberhard.

Genau. Deshalb sind wir Freunde.

Alles Fotzen außer Mutti!, ruft Eberhard.

Ach, ich weiß nicht, Ebi: Bei meiner Mutter würde ich das inzwischen ganz anders sehen … Aber sag einmal: Was hältst du von Rippchen, oben auf der Ilkahöhe?

Aber ich bin gerade etwas klamm, Luki. Hab eben erst vollgetankt.

Lukas fängt an, zu lachen. Wann bist du eigentlich mal nicht klamm? Und denkt: Was bist du bloß für ein Idiot!

SONNTAG, 8. AUGUST 1993, 9.50 UHR

Stephan, mögen Sie mal rasch zu mir kommen, bitte?, ruft Bernhard Schneider, genannt »Doc«, aus seinem Glaskasten heraus durchs Großraumbüro, als Stephan Engler, 32, schlaksig, Polizeireporter, gerade noch rechtzeitig vor Beginn der Morgenkonferenz die Redaktion der *Neuen Münchner Presse* betritt. Stephan Engler hasst Sonntagsdienste und ist heute außerdem so müde, dass er in einer Drehtür einschlafen könnte. Schneider ist Lokalchef der Münchner Hauptausgabe und koordiniert darüber hinaus die Außenredaktionen. Stephan Engler schnappt sich rasch noch einen Becher Kaffee und sitzt eine Minute später seinem Chef an dessen Schreibtisch in seinem total verqualmten Büro gegenüber. Zwei Schachteln Roth-Händle ohne Filter zieht Schneider am Tag durch, und jeder wundert sich, dass ihm auf seinen Hochgebirgswanderungen noch nicht die Luft weggeblieben ist.

Sie schauen ja aus wie ein ungemachtes Bett, sagt der Doc fröhlich. Harte Nacht gehabt?

Zwei kleine Kinder mit Mittelohrentzündung schlauchen mehr als eine Party, sagt Stephan. Und wir erwarten ja unser drittes Kind.

Stimmt. Welcher Monat?

Stichtag ist in vier Wochen.

Der Lokalchef lächelt. Dann passt es ja. Denn ich hab vielleicht eine gute Geschichte für Sie. Erinnern Sie sich an den Mord an der Starnberger Unternehmerin? Hannelore Plattner? Stephan runzelt die Stirn. Drei Wochen ist das her, die Starnberger Außenredaktion hat es bisher gecovert, fährt Schneider fort, allerdings auf kleiner Flamme.

Das war doch diese Frau, die in ihrer eigenen Villa am See erwürgt wurde oder stranguliert oder was auch immer … Stephan Engler erinnert sich jetzt: Ihr Lebensgefährte hatte eine Anzeige geschaltet und 10 000 Mark Belohnung für die Ergreifung des Täters ausgesetzt. Die ungewöhnliche Anzeige hatte 7500 Mark gekostet. So etwas war bisher noch nicht oft vorgekommen.

Günther Pfaffmann heißt er übrigens, sagt Bernhard Schneider. Ich sehe, Sie sind im Bilde. Und Wollberg wünscht sich jetzt eine richtig schöne ausgeruhte Geschichte von Ihnen.

Hans-Herrmann Wollberg ist der Chefredakteur. Ausgeruhte Geschichte hört sich immer gut an, sagt Stephan. Aber wieso so plötzlich?

Der Doc reibt sich die Hände und kichert in sich hinein. Jetzt passen Sie mal auf, Stephan! Sie kennen doch die Binse: ›Und ist der Tag auch öd und leer, kommt plötzlich ein gnädiger Mord daher.‹ Stephan Engler verzieht leidlich amüsiert das Gesicht. Ja, sagt Schneider, manchmal muss man Glück haben im Leben. Und am besten noch gute Ohren. Gestern Abend sitzt also Wollberg mit seiner Gattin und Freunden in Starnberg in einem Restaurant und bekommt mit, wie am Nebentisch bierselig über diesen Mordfall geredet wird. Denn da sitzt ausgerechnet der Leiter des Starnberger Polizeireviers – ebenfalls mit Freunden – und verrät denen mal so ganz nebenbei den aktuellen Stand der Ermittlungen.

Peter Oberländer, heißt der, glaube ich, sagt Stephan Engler. Ich hatte schon mal mit ihm zu tun, als ich noch bei der Konkurrenz war … Ist ein ziemlicher Schwätzer, wenn ich mich richtig erinnere.

Umso besser für uns, wenn Sie ihn kennen, freut sich sein Lokalchef. Und die Geschichte riecht nach Sodom und Gomorrha: Es gibt in diesem Fall zwei Hauptverdächtige, die namentlich bekannt sind und die offenbar beide ein starkes Motiv hatten, die arme Frau umzubringen. Und beide sind in ihrem Haus ein und aus gegangen.

Lassen Sie mich raten, Doc: Einer der beiden Hauptverdächtigen heißt Günther Pfaffmann, sagt Stephan Engler. Und der andere?

So ist es. Dieser Pfaffmann hat mit ihr zusammengelebt, der andere hat sie vermutlich gevögelt. Bernhard Schneider kneift die Lippen zusammen. Wollberg hat den zweiten Namen des Liebhabers aber leider nicht richtig verstanden. Irgendwas mit Friedhelm oder Friedrich. Es soll sich jedenfalls um einen jungen Mann handeln. Die Frau hat übrigens einen erwachsenen Sohn, vielleicht könnten Sie den auch mal anzapfen.

Wenn er reden möchte. Der Sohn steht aber nicht unter Verdacht, oder?

Der Doc schüttelt den Kopf. Keine Ahnung. Er reicht ihm einen Zettel über den Schreibtisch. Darauf stehen ein paar Namen, Adressen und Telefonnummern. Stephan überfliegt die Liste. Ihre Unterstützung von den Starnberger Kollegen. Das erspart Ihnen schon mal das Telefonieren. Ganz unten stehen der Name und die Büronummer der zuständigen Staatsanwältin.

Anja Landau, liest Stephan Engler laut vor. Ermittelnde Staatsanwältin, wahrscheinlich München, Generalstaatsanwaltschaft II. Moment, Sie sagten eben: Beide Männer sollen in dem Haus ein und aus gegangen sein. Das hieße ja, da müssten dann auch verwertbare DNA-Spuren vorhanden sein, am Tatort und vielleicht auch am Leichnam …

Aber die genetische Forensik ist noch längst nicht so weit, wie uns die Polizei glauben machen möchte, sagt Bernhard Schneider.

Das wäre eventuell schon mal die Metaebene, sagt Stephan Engler, der weiß, dass dieser Begriff zu den Schlüsselwörtern gehört, mit denen der Doc für die *Relevanz* einer Story zu argumentieren pflegt.

Es winkt die Panorama-Seite, Herr Polizeireporter. Sie sollten allmählich mal nach Höherem streben.

Stephan Engler versucht, seine Überraschung zu verbergen. Immerhin wäre eine Panorama-Seite vergleichbar mit einer Ernennung in den Adelsstand, aber da steht auch noch die Bemerkung im Raum: Sie sollten allmählich mal nach Höherem streben. Das klingt nach einer unmissverständlichen Warnung.

Schaffen Sie es für die kommende Donnerstagsausgabe, Engler? Ich stelle Sie von allen anderen Aufgaben frei.

Danke. Ich werd's probieren, Doc.

MONTAG, 9. AUGUST 1993, 9.15 UHR

Die Panorama-Seite der *Neuen Münchner Presse* ist traditionell ausschließlich für einige wenige handverlesene Edelfedern reserviert, die überdies zwingend der Redaktion des Blattes angehören müssen. Stephan Engler steht nach einem halben Jahr Festanstellung immer noch vor der Schwelle zu diesem Olymp, den nicht einmal die prominentesten freien Autoren des Landes betreten dürfen. Er hat zurzeit jedoch andere Sorgen, und zwar im privaten Bereich. Er fühlt sich vom Leben gerade ziemlich überfordert, aber das kann er weder öffentlich zugeben noch in aller Stille kompensieren. Denn er wird mit gerade mal 32 Jahren schon zum dritten Mal Vater, und Nina, seine Jugendliebe, die er zehn Jahre zuvor geheiratet hatte, ist seit der Geburt ihres ersten Kindes – ihrer Tochter Lisa sechs Jahre zuvor – in einem schleichenden Entfremdungsprozess, wie Stephan findet, zur Übermutter mutiert. Ihr Sohn Paul, der zwei Jahre später zur Welt kam, hat diese Veränderung noch einmal beschleunigt, und jetzt wartet auch noch ein Nachzügler darauf, seinen Platz in der jungen Familie einzunehmen. Stephan und Nina wissen bereits, dass es ein Junge werden wird, nur für einen Namen haben sie sich noch nicht entschieden.

Aber Stephan empfindet kein Glück. Wenn er ehrlich zu sich selbst ist, müsste er zugeben, dass er mit kleinen Kindern eigentlich nicht viel anfangen kann. Natürlich ist er auch ein wenig stolz auf sie, und er würde seine Familie niemals im Stich lassen, aber drei Kinder in einer Großstadt wie München aufzuziehen, ist wegen der horrenden Quadratmeterpreise für Mietwohnungen ein finanzielles Fiasko. Vor allem dann, wenn man wie er

Alleinverdiener ist und nur 500 Mark über Tarif verdient. Brutto. Dafür gilt sein Arbeitgeber natürlich als erstklassige Adresse, doch in der Redaktion – ebenfalls eine bittere Wahrheit – hat er noch immer nicht richtig Fuß gefasst. Was wohl auch daran liegt, dass er so häufig wie möglich in aller Heimlichkeit irgendwelche Schreibaufträge annehmen muss, um das Familieneinkommen aufzubessern. Freie Nebenjobs sieht man in der Redaktionsleitung jedoch nicht gern. Sie bedürfen stets einer Genehmigung, und Stephan Engler versucht zurzeit alles, um möglichst unter dem Radar zu bleiben.

Diese Nebenjobs findet auch seine Frau Nina *zum Kotzen*. Sie muss ihren Mann immer wieder dazu ermahnen, seiner Vaterrolle gerecht zu werden, sie ernster als bisher zu nehmen, nein, sich überhaupt endlich einmal an diese Aufgabe zu erinnern. So wie die anderen Väter aus der Nachbarschaft. Stephan Engler hasst deshalb längst sein Leben im Reihenhaus, das sie in Obermenzing gemietet haben – und das mittlerweile aus allen Nähten platzt. Auch wenn er es nicht ausspricht: Sein Leben hat er sich schon etwas anders vorgestellt. Er ist sich allerdings sicher, dass es seiner Frau ebenso geht, aber gesund ist das alles nicht.

Diese Gratwanderung, auf der er sich inzwischen schon seit Jahren befindet; dieser innere Krieg, der in seiner Seele und in seinem Kopf tobt, hat ihn jetzt, zu diesem Zeitpunkt, als er vor dem Starnberger Seegrundstück der ermordeten Unternehmerin Hannelore Plattner seinen schäbigen VW Golf I, bordeauxrot, vier Türen mit reichlich Rost, mit jämmerlich quietschenden Bremsen zum Halten zwingt, zermürbt. Das Auto hat über 200 000 Kilometer runter, benötigt dringend neue Scheibenbremsen vorn, Trommelbremsen hinten sowie neue Achsschenkeldämpfer. Auch das Kühlsystem meckert ständig herum, sodass er häufig Wasser nachfüllen muss. Er ist zwar alles andere als ein Mechaniker, doch durch die anstehende Hauptuntersuchung wird er die Karre in diesem Zustand nicht kriegen, so viel ist sicher.

Immerhin ist er seit ein paar Monaten im Besitz eines der modernen Mobiltelefone. Die Kosten hierfür trägt der Verlag. Sein *Ericsson GH 198* erleichtert ihm die Arbeit enorm, aber es ist so groß wie ein halbes Brikett, beult seine Hosentaschen aus, und wenn er es länger als fünf Minuten am Ohr hat, hat er stets das mulmige Gefühl, dass sein Gehirn verstrahlt wird, so heiß wird sein Kopf. Jetzt fängt das Ding neben ihm auf dem ausgeleierten Beifahrersitz zu summen an. Auf diesen Anruf hat er gewartet. Erstaunlich, wie schnell sich die Staatsanwältin zurückmeldet, sein Anruf bei der Pressestelle der Generalstaatsanwaltschaft ist erst eine knappe Dreiviertelstunde her. Da es sich ja um eine ausgeruhte Geschichte handelt, kann er den Weg über eine offizielle Interviewanfrage gehen und ist nicht, wie so oft, gezwungen, seine heißen Kontakte zu nutzen, über die er als Polizeireporter verfügt.

Die zweite Überraschung für Stephan Engler an diesem Montagmorgen ist: Anja Landau steht für Auskünfte zur Verfügung. Sogar zeitnah. Ich bin gerade in Starnberg, sagt Stephan, um mir mal ein umfassendes Bild zu verschaffen. Es soll eine größere Geschichte werden, wobei übrigens die Forensik eine tragende Rolle spielen wird.

Sehr gut, entgegnet die Staatsanwältin. Passt Ihnen 14 Uhr, auf dem Starnberger Revier?

Super, sagt Stephan, bis dahin. Freut mich sehr. Wiederschauen!

Bis nachher, sagt Anja Landau und beendet das Gespräch.

Er mag ihre Stimme. Sie klingt jung, sympathisch, freundlich – aber bestimmt. Er ist gespannt, wie Anja Landau aussieht.

Rasch überprüft Stephan Engler sein Diktiergerät und seine Nikon-F-401-Spiegelreflexkamera. Er weiß: Bei dieser Geschichte wird es nicht so sehr auf die Optik ankommen, da werden seine Fotografiekünste ausreichen. Na dann. Er hatte schon vorhin die Nummer von Hannelore Plattner angerufen. Es war jemand drangegangen, hatte aber wieder aufgelegt. Vor dem Haus steht ein Porsche-Cabrio, also wird vermutlich jemand anwesend sein. Fragt sich nur, wer. Und es fragt sich vor allem, ob ausgerechnet ein Reporter willkommen ist. Bei Günther Pfaffmann wäre Stephan Engler sich sicher, bei Tobias Plattner, dem Sohn des Mordopfers, nicht. Die Kollegin Reutter aus der Starnberger Lokalredaktion hatte ihm wenig Hoffnung gemacht. Tobias Plattner? Total zugeknöpft, keine Chance, hatte sie gesagt, der Junge ist vom Verlust seiner Mutter traumatisiert.

Damit muss Stephan also rechnen.

Eine Minute später drückt er auf den Klingelknopf, nachdem er sich ein paar Augenblicke lang über das merkwürdige Stahlgebilde vor dem Hauseingang gewundert hat, das offensichtlich eine Pferdetränke darstellen soll. Er stellt fest, dass einer der stilisierten Indianerpfeile verbogen ist.

Die Haustür wird aufgerissen. In der ersten Millisekunde weiß der Reporter bereits, dass er Tobias Plattner gegenübersteht, in der zweiten Millisekunde, dass der junge Mann absolut nicht darüber erfreut ist, einen Fremden vor der Haustür zu sehen, bei dem es sich mit hundertprozentiger Sicherheit um einen Journalisten handelt. Guten Morgen, sagt Stephan Engler rasch, entschuldigen Sie bitte die Störung. Mein Name ist Stephan Engler von der *Neuen Münchner Presse*. Ich bin mit Herrn Günther Pfaffmann verabredet. Diese Schwindelei muss sein.

Der junge Mann verschränkt die Arme vor der Brust. Er ist barfuß, trägt Bermudashorts und ein weißes Marc-O'Polo-Sweatshirt. Seine Popperfrisur mit der ausladenden Tolle hat er aus den Achtzigern in die Neuzeit herübergerettet.

Stephan Engler hört aus dem Hintergrund *Mr. Vain* von *Culture Beat,* die aktuelle Nummer eins der Single Charts in Deutschland. Wer ist denn da, Tobi?, ruft eine maulige Stimme aus dem Hintergrund. Eine junge, weibliche Stimme. Eine viel jüngere Stimme als die der Staatsanwältin. Höchstens 17 oder 18 Jahre alt. Tobias Plattner wendet seinen Kopf und ruft: Irgend so ein Pressefuzzi! Er wendet sich sofort wieder an den ungebetenen Besucher, der äußerlich ruhig geblieben ist. Herr Pfaffmann wohnt hier nicht mehr.

Dann sind Sie vermutlich Tobias Plattner. Mein aufrichtiges Beileid! Darf ich Ihnen …?

Nein, Sie dürfen nicht. Denn ich rede nicht mit euch. Und glauben Sie mir, Sie sind nicht der Erste. Lassen Sie mich also gefälligst zufrieden!

Natürlich. Ich kann Sie gut verstehen, Herr Plattner, und ich werde auch sofort gehen, aber es ist nun mal mein Job …

Ist mir scheißegal, was Ihr Job ist. Ist etwa noch was?

Ja, sagt Stephan Engler höflich, wenn Herr Pfaffmann entgegen meinem Wissen nicht mehr hier wohnt: Wären Sie vielleicht so nett, mir zu verraten, wo ich ihn treffen kann? Denn wir waren schließlich hier in Ihrem Haus verabredet, und ich kann ihn telefonisch nicht erreichen.

Fragen Sie doch seine Sekretärin in der Firma. Die KuSto GmbH in Wolfratshausen. Die Haustür fällt lauter als nötig ins Schloss.

Stephan Engler muss erst einmal kurz durchatmen. Als Polizeireporter ist er Abfuhren zwar gewohnt, doch diese eben war auf einer Skala von eins bis zehn eine glatte Elf. Aber es ist ja auch Montag.

***

Rechts geht es nach Davos und Klosters, geradeaus, das Inntal hoch, nach Samaden, Celerina und St. Moritz. Sie haben an der Shell am Ortsausgang von Susch an der Bundesstraße 27 im Unterengadin noch einmal getankt, und nun muss Lukas sich entscheiden. Sein Blick wandert an den bewaldeten Hängen hoch, die Baumgrenze beginnt bei etwa 2000 Metern, zu seiner rechten Hand müsste das Flüela Wisshorn liegen. Er erinnert sich schemenhaft daran, wie er hier schon ein paarmal entlanggefahren war, damals als Grundschüler; immer wenn ihn seine Mutter im Sommer für vier Wochen in einem Kinderheim in Samaden absetzte, um dann mit seinem Deppen-Bruder Ludwig weiter nach Sils Maria an den Silvaplanersee zu reisen, wo sie mit ihm ruhige Ferien verbrachte, in einem Hotel am Ende des Fextales. Auf der kurvenreichen Strecke war ihm regelmäßig schlecht geworden, einmal hatte er sich explosionsartig in den Fußraum ihres BMW erbrochen und von seiner Mutter dafür Ohrfeigen kassiert. Er versteht es bis heute nicht, dass sein Bruder vorn auf dem Beifahrersitz in seinem Spezialsitz herumgelallt hatte und nicht einmal daran gedacht hatte, sich zu übergeben. Ludwig war garantiert nur zu doof, um zu kotzen, denkt Lukas heute. Auch das Kinderheim in Samaden hat er in schrecklicher Erinnerung behalten, weil er, vor allem im ersten Jahr, vor Heimweh jede Nacht ins Bett gepinkelt hatte, und immer wenn ihm dieses Malheur passierte, wurde er mindestens für einen halben Tag zur Strafe in einer Dachkammer eingesperrt. Also insgesamt hatte er beinahe zwei Wochen dort oben zwischen ausrangiertem Mobiliar verbracht. Aber die Sommerferien daheim, allein mit seinem Stiefvater Hans in Bad Tölz, zu überstehen, wäre vermutlich eine noch größere Herausforderung gewesen, glaubt er heute.

Es passiert nicht oft, dass Lukas – so wie in diesem Moment, wenn frühe Erlebnisse aus seiner Kindheit in seinem Gedächtnis erwachen und herumzuspuken beginnen – so etwas wie Schwermut empfindet. Im Gegenteil: Lukas hat festgestellt, dass er so gut wie gar nichts mehr spürt, aber im Laufe der Zeit hat er aufgehört, darüber nachzudenken.

St. Moritz oder Davos? Lukas tendiert zu St. Moritz im Oberengadin und seinen berühmten Grandhotels wie dem Carlton oder dem Palace, wo die Reichen und die Schönen schon immer abgestiegen waren. Und bestimmt auch ein paar reifere Damen der gehobenen Gesellschaft. Er findet seinen Plan kongenial, nicht nur einmal hat er in den vergangenen Tagen mit dem Gedanken gespielt, seinen Vornamen zu ändern, um zu einem zweiten Felix Krull zu werden. Felix Friedrich klingt schließlich nicht schlecht. Das Einzige, was ihn in diesem Moment etwas nervös macht, ist, dass sein Geld schneller zur Neige geht als angenommen, denn die Schweiz ist aasig teuer. Er hat jetzt noch etwa 2 500 Mark in bar übrig, weil er die Miete für ihr Tutzinger Bullenkloster bewusst nicht überwiesen hatte, denn dorthin will er sowieso nicht zurückkehren. Georg Keller hatte selbstverständlich richtiggelegen mit seiner Vermutung, dass sein Servicepersonal ihn regelmäßig beschubst.

Lukas hatte dabei stets nach der Devise gehandelt, nicht zu gierig zu werden, allerhöchstens drei Bier, vielleicht ebenso viele Kurze, den einen oder anderen Longdrink und ein paar Kaffee an der Kasse vorbei einzunehmen, nur an besonders umsatzstarken Tagen eventuell etwas mehr. Das hatte allerdings nur mit Stammgästen funktioniert, die keinen Kassenbeleg wollten. Allein die Weinschorlen, die Hannelore an ihren Dienstagen getrunken hatte – sie hatte stets darauf bestanden, korrekt zu zahlen –, hatten ihm mindestens um die 100 Mark extra pro Monat eingebracht. Hinzu waren die Trinkgelder der Gäste gekommen.

Doch Lukas hat noch ein weiteres, wenn auch weitaus geringeres Problem als Geld. Es heißt Eberhard Haller, der keinen Schimmer davon hat, dass er seine Schuldigkeit schon bald getan haben wird, sondern der auf dem Fahrersitz vergnügt eine *Muratti Ambassador* raucht, sich ausgiebig im Schritt kratzt und sich schon seit Anfang ihrer Fahrt kaum mehr einkriegen kann, dass Lukas ihm gerade die erste Auslandsreise seines Lebens spendiert. Nein, Eberhard Haller ist vollkommen ahnungslos, dass er ihn schon bald abservieren wird; auf die eine oder andere Weise, Lukas überlegt noch.

***

Von Carola Zeise, der Assistentin der Geschäftsleitung der KuSto GmbH in Wolfratshausen, erfährt Stephan Engler ein paar Minuten nach seinem Rausschmiss aus der Plattner'schen Villa am Telefon, dass Günther Pfaffmann noch nicht in der Firmenzentrale erschienen sei. Was Carola Zeise schon arg wundert, denn normalerweise halte Günther Pfaffmann seine Termine beinahe überpünktlich ein, erzählt sie.

Das ist in der Tat merkwürdig, sagt Stephan Engler, wissen Sie, ich wollte ja mit meinem Anruf auch nur sichergehen, dass ich mich nicht geirrt habe und dass unser Interviewtermin tatsächlich heute am Montag stattfindet …

Von einem Interview weiß ich aber gar nichts, antwortet Carola Zeise, Herr Pfaffmann hat in seinem Kalender jedenfalls nichts eingetragen.

Das verstehe ich jetzt nicht, sagt Stephan Engler, Bestürzung heuchelnd, denn wir hatten uns für jetzt in der Villa seiner Lebensgefährtin verabredet … Ich stehe übrigens vor dem Haus, aber es hat niemand geöffnet.

Darf ich fragen, worum es überhaupt geht?

Na ja, Ihnen kann ich es vermutlich sagen, da Sie ja traurigerweise wohl auch involviert sind: Es geht natürlich um dieses schreckliche Verbrechen … den Mord an Ihrer Chefin – und warum die Polizei trotz Herrn Pfaffmanns ausgesetzter Belohnung wohl noch immer keine Spur hat.

Sie meinen in Starnberg?

Wie, in Starnberg?

Nein, das ist völlig unmöglich, sagt Carola Zeise, Sie können sich nicht in Starnberg verabredet haben. Denn Günther … ich meine, Herr Pfaffmann, wohnt zurzeit im *Hotel Alter Wirth* in Geretsried.

Günther! Sieh mal einer an. Kann man ihn dort nicht erreichen?

Er ist nicht in seinem Zimmer, entgegnet Carola Zeise prompt, ich habe es schon ein paarmal probiert.

Er hat doch ein Handy, schießt Stephan Engler einen Pfeil ins Blaue ab und hofft dabei, dass Günther Pfaffmann tatsächlich eines besitzt.

Ja, aber es ist ausgeschaltet. Haben Sie es auch schon mal probiert?

Natürlich, schwindelt Stephan Engler, aber Herr Pfaffmann ist nicht rangegangen … Deshalb rufe ich Sie ja an. Aber ich möchte Sie jetzt nicht länger aufhalten, Frau Zeise. Wenn er bei Ihnen in der Firma auftaucht, dann richten Sie Herrn Pfaffmann bitte einen herzlichen Gruß aus – ob er sich vielleicht kurz bei mir melden könnte! Stephan Engler diktiert ihr seine Mobilfunknummer. Ich bin noch den ganzen Tag in der Gegend und jederzeit erreichbar. Irgendwie kommen wir bestimmt zusammen! Auf Wiederhören!

Als er aufgelegt hat, schnappt er sich den zerfledderten Atlas aus der Ablage in der Beifahrertür. Geretsried also. Von Starnberg aus sind es rund dreißig Kilometer, am schnellsten ist der Weg über die Autobahn 95. Stephan Engler steigt ein und hofft, dass der Golf ihm unterwegs nicht verrecken wird. Er hat keinen Dunst, wohin ihn diese Reportage führen, warum er sie überhaupt schreiben soll.

***

Genau vierzig Minuten später biegt Stephan Engler auf den Hotelparkplatz ein und schnappt sich die letzte vorhandene Lücke. Der Zeiger der Temperaturanzeige seines Golfs klebt genau auf der 100-Grad-Markierung. Schwein gehabt. Vor dem Hoteleingang parken ein Rettungswagen und ein Notarztwagen, denen er zunächst keine Beachtung schenkt. Doch als er an den Tresen der Rezeption herantritt, merkt er am versteinerten Gesicht der jungen Rezeptionistin, dass es sich offenbar um einen sehr ernsthaften medizinischen Notfall handelt. Und gerade als er den Mund öffnet, um sich nach Günther Pfaffmann zu erkundigen, öffnen sich hinter ihm die Türen des Fahrstuhls. Zwei Sanitäter schieben mit unbewegten Mienen eine Trage aus dem Lift heraus, auf der ein Körper liegt, der mit einem weißen Tuch vollkommen verhüllt ist. Den beiden folgt der Notarzt, der sich zu Stephan Engler an den Tresen gesellt. Der hat jetzt ein ungutes Gefühl. Eine Ahnung, dass die Dinge für ihn gerade ziemlich schieflaufen. Aus dem Büro hinter dem Tresen eilt der Hotelmanager heraus. Stephan Engler nimmt zumindest an, dass es sich um diesen handelt. Er tritt höflich zur Seite. Die Uhr zeigt 10.35 Uhr.

Kümmern Sie sich bitte um unseren neuen Gast, sagt der Hotelmanager zu seiner Angestellten, deutet unauffällig auf Stephan Engler und wendet sich dann sogleich an den Notarzt.

Sie müssen bitte die Polizei verständigen, flüstert der Notarzt.

Herzlich willkommen im Hotel Alter Wirth, piepst die junge Frau, was darf ich für Sie tun?

Bestimmt eine Azubine, denkt Stephan Engler. Guten Morgen – ja, ich bin wohl etwas zu früh. Mein Name ist Stephan Engler, *Neue Münchner Presse.* Ich bin mit einem Ihrer Gäste verabredet, Herrn Günther Pfaffmann – er wohnt doch hier?

Die Rezeptionistin legt erschrocken die Hand auf ihren Mund, der Manager und der Notarzt wenden augenblicklich ihre Köpfe und starren ihn an. Stephan Engler ist sofort klar, dass seiner ersten dunklen Ahnung jetzt gleich die Gewissheit folgen wird.

Günther Pfaffmann, sagen Sie?, mischt der Direktor sich ein.

Stephan Engler sieht, dass er schwitzt. Ja, sagt er, wir sind verabredet, aber eigentlich erst um elf.

Und Sie sind?

Wie ich schon sagte: Stephan Engler, *Neue Münchner Presse.* Ist was passiert? Er kennt die Antwort. Trotzdem fragt er, mit einem stummen Blick auf die Sanitäter, die in diesem Moment draußen vor dem Hoteleingang den Leichnam in den Rettungswagen hineinschieben, ob es sich um Günther Pfaffmann handeln würde.

Aber darüber schreiben werden Sie ja wohl hoffentlich nichts, sagt der Hoteldirektor.

Nein, natürlich nicht, sagt Stephan Engler, aber wie konnte das passieren? Ich habe doch noch gestern Abend mit ihm … Ein Unfall? Der Mann war doch nicht mal 45!

Tut mir leid, darüber darf ich Ihnen keine Auskunft geben, sagt der Notarzt, außer, Sie wären ein naher Angehöriger. Er lächelt bedauernd.

Also offensichtlich eine natürliche Todesursache. Ansonsten wäre wohl schon die Polizei hier, sagt Stephan Engler und lässt kurz mal den Klugscheißer raushängen. Die beiden Herren schweigen, denn Stephan Engler hat schließlich recht. Sie wissen vielleicht, sagt er, dass Herr Pfaffmann in einen Mordfall … verstrickt ist – ich meine, war. Der Hoteldirektor schließt entsetzt die Augen. Stephan Engler kann sich gut vorstellen, dass jetzt ein wahrer Horrorfilm in seinem Kopf abläuft: ein Toter im Hotel, in *seinem* Hotel, und das am helllichten Tag und womöglich noch ein Mörder! Der Reporter entscheidet sich dafür, seine Aussage abzumildern. Herrn Pfaffmanns Lebensgefährtin wurde vor gut drei Wochen in Starnberg umgebracht, erklärt Stephan Engler. Er hatte eine großformatige Anzeige in meiner Zeitung geschaltet, in der er auf die Ergreifung des Täters eine Belohnung in Höhe von 10 000 Mark ausgesetzt hatte.

Ach so, sagt der Hoteldirektor erleichtert, das meinen Sie mit *verstrickt*.

Also, wenn Sie es trotz Ihres Berufsstandes für sich behalten können, sagt der Notarzt mit gedämpfter Stimme: Ich habe weder Spuren von Gewalteinwirkung noch die eines Unfalls entdeckt. Es handelt sich meines Erachtens um eine natürliche Todesursache. Aber an was genau Herr Pfaffmann verstorben ist, kann natürlich nur eine Obduktion klären.

Keine Sorge, sagt Stephan Engler, das werde ich für mich behalten. Trotz meines *Berufsstandes* …

MONTAG,
9. AUGUST 1993, 13.20 UHR

Es kommt nicht häufig vor, dass ein Ermittlerteam von einem Mitglied der Presse über den Tod eines Mordverdächtigen in Kenntnis gesetzt wird. Aber so waren Kloth nebst seiner Assistentin Franziska Junginger und der Staatsanwältin Anja Landau schon kurz nach 12 Uhr im Hotel eingetroffen, als die sterblichen Überreste von Günther Pfaffmann sich bereits auf dem Weg in die Münchner Rechtsmedizin befanden. Für eine forensische Untersuchung des Hotelzimmers war es jetzt natürlich viel zu spät, aber Kloth und Franziska Junginger, die den Raum trotzdem gründlich durchsuchten, konnten zumindest die persönlichen Gegenstände des Verstorbenen sicherstellen, darunter ein Mobiltelefon und ein Laptop, die von der KTU so schnell wie möglich ausgelesen werden sollen, auch wenn Kloth skeptisch ist, dass sich aus den Daten Hinweise auf Günther Pfaffmanns Tatbeteiligung ergeben werden.

Herr Engler? Der Reporter von der *Neuen Münchner Presse?* Stephan schaut auf, blinzelt. Ich bin Anja Landau, Generalstaatsanwaltschaft II. Er springt auf.

Frau Landau, vielen Dank, dass Sie sich mit mir treffen. Ihr Händedruck ist fest. Er hat sie sich zwar etwas größer vorgestellt, aber nicht so attraktiv. Er weiß, dass er sich zusammenreißen muss, um ihr nicht den Eindruck zu vermitteln, dass er mit ihr flirten möchte. Herrgott, sein häuslicher Liebesentzug hat inzwischen dramatische Formen angenommen. Einmal mehr muss Stephan sich dazu zwingen, Frauen nicht auf bloße Objekte seiner Begierde zu reduzieren. Nehmen Sie doch bitte Platz! Darf ich Sie zu einem Kaffee einladen? Einem Wasser, oder vielleicht möchten Sie ja auch was essen? Er deutet auf den leeren Teller vor sich, auf dem die Reste des süßen Senfs bereits zu trocknen beginnen. Die Weißwurst ist jedenfalls formidabel.

Anja Landau nickt ihm freundlich zu, während sie sich hinsetzt, und winkt dann die Kellnerin herbei, die auf der Hotelterrasse bedient. Ich nehme einen grünen Tee, sagt sie, aber als Amtsperson *darf* ich mich nicht von Ihnen einladen lassen. Als die Kellnerin ihre Bestellung entgegengenommen und Stephan Englers Teller nebst Brotkorb abgeräumt hat, fragt sie: Was soll ich Ihnen aus einem laufenden Ermittlungsverfahren erzählen? Und was wollten Sie eigentlich von Herrn Pfaffmann?

Stephan Engler beschließt, lieber einen Moment lang zu überlegen, bevor er den Mund aufmacht. Besser kein Herrschaftswissen herausposaunen. Ich hatte mich ja über die Pressestelle angekündigt, antwortet er ausweichend. Meine Chefredaktion wünscht sich einen Hintergrundbericht zum Thema DNA-Spuren, aufgezogen anhand dieses Falles, also eher was Kriminalwissenschaftliches.

Wieso gerade *dieses Falles?*

Stephan Engler merkt, dass die Staatsanwältin ihm seine Geschichte nicht abnimmt. Nun ja, Herr Pfaffmann hatte ja immerhin 10 000 Mark Belohnung für die Ergreifung des Täters aus seinem privaten Portemonnaie ausgelobt. Und wenn Sie mich jetzt so durchdringend ansehen …

Tue ich das?

Ja, das tun Sie! Also, dann will ich gerne ehrlich zu Ihnen sein: Wir haben in der Konferenz auch darüber diskutiert, dass Herr Pfaffmann – Gott hab ihn selig! – mit dieser Belohnung eventuell von sich selbst ablenken wollte. Und wir haben uns natürlich auch gefragt, ob es nicht noch weitere Verdächtige geben könnte.

Anja Landau wartet, bis die Kellnerin den grünen Tee serviert hat. So fragen Sie also Leute aus, stellt sie fest.

Ist nun mal mein Beruf. Und Ihrer ja eigentlich auch.

Da gebe ich Ihnen recht. Aber ich vermute stark, dass Sie mehr wissen. Stephan Engler will sofort widersprechen, doch die Staatsanwältin hebt die Hand. Sagen Sie es schon! Es hat doch keinen Sinn, wie die Katze um den heißen Brei herumzuschleichen. Ich bin für Direktheit – verstehen Sie –, und wenn ich dann der Meinung sein sollte, dass ich Ihnen Informationen geben kann, die die laufenden Ermittlungen nicht gefährden, dann mache ich das auch. Also?

Stephan Engler beobachtet, wie die Staatsanwältin die beiden Teebeutel aus der Kanne zieht, sie um den Kaffeelöffel wickelt und vorsichtig ausdrückt. Grünen Tee sollte man nie länger als zwei Minuten ziehen lassen, sagt er und wartet geduldig, bis Anja Landau die Teebeutel in einem kleinen Glasschüsselchen entsorgt hat. Ja, ich habe tatsächlich die Information erhalten, dass Günther Pfaffmann bei Ihnen einer der beiden Hauptverdächtigen war. Und jetzt gibt es nur noch den großen Unbekannten. Na, kommen Sie: Sagen Sie mir, wie er heißt, oder zumindest, um wen es sich handelt! Anja Landau nippt an ihrer Teetasse. Der Name war nicht richtig zu verstehen. Friedmann? Friedemann? Friedrich? Stephan Engler ist verblüfft, dass bei der Erwähnung dieser Namen auch nicht der kleinste Muskel in Anja Landaus Gesicht zuckt. Ihre Augen flackern ebenfalls nicht, sondern sehen ihn mit bewegungslosen Pupillen an. Liege ich falsch?

Nein, Herr Engler. Sie liegen nicht falsch. Jedenfalls nicht ganz. Ich werde und kann Ihnen natürlich weder den Namen des zweiten Verdächtigen nennen noch irgendwelche Hinweise auf seine Person geben, denn er kommt als Täter nicht infrage. Das Ermittlungsverfahren gegen ihn wurde mangels Beweisen vorläufig eingestellt …

Vorläufig!

Ja, vorläufig, und die Ermittlungen beginnen jetzt von vorn. Mehr kann ich Ihnen zu diesem Zeitpunkt nicht sagen.

Und Herrn Pfaffmann können Sie ja nun auch nicht mehr befragen. Hat er sich eigentlich das Leben genommen?

Das wird die Obduktion zeigen. Zurzeit deutet alles auf einen natürlichen Tod hin – aber das hat Ihnen der Notarzt doch schon erzählt, Herr Engler. Nebenbei: Würden Sie mir denn den Namen Ihres Informanten verraten? Stephan Engler schüttelt den Kopf. Anja Landau schenkt sich grünen Tee nach. So, Herr Engler, was möchten Sie denn jetzt über die aktuelle Entwicklung der Forensik mit genetischem Material wissen? Da sollten Sie lieber mit dem Leiter unserer Kriminaltechnik sprechen, bevor ich noch etwas Falsches sage. Ich kenne mich ganz gut mit dem Strafrecht aus, aber zu erklären, was eine Polymerasekettenreaktion ist, und vor allem, wie sie funktioniert und warum sie noch nicht ausgereift ist, sodass wir sie beispielsweise im Mordfall Hannelore Plattner einsetzen können, überlasse ich dann doch lieber denjenigen, die etwas davon verstehen. Wenden Sie sich gern an die Pressestelle der Kriminalpolizei. Die Staatsanwältin sieht sich nach der Kellnerin um und winkt sie heran. Kann ich zahlen? Bitte getrennt – ich komme zu Ihnen.

Verzeihung, sagt Stephan Engler, auch wenn es jetzt vermutlich etwas plump klingt: Sie sind wirklich gut. Ich möchte Ihnen jedenfalls nicht bei einer Vernehmung gegenübersitzen.

Sie erhebt sich resolut von ihrem Stuhl. Dieses Kompliment nehme ich Ihnen sogar ab, Herr Engler. Auf Wiedersehen. Ihr Lächeln ist grandios. Ihre Stimme ist grandios. Abgang Anja Landau, ermittelnde Staatsanwältin. Er sieht ihr hinterher. Ihre Figur ist grandios. Wie sie sich bewegt, ist grandios. Stephan Engler ist schockverliebt. Na gut, sagt er sich, dann wird es eben keine Panorama-Seite. Er wird jetzt gleich den Doc in der Redaktion anrufen, der ihn bestimmt zu einem Achtzigzeiler verdonnern wird.

DIENSTAG, 10. AUGUST 1993, 16.45 UHR

Das offizielle Ergebnis der Obduktion ist endlich eingetroffen. Günther Pfaffmann war eines natürlichen Todes gestorben. Kloth überfliegt das Fax, das ihm aus der Münchner Rechtsmedizin geschickt worden war: *Todesursache ist eine myokardiale Nekrose (Myokardinfarkt), die durch eine akute Obstruktion der linken Koronararterie (Arteria coronaria sinistra, kurz ACS) hervorgerufen wurde.*

Plötzlicher Herztod! Mit gerade mal 43! Das muss man sich mal vorstellen! Kloth ist restlos bedient. Er legt das Fax zur Seite, das sich auf seinem Schreibtisch sofort zusammenrollt.

Darf ich mal? Franziska Junginger schnappt sich das widerspenstige Thermopapier, rollt es wieder auseinander und liest. Nach ein paar Sekunden sagt sie: Hier, Günther Pfaffmann litt an fortgeschrittener Arteriosklerose. Vermutlich erbbedingt. Ich bin zwar keine Medizinerin, aber er hat ja außerdem auch geraucht wie ein Schlot, und dann der seelische Stress in den vergangenen Wochen … So was kann dann passieren. Tragisch.

Weil er schuldig gewesen ist?, mischt Oberländer sich ein. Oder wurde ihm der Stress zu viel, weil er unschuldig gewesen ist?

Sagen Sie es mir! Franziska Junginger will dem deutlich Ranghöheren gegenüber jetzt nicht die dicke Lippe riskieren. Sie wirft einen Blick zu Kloth hinüber, der mit der Kaffeemaschine hadert.

Komisch, denkt Kloth, wieso erwische ich eigentlich so gut wie immer den letzten Schluck? Der Inhalt der Kanne reicht jetzt gerade mal für einen halben Becher. Und auf dem Glasboden der

Kanne ist der Kaffee bereits angebrannt. Kloth entscheidet sich deshalb zum Verzicht. Letztlich ist das völlig wurscht, sagt er zu Oberländer, der an der Fensterbank lehnt, kehrt ohne Kaffee an seinen Schreibtisch zurück und greift zum Telefonhörer. Dann werde ich mal die Frau Staatsanwältin informieren. Vom Beach Boy gibt's ja wohl auch nichts Neues, oder?

Franziska Junginger schüttelt den Kopf. Es bleibt dabei, sagt sie, Lukas Friedrich und sein Mitbewohner Eberhard Haller sind seit Samstagnachmittag nicht wieder aufgetaucht. Hallers Auto ist verschwunden.

Eine offizielle Observierung oder gar eine Fahndung hätten sie vor dem Untersuchungsrichter niemals durchgekriegt, aber Kloth hatte, im stillen Einvernehmen mit Anja Landau, den Leiter des Starnberger Reviers gebeten, seine Streifenbeamten möglichst regelmäßig an der Wohnung des Tatverdächtigen vorbeifahren zu lassen.

Lukas Friedrich ist dann wohl abgehauen, wirft Oberländer ein. Kloth findet auch diese Feststellung überflüssig, aber er zeigt es nicht. Und der zweite Hauptverdächtige entzieht sich durch seinen tragischen Tod den Ermittlungen, fährt Oberländer fort. Auch diese Bemerkung ist nicht nötig. Alle Ermittler wissen schließlich, dass sie im Mordfall Hannelore Plattner jetzt wieder am Anfang stehen.

Ja, ich bin es, Kloth, sagt der Hauptkommissar in den Hörer hinein. Ach so, Sie sind auch schon informiert worden – na, das hätte ich mir ja denken können. Franziska Junginger sieht Kloth gespannt an. Der hört zu, erwidert dabei ihren Blick und lässt zunehmend die Mundwinkel hängen. Anja Landau fasst sich kurz. Ja, das sehe ich auch so, sagt Kloth. So bitter es für uns ist … Nein, Lukas Friedrich ist bisher nicht wieder aufgetaucht. Wir müssen annehmen, dass er sich abgesetzt hat, gemeinsam mit seinem Mitbewohner – was nach meinem Ermessen für eine Tatbeteiligung sprechen könnte. Nach Ihrem auch …? Gut zu wissen. Sehen Sie denn noch eine Chance, dass wir das Ermittlungsverfahren gegen Friedrich bald wieder aufrollen können? Kloth nickt ein paarmal, während die Staatsanwältin antwortet, aber seine Miene spricht Bände: Daraus wird wohl nichts. Na dann, sagt er seufzend, danke für Ihre Einschätzungen – nein, da kann man nichts machen. Bis zum nächsten Mal, Frau Landau – es war mir eine Freude! Auf Wiederhören! Kloth legt den Telefonhörer auf die Gabel. Schöne Grüße von der Generalstaatsanwaltschaft München II ans ganze Team.

Danke, sagt Oberländer. Sie stellt also das Verfahren vorläufig ein, sagt Oberländer.

Gemäß Paragraf 170 Absatz 2. Aber ich würde sagen, dass wir ihn bereits hatten.

Pfaffmann?, stichelt Oberländer.

Blödsinn. Lukas Friedrich natürlich – aber die Umstände lassen halt keinen hinreichenden Tatverdacht zu, entgegnet Kloth. Und so, wie ich Frau Landau jetzt in den vergangenen Wochen erlebt habe, hat sie sich bei ihrer Prognoseentscheidung mit Sicherheit große Mühe gegeben. Aber nach der derzeitigen Sach- und Rechtslage wäre eine Verurteilung des Beschuldigten am Ende der Hauptverhandlung eben unwahrscheinlich gewesen, sagt sie. Wir werden also gegen Lukas Friedrich nicht weiter ermitteln.

Vorerst, sagt Franziska Junginger.

Kloth winkt ab. Glaubst du im Ernst, dass wir neue Beweise oder Indizien finden, die den Verdacht gegen ihn erhärten?

Und was, wenn der Sohn von der Plattner mit der Einstellung des Verfahrens nicht einverstanden ist?

Du hast ihn selbst bei deiner kurzen Befragung erlebt, Franziska. Der freut sich doch mehr oder weniger diebisch darüber, dass er die Firma seiner Mutter verkaufen kann – das hast du selbst gesagt, ruft Kloth.

Ja, stimmt.

Tobias Plattner wird weder eine Dienstaufsichtsbeschwerde einreichen noch sonst was in die Wege leiten, um die Ermittlungen wieder aufnehmen zu lassen, sagt Kloth.

Außerdem würde ein cleverer Anwalt vermutlich kein Problem haben, in einer Hauptverhandlung deinen Verdächtigen Lukas Friedrich zu entlasten, indem er dem Günther Pfaffmann den Mord in die Schuhe schiebt, schaltet Oberländer sich ein.

Wieso *mein* Verdächtiger?, fragt sich Kloth.

Meiner Meinung nach hat Pfaffmann nämlich fast so etwas wie das perfekte Verbrechen verübt, fährt Oberländer fort. Irgendwie schade, dass er seinen Triumph nicht mehr erleben kann. Aber das weißt du ja selbst.

Was soll ich denn wissen, Peter?

Dass Lukas Friedrichs Motiv längst nicht so überzeugend ist wie das von Pfaffmann – und außerdem kann er es unmöglich in so kurzer Zeit geschafft haben, den Tatort …

Lass es einfach sein, Peter, bitte, sagt Kloth und erhebt sich. Du liegst mit Sicherheit falsch, aber ich lasse dir für heute deine Meinung. Doch falls die Presse bei dir anruft, rate ich dir zu Zurückhaltung, was deine Tätertheorie betrifft. Denn Günther Pfaffmann war es garantiert nicht.

Wer Kloth schon etwas länger kennt, weiß, dass ihn das jähe Ende dieser Mordermittlung körperlich schmerzt. Und dass in seinem Inneren eine Melange aus Zorn, Wut und Fassungslosigkeit brodelt. Zum Kuckuck: Sie haben keine Fehler gemacht. Oder etwa doch? Was haben sie übersehen? Nichts. Ihnen liegen insgesamt 67 Zeugenvernehmungen vor, von denen gut ein Dutzend darauf schließen lässt, dass Franziska Jungingers Bild eines malignen Narzissten stimmt. Kloth weiß sicher: Das Einzige, was sie weitergebracht hätte, wäre ein DNA-Vergleich gewesen. Doch dafür existiert einerseits zu wenig genetisches Material und andererseits – am Tatort Villa – zu viel. Ganz gleich, wie man es dreht und wendet: Günther Pfaffmann und Lukas Friedrich kommen theoretisch beide als Täter infrage. Schafscheiße das alles, flucht Kloth stumm in sich hinein.

Und schon gar nicht hat er jetzt Lust, mit Peter Oberländer noch gemeinsam die große Spekulationskiste zu öffnen. Ende Gelände!, ruft er. Klatscht kurz in die Hände, winkt in die Runde der übrig gebliebenen drei Kollegen, die ihre Dienststelle so wie er und Franziska Junginger vorübergehend aus Fürstenfeldbruck nach Starnberg verlegt hatten. Kommt, Leute, heute machen wir einmal früher Feierabend: Lasst uns unsere Sachen zusammenpacken, und dann reiten wir vom Hof.

Fröhlicher Elan, der aber nur gespielt ist. Der einzige Trost, der Kloth bleibt: Mord verjährt nicht.

ZWEITER TEIL

DER KUCKUCK

Du nennest immer deinen Namen;
Dein Ausruf handelt nur von dir.
In dieser Sorgfalt scheinst du mir
Beredten Männern nachzuahmen;
Gleichst du dem großen Balbus nicht,
Der immer von sich selber spricht?

Friedrich von Hagedorn, deutscher Dichter

MITTWOCH, 13. MAI 2009, 23.45 UHR

In der Nacht von Mittwoch, 13. Mai, auf Donnerstag, 14. Mai des Jahres 2009, klopft *Bienchen* alias Sabine Dallmeyer bei *Einsamer Prinz* alias Steffen alias Ferdinand im Internet an. Sie hat dem *einsamen Prinzen* ein Herz geschickt. Lukas wechselt von seinem Steffen-Profil sofort zu seinem Ferdinand-Profil, um die Absenderin unentdeckt auszuspähen. Viel verrät das Bienchen jedoch nicht, und ihr Ganzkörperfoto hat sie mit dem kostenlosen Milchglaseffekt des Dating-Portals unkenntlich gemacht. Doch Lukas kann zumindest erahnen, dass sie für ihre 53 Jahre eine sehr ansprechende Figur hat. V*erwitwet,* liest er. Es könnte sich lohnen, diese Kontaktanfrage zu beantworten. Auf ihr Herzchen zu reagieren. Sie beherrscht die deutsche Rechtschreibung, labert keinen Müll, sondern drückt sich gewählt aus: *Ich bin zugegebenermaßen nicht die Kreativste, wenn es darum geht, einen Text zu verfassen, der sich ausschließlich um mich dreht. Aber lies doch einfach mal mein Profil in Ruhe durch, und falls ich dir gefallen sollte, freue ich mich über eine Nachricht von dir! Allerdings auch nur dann, wenn du an einer ernsthaften Beziehung oder Freundschaft interessiert bist; an gemeinsamen Unternehmungen, entspannten Abenden zu zweit und mit Freunden. Gegen Zärtlichkeiten habe ich übrigens – bei gegenseitigem Gefallen – nichts einzuwenden, aber sie sind zunächst nicht das Wichtigste. Klammeraffen, Maulhelden und Fremdgeher können sofort weiterblättern.*

Lukas war seit knapp einem Jahr wieder zurück in Deutschland. Er hatte sich den Spaß gegönnt, auf den Tag genau nach fünfzehn Jahren – am 7. August 2008 – die österreichisch-deutsche Grenze bei Garmisch-Partenkirchen zu überqueren; dieses

Mal im eigenen Auto, einer alten Mercedes-Limousine in Förstergrün, Baujahr 1996, Modell W124, die mit ihrem 2,5-l-Dieselmotor schon fast siebenmal den Äquator umrundet hatte. Dass er nach wie vor keinen Führerschein besaß, war ihm egal. Er hatte sich erkundigt: Nach knapp 17 Jahren würde er seinen Lappen trotz seiner spektakulären *Auffälligkeitsfahrt* auch ohne MPU und nochmalige Prüfung zurückerhalten, und so geschah es dann auch. Natürlich hatte die kleine Maus in der Führerscheinstelle des Landkreises Starnberg irritiert geguckt, denn so etwas war ihr bis dahin noch nie untergekommen. Aber Gesetz war nun einmal Gesetz, und so hatte er letztlich das Plastikkärtchen zwei Wochen später abholen dürfen. Seine nächsten Schritte hatten darin bestanden, sich einen neuen Personalausweis zu besorgen, Hartz IV zu beantragen, gleichzeitig einen Job in der Gastro, schwarz, und vor allem einen neuen Club zu suchen, um sein *Martial-Arts*-Training so schnell wie möglich wieder aufnehmen zu können.

Lukas ist jetzt wieder ein anderer Mensch.

Sein Ziel war München, aber die Sache mit dem Ausweis hatte er noch in Bad Tölz erledigt, wo man auf dem Amt schon aufgrund seines Familiennamens keine hartnäckigen Fragen gestellt hatte. Jeder kann schließlich mal seinen Ausweis verlieren. Dabei hatte er erfahren, dass er erstaunlicherweise noch immer bei seiner Mutter und seinem Stiefvater unter der Adresse des Hotels gemeldet war. Das hatte er gar nicht gewusst, doch er hatte sich nicht gefragt, warum dies so war. Weil es ihn zu diesem Zeitpunkt nicht interessiert hatte; seine Zeit würde noch kommen.

Was Lukas ebenfalls registriert hatte, stillschweigend natürlich, war, dass es offensichtlich auch niemandem eingefallen war, den schweren Verkehrsunfall, den er 1991 unter Alkoholeinfluss verursacht hatte, wieder aufzurollen. Da war nichts, überhaupt nichts vermerkt, sondern es war einfach nur großartig, ja, geradezu bombastisch, dass er, Lukas Friedrich mit einer strahlend weißen Weste als deutscher Staatsbürger wiedergeboren worden war. Er war jetzt erst recht bereit, die Welt ein weiteres Stück zu seinen Gunsten zu verändern, bevor sie ihn verändern könnte.

Manch einer hätte vermutlich von einer *Odyssee* gesprochen, die hinter Lukas Friedrich gelegen hatte. 15 Jahre als reisende Saisonkraft von einem Ort zum anderen sind schließlich eine lange Zeit, doch er selbst hatte sich ja noch nie bewusst mit der Vergangenheit beschäftigt, und wenn, auch nur dann, wenn es ihm wirklich sinnvoll erschienen war. Erinnerungen? An was und an wen? Lukas ist überzeugt davon, dass es nur einen richtigen Weg gibt, nämlich im Hier und Jetzt zu leben.

So hatte er 15 Jahre zuvor seinen treuen Sklaven Ebi schon nach sechs Tagen aus St. Moritz zurück nach Tutzing an den Starnberger See geschickt. Wo Eberhard Haller wenige Tage später feststellen musste, dass Lukas die Wohnung schon lange zuvor gekündigt hatte, und zwar auf seine Art, denn er hatte die Miete schon seit vier Monaten nicht bezahlt.

Ich kann einen Deppen wie dich nicht mehr brauchen, Ebi. Denn hier wirst du es sowieso nicht packen. Dafür fehlt dir einfach zu viel. Da oben, verstehst du?

Er hatte dem Sprachlosen mit dem Zeigefinger ein paarmal an die Stirn getippt, ihm gönnerhaft 150 Mark in die Hand gedrückt – zum Tanken, du elender Schnorrer! –, sich dann umgedreht und ihn auf dem Parkplatz vor der *Chesa Veglia* einfach stehen lassen, dem exklusivsten Nachtclub von St. Moritz, der zum *Palace Hotel* gehörte, in dem die Schweizer zufällig eine Verwendung für ihn hatten. Leider jedoch nur als Spüler. Der Restaurantchef hatte Lukas, dem *Restaurantfachmann,* zwar rasche Aufstiegsmöglichkeiten in Aussicht gestellt, aber der gegelte Schleimer hatte ihn angelogen. Siebzig Stunden pro Woche hatte Lukas dann in seinem ersten Monat geschuftet, und am Ende war ihm wegen der enormen Lebenshaltungskosten kaum etwas von seinem Lohn übrig geblieben, und auf der Trinkgeldleiter hatte er als Spüler außerdem auf der untersten Stufe gehockt. Die überteuerte Unterkunft hatte er sich mit zwei Bulgaren teilen müssen, die ihn beklaut hatten, auch wenn sie beide beim Augenlicht ihrer Eltern geschworen hatten, es nicht gewesen zu sein. Doch seine eiserne Reserve war plötzlich verschwunden, und als Lukas die beiden zum zweiten Mal zur Rede gestellt hatte, hatte er großes Glück besessen, nicht abgestochen zu werden. Noch am selben Morgen hatte er sich deshalb mit dem ersten Zug in Richtung Österreich aufgemacht, wo er dann die nächsten 15 Jahre verbracht hatte.

Zell am See, Lech, Kitzbühel, St. Anton, Obertauern: Es war für ihn einfach gewesen, Jobs zu finden. In der Wintersaison hatte Lukas auf Skihütten gearbeitet und im Sommer an einem der österreichischen Seen, fünf Jahre lang in Kärnten am Wörthersee, die anderen Sommer im Salzkammergut.

Dort hatte es ihm besonders gut gefallen, am besten am kleinen Irrsee, in seinem elften Jahr, und dies hatte an Rosi Schimming gelegen, der Inhaberin des *Gasthofs Schimming*, die exakt seiner Leidenschaft entsprochen hatte.

Für die geschiedene Rosi Schimming, die 15 Jahre älter war als der damals 34-jährige Lukas, hatte er nach einem rauschenden Sommer, der tagsüber von Arbeit und nachts von nicht enden wollenden Übungen zwischen den Laken geprägt war, auf die einträgliche winterliche Hüttensaison verzichtet. Schließlich hatte er sie am Haken. Rosi Schimming war in seinen Armen dahingeschmolzen, Tag für Tag, Nacht für Nacht, voller zärtlicher Leidenschaft und lustvoller Hingabe. Das hatte er zumindest gedacht.

***

Lukas, ich finde es so schön, dass du dich gegen Lech entschieden hast und hierbleiben willst. Wirst schon sehen: Über den Winter werden wir es uns richtig schön gemütlich machen. Denn du bist mein Seelenverwandter! Du verstehst mich besser als jemals ein Mensch zuvor, sagt Rosi. Nachdem sie es zweimal hintereinander gemacht hatten. Ihre gehauchten Worte gehen ihm äußerlich hinunter wie Öl, aber in seinem Inneren lacht Lukas laut auf. Nicht einmal zwei Wochen nachdem er angeheuert hatte, waren sie bereits zwischen den Laken gelandet. Sie beugt ihr erhitztes Gesicht über seine schweißnasse Brust. Schon im nächsten Moment spürt Lukas, wie sie seine rechte Brustwarze leckt. Darauf steht seine jüngste Eroberung total: ihn zu lecken und geleckt zu werden, überall. Darauf hatte er sich rasch einstellen können.

Sie bettet ihren Kopf auf seine Brust. Ihre langen Haare, die sie kastanienrot gefärbt hat, kitzeln ihn im Gesicht.

Er legt automatisch den rechten Arm um sie, legt die Hand auf ihre Hüfte. Jetzt nur noch die passende Antwort geben: Ich bin auch noch nie so jemandem wie dir begegnet. Glaubst du an Schicksal?, fragt er. Lukas muss nur aufpassen, dass Rosi nicht plötzlich ihren Kopf hebt, um ihn verliebt anzuschauen, denn sein Blick ist starr auf die getäfelte Holzdecke ihres Schlafzimmers gerichtet, wo er versucht, die versprenkelten dunklen Astlöcher der Zirbelkiefer zu einem grafischen Muster zu verbinden.

Es *ist* doch Schicksal, dass wir uns begegnet sind, murmelt Rosi.

Bestimmt. Ich habe jedenfalls noch nie so viel für jemanden empfunden, flüstert Lukas. Du machst mich …

Geil?

Glücklich hatte Lukas eigentlich sagen wollen, obwohl er gar nicht so recht weiß, was Glück überhaupt ist.

Ja? Mache ich dich geil? Ihre rechte Hand tastet sich flink nach unten, zwischen seine Beine, und beginnt seine schlaffen Hoden zu streicheln. Sie hatte schon ganz am Anfang ihrer Beziehung darauf bestanden, ihn glatt rasieren zu dürfen. Eher widerwillig hatte Lukas ihrem Wunsch nachgegeben, doch manchmal muss man eben Opfer bringen. Mittlerweile besitzt Lukas keine Körperbehaarung mehr, von seinen Augenbrauen einmal abgesehen.

Es tut mir leid, Liebling, aber das Säckchen des Weihnachtsmannes ist für heute Nacht leer, sagt Lukas, der ziemlich erschöpft ist. Er hat ebenfalls schnell gelernt, dass seine Rosi auf ordinäre Witzeleien abfährt.

Das ist doch kein Problem, Liebling, sagt sie, rutscht hinunter und nimmt schon im nächsten Moment seinen Penis in den Mund. Lukas seufzt, aber nicht vor Wonne, sondern weil er seine Ruhe haben möchte. Und außerdem sind längst ein paar Dinge im Argen, die ihn an der ganzen Situation stören. Nicht nur an Rosi.

Da ist zum einen ihre Tochter Theresia, 17 Jahre alt, die anscheinend überhaupt nicht damit zurechtkommen *will*, dass ihre Mutter einen neuen Freund hat, der überdies so viele Jahre jünger ist. Da sind die Festangestellten, allen voran die Küchenchefin Andrea Schnieder, ein Koloss von schätzungsweise 140 Kilogramm, die sich jedoch merkwürdigerweise wie eine Gazelle durch die riesige Küche des alteingesessenen Gasthofs zu bewegen vermag. Und ihr Pendant Johann Bittner, ein mageres Wiener Kellner-Urgestein, bestimmt schon über sechzig; ein kleiner Kerl mit ausgeleierten Hüftgelenken, schiefem Gang und ebenso schiefem Gesicht und einer Kalkschulter, die besonders bei nasskaltem Wetter häufig knirscht, wenn er eines der großen, rechteckigen Tabletts voll beladen durch den Gastraum wuchten muss.

Der *Gasthof Schimming* war bereits seit vier Generationen ein erfolgreicher Familienbetrieb. Er besaß 16 Fremdenzimmer, die zwei Jahre zuvor komplett renoviert worden waren. Vor dem mächtigen Haus befand sich die Sonnenterrasse, 120 Plätze, mit

Blick über das Wasser auf Zell am Moos. Nach Mondsee waren es 15 Minuten mit dem Auto, nach Salzburg etwa vierzig.

Während Lukas von den drei jungen Serviererinnen, die allesamt aus den umliegenden Gemeinden stammten, sowie von den ungarischen Küchenhelferinnen nichts zu befürchten hatte, hatte es ihn immer häufiger geärgert, dass man ihn, den neuen Stecher der Chefin, andauernd mit angeblichen Fehlbestellungen und Getränkestornierungen in die Bredouille gebracht hatte. Mit einer anfänglichen Ablehnung der Stammbesetzung hatte Lukas zwar gerechnet, aber nicht mit solchen Kollegenschweinereien. Das war ihm in all den Jahren, die er in diesem Gewerbe gearbeitet hatte, noch nie in dieser Heftigkeit passiert, und es hatte eine ganze Weile gedauert, bis er begriffen hatte, warum sich Rosi Schimmings persönliches Umfeld gegen ihn verschworen hatte.

Die Antwort, die er Ende November herausgefunden hatte, war im Grunde ganz einfach gewesen: Es gab niemanden im Gasthof Schimming, der vor der herrischen Rosi nicht gekuscht hätte. Die fette Andrea, der hässliche Gnom Johann, die strunzdummen Bauerntöchter, die ungarischen Küchenhelferinnen: Sie alle waren von ihrer Chefin in jedweder Hinsicht abhängig. Lukas hatte es ganz genau beobachtet: Sie alle hatten eine Art Gnadenbrot essen müssen, weil draußen in der Welt offensichtlich niemand auf sie gewartet hatte. Also hatten sie die Launen ihrer Chefin ertragen, auch wenn die ständige Furcht vor Rosis cholerischen Wutausbrüchen sie zermürbt hatte. Lukas hatte daraus geschlossen, dass die Belegschaft sich lediglich nach einem Blitzableiter gesehnt hatte und nun alles tat, damit er diese Rolle behalten konnte.

Wie hatte er das so lange übersehen können? Für Lukas war dies eine neue Erfahrung gewesen. Denn zum ersten Mal in seinem Leben hatte er einer Person gegenübergestanden, die sein

Spiel genauso meisterhaft beherrschte wie er. Eventuell sogar besser. Das hätte er niemals zulassen dürfen.

Doch er hatte nicht richtig aufgepasst, als Rosi Schimming – kaum dass er seinen Kontrakt mit der Balmalp am Arlberg unter dem Vorwand, schwer erkrankt zu sein, telefonisch abgesagt hatte – damit begonnen hatte, ihn ebenfalls anzugehen. Ihm beinahe täglich ein Wechselbad der Gefühle einzulassen. Ihren Spitzfindigkeiten, Beleidigungen und unhaltbaren Behauptungen waren mit schöner Regelmäßigkeit wilde Liebesnächte gefolgt, dramatische Versöhnungen oder romantische Abendessen, immer am Montag oder Dienstag, den Ruhetagen.

Rosi Schimming hatte es hervorragend verstanden, Lukas immer in Bewegung zu halten. Wie einen Hamster im Laufrad. Einmal war sie am Morgen, nach einer nicht enden wollenden Liebesnacht, aus dem Badezimmer gestürzt und hatte ihn angeschrien: Du hast mich verletzt! Er war nicht einmal richtig wach gewesen, und als er sie verschlafen angesehen hatte, hatte er keine sichtbaren Verletzungen feststellen können. Aber sie hatte sich vollkommen aufgelöst in ihr Auto gesetzt, um zu ihrer Gynäkologin Dr. Schlageter nach Mondsee zu fahren und sich untersuchen zu lassen. Drei Stunden später war Rosi Schimming triumphierend in ihre Privatgemächer in der ersten Etage einmarschiert und hatte ihm eine Sekunde lang ein Attest unter die Nase gehalten. Ihre Ärztin hätte einen Scheidenriss diagnostiziert. Lukas hatte das Attest jedoch nicht lesen dürfen, und so hatte er sich auch nicht schuldig gefühlt. Später war er heimlich ins Internet gegangen und hatte ein wenig gegoogelt. Am nächsten Tag hatte er dann in der Praxis ihrer Gynäkologin angerufen, um sich nach einem wichtigen Buch zu erkundigen, das *seine Chefin Rosi Schimming wohl gestern in der Praxis vergessen hätte.* Wann er es denn abholen könnte, hatte er gefragt. Die Antwort der freundlichen Rezeptionistin hatte Lukas in keiner Weise erstaunt: Rosi Schimming war gar nicht in der Praxis gewesen. Aber sein Wissen hatte er für sich behalten. Auch als er sich nur zwei Tage später von der spontanen Wunderheilung ihres Allerheiligsten hatte überzeugen dürfen. Doch die schlechten Phasen hatten inzwischen klar die Oberhand gewonnen. Und dann, eine Woche vor Heiligabend, hatte es zwischen Rosi und Lukas richtig gekracht. Zum ersten, aber gleichzeitig auch zum letzten Mal:

Der Gasthof ist erst gegen Mitternacht leer, Rosi Schimming stürmt aus der Küche durch die Schwingtür in den Gastraum. Sie entdeckt Lukas, der hinter der Bar die letzten Biertulpen poliert und ins Regal stellt, das Emblem der Brauerei dabei zentimetergenau nach vorn ausgerichtet; eben genau so, wie es sich gehört. Warum hast du denn schon wieder Ärger mit Johann gehabt?, ruft sie. Nur weil er dich zurechtgewiesen hat?

Geh mir nicht auf die Nerven, Rosi, entgegnet Lukas ruhig. Wir wissen doch beide, dass Johann und die Wahrheit keine Freunde sind.

Grüner Veltliner ist nun mal Grüner Veltliner und kein Muskateller. Wenn du also nicht richtig zuhören kannst … Dreimal kannst du raten: Wer darf jetzt die Flasche bezahlen?

Lukas zuckt mit den Schultern. Du kannst sie mir ja vom Lohn abziehen!

Johann hatte wie immer gelogen, Rosi lügt jetzt auch, denn Lukas kann sich ganz genau an den Bon erinnern, den ihm der Oberkellner auf den Tresen gelegt hatte. Eine Flasche Muskateller von *Gmeinböck*. Als er den verschlagenen Zwerg eine halbe Stunde später vor der Personaltoilette erwischt hatte, hatte er ihn sich ordentlich zur Brust genommen. Hatte ihn am Kragen gepackt und einmal durchgeschüttelt. Es hätte nicht viel gefehlt, und er hätte ihm die Fresse poliert.

Na gut, sei's drum. Hat sich halt der Johann ausnahmsweise einmal geirrt. Aber du bist immer so empfindlich, Lukas. Rosi

Schimmings Stimme kommt in diesem Moment von weit her. Und sie klingt dumpf, wie durch Watte. Denn wenn du dauernd Fehler machst – und du bist nun mal häufig sehr, sehr nachlässig –, dann ist es doch kein Wunder, dass niemand mit dir zusammenarbeiten möchte.

Lukas sieht Rosi fassungslos an. Seine Fassungslosigkeit ist nicht gespielt. Denn dieses Gefühl, jemandem ausgeliefert zu sein, ist für ihn Neuland. Gleichzeitig regt sich jedoch Widerstand in ihm. Na warte, denkt er. Du willst es jetzt anscheinend wirklich wissen. Dann zieh dich warm an: Bin ich dir etwa nicht wichtiger als dein Personal?, platzt es aus ihm heraus.

Rosi baut sich mit verschränkten Armen vor Lukas auf. Wie kannst du mich nur so etwas Niederträchtiges fragen?! Okay, meine Leute mögen dich nicht besonders, meine Tochter auch nicht, aber ich habe mich vor dich gestellt. Ich bin trotz allem immer auf deiner Seite!

Trotz allem? Was meinst du denn damit? Lukas drückt sich zwei Tränen heraus, heuchelt Unsicherheit und Angst, schluchzt laut auf. Er macht Anstalten, Rosi Schimming in den Arm zu nehmen. Doch sie weicht vor ihm zurück. Bleib weg. Deine Heulerei wirkt bei mir nicht, mein Lieber. Hat sie noch nie. Und fass mich ja nicht an! Du bist so ein manipulatives Arschloch!

Und du bist verrückt, kontert Lukas. Du siehst Gespenster! Er geht zwei Schritte auf sie zu.

Sie stößt ihn von sich. Hör endlich auf, so selbstsüchtig zu sein. Es wäre zur Abwechslung vielleicht mal ganz gut, wenn du dich weniger mit anderen Leuten beschäftigen würdest! Was stimmt bloß nicht mit dir?

Erst in diesem Moment begreift Lukas endgültig, dass er bei Rosi Schimming an die Falsche geraten ist. Denn sie ist wie er, und er ist wie sie, wobei er dieses Verhalten jedoch nicht einmal erklären könnte. Nur eins steht fest: Sie hatte es tatsächlich geschafft, ihn zu täuschen. Diese Erkenntnis, versagt zu haben, schmerzt ihn. Gleichzeitig macht sie ihn wütend. Er spürt, wie eine erste Welle des Zorns in ihm aufsteigt. Lukas horcht in sich hinein. Er ist gespannt darauf, was sich daraus noch entwickeln wird.

Rosi Schimming fühlt sich allem Anschein nach sicher. Sie sieht ihn voller Verachtung an. Du solltest langsam mal begreifen, dass ich schlauer bin als du, sagt sie.

Ach wirklich? Lukas bebt.

Ja, natürlich: weil ich mehr über Menschen und die Liebe weiß.

Lukas lächelt sie an. Es ist an der Zeit, den Spieß umzudrehen. Die Scharade aufzugeben und sein wahres Gesicht zu zeigen. Sie zu filetieren, zu bestrafen und am Ende zu vernichten. Höchste Zeit, findet Lukas. Erinnerst du dich nicht daran, wie schön es zwischen uns am Anfang gelaufen ist?, fragt er mit sanfter Stimme.

Zwischen *uns?* Du hast ja offenbar überhaupt nichts kapiert! Wer hat dich aufgenommen, als du hier aufgetaucht bist wie ein dahergelaufener Sandler …? Wer hat dir ein Zuhause gegeben?

Ich, ein Sandler?, sagt Lukas lachend. Das heißt Obdachloser auf Deutsch, nicht wahr? Was redest du nur für einen Schmarrn, Rosi! Ich glaube, es liegt eher daran, dass die Liebe nun mal kompliziert ist, aber daran können wir arbeiten! Jetzt komm schon her! Er streckt seine Arme aus, bereit zur vermeintlichen Versöhnung.

Einen Teufel werde ich tun.

Na gut, wenn du meinst. Das ist mir dann auch egal. Und das ist es ihm wirklich. Mögen die meisten Menschen ihre Wut als heiß und prickelnd beschreiben, bei ihm bleibt sie kalt, weit unter dem Gefrierpunkt. Er starrt auf die letzte Biertulpe, die er noch zu polieren hat. Gleich wird er mit diesem unrühmlichen, aber lehrreichen Kapitel seines Lebens abschließen. So einen Fehlgriff wird er sich nie wieder gestatten. Lukas lässt seine Arme sinken, nimmt die Biertulpe in die linke Hand, betrachtet das Glas penibel von allen Seiten und lässt es schließlich vor ihr auf den Boden fallen, wo es zerspringt. Jetzt ist es Rosi, die vor Wut zu zittern beginnt. Lukas lässt sich davon jedoch nicht aus der Ruhe bringen. Er empfindet eine tiefe Befriedigung und will lieber noch einen drauflegen. Er faltet das karierte Küchentuch besonders sorgfältig zusammen und hängt es zum Trocknen an den Griff der Fasskühlung unter dem Tresen. Niemand wird dich jemals mehr lieben, sagt Lukas und sieht ihr dabei in die Augen. Ihre Wimperntusche ist verschmiert. Und jetzt lass mich durch. Ich verschwinde noch heute Nacht aus deinem erbärmlichen Leben.

Rosi Schimming denkt nicht daran, ihn gehen zu lassen. Du kannst mir nicht die Schuld geben! Du weißt, dass ich ein Problem habe! Lukas hört die Verzweiflung in ihrer Stimme. Tränen strömen über ihre Wangen. Ich bin doch nur so, weil ich Angst habe, dich zu verlieren, sagt sie. Und außerdem bin ich das Beste, was du kriegen kannst!

Lukas schüttelt den Kopf. Tränen beeindrucken mich genauso wenig wie dich. Aber ich wünsche dir viel Vergnügen dabei, wenn du ab jetzt den Rest deines Lebens allein verbringen wirst … Er tippt sich an die Stirn. Ach so: Im Blasen bist du übrigens eine glatte Null. Ich bin sicher, dass dein Ex genau dasselbe von dir sagen würde. Vielleicht frage ich ihn, wenn ich ihn irgendwann einmal zufällig treffen sollte. Rosi tritt stumm zur Seite, mit gesenktem Blick. Schön, dass du allmählich vernünftig wirst, sagt Lukas.

Als er an ihr vorbeigeht, bückt sie sich blitzschnell, hebt den Fuß der zerbrochenen Biertulpe vom Boden auf und rammt Lukas das gezackte spitze Ende mit aller Kraft von hinten in den

Nacken. Dabei bricht der runde Fuß ab. Rosi Schimming schreit auf, als das messerscharfe Glas ihre Daumensehne glatt durchtrennt.

Lukas dagegen verspürt keinen Schmerz. Es fühlt sich lediglich an wie ein Wespenstich. Aber er merkt, wie ihm das Blut unter dem Hemd warm und klebrig den Rücken hinunterrinnt. Er dreht sich zu Rosi um, sieht teilnahmslos zu, wie sie sich auf dem Boden krümmt, während das Blut aus ihrer Wunde herausspritzt. Sie greift verzweifelt nach dem Küchenhandtuch und schafft es, sich die feuchte Baumwolle um ihre verletzte Hand zu wickeln. Das hast du dir selbst angetan, stößt sie keuchend hervor, daran bist nur du schuld – du wolltest es ja nicht anders!

***

Ach ja, die Rosi. Ein Lächeln fliegt über sein Gesicht, dabei hatte er sie längst abgehakt. So wie alle anderen Frauen bisher auch, wenn er ihrer überdrüssig geworden war, aber diese Gastwirtin vom Irrsee im Salzkammergut ist immerhin die einzige Frau in seinem Leben, von der er eine bleibende Erinnerung zurückbehalten hat. Auch wenn es sich dabei um eine etwa vier Zentimeter lange, wulstige Narbe auf der linken Seite seines Nackens handelt, die manchmal juckt.

Er hat schnell begriffen, wie es mit der Liebe im Internet läuft. Lukas ist schon seit Längerem der Meinung, dass sich in den Partnerbörsen zumeist Frauen tummeln, die in Wahrheit gar keine Lust auf eine Beziehung haben. Im Schutz des Netzes machten sie sich bloß einen Spaß daraus, bei Männern Hoffnungen zu schüren und Versprechungen zu hinterlassen; sie schön lange zappeln und am Ende doch fallen zu lassen.

Er war auch schon öfter als Frau im Netz unterwegs gewesen, um die Bedürfnisse seiner männlichen Geschlechtsgenossen auszuspionieren. *Dagmar* und *Tigerin* lauten seine Nicknames. Daher weiß Lukas, dass wiederum die meisten der vermeintlich beziehungswilligen Männer bloß auf der Suche nach einem Abenteuer, einem Seitensprung sind.

Lukas ist es nicht. Er hat größere Dinge vor. Er wechselt hinüber zu seinem Stammprofil: *Einsamer Prinz, Steffen, 47 Jahre, 82 Kilogramm, 190 cm. Ich lebe und arbeite in Ingolstadt als Entwicklungsingenieur in der Autozuliefererindustrie. In meiner Freizeit gehe ich gerne in die Berge wandern oder setze mich in mein Segelflugzeug, um dem Himmel noch ein Stückchen näher zu sein. Ich liebe das Reisen, italienisches Essen und ein Glas Rotwein am Kamin, wo wir über Gott und die Welt sprechen können. Ich bin recht sportlich und fahre gerne Ski. Trotzdem bin ich Single, noch nie verheiratet gewesen, aber schon mehrmals bitter enttäuscht worden. Ich sehne mich so sehr nach einer ehrlichen Partnerin! Sie darf ruhig auch ein bisschen älter sein, und sie sollte es wirklich ernst meinen. Ich wünsche mir eine Frau, die an einer langfristigen, zärtlichen und leidenschaftlichen Beziehung interessiert ist, ein Weib, mit dem man Pferde stehlen, aber auch vor einem prasselnden Kaminfeuer mit pochendem Herzen schweigen kann. Ich möchte dich nicht suchen, mein lieber Schatz – ich möchte von dir gefunden werden!*

Lukas' Profile sind natürlich alle falsch. *Steffen* ist viel älter als er und *Ferdinand* ein zu kurz geratener Dicker.

Als Sabine an diesem Wochenende sein Profil entdeckt hatte, war ihr *Steffen,* der *einsame Prinz,* zunächst zu perfekt erschienen, um wahr zu sein. Noch einer dieser Aufschneider. Sie hatte gedacht: Wenn so einer keine Partnerin hat, gibt es bestimmt etwas, was er an dieser Stelle klugerweise verbirgt. Aber seine Fotogalerie hatte was hergemacht: keine Posen mit freiem Oberkörper vor einer Jacht oder mit einem Welpen auf dem Arm, womöglich noch vor einem rassigen Sportwagen. Stattdessen sein

Gesicht im Anschnitt in der Kanzel eines Segelflugzeuges in ein paar Tausend Metern Höhe, wenn auch kaum erkennbar. Aber ein markantes Profil. Dazu einige eindrucksvolle Luftaufnahmen. Obwohl sie wie immer ein mulmiges Gefühl hatte, schickte sie ihm ein Herz. Vielleicht war ausgerechnet dieser Ingenieur aus Ingolstadt der Sechser im Lotto.

***

Wie findest du den hier?, fragt sie am übernächsten Tag ihre Freundin Gisela, die sie zum lange verabredeten Kinobesuch abholen möchte. Es ist noch genügend Zeit, Sabine hat eine Flasche *Lugana* aufgemacht, ihren Lieblingswein.

Leckerchen, antwortet Gisela nach kurzem Hinsehen. Hat er dir denn schon geantwortet, der *einsame Prinz?*

Nein, noch nicht.

Das ist ein gutes Zeichen, glaub mir.

Sabine nickt. Gisela hat schließlich Erfahrung mit virtuellen Flirts. Fast ein halbes Jahr lang hat sie auf Sabine eingeredet, bis die sich schließlich bei der Partnerbörse angemeldet hat, mit einem Premiumvertrag. Wenn schon, denn schon. Du musst allmählich wieder unter Leute, Sabine. Willst du denn die besten Jahre deines Lebens verschenken? Gerhard ist jetzt fast sechs Jahre tot, und er würde es dir von Herzen gönnen, da bin ich mir sicher. Denn du bist eine so begehrenswerte Frau. Also, wenn ich deine Figur hätte …

Guter Rat ist bei Gisela nicht teuer. Sie lässt im Gegensatz zu Sabine nur selten etwas anbrennen, auch wenn sie schon einige Male böse reingefallen ist.

Nach dem Film setzt Gisela sie auf dem Parkplatz vor ihrer Wohnanlage ab und wartet wie immer, bis Sabine den gut fünfzig Meter langen und dunklen Weg zwischen den mächtigen Rhododendren zum Haus entlanggegangen ist und im Treppenhaus das Licht angeht.

Oben in ihrer Wohnung streift Sabine die Schuhe ab, hängt ihren Mantel sorgfältig an der Garderobe auf und geht dann zum Kühlschrank, um sich noch ein Glas *Lugana* einzuschenken. Dass sie etwas zu viel trinkt, weiß sie. Sie ist müde, doch noch nicht müde genug, um ins Bett zu gehen. Stattdessen setzt sie sich ohne große Lust an den Biedermeiersekretär im Wohnzimmer, wirft Gerhards Foto eine Kusshand zu, lässt ihren Computer hochfahren und loggt sich in die Partnerbörse ein.

Im nächsten Moment ist sie hellwach.

Einsamer Prinz hat auf ihr Herz reagiert. Er hat ihr zwei Herzen zurückgeschickt. Und er ist sogar in diesem Moment online. Sie schaut auf die Uhr. Genau 21 Minuten nach Mitternacht. Ihr Magen zieht sich zusammen, es kribbelt.

Zwei Stunden später weiß Lukas, dass *Bienchen* Sabine heißt, in Geretsried lebt, und er kann sich bereits vorstellen, dass sie angebissen hat. Doch geschluckt hat sie seinen Köder Steffen noch nicht. Sabine ist mit Sicherheit sehr einsam, wie fast alle hier, aber anscheinend auch klug und vorsichtig und nicht verzweifelt genug, um sich Hals über Kopf in ein Liebesabenteuer mit einem Fremden zu stürzen.

Mit ihren 53 Jahren ist sie beinahe 15 Jahre älter als er, aber nur sechs Jahre älter als sein Alter Ego, der Ingenieur Steffen, der vorsichtig, aber konsequent bei ihr nachgebohrt hat. Sie ist seit sechs Jahren verwitwet und arbeitet als Assistentin der Geschäftsführung in einem großen mittelständischen Unternehmen in Wolfratshausen. Sie hat ihm jedoch nicht verraten, wo genau. Sieh an. Zurück zu den Wurzeln, denkt Lukas. Aber aus ihren Andeutungen kann er sich was zusammenreimen. Vermutlich verdient sie gut, und bestimmt hat sie nach dem Tod ihres Mannes auch eine Lebensversicherung kassiert. Wie sonst kann sie sich die Fernreisen leisten, von denen sie einige gemeinsam mit ihrer erwachsenen Tochter unternommen hat? Die Tochter studiert in München Literaturwissenschaften, lebt in einer kleinen Eigentumswohnung in Schwabing und hat offenbar ein inniges Verhältnis zu ihrer Mutter. Offen wie ein Buch, das *Bienchen.*

Bienchen: Wer hat dich eigentlich so enttäuscht, einsamer Prinz?

Einsamer Prinz: Ich habe damals nicht genau hingesehen. Vier Wochen vor der Hochzeit ist sie weg, ohne ein Wort. Ich bin eben der Sekt-oder-Selters-Typ …

Bienchen: Also ganz oder gar nicht?

Einsamer Prinz: … und immer Hals über Kopf. Aber daraus habe ich was gelernt: Wirf alles, was du hast, ins Feuer, bis zu den Schuhen.

Bienchen schickt ihm einen Smiley.

Einsamer Prinz: Robert Musil.

Bienchen: Du hast *Der Mann ohne Eigenschaften* gelesen?

Einsamer Prinz: Fürs Abitur. Und du?

Bienchen: Ich nicht. Aber meine Tochter.

Einsamer Prinz: Literaturstudium, klar …

Bienchen: Liest du viel?

Einsamer Prinz: Wetterberichte. Wegen der Segelfliegerei.

Bienchen: Gute Antwort.

Bienchen schickt ihm drei Smileys.

Gegen 3 Uhr morgens ist Sabine hundemüde. Lukas alias *Steffen* kann sie jedoch noch dazu überreden, ihr Profilfoto für ihn scharf zu schalten. Er schreibt ihr sofort, wie gut es ihm gefällt. Und dann sagt er noch, dass er es gerne langsam angehen lassen möchte. Nicht so einfach, ein Herz zu reparieren, auch wenn das alles schon eine ganze Weile her ist.

Ich eigne mich nicht besonders gut als Werkstatt für gebrochene Herzen, antwortet Sabine.

Mist! Da hat er zu sehr auf die Tränendrüse gedrückt.

Einsamer Prinz: Ich spiele mit offenen Karten.

Bienchen: Schau immer nach vorn, Steffen. Mach dir keinen Kopf. Gelingt mir aber auch nicht immer, deshalb verstehe ich dich gut.

Ehrlich ist sie auch noch!

Einsamer Prinz: Danke für deine Offenheit.

Bienchen: Es war schön, mit dir zu reden.

Einsamer Prinz: Geht mir genauso. Darf ich mich wieder bei dir melden?

Sie verabreden sich locker für den nächsten Freitagabend im Netz. Dann ist sie weg, offline, aber das ist auch gut so, weil er sich in seiner spakigen Mansardenwohnung an der Landshuter Allee nun endlich ganz entspannt einen runterholen kann.

DONNERSTAG, 14. MAI 2009, 14.55 UHR

Was schon mal gut ist: Der Bewerber erscheint überpünktlich, genau fünf Minuten vor dem verabredeten Termin. Stephan Engler schließt das E-Mail-Programm und klappt den Laptop zu. Sie sind Lukas Friedrich?

Und Sie sind dann vermutlich der Herr Engler, sagt Lukas.

Stephan Engler mustert ihn kurz. Ausgeblichene Jeans, kurzärmeliges Piquéhemd in Blau, darüber eine glänzende, dunkelblaue Daunenweste. Klassische Bootsschuhe, ohne Socken.

Dann haben wir gestern Nachmittag miteinander telefoniert! Lukas Friedrich deutet aufs Laptop. Bin ich zu früh?

Nein, überhaupt nicht. Kurzes Händeschütteln. Der Bewerber hat einen festen Händedruck. Der passt zu den muskulösen Oberarmen und dem breiten Kreuz. Stephan Engler spürt sofort: Dieser Mann, obwohl etwa zehn Zentimeter kleiner als er, hat Kraft. Tja, willkommen im *Engel*. Setzen wir uns an den Tresen? Draußen im Garten ist es mir noch zu kühl. Möchten Sie einen Kaffee? Espresso?

Am liebsten ein Wasser, wenn Sie mich so fragen.

Selbstbewusst ist er auch. Jedenfalls kein Bückling, denkt Stephan Engler. Mit oder ohne?

Gerne ein stilles Wasser. Danke!

Während Stephan Engler hinter den mächtigen Tresen geht, um ein Mineralwasser zu holen und sich selbst noch rasch einen Espresso zu machen, schaut Lukas sich neugierig um. Ein halbes Dutzend Sechser-Tische, an denen zur Not auch acht Gäste Platz hätten, dazu sechs Tische für bis zu vier Personen und weitere zehn Plätze am L-förmigen Tresen. Das Mobiliar ist aus Eiche und hat Patina. Es muss mindestens ein halbes Jahrhundert alt sein, schätzt Lukas. Auf den gescheuerten Tischplatten sind dunkle Brandflecken und Abdrücke von Gläsern auszumachen. Stumme Zeugen von so manch durchzechter Nacht.

Alles noch original, sagt Stephan Engler. Der *Engel* wurde 1910 eröffnet. Nächstes Jahr wird dementsprechend gefeiert.

Aber die Bilder sind nicht original, sagt Lukas lächelnd, denn an den rauen, gekalkten Wänden hängen großformatige Faksimiles berühmter Zeitungsschlagzeilen in modernen Nielsen-Rahmen hinter Glas.

Erinnerungen an mein früheres Berufsleben, erklärt Stephan Engler.

Sie waren mal bei der Zeitung?

Ja. Polizeireporter, bei der *Neuen Münchner Presse*. Aber es gibt da ja diesen uralten Witz: Zwei Journalisten gehen an einer Kneipe vorbei.

Den kenne ich, sagt Lukas grinsend, aber mit Jägern. Er schlendert zurück zum Tresen und setzt sich auf einen Barhocker. Ein echt schöner Laden. Wie lange haben Sie den schon?

Stephan Engler hatte seinen verwegenen Lebensplan knapp drei Jahre zuvor verwirklicht. Hatte seinen Job als Polizeireporter geschmissen und sich ins Abenteuer Gastronomie gestürzt. Die meisten seiner Zeitungskollegen hatten ihn für verrückt erklärt, seine Frau Nina sowieso, doch er hatte in den letzten Jahren zunehmend die Lust an seinem Beruf verloren. Wahrscheinlich war es eher die Begeisterung. Er hatte festgestellt, dass die Leser immer häufiger nach dem *Warum* verlangten, nach Erklärungen, was zum Beispiel die kranke Psyche der Täter betraf, die Hintergründe eines Verbrechens, die Motive und was Täter und Opfer miteinander verband – wenn überhaupt. Alles war gut gewesen, aber dann war die große Zeitungskrise gekommen, und auf einmal hatte alles schneller gehen müssen. Die Aussicht, die meisten *seiner* Geschichten zukünftig häufig mit heißer Nadel stricken zu müssen, um sie schneller als die Konkurrenz ins Internet zu stellen, hatte ihn frustriert. Darüber hinaus war alt auf einmal das neue Wort für teuer. Dabei war Stephan Engler gar nicht so alt, gerade mal 45. Aber er war sich sicher, sein Beruf würde schon bald den Bach runtergehen, und als dann die Zeitungsbranche tatsächlich von der ersten großen Kündigungswelle überrollt wurde, hatte Stephan Engler als einer der Ersten *Hier!* gerufen und das großzügige Abfindungsangebot des Verlages angenommen und die Abfindung gemeinsam mit einem Kredit von der Brauerei in den *Engel* gesteckt, eine hinuntergerockte Kneipe mit kleinem Biergarten. Mit seinem Konzept, in Schwabing eine Vintage-Location für die Hipster aus der ansässigen Start-up- und Agenturszene zu etablieren, die einerseits cool war und andererseits bewusst bodenständig – was als supercool galt –, hatte er sich, der Anfänger, gegen mehrere Mitbewerber durchgesetzt. Der Start war allerdings holperig gewesen, und Stephan Engler hatte zwischenzeitlich sogar ein paarmal ans Aufgeben gedacht. Doch inzwischen hatte er begriffen, dass Gastronomie nur sehr wenig mit Romantik, sondern vor allem mit Betriebswirtschaft, Personalproblemen, Steuern und einer Hundertstundenwoche zu tun hatte.

Zu jenem Zeitpunkt war seine Frau Nina mit den fast erwachsenen Kindern und dem Hund längst ausgezogen, interessanterweise ohne einen Umweg sofort ins Haus ihres neuen Partners in Rottach-Egern. Für Stephan Engler ein untrügliches Indiz dafür, dass sie sich wohl schon Jahre vor seiner zweifelhaften Kneipenkarriere auseinandergeliebt hatten. Was er seiner Ex-Frau – ihre Scheidung war inzwischen durch – jedoch hoch anrechnete, war, dass Nina ihn fairerweise nicht gerupft hatte. Finanziell. Denn sie hatte ihren Lehrerinnenberuf schon seit ein paar Jahren wieder aufgenommen, und überdies würde sie von ihren Eltern mehrere Mietshäuser erben. Seitdem sie wieder ihrer eigenen Wege gegangen waren, verstanden sie sich besser als in den vergangenen zehn Jahren ihrer Ehe.

Das ist übrigens eine sehr geile Kaffeemaschine, sagt Lukas bewundernd. Er nippt am Espresso, den ihm Stephan Engler serviert hat. Ich finde ja, die *Schärf* sind die besten auf dem Markt. Und der Espresso ist auch super.

Ein echtes Schnäppchen, sagt Stephan Engler. Aus einem Konkurs … Sie kennen sich also auch mit Kaffeemaschinen aus.

Nennen Sie mich ruhig Barista, sagt Lukas lachend.

Aber der *Engel* ist keine Kaffeebar.

Schon klar. Was ich übrigens auch witzig finde, sind Ihre *Juhu, es ist Freitag*-Partys. Er zeigt auf die beiden Plattenspieler und das Mischpult am Ende des Tresens, der vor dem vorderen Fenster um die Ecke führt.

Womit wir beim Thema wären: Freitag ist immer Großkampftag. Und da bräuchte ich einen zuverlässigen Tresenmann, der sich durch nichts aus der Ruhe bringen lässt. Wie sieht es bei Ihnen mit Longdrinks aus?

Kein Problem, sagt Lukas. Wenn Bedarf ist, kann ich nebenbei auch alle gängigen Cocktails mixen.

Nur Longdrinks, Wein, Bier, Kurze und eben auch Espresso, Cappuccino, Latte …

Mit anderen Worten: Standard. Lukas sieht, dass Stephan Engler fast unmerklich die Stirn runzelt. Sofort schaltet er einen Gang zurück. Ja, das sollte jetzt nicht überheblich klingen, aber ich arbeite jetzt schon seit gut zwanzig Jahren in der Gastro. Und allein nach einer Wintersaison in Ischgl hat man es drauf, oder man sucht sich besser eine andere Arbeit. Ach so: Ich habe Ihnen noch ein paar Zeugnisse mitgebracht! Er greift nach hinten in seinen Hosenbund, holt unter seiner Daunenweste eine Klarsichtmappe hervor und legt sie auf den Tresen. Das sind Kopien. Natürlich nicht alle, sondern nur die besten …

Verstehe, sagt Stephan Engler lächelnd. Hätte ich wahrscheinlich auch so gemacht!

Ich war letzten Freitag übrigens hier, um mir Ihren Laden schon mal anzuschauen, sagt Lukas Friedrich. Gleich nachdem ich Ihre Anzeige gelesen hatte. Aber Sie waren nicht da.

Doch, aber mein Koch war krank. Da musste ich dann leider in der Küche ran.

Wow! Aber Ihre Servicekraft hat das ziemlich gut gemacht, finde ich. Sonja heißt sie, nicht wahr? Ein Turm in der Schlacht!

Ja, das finde ich auch. Ich bin der Meinung, der Chef muss alles können – jedenfalls dann, wenn Not am Mann ist. Und jetzt ist Not am Mann, weil mein etatmäßiger Barkeeper aufgehört hat. Stephan Engler kann sich nicht helfen: Dieser Lukas Friedrich imponiert ihm. Er hat zwar eine große Klappe, aber er besitzt anscheinend enorme Erfahrung, und, was fast noch wichtiger ist, er zeigt Eigeninitiative.

Dann verstehe ich jetzt auch Ihre Speisekarte. Maishähnchen vom Grill, original Berliner Currywurst und Debreziner, fährt Lukas Friedrich fort.

Schweinebraten und Weißwürste hat schließlich jeder, entgegnet Stephan Engler. Aber unsere Gerichte gibt's in München halt nur im *Engel.* Doch jetzt erzählen Sie mal: Was hat Sie zurück nach Deutschland getrieben? Sie waren zuletzt, hatten Sie gesagt …?

… in Salzburg. Ja, die letzten drei Jahre. An den Wochenenden habe ich in einer Diskothek gearbeitet, während der Woche in einem exklusiven Sportclub. Davor war ich ein Dreivierteljahr am Irrsee im Salzkammergut, in einem Hotel. Und davor … Er deutet auf die Kopien der Zeugnisse, die er alle selbst verfasst und unterschrieben hat.

Also immer unterwegs.

Sozusagen. Deshalb habe ich mir gedacht, ich sollte allmählich mal sesshaft werden. Und da erschien mir München als erste Adresse. Vielleicht mache ich mich irgendwann auch einmal selbstständig. Das ist jedenfalls mein Ziel.

Viel Spaß dabei, unkt Stephan Engler.

Wissen Sie, Herr Engler, ich verrate Ihnen jetzt mal was. Ich stamme ursprünglich sogar aus einer Hotelier-Familie. Ich habe meine Ausbildung zum Restaurantfachmann im Hotel Friedrich in Bad Tölz gemacht. Das gehört meiner Mutter.

Das hatten Sie bisher nicht erwähnt.

Na ja, das Problem ist: Wenn ich mich für einen Job als Servicekraft oder wie jetzt, für den Tresen, bewerbe, denken die meisten: Hoppla, der Typ ist überqualifiziert. Und jeder fragt sich: Was stimmt nicht mit dem? Wieso arbeitet der nicht im Hotel seiner Eltern?

Und warum arbeiten Sie nicht im Hotel Ihrer Eltern?

Lukas Friedrich seufzt. Das ist eine längere Geschichte. Die erzähle ich Ihnen aber gerne, wenn ich die Probezeit überstanden habe.

Ganz schön schlagfertig, denkt Stephan Engler.

Im Ernst, Herr Engler, ich suche eigentlich einen Job für drei Schichten in der Woche. Denn ich habe noch eine Nebentätigkeit, die allerdings etwas ungewöhnlich ist … Stephan Engler sieht Lukas Friedrich fragend an. Wissen Sie, was *Martial Arts* ist?

So ein Kampfsport, oder? Wenn zwei Tätowierte in einem Käfig so lange aufeinander einprügeln, bis einer k.o. geht, sagt Stephan Engler.

So ungefähr. Aber Sie irren sich: Wir sind Sportler. Wir sind Ultrafighter. Und um zu gewinnen, muss ich mindestens drei- bis viermal pro Woche trainieren.

Aber für einen Ultrafighter sehen Sie noch ganz gut aus, scherzt Stephan Engler.

Ich bin ja auch ganz gut, wobei ich weder tätowiert bin noch Vollprofi. Dafür habe ich zu spät damit angefangen. Aber alle Kämpfer müssen top in Form sein, wenn sie ins Achteck wollen. Und ewig kann ich das auch nicht machen.

Dafür hätte ich nicht den Mut. Außerdem sehe ich keinen Sinn darin, anderen Menschen Schmerzen zuzufügen.

Wissen Sie, ich bin in den vergangenen drei Jahren viermal zu Boden gegangen, aber im Käfig ist man voller Adrenalin. Man fühlt keinen Schmerz. Wirklich nicht. Da geht höchstens kurz das Licht aus und dann auch schon wieder an.

Womit der Begriff *schlagfertig* eine weitere Bedeutung erlangt, schießt es Stephan Engler durch den Kopf. Es hat im *Engel* noch nie Ärger gegeben, sagt er streng. Jedenfalls keine Probleme, die man nicht mit Worten hätte lösen können. Ich brauche keinen Rausschmeißer, sondern einen Tresenmann.

Sorry, ich sag nur, wie es ist, sagt Lukas Friedrich und wirkt ehrlich erschrocken. Ich meine, Sie kaufen doch eine Katze im Sack. Mein Leben ist vielleicht etwas ungewöhnlich, wahrscheinlich sogar eher verrückt, aber … Verrückt sind Sie doch in gewisser Weise auch! Stephan Engler hält die Luft an. Was kommt nun? Lukas Friedrich sagt entschlossen: Immerhin waren Sie Reporter bei der *Neuen Münchner Presse* … Und jetzt sind Sie bloß – er deutet mit den Händen Gänsefüßchen an – ein Gastronom, wenn auch ein erfolgreicher. Trotzdem …

Stephan Engler findet es sehr ungewöhnlich, dass dieser Fremde offenbar ziemlich genau weiß, wie er tickt und was er denkt. Touché! In gewisser Weise haben Sie recht, Lukas, sagt er. Wissen Sie, was mich einer meiner besten Freunde am Tag der Eröffnung gefragt hat? Lukas Friedrich schüttelt den Kopf. Er hat gefragt, wie ich mit meinem sozialen Abstieg zurechtkommen würde!

Vor allen Gästen? So was muss man erst mal bringen.

Habe ich mir damals auch gedacht. Stephan Engler hat sichtbar keine gute Erinnerung daran.

Und, was haben Sie ihm geantwortet?

Ehrlich gesagt fiel mir keine gescheite Antwort ein. Beide müssen lachen. Heute würde ich ihm allerdings sagen: Siehst du, im Gegensatz zu dir habe ich noch rechtzeitig den Absprung geschafft.

Plötzlich richtet Lukas Friedrich seinen Blick auf die Regale mit den Biergläsern in Stephan Englers Rücken.

Ist da was? Er dreht sich um, kann aber nichts entdecken.

Dürfte ich bitte mal kurz hinter den Tresen kommen, Herr Engler?

Ja, klar, sagt Stephan Engler und fragt sich, was das jetzt werden soll.

Lukas Friedrich stellt sich vor das Regal und fängt an, einige der Gläser zu drehen und auszurichten – das Brauerei-Emblem nach vorn, in Richtung des Gastes. Blitzschnell, exakt, mit routinierten Bewegungen. Ein hunderttausendmal geübter Griff. Als er damit fertig ist, sieht er Stephan Engler an, der nur gestaunt hat. Entschuldigung, sagt Lukas, das war jetzt übergriffig, aber bei so was werde ich augenblicklich wahnsinnig.

Alles in Ordnung. Das war mir tatsächlich entgangen.

Sieht irgendwie besser aus, nicht wahr?

Allerdings. Professioneller, muss ich schon zugeben.

Lukas Friedrich verlässt die für Gäste verbotene Zone hinter dem Tresen, kehrt zu seinem Barhocker zurück, setzt sich wieder hin und breitet die Arme aus. Also, was meinen Sie?

Drei Schichten pro Woche, sagen Sie?

Das wäre super.

Dienstag und Freitag, Samstag und Sonntag jeweils im Wechsel. Montag ist Ruhetag.

Ich wäre dabei.

13 Euro pro Stunde, 20 Euro Taxizuschuss nach Mitternacht, die Trinkgelder wandern in einen Topf und werden einmal pro Monat anteilig ausgezahlt.

15 Euro, sagt Lukas Friedrich. Auf die Hand.

Stephan Engler schüttelt den Kopf. 15 Euro? Er überlegt einen Moment. Okay. 14 Euro. Aber nur mit Anmeldung.

Abgemacht. Das wäre dann auch kein Problem, sagt Lukas Friedrich. Meine Daten sind in der Mappe.

Könnten Sie schon morgen anfangen?

Deswegen bin ich doch hier. Lukas Friedrich lächelt.

Dann heiße ich ab jetzt Stephan, und du bist Lukas. Ich darf dir das Du anbieten – ich bin schließlich der Ältere von uns beiden.

Sie geben sich die Hand. Deal, sagt Lukas Friedrich. Aber eine Frage habe ich noch, Stephan: Ich würde gerne morgen ein paar Stunden früher kommen, um deine Kühlung kennenzulernen. Wäre ja blöd, wenn es morgen krachend voll würde und ich dastehen würde wie der größte Depp. Okay?

Das hätte ich dir jetzt auch vorgeschlagen.

Oder, was hältst du davon, wenn ich schon heute nur mal so mitlaufe? Diesen Probetag schenke ich dir …

In diesem Augenblick weiß Stephan Engler, dass er mit Lukas Friedrich das große Los gezogen hat. Hundertprozentig.

***

Nach dem blutigen Streit im Gasthof Schimming am Irrsee hatte Lukas die Nacht vom Samstag auf Sonntag, den 19. Dezember 2004, notdürftig verbunden, auf seinem gepackten Seesack allein in der Gaststube verbracht, während Rosi mit ihrer Köchin Andrea auf dem Weg ins Krankenhaus nach Salzburg war. Er hatte vor sich hin gestiert und sich ununterbrochen gefragt, was um alles in der Welt ihn nur daran gehindert hatte, Rosi den Hals umzudrehen. Verdient hatte sie es schließlich allemal.

Die Köchin war gegen 2 Uhr morgens allein in den Gasthof zurückgekehrt. Die Ärzte hatten Rosi im Krankenhaus behalten, um gleich am nächsten Morgen ihre Daumensehne zu flicken. Er hatte der Köchin kurz und bündig mitgeteilt, dass die *ganze Sache* vorbei war, woraufhin Andrea Schnieder ihm erstaunlicherweise angeboten hatte, ihn am Vormittag nach Mondsee zum Busbahnhof zu bringen; Lukas hatte vermutet, dass dies eine Art von stillschweigender Übereinkunft war. Aber so hatte er noch ein paar Stunden in Rosis Bett schlafen können, wobei er die Bettwäsche natürlich total eingesaut hatte.

Mit der Abfahrt des Busses der Linie 140 nach Salzburg-Hauptbahnhof hatte Lukas das Kapitel Rosi Schimming dann endgültig abgeschlossen. Eine gute Stunde später hatten *Die Barmherzigen Schwestern* des Bahnhofssozialdienstes dafür gesorgt, dass seine böse Fleischwunde von einer Sanitäterin der Caritas fachgerecht versorgt wurde. Die Sanitäterin war verwundert, weil ihr Patient während des Nähens nicht ein einziges Mal auch nur ansatzweise gezuckt hatte. Danach hatte Lukas seinen Seesack geschultert, sich vom Touristenbüro ein günstiges Zimmer vermitteln lassen und war mit dem Taxi zur Pension *Elisabeth* gefahren. Er besaß, auch dank des Inhalts von Rosis Schwarzgeldportemonnaie unter dem Tresen in der Fasskühlung, genügend Geld, um ein paar freie Tage in Salzburg zu verbringen, zur Not auch zwei Monate bei sparsamer Lebensweise. Doch Lukas war sich sicher, rasch einen Job zu finden – und so war es auch gekommen. Ja, Salzburg hatte ihn mit offenen Armen empfangen, und er hatte es sich gut gehen lassen.

Den Weihnachtsabend hatte Lukas im *Half Moon Club* verbracht, der ältesten Diskothek Salzburgs, die sich in einem 600 Jahre alten Gewölbe befand. Er hatte sich, so gut es ging, in Schale geworfen, um an den Türstehern vorbeizukommen. Als diese Hürde überwunden war, hatte er sich an die Bar gestellt, einen alkoholfreien Cocktail getrunken und beobachtet. Drei Stunden später hatte bereits die Karte des Geschäftsführers in der Brusttasche seines Sakkos gesteckt, verbunden mit seinem Versprechen, sich zwischen den Jahren zu melden.

Weitaus interessanter war jedoch seine Begegnung mit Dayyan gewesen, gegen 5 Uhr morgens, als Lukas sich draußen auf dem Bürgersteig von drei Österreichern, vielleicht gerade mal 18, 19 Jahre alten *Strizzis,* umringt gesehen hatte, die auf Ärger aus waren. Zigaretten, Uhr, Geld, Handy: Sie hatten ihn abziehen wollen. Ganz klassisch. Lukas hatte jedoch weder eine Uhr noch ein Handy zu bieten gehabt. In seiner zerknautschten Zigarettenschachtel waren gerade mal noch zwei Stück gewesen, und an Geld hatte er nur noch drei Zehner dabei. Trotzdem hatte Lukas vergeblich versucht, unbeschadet aus der Nummer herauszukommen. Er hatte die drei auf seine Verletzung hingewiesen, aber sie hatten angefangen, ihn zu schubsen und dabei johlend zu beschimpfen. Es war das erste Mal seit elf Jahren, dass Lukas sich Ebi herbeiwünschte, doch dann hatte es auch schon in seinem Solarplexus eingeschlagen. Lukas war zusammengesackt, wäre gern zu Boden gegangen und dort geblieben, aber zwei der Schluchtenscheißer hatten ihn hochgerissen und festgehalten, während der Dritte sich genüsslich in Position gebracht hatte, um ihm richtig einzuschenken.

Lukas hatte gespürt, dass seine Wunde aufgerissen war und wieder angefangen hatte, zu bluten.

Der zweite Eberhard Haller war jedoch wenige Augenblicke später in der Person eines muskulösen Arabers in einem schwarzen Anzug erschienen. Sein Name lautete Dayyan, was so viel wie *Richter* bedeutet, doch Dayyan, Nachname Sarwari, gebürtiger Libanese und einer der beiden Türsteher des *Half Moon Clubs,* hatte kurz entschlossen zusätzlich die Rolle des Henkers übernommen. Und während Ebi damals in der Starnberger Schützenhalle das Problem allein aufgrund seiner Masse bereinigt hatte, wurde Lukas, leicht benommen, nun Zeuge einer geradezu eleganten Hinrichtung. Dayyan hatte es einfach nicht zulassen können, dass ein Gast des exklusiven Salzburger Tanzpalastes in unmittelbarer Nähe des Eingangs zusammengeschlagen und ausgeraubt werden sollte:

Ein blitzschneller Fußtritt zur Kinnspitze schickt den ersten Schläger binnen einer Zehntelsekunde ins Nirwana. Er fällt wie ein Baum auf den nasskalten Asphalt. Die beiden anderen lassen Lukas augenblicklich los und stürzen sich auf Dayyan, der den wilden, unkontrollierten Schwingern der beiden jungen Männer mühelos tänzelnd ausweicht und den Nächsten mit einem weiteren Fußtritt, dieses Mal mit der offenen Schuhsohle mitten ins Gesicht, ausschaltet. Lukas stützt sich an einem Laternenpfahl, hält sich mühsam aufrecht und versucht, nicht zu kotzen. Er sieht fasziniert dabei zu, wie der Araber den dritten Kerl mit einem Hagel von Schlägen eindeckt und ihn schließlich mit einem brutalen Kniestoß unters Kinn erledigt. Lass uns abhauen, bevor Polizei kommt, sagt der Araber und streift sich seine Handschuhe ab. Es sind Handschuhe, die nur die Knöchel bedecken; die Finger und Handinnenflächen liegen frei. Siehst du, sind Quarzhandschuhe, sagt der Türsteher, hat selbe Wirkung wie Schlagring. Ich bin Dayyan.

Ich heiße Lukas. Du arbeitest an der Tür vom *Half Moon Club*, nicht wahr? Was war das eben?

Ich Trainer für Martial Arts, antwortet Dayyan, komm jetzt, schnell! Er bugsiert Lukas in eine Seitenstraße, wo sein Auto parkt. Ein Mercedes-Coupé der S-Klasse, tiefergelegt, mit extrabreiten Niederquerschnittreifen. Die Chromfelgen blitzen. Auf der Beifahrertür prangt das Emblem eines Kampfsportclubs, der

Schattenriss zweier Kämpfer, die sich mit erhobenen Fäusten gegenüberstehen. Darunter in martialischen Buchstaben, als liegender Halbmond: *Fightclub Salzburg.*

Danke übrigens, sagt Lukas, bevor er einsteigt. Er fragt sich, wie sich der Türsteher einer Diskothek ein Auto für weit über 100 000 Mark leisten kann. Wohin fahren wir?

Ich bringen dich, wo du wohnst.

Ich bin nicht von hier, sagt Lukas. Ich bin Deutscher. Im Moment wohne ich in einer Pension, in der Nähe des Bahnhofs.

Alles klar.

Noch mal, danke für deine Hilfe …

Waren blöde Arschlöcher, sagt Dayyan. So was kommt nicht rein bei uns.

Richtig so, sagt Lukas. Ich rede übrigens nächste Woche mit eurem Chef, wegen eines Jobs an eurer Bar.

Gut. Sehr gut!, entgegnet Dayyan und beschleunigt kurz auf hundert, weil die Ampel vor ihnen auf Gelb umspringt. Der Mercedes macht einen Satz nach vorn. Es ist, als wenn ein Engel schiebt. Dayyan sieht Lukas von der Seite an. Du blutest da am Hals, sagt er.

O Scheiße, dein Sitz! Lukas richtet sich auf und tastet vorsichtig seine Wunde ab. Ist vor fünf Tagen passiert, sagt er, während meines letzten Jobs.

Kann man abwischen. Ist nicht schlimm, dein Blut. Er lacht. Hat schon viel Blut gesehen, Leder. Aber du hast zu viel Ärger! Definitiv!

Leider ja, entgegnet Lukas.

Eine Viertelstunde später stoppt Dayyan in einem Industriegebiet vor einem unscheinbaren fünfstöckigen Bürohaus. Lukas sieht sich um. Stadtteil heißt Urstein, sagt Dayyan. Neben einer schmutzigen Glastür mit Aluminiumrahmen klebt ein provisorisches Schild an der Hauswand. Ein weißer DIN-A4-Bogen, eingeschweißt in Kunststoff. *Fightclub Salzburg*. Mein Studio, sagt Dayyan, als sie aussteigen.

Hinter der Glastür schlägt Lukas eine krude Duftmischung entgegen. Es riecht nach feuchtem Leder, billigem Duschgel und Männerdeodorant; nach Gummi und Metall, nach Schweiß und nach Blut. Lukas steht in einem bestimmt 400 Quadratmeter großen Raum ohne abgehängte Decken, eher eine Halle, und staunt. Die eine Hälfte des *Fightclubs* ist mit allen Trainingsgeräten fürs Boxen bestückt, nebst einem Boxring. Die andere Hälfte gehört den Eisenfressern. Und in der Mitte steht *ein Käfig*. Ein Oktagon, 36 Quadratmeter groß, das von einem PVC-beschichteten, zwei Meter hohen Maschendrahtzaun umschlossen ist.

Dayyan erweist sich als umsichtiger Helfer in der Not. Er führt Lukas in den großzügigen Umkleideraum nebenan, weist ihn an, auf der niedrigen Bank Platz zu nehmen, schafft dann einen großen Erste-Hilfe-Koffer herbei und beginnt, Lukas' Wunde zu verarzten. Ich sollte nähen, sagt Dayyan. Ist jetzt wieder frisch, der Riss.

Kannst du das denn?

Was glaubst denn du? Wenn du bist Trainer und Betreuer von Kämpfern, musst du können. Ich verspreche: Ich besser als ein Arzt!

Dann los, sagt Lukas. Sonst dauert es noch Wochen, bis der Mist zuheilt.

Zehn Minuten später ist das Werk vollbracht. Acht Stiche waren nötig. Dayyan hatte nicht zu viel versprochen. Er hatte sich geschickter angestellt als die Sanitäterin im Salzburger Hauptbahnhof.

Du keine Schmerzen? Dayyan ist erstaunt.

Natürlich tut es weh. Aber ich kann Schmerzen wegatmen. Woher kommst du eigentlich?

Libanon, Beirut, sagt Dayyan. Bin mit meinen Eltern geflüchtet während Krieg. Und du?

Wirst du nicht kennen. Geboren bin ich in Bad Tölz, in Bayern. Aber ich arbeite schon seit fast zwölf Jahren in Österreich. Service, Bar, eigentlich alles.

Bayern ich kennen, sagt Dayyan. In Straubing meine Fighter haben einmal im Jahr Turnier.

Lukas dehnt und streckt sich. Die Naht ziept, aber sie hält.

Wie ist überhaupt passiert? Messer?

Nein. Der Koch war verrückt. Hat versucht, mich mit einem abgebrochenen Bierglas abzustechen – von hinten! Dabei hat er sich mit dem Glas seine Daumensehne zerschnitten. Lukas verzichtet darauf zu erwähnen, dass er seine Verletzung einer Frau verdankte.

Sein Retter holt ihm ein frisches T-Shirt mit dem Aufdruck Fightclub Salzburg. Er mustert Lukas genau. Du müssen mehr Muskelmasse haben. Vielleicht sechs bis acht Kilogramm. Dann ein Jahr bei mir trainieren, mindestens dreimal Woche, besser viermal. Dann du brauchen keinen Bodyguard mehr.

Sicher? Lukas lächelt und streift das T-Shirt über.

Wenn du sagst, du kannst Schmerz wegatmen, bist du talentiert vielleicht. Ich kann beurteilen in einem halben Jahr. Und wenn du arbeitest im Club, du zahlst nur fünfzig Prozent. Sind nur 100 Euro im Monat.

Aber ich brauche eine Wohnung. Und vorher den Job.

Ist kein Problem, sagt Dayyan. Der Chef mag mich. Aber nicht, wie du jetzt denken! Er lacht.

So war Lukas Friedrich nicht nur zum Martial-Arts-Kämpfer geworden, sondern nach längerer Zeit zum ersten Mal wieder verwurzelt. Er hatte ein Gefühl der inneren Ruhe und Zufriedenheit gespürt, das er nicht besonders gut kannte, eigentlich überhaupt nicht. Es war auch so, dass er von Beginn ihres Kennenlernens an nicht ein einziges Mal versucht hatte, seinen Förderer Dayyan zu manipulieren. Dafür respektierte er den Libanesen zu sehr, der ihm gleich Anfang Januar 2005 ein Einzimmerappartement besorgt hatte, das einem seiner Cousins gehörte, wobei Lukas inzwischen wusste, dass sein Trainer einem großen libanesischen Familienclan angehörte. Die Samwiris mischten in vielen verschiedenen Geschäftszweigen mit, die anscheinend alle sehr lukrativ waren, aber offenbar nur bedingt legal. Lukas hatte intuitiv gespürt, wann er seine Augen verschließen musste.

Als seine Wunde drei Wochen später einigermaßen verheilt war, war er ernsthaft ins Training eingestiegen. Konditionstraining, Krafttraining, Gymnastik, Kampftechniken. Viermal pro Woche hatte Lukas im Club trainiert. Er hatte sich für die rund zehn Kilometer lange Strecke zwischen seinem Appartement und dem Club sogar ein gebrauchtes Rennrad gekauft. Er hatte beinahe asketisch gelebt. Er war so fokussiert auf den Kampfsport gewesen, dass seine andere Leidenschaft ins zweite Glied zurückgetreten war. Nur ab und zu hatte er sich eine schnelle Nummer mit einer Jüngeren gegönnt, wenn der Druck zu stark geworden war. Mehr war einfach nicht drin gewesen, und als beliebter Barkeeper hatte er freie Auswahl.

Aber es hatte schließlich 18 Monate gedauert, bis er mit seinem Trainer und ein paar anderen zu seinem ersten richtigen Kampf gefahren war; auf ein Turnier in St. Pölten, das in einem Zelt auf dem Parkplatz eines Baumarktes ausgetragen wurde. Als Gegner im Halbschwergewicht war ihm ein Kasache zugelost worden, tätowiert vom Hals bis zu den Knöcheln und angeblich mit viel Erfahrung. Im Umkleidezelt hatte Lukas mitbekommen, dass sein Gegner Deutsch sprach. Als sie sich dann im Oktagon gegenüberstanden, um vom Ringrichter die letzten Instruktionen für einen fairen Kampf zu erhalten, hatte er dem Kasachen zugeflüstert: Wenn du mir ins Gesicht schlägst, kämpfst du nie wieder.

Boxt!, hatte der Ringrichter gerufen.

Sein Gegner hatte ihn verächtlich angegrinst und in den ersten Sekunden des Kampfes zwei Kopftreffer gelandet, die Lukas jedoch locker weggesteckt hatte. Und dann war er seinerseits wie eine Dampfwalze losmarschiert. Lukas hatte sich von Anfang an wegen seiner Schmerzunempfindlichkeit für die Spezialdisziplin Muay Thai entschieden, den thailändischen Nationalsport, bei dem auch die Knie und Ellbogen zum Schlagen eingesetzt werden und der deswegen zu den härtesten Kampftechniken zählt. Ein solcher Kniestoß, genau auf die Leber, hatte dem Kasachen dann auch für einen kurzen Moment die Luft genommen. Lukas hätte ihn nun ganz leicht ausknocken können, doch er hatte sich blitzschnell umentschieden. Er hatte den Kasachen von hinten umklammert und zu Boden geworfen, hatte ihn mit seinen Beinen fixiert und gleichzeitig einen Armhebel angesetzt. Den hatte Lukas so schnell und konsequent durchgezogen, bis er trotz des Johlens der Zuschauer gehört hatte, wie das Ellbogengelenk seines Gegners brach. Der Schmerzensschrei des Kasachen hatte das ganze Zelt erschüttert und das Johlen verstummen lassen. Nach genau 38 Sekunden war der Kampf vorbei gewesen. Ich habe dich gewarnt, hatte Lukas zu seinem Gegner gesagt, der sich wimmernd auf der blutbefleckten Matte gekrümmt hatte. Ein halbes Jahr später hatte Lukas dann auch einen Kampfnamen erhalten. Jetzt kündigte man ihn als *Der Mexikaner* an. Denn die Kämpfer aus dem mittelamerikanischen Staat gelten als besonders furchtlos und aggressiv. Sie kennen nur eine Richtung, und die heißt vorwärts. Um den Gegner zu vernichten.

Dank seiner bescheidenen Kampfgagen hatte Lukas sich nach zweieinhalb Jahren einen alten Mercedes leisten können. Zwei Kämpfe hatte er zwar verloren, aber aus diesen beiden Niederlagen hatte er gelernt. Dayyan hatte ihn bereits auf einem sehr guten Weg in die Semiprofessionalität gesehen, und eins war sowieso klar: In Zukunft würde Lukas keine Sorge haben müssen, auf einer Herrentoilette oder auf offener Straße Prügel zu beziehen.

Es hätte gerne noch länger so weitergehen können. Doch eines Tages hatte plötzlich die *Cobra* unter lautem Gebrüll den *Fightclub Salzburg* gestürmt. An einem Sonntagmorgen! Zwei Dutzend schwarz gekleidete Polizisten des österreichischen Spezialkommandos, in schusssicheren Westen, mit Helmen und bis an die Zähne bewaffnet, hatten Dayyan und alle anwesenden Mitglieder des Clans festgenommen und in Handfesseln abgeführt. Lukas war äußerlich gelassen sitzen geblieben, bis man seine Personalien überprüft hatte und er gehen durfte. Er hatte schließlich nichts mit den Aktivitäten der Libanesen zu tun. Am nächsten Tag hatten die Medien ausführlich über diesen *erfolgreichen Schlag gegen die organisierte Kriminalität* berichtet. Man warf den Mitgliedern des Clans unter anderem Drogenhandel, Förderung der Prostitution, Steuerhinterziehung und Investitionsbetrug vor. So wie es aussah, würde es wohl eine Zeit lang dauern, bis der *Fightclub Salzburg* seine Tore wieder öffnen und Dayyan als Trainer weiterarbeiten durfte. Schätzungsweise zehn bis 15 Jahre, denn die Beweise waren wohl vernichtend.

Lukas hatte es als Zeichen gedeutet. Er hatte tief in seinem Inneren gewusst, dass es an der Zeit war, eine Veränderung in seinem Leben vorzunehmen.

***

Sonja Freese vertritt Stephan Engler, wenn der mal Außentermine wahrnimmt. Oder, was seltener vorkommt, freihat. Sie ist Stephans unumstrittene rechte Hand im *Engel,* eine burschikose, langhaarige blonde Frau von 38 Jahren mit rauchiger Stimme, die zupacken kann und vor der die Gäste des *Engel* natürlichen Respekt entwickelt haben – und Stephan sowieso. Mithilfe ihrer

Mutter, die für ihre Tochter extra aus Bremen nach München gezogen war, hat sie ihren mittlerweile 17-jährigen Sohn allein erzogen. Vor allem aber ist Sonja eine Servicekraft, die mit allen Wassern gewaschen ist und der niemand etwas vormachen kann. Stephan Engler schätzt ihre Integrität und Hilfsbereitschaft sehr: Denn sie hatte es bisher noch nie ausgenutzt, dass er – der Anfänger – nicht über ihre langjährige Gastronomieerfahrung verfügt.

Hinter ihnen liegt ein eher unterdurchschnittlicher Tag, rund 1400 Euro sind in der Kasse; für den neuen Tresenmann natürlich ideal, um sich einarbeiten zu können. Stephan putzt die Küche, Sonja balanciert ein Tablett mit den letzten Resten von Geschirr durch die Schwingtür, die in die Gaststube führt, herein – es wird der letzte Spülgang werden, und das ist immer eine große Erleichterung.

Und, welchen Eindruck hast du von Lukas?, fragt er.

Sonja blickt kurz zur Schwingtür hinüber. Er macht zweifelsohne einen guten Job. Bleibt ruhig und gelassen, weiß offensichtlich schon ziemlich gut Bescheid, wo alles steht, ist anscheinend sehr freundlich, aber bestimmt zu den Gästen …

Also, perfekt. Beide flüstern. Ich hatte jedenfalls nicht einen einzigen falschen Essensbon vom Tresen.

Er schenkt die Weinschorlen vielleicht etwas zu großzügig aus.

Aber das kann man ihm ja sagen … Stephan fällt jetzt erst auf, dass Sonja bedrückt scheint. Was ist los? Gibt's da doch etwas Negatives?

Ich weiß nicht. Es ist nur so ein Gefühl.

Spuck's schon aus.

Ich finde es immer schrecklich, wenn Männer eitel sind.

So wie ich!, scherzt Stephan, wirft sich in Pose und fährt sich dabei theatralisch durch die Haare.

Gerade du! Nee, es ist wirklich nur ein Gefühl. Der Lukas ist sicherlich ein Top-Tresenmann, aber … Herrgott, ich weiß nicht, wie ich es ausdrücken soll …

Ein Kontrollfreak? Übergriffig? Allwissend?

Ich würde eher sagen, eine Mischung aus allem. Sonja sieht ihren Chef skeptisch an. Er ist so was von überzeugt von sich. Was er allerdings höllisch gut drauf hat, ist, mit Frauen am Tresen anzubandeln.

Das sollte ein guter Barmann doch können.

Du hast nicht mitgekriegt, was ich mitgekriegt habe. Mit Animation hat das nur im Entferntesten zu tun.

Die Schwingtür fliegt auf. Lukas betritt die Küche, das schwere Kellnerportemonnaie in der Hand. Wohin damit, Stephan?, fragt er.

Stephan Engler deutet auf den *Pass,* wo während der Küchenzeiten die fertigen Gerichte vom Service übernommen werden, um sie rauszutragen. Nach der letzten Runde die zentrale Sammelstelle für alles, wenn die Küche geschlossen ist.

Gemerkt, sagt Lukas und legt das Portemonnaie neben Sonjas abgegriffenes Portemonnaie. Dann sucht er ihren Blick. Tut mir übrigens leid, Sonja, dass ich vorhin in dich reingerauscht bin. Ich war wohl etwas hektisch.

Ist ja noch mal gut gegangen, entgegnet sie und steckt sich eine Zigarette an. Sie hat erkennbar wenig Lust auf eine Unterhaltung in der Küche. Durst!, sagt sie. Nehmen wir ein gemeinsames Feierabendbier?

Guter Vorschlag, sagt Stephan. Machst du uns mal drei kleine Helle, Lukas?

Was dagegen, wenn ich nur ein Wasser trinke?

Sorry – hab ich vergessen: Du bist ja Sportler.

Kampfsportler, sagt der Neue lächelnd und spannt kurz seine Oberarmmuskeln an. Ziemlich beeindruckend, denkt Stephan. Wobei Lukas Sonja frech ins Gesicht blickt, doch sie zeigt keine erkennbare Reaktion.

Als Lukas draußen ist, sagt sie: Siehst du, Stephan, genau das meine ich. Ich kann mir nicht helfen, aber irgendwas stimmt nicht mit ihm.

Sicher, dass du keine Gespenster siehst?

Ganz sicher. Sie macht einen tiefen Lungenzug.

Oha. Immer wenn du so einen Flunsch ziehst, weiß ich, dass es dir ernst ist.

Worauf du einen lassen kannst, Chef! Sie löscht die Zigarettenglut unterm Wasserhahn der Doppelspüle und wirft die Kippe in den Mülleimer. Ich mag mich ja vielleicht irren, und ich hab dir gesagt, es ist nur ein Gefühl – und ja, ich kenne ihn ja auch gar nicht … Aber ich sage dir: Augen auf beim Kellnerkauf!

Die Botschaft ist angekommen, sagt Stephan. Ich werde aufpassen. Mal sehen, wie es morgen bei der Freitagsparty läuft.

SONNABEND, 6. JUNI 2009, 21.25 UHR

Sabine und ihre Internetbekanntschaft Steffen hatten sich um 19 Uhr in einem kroatischen Restaurant am Bibisee verabredet. Nicht unbedingt ein Lokal für Frischverliebte, aber die einstige Kiesgrube zwischen Königsdorf und Geretsried ist für beide gut erreichbar, und zumindest läuft Sabine hier nicht Gefahr, gesehen zu werden. Sie hatte vorgeschlagen, sich endlich einmal im richtigen Leben zu treffen, am besten zum Abendessen, denn Tischmanieren sagen ihrer Ansicht nach viel über den Charakter eines Menschen aus.

Ich fahre einen dunkelblauen Audi A4 mit Ingolstädter Kennzeichen, hatte Steffen geschrieben.

Ich bestelle uns dann einen Tisch, hatte Sabine geantwortet. Es ist allerdings ein sehr einfaches Lokal …

Ist doch super. Mir kommt's sowieso nicht so sehr aufs Essen an, Sabine.

Seit dem ersten verschickten Herz bei der Partnerbörse hatten sie unzählige nächtliche Unterhaltungen über das Portal geführt, später auch mehrmals miteinander telefoniert. In den letzten Tagen hatte seine Stimme jedoch dumpf und abgehackt geklungen, was er mit dem miserablen Mobilfunknetz in Tschechien entschuldigte. Lukas hatte seinem Alter Ego Steffen kurzerhand einen Noteinsatz im Škoda-Werk in Mladá Boleslav angedichtet, wo es ein Problem in der Fertigung gab.

Inzwischen kennt Lukas auch Sabines Nachnamen – Dallmeyer –, und er weiß, wo sie arbeitet – bei Burgmann in Wolfratshausen. Ihr Sternzeichen ist Steinbock, geboren am 5. Januar. Und ihre dunkelblonden Haare trägt sie jetzt halblang und meistens offen. Nicht mehr kurz und kastanienrot getönt wie auf ihrem Profilfoto.

Sie sieht toll aus, findet er. Sie ist wie geschaffen für ihn.

Sabine hatte ebenfalls versucht, etwas über den Ingenieur Steffen Friedemann im Netz zu finden, erfolglos. Allerdings legt sie ja ebenfalls größtmöglichen Wert auf Anonymität im Internet – von ihrer Premiummitgliedschaft bei der Partnerbörse einmal abgesehen. Obwohl sie sich noch nicht begegnet sind, ist Steffen ihr mittlerweile vertraut. In manchen Zügen erinnert er sie sogar an ihren verstorbenen Mann. Ja, sie hatte ihm schon einiges von Gerhard erzählt. Dass der gut zuhören konnte und es liebte, sie zum Lachen zu bringen. Dass Humor eine der wichtigsten Eigenschaften bei einem Mann für sie sei. Doch Steffen scheint auch klug und kein Knauserer zu sein. Erzähl ihm bloß nicht, dass du eigentlich gar nicht arbeiten müsstest. Gisela hatte vor diesem ersten Treffen nicht mit guten Ratschlägen gegeizt.

Was denkst du denn? Aber als Ingenieur sucht der doch keine, die ihn aushält. Und ruinös geschieden ist er auch nicht.

Dann haben sich die beiden Freundinnen kurz umarmt. Toi, toi, toi, hat Gisela gewünscht, und Sabine ist auf ihr Fahrrad gestiegen und die drei Kilometer von ihrer Geretsrieder Wohnung zum Bibisee geradelt. Dort wartet sie jetzt seit beinahe zweieinhalb Stunden auf Steffen. Wartet und wartet und macht sich immer größere Sorgen, denn er geht nicht ans Telefon. In ihr rumort es. Von *Unfall* über *Stau* bis hin zu *vergessen* und *verarscht*.

Das darf doch nicht wahr sein. Sabine hat in ihrer Verzweiflung und aus Enttäuschung und Wut und Unsicherheit ihre Freundin angerufen. Und auch, weil sie sich nicht entscheiden kann, was sie tun soll. Das Restaurant schließt gleich. Es sind kaum noch Gäste da. Gisela fragt: Soll ich kommen und dich abholen?

Sabine lehnt ab. Ich lasse mein Fahrrad doch nicht hier stehen!

Dann radelst du jetzt zurück in deine Wohnung, trinkst noch ein Glas und gehst ins Bett. Das klärt sich bestimmt alles auf. Morgen ist ein neuer Tag, sagt Gisela. Ein schwacher Trost, das weiß sie selbst. Hinter ihr liegt ein paar Dutzend total vergeigter Dates.

Die Freundinnen tauschen noch einige belanglose Sätze aus, dann beendet Sabine das Gespräch, winkt den Kellner heran und bezahlt die drei Weißweinschorlen, an denen sie sich während der quälenden Warterei festgehalten hat. Wie hungrig sie ist! Sie nimmt das Wechselgeld entgegen, gibt ein viel zu großzügiges Trinkgeld und geht dann langsam durchs Restaurant und über die Terrasse hinaus auf den Parkplatz. Dort parkt noch immer kein dunkelblauer Audi A4 aus Ingolstadt, nur ihr Fahrrad. Sie schließt das Kettenschloss auf, legt es in den Korb am Lenker, schaltet das Vorder- und das Rücklicht ein und radelt dann gemächlich durch die Unterführung der Bundesstraße 11. Trotz der Dämmerung nimmt sie die Abkürzung über einen Feldweg am Rand des Geretsrieder Forsts, dann durch ein kleines Waldstück und biegt nach wenigen Hundert Metern in die Straße, in der sie wohnt. Die alten Straßenlaternen spenden ein gedämpftes orangefarbenes Licht. Sie hört ein Geräusch und sieht sich um. Ein Radfahrer kommt hinter ihr die Straße entlang. Als sie auf dem Parkplatz vor ihrem Haus absteigt, rast er an ihr vorbei, auf einem Rennrad, ohne Licht, mit Helm, in voller Montur. Wieder so ein Verrückter, denkt Sabine, während sie ihr Fahrrad zum Hauseingang schiebt, um es in den Keller zu bringen.

Ein paar Minuten später knipst sie oben in ihrer Wohnung das Licht im Flur an, geht in die Küche, macht auch hier Licht und nimmt die Flasche *Lugana* aus dem Kühlschrank. Sie schenkt sich ein, stellt sich ans Küchenfenster, schaut hinaus in die Nacht und nippt gedankenverloren an ihrem Wein. Plötzlich leert sie das Glas entschlossen in einem Zug. Sekunden später erlischt das Licht in ihrer Küche.

Lukas wartet noch eine Weile im Schutz der großen Rhododendren, dann huscht er zur Haustür, um das Klingelschild zu inspizieren. *S. Dallmeyer*. Hier wohnt sie also. Bingo. Treffer. Aber noch lange nicht versenkt. Wenn er sich jetzt beeilt, kriegt er die S-Bahn von Wolfratshausen nach München um 22.44 Uhr. Er schwingt sich auf sein Rennrad und tritt kräftig in die Pedale.

FREITAG, 19. JUNI 2009, 7.30 UHR

Als Stephan Engler die Tür zum Gastraum aufschließt und die schlafende Gestalt auf der Sitzbank des ersten Tisches entdeckt, erschrickt er im ersten Moment mächtig. Er denkt sofort an einen Einbrecher, der seinen Rausch ausschläft. Der Klassiker. Schon will er mit seinem Mobiltelefon den Notruf wählen, als die Gestalt sich aufrichtet.

Stephan, ich bin es, sagt Lukas. Ich wollte eigentlich längst schon wieder weg sein.

Wie bist du reingekommen?

Lukas setzt sich hin, gähnt und hält einen Schlüsselbund hoch. Stephan erkennt den Ersatzschlüsselbund sofort. Er hängt normalerweise an einer Hakenleiste über dem Schreibtisch im improvisierten Büro im Keller, neben dem Getränkelager. Hat dir Sonja die Schlüssel gegeben?

Entschuldige. Tut mir wahnsinnig leid, Stephan. Es ist eine etwas komplizierte Geschichte. Ich hätte es dir erzählen sollen …

Du siehst scheiße aus, weißt du das? Ich mache uns mal einen Kaffee.

War allerdings ein guter Abend gestern, sagt Lukas. Und bei dir?

Für mich schon, für dich anscheinend nicht so sehr. Stephan Engler schaltet die Espressomaschine an. Ein kurzer Kontrollblick: Der Tresen sieht aus wie geleckt. Die Gläser stehen in Reihe und Glied, die Tabletts sind abgewaschen, die Kellnerbestecke liegen da, wo sie liegen sollen, der Boden ist gewischt. Da klebt kein Tropfen Bier auf dem Boden.

Ich hatte gestern Nacht Ärger, druckst Lukas herum. Eigentlich schon seit ein paar Tagen. Ich dachte, ich krieg's auf die Reihe, aber falsch gedacht.

Espresso?

Einen doppelten. Gerne! Lukas fingert Zigaretten aus seiner Hosentasche. Das Päckchen ist zerknautscht, aber die Zigaretten sind intakt. Er hustet nach dem ersten Zug.

Ich denke, du rauchst nicht mehr – hast du nicht schon bald deinen nächsten Kampf?

Nächstes Wochenende, am Sonnabend. Aber, scheiß drauf. Lukas verharrt in der Bewegung. Sein Blick geht ins Leere. Sein Oberkörper wirkt auf einmal steif.

Hey, Lukas – was geht denn da gerade bei dir ab?, will Stephan Engler eigentlich fragen, aber er muss erst einmal seine Gedanken ordnen. Er hat Fragen. Einige Fragen. Auch Fragen, die er sich selbst stellen müsste. Warum hatte Lukas den Ersatzschlüssel geklaut? Hatte Sonja davon gewusst? War es klug, als Chef ausgerechnet am stressigen Freitagabend den *Engel* wegen des blöden fünfzigsten Geburtstags eines alten Kollegen früher zu verlassen? Die grüne Kontrolllampe der Kaffeemaschine leuchtet auf. Stephan Engler füllt zwei Siebträger mit Espresso und drückt auf den Knopf. Außerdem war seine Nacht ja auch extrem kurz gewesen. Eine tolle Party mit viel Wein und alten Kolleginnen und Kollegen aus seiner journalistischen Vergangenheit. Lukas sagt immer noch kein Wort und stiert vor sich hin.

Hier, dein Kaffee. Und jetzt erzähl mal. Was ist los?

Lukas trinkt den frischen Espresso in einem Zug aus. Lässt den brüllheißen Kaffee auf einer Luftblase die Kehle hinuntergleiten, so, wie es die Italiener machen. Dann drückt er seine Kippe in der Tasse aus und blickt Stephan an.

Du weißt doch, dass ich eine Freundin habe. Bei der ich wohne.

Ja, aber niemand kennt sie. Du hast mir diese Geli noch nicht vorgestellt.

Sei froh. Die ganze letzte Woche habe ich schon im Auto geschlafen. Hinten in der Feilitzschstraße, am Englischen Garten.

Wieso das denn?

Die Antwort kommt zögernd. Weil Geli mich rausgeschmissen hat. Und dieses Mal wohl endgültig. Sie hat mir ins Gesicht gesagt, dass sie einen Neuen hat. Ich hätte diese blöde Schlampe schon lange abschießen sollen – nein, müssen.

Stephan verzieht schmerzvoll das Gesicht. Seine typische Mimik, wenn er Mitgefühl ausdrücken will. Du hast ja schon ein paarmal angedeutet, dass ihr eine, sagen wir mal, aufregende Beziehung führt …

Lukas blickt auf die Tischplatte. Aufreibend ist das richtige Wort. Das kann man einfach nicht aushalten. Die Alte geht jedes Mal von null auf hundert ab wie eine Rakete. Total aggressiv … Und seitdem ich hier arbeite, hat sie erst recht am Rad gedreht.

Und was heißt das jetzt?

Dass ich am Arsch bin, Stephan. Und zwar voll am Arsch. Ich habe keine Wohnung mehr, ich bin auf Hartz IV, und als ich gestern Mittag zu meiner Karre bin, war zu allem Überfluss auch noch mein Mercedes weg.

Abgeschleppt, oder was?

Lukas nickt. Er parkt jetzt bei den Bullen. Ich bin sofort hin, aber die wollten ihn nicht rausrücken. Ich habe blöderweise keine vollständigen Papiere.

Hast du den etwa in Österreich geklaut?

Blödsinn, nein, günstig geschossen, von einem Fight-Kumpel, in Salzburg. Woher der Wagen stammte, weiß ich allerdings auch nicht. Etwas kleinlauter: Ich habe den Brief nicht bekommen, sondern nur den Kfz-Schein.

Ach du Scheiße, sagt Stephan Engler.

Egal. Der Motor ist eh fertig. Sollen die ihn doch verschrotten. Ich habe den Idioten im Autoknast gesagt, dass mir der Wagen gar nicht gehört. Dass ich ihn bloß geliehen hatte, von eben dem Kumpel in Salzburg. Aber das Problem ist … Lukas hebt den Kopf und grinst Stephan Engler an. Das Problem ist, dass sie den in Österreich eingesperrt haben. Tarik Samwari, der älteste Cousin meines Trainers Dayyan.

Oh, mein Gott, Lukas!

Ich hatte mit dem ganzen Scheiß, der da abgelaufen ist, nichts zu tun. Das hatte ich dir doch erzählt, dass die Libanesen den Club als Geldwaschanlage genutzt haben – und als Lager für ihre Geschäfte … Und das ist natürlich auch ein Grund, warum ich zurück nach Deutschland bin.

Und jetzt? In Stephans Kopf rotiert es. In seinem Gehirn nimmt ein verwegener Plan bereits Gestalt an. Denn Lukas tut ihm leid, auch wenn der ihm gerade eine Geschichte erzählt hat, die man – gerade als ehemaliger Polizeireporter – auch in eine andere Richtung interpretieren könnte. Aber so ist Lukas nicht, denkt Stephan Engler. Niemals.

Ich hatte Sonja gefragt, sagt Lukas leise. Und dann habe ich mir deinen Schlüssel genommen. Ich hatte sie so verstanden, dass sie damit kein Problem hat.

Hättest besser mich anrufen sollen, sagt Stephan Engler. So sieht es natürlich ein bisschen blöd aus.

Das weiß ich auch. Aber es war mir tierisch unangenehm, entgegnet Lukas. Er sieht auf seine Armbanduhr. Oh, Mann: Um neun macht die Mitwohnzentrale auf. Hier! Er schiebt seinem Chef den Schlüsselbund über den Tisch. Ich muss gleich los …

Einer plötzlichen Eingebung folgend, winkt Stephan Engler ab. Behalte ihn! Ich habe eine bessere Idee. Lukas beugt sich gespannt nach vorn. Stephan Engler glaubt, so etwas wie einen Hoffnungsschimmer in Lukas' traurigen dunkelbraunen Augen wahrzunehmen. Wir machen das anders, sagt Stephan Engler entschlossen. Er zeigt mit dem Finger nach oben, wo sich seine

Wohnung genau über dem Gastraum befindet. Vier Zimmer, zwei Bäder, Küche und Balkon. Arschteuer, aber praktisch, weil der Arbeitsweg kurz und sein Laden immer in unmittelbarer Nähe ist. Du kannst übergangsweise bei mir einziehen. Ich habe ein Zimmer übrig, voll eingerichtet, und das hat sogar ein kleines Gästebad mit Toilette. Was zahlt dir das Amt zurzeit?

Na ja, den üblichen Regelsatz und 340 Euro für meine Miete.

Ist doch super. Dann hätten wir beide was davon. Ich würde dir einen Untermietvertrag fertig machen, den kannst du dann bei der Jobagentur vorzeigen, und gut ist. Aber ich muss dich dann jetzt auch endlich mal offiziell anmelden. Lukas will schon protestieren, doch Stephan Engler hebt die rechte Hand. Jaja, ich weiß: Erst mal auf 160 Euro. Aber wir müssen uns dringend über einen vernünftigen Arbeitsvertrag unterhalten – deine Schwarznummer mag ja attraktiv sein, aber ich sage dir: Das kann verdammt schiefgehen – du weißt selbst, wie scharf die Kontrollettis geworden sind. Und außerdem rechnet man sich nur reich.

Das kann ich nicht annehmen, Stephan. Lukas atmet schwer. Das großherzige Angebot ist ihm sichtlich unangenehm.

Was soll denn der Quatsch? Ist doch nur übergangsweise.

Du bist irgendwie schon ein Menschenfreund, was?, fragt Lukas.

Offensichtlich schon. Stephan lacht.

Also, du willst echt mit mir in einem *Bullenkloster* wohnen? Er wartet eine Antwort gar nicht erst ab. Ich mache auch den Abwasch! Versprochen!

Wir haben eine Spülmaschine, sagt Stephan. Je länger er über seinen Plan nachdenkt, desto besser gefällt er ihm. Denn mit Lukas hat er einen exzellenten Griff getan, auch wenn ihn Sonja ständig deswegen nervt. Denn sie hatte Lukas von Anfang an nicht gemocht, aber, verdammt noch mal, wer ist hier eigentlich der Chef? Und als Tresenmann hat Lukas sich in kürzester Zeit fast schon unersetzlich gemacht. Bloß Sonja sieht das nicht so, im Gegenteil.

Das Gute ist: Ich brauche kein Umzugsunternehmen. Lukas deutet auf den Fußboden unter der Bank, wo sein Seesack liegt. Den durfte ich mir noch aus dem Auto rausholen.

Aber dein Rennrad hast du doch noch?, fragt Stephan Engler.

Steht hinterm Haus.

Gut. Sollen wir dann mal zusammen hochgehen?

Eine knappe Stunde später ist Lukas in die Wohnung seines Arbeitgebers eingezogen. Der hat ihm Bettzeug gegeben, Shampoo, Duschgel und Rasierzeug. Rauchen kannst du auch, aber bitte nur in der Küche oder auf dem Balkon. Lukas macht das Okay-Zeichen. Und, Lukas, wenn du ins Internet willst: Das Passwort lautet *Engel 2007 Raute.*

Alles klar. Lukas wirkt verlegen. Ich muss mir erst mal dringend einen neuen Laptop holen. Oder vielleicht auch nur ein Tablet.

Nein, du musst vor allem deine Finanzen endlich mal klarkriegen. Und du machst heute frei. So lasse ich dich nicht vor die Gäste. Ich übernehme heute deine Schicht.

Aber nächsten Freitag ist Kampftag! Da bräuchte ich dann auch frei!

Dann machst du stattdessen die Mittwochs- und die Donnerstagsschicht – als Strafe …

Das ist doch keine Strafe, Stephan! Lukas sitzt auf dem Gästebett und federt vorsichtig auf und ab. Was ist eigentlich mit Damenbesuch?, fragt er und sieht Stephan Engler schelmisch an.

Ich wusste gar nicht, dass in einem *Bullenkloster* gebumst werden darf, sagt Stephan Engler. Also, mein Schlafzimmer liegt auf der ganz entgegengesetzten Seite der Wohnung. Das hier ist dein abgeschlossenes Reich. Sozusagen dein neues Zuhause, und was du da treibst, geht mich nichts an.

Lukas steht plötzlich auf, geht zwei schnelle Schritte auf Stephan Engler zu und umarmt ihn. Danke, Stephan, flüstert er gerührt. Vielen, vielen Dank! Bist ein echter Kumpel, weißt du das?

Ey, schon gut, entgegnet Stephan Engler verlegen und klopft Lukas auf den Rücken. Entspann dich! Eine solch starke Gefühlsregung hätte er von seinem neuen Mitbewohner nicht erwartet. Und zugetraut hätte er sie ihm auch nicht. Ich muss jetzt wieder runter, Abrechnung machen, sagt Stephan und löst sich aus der Umarmung. Nachher muss ich noch schnell in die Metro. Wenn du willst, kannst du aber schon mal die Spülmaschine ausräumen … Er zwinkert Lukas zu.

Noch mal danke!, ruft Lukas ihm hinterher.

Ist gut jetzt!, sagt Stephan Engler und lässt die Wohnungstür ins Schloss fallen.

Es ist jetzt ganz still in der Wohnung. Lukas wartet noch kurz ab, bis er Stephans Schritte draußen im Treppenhaus nicht mehr hört. Dann fängt er an, sein neues Domizil zu erkunden. Er ist heilfroh, dass er aus seiner Drecksbude unterm Dach in der Landberger Allee raus ist. Die Frau, die Geli heißt und jetzt Vergangenheit ist, hatte auch immer die Nase gerümpft, wenn sie ihn regelmäßig aufgesucht hatte, um ihn dann nach einer Stunde Spezialbehandlung wieder zu verlassen, um 150 Euro reicher.

Ihm gefällt Stephan Englers Einrichtung. Eine moderne Wohnlandschaft aus Leder, ein Designer-Glastisch aus den Siebzigerjahren, ein paar ausgesuchte Antiquitäten – unter anderem eine Récamiere –, ein alter *Loewe*-Röhrenfernseher und eine High-End-Anlage, die aus den Achtzigerjahren stammen muss. Der *Engel* ist anscheinend wirklich eine Gelddruckmaschine, denkt Lukas. Und ich bin ein wichtiger Teil davon. Dominiert wird das Wohnzimmer von einem dicht belaubten Benjamini, der allerdings viel zu üppig gewachsen ist. Die Proportionen passen seiner Meinung nach überhaupt nicht. Die Bilder an den Wänden findet er dagegen wieder gut, obwohl kein besonderer Stil erkennbar ist. Und dann steht da noch ein wandhohes Bücherregal. Stephan Engler liest offenbar gerne Kriminalromane. Aber wozu besitzt er diese vielen Meter an antiquarischen Lexika, die er über die gesamte Breite in den unteren Regalböden eingeordnet hat, wenn es doch Google gibt? Lukas muss sich doch sehr wundern.

Stephan Englers kleines Arbeitszimmer kommt ihm wie ein bewusst herbeigeführtes Chaos vor. Lauter Papierstapel und Aktenmappen, die anscheinend jedoch nach einem sehr persönlichen System angeordnet sind. Ein massiver antiker Sekretär ist zugemüllt mit Zetteln, Kugelschreibern, Bleistiften und Büromaterial; darauf ein Bild, das Stephan Engler mit seinen Kindern zeigt. Dazwischen ragt ein Flachbildschirmmonitor hervor; vor dem Schreibtisch steht ein passender Biedermeierstuhl. Lukas nimmt Platz, horcht noch einmal und schaltet dann den PC ein. Kein Passwort, oho! Ein paar Augenblicke später ist er schon im Netz und loggt sich in seiner angestammten Partnerbörse ein.

Lukas hatte, als er *Steffen,* den *einsamen Prinzen* gelöscht hatte, sogleich ein neues Hauptprofil angelegt, das noch genauer auf die Interessen und Leidenschaften seines Traumprojekts zugeschnitten ist. Aber noch hat Sabine Dallmeyer auf *Daniels* Herzchen – er ist jetzt laut seinem Profil 49 Jahre alt, arbeitet als Verkaufsleiter für Osteuropa bei einem großen Elektronikkonzern, Nickname *N8Eule,* und er wäre so gerne Musiker geworden (Saxofon) – noch nicht reagiert. Dabei ist das *Bienchen* nach wie vor täglich online. Er weiß genau, dass sie chronisch untervögelt ist. Aber nicht mehr lange. Am liebsten hätte er sich aus einer Laune heraus *Gerhard* genannt, das war der Name ihres verstorbenen Mannes, aber nach kurzem Überlegen fand er das doch ein wenig zu dick aufgetragen. Er wirft ihrem Milchglasfoto eine

Kusshand zu, loggt sich aus und löscht den Browserverlauf. Jetzt will er gleich noch die Spülmaschine ausräumen, hinterher ausgiebig heiß und kalt duschen und dann mit dem Fahrrad zum Training in sein Dojo drüben in Giesing fahren. Er kann sich ja immer noch kurzfristig dazu entscheiden, für seinen Chef die Abendschicht hinter dem Tresen zu übernehmen; Lukas ist sich sicher, dass ihm das bei Stephan Punkte einbringen würde. Überdies muss er der blöden Dreckfotze Sonja unbedingt den Wind aus den Segeln nehmen. Mit Sicherheit würde sie abstreiten, dass sie es ihm jemals erlaubt hatte, den Ersatzschlüssel an sich zu nehmen. Wahrscheinlich wäre es sogar besser, er würde trotz des Kampfes in der kommenden Woche aufs Freitagstraining verzichten und bereits vor Ort sein, wenn sie zur Schicht erscheint, auch wenn ihm dies besonders schwerfällt. Na ja, denkt Lukas, manchmal muss sogar ich ein Opfer bringen. In diesem Moment fällt sein Blick auf eine halbrunde Lesebrille, die unter ein paar Dokumenten hervorlugt. Eine randlose Brille mit dünnen Bügeln. Er wusste bisher nicht, dass Stephan Engler beim Lesen eine Brille tragen muss. Sofort hat er eine Idee: Er nimmt die Brille, geht hinüber ins Wohnzimmer und klemmt sie mitten zwischen die feinen Äste des üppig wuchernden Benjamini. Tritt dann zwei Schritte zurück und schaut ganz genau hin. Von der Brille ist nichts zu sehen. Nicht mal was zu erahnen. Das Laub hat sie verschluckt. Perfekt, denkt Lukas. Nur ein kleiner Spaß, für den Anfang.

***

Da Stephan Engler trotz zweier *Paracetamol* nicht nur die Folgen der Geburtstagsparty in den Knochen stecken, sondern auch die Einkaufsschlepperei, empfindet er es als riesige Erleichterung, dass Lukas überraschend noch vor Sonja im Gastraum auftaucht.

In eineinhalb Stunden öffnet der *Engel.* In der Küche lässt Alphonse die Maishühner bereits am Spieß rotieren. Im Grunde hat Stephan es von Lukas sogar erwartet, dass er diese Schicht hinter dem Tresen freiwillig übernimmt. Sein Erscheinen zeigt ihm, dass Lukas offensichtlich mitdenkt. Und dass er sich auf ihn verlassen kann. Das beruhigt ihn.

Die Tür fliegt auf. Hallo zusammen, sagt Sonja und meldet: Für den Abend sind Gewitter mit Sturmböen angesagt. Ich würde sagen, wir lassen lieber die Schirme zu.

Zu Befehl, scherzt Stephan Engler, salutiert und nimmt für einen Moment Haltung an.

Mann, siehst du Scheiße aus, Stephan.

Ich würde jetzt nicht widersprechen, sagt Stephan Engler.

Muss wohl spät geworden sein. Sonja grinst.

Er sieht schuldbewusst drein und macht mit der Hand eine unmissverständliche Geste, dass er reichlich gesoffen hatte.

Kein Mitleid, sagt Sonja. Wer schlucken kann, kann auch arbeiten. Und was ist mit dir, Lukas? Hast du heute Abend nicht frei?

Eigentlich schon, aber uns ist was dazwischengekommen, antwortet Lukas.

Uns? Also, euch beiden?

Stephan Engler hört, dass Sonjas Ton von einem Augenblick zum anderen umschwenkt. Ihre latente Abwehrhaltung gegenüber dem neuen Tresenmann ist einmal mehr zu greifen, und langsam nervt es ihn, dass die beiden offensichtlich nicht so miteinander können, wie er es sich wünscht.

Ärger mit meiner Freundin. Lukas hebt entwaffnend die Hände.

Schon wieder? Mit dieser Geli? Hat sie dich rausgeschmissen, oder was?

Diplomatie ist noch nie Sonjas Stärke gewesen, denkt Stephan Engler, was jedoch beim Umgang mit renitenten Gästen Vorteile hat. Allerdings nicht, wenn es um sensible Beziehungsprobleme geht. Ja, das hat sie offenbar, mischt er sich ein. Als ich heute Morgen den Laden aufgeschlossen habe, hat der junge Herr jedenfalls dort drüben auf der Bank geschlafen.

Dieses Mal ist es wohl endgültig, sagt Lukas leise. Diese Wutattacken hält kein Mensch aus. Er wirkt angefasst.

Dann sei doch froh, dass es nun vorbei ist, sagt Sonja. Ich meine, was du mir in den vergangenen vier Wochen alles über diese Frau erzählt hast, was ich eigentlich gar nicht hören wollte … Dabei kenne ich sie ja nicht einmal persönlich!

Tja, sagt Lukas, ich glaube, du hast trotzdem recht mit deiner Vermutung gehabt, dass die Geli vielleicht irgendwie persönlichkeitsgestört ist.

Ja, sagt Sonja und sucht den Blickkontakt zu Stephan, Soziopathen laufen leider viel zu viele da draußen rum. Einen Augenblick lang schwebt ein Engel durch den Raum. Moment, du hast hier gepennt? Wie bist du denn reingekommen?, will Sonja plötzlich von Lukas wissen.

Mit einem Schlüssel natürlich.

Sonja wendet sich erneut an Stephan Engler. Seit wann hat Lukas einen Schlüssel?

Äh, seit gestern, sagt er. Wusstest du das etwa nicht?

Nö. Du hast mir nichts davon gesagt!

Moment mal, Sonja, sagt Lukas, aber ich habe es dir gesagt!

Bitte?! Wann denn?

Ich habe nicht auf die Uhr gesehen. Das war kurz bevor deine Lieblingstruppe das Tablett mit den Obstlern abgeräumt hat.

Ach du Scheiße, haben unsere Computernerds etwa wieder Vollgas gegeben?, fragt Stephan.

Sonja Freese nickt. Bis zur Oberkante Unterlippe. Mit Tanzen auf dem Tisch. Aber eine Riesenzeche – sonst hätte ich sie wahrscheinlich ein für alle Mal vor die Tür gesetzt.

Typisch, denkt Stephan Engler. Immer wenn ich nicht da bin, kommt es zu unangenehmen Zwischenfällen. Insgeheim liebt er jedoch diese Nerds, die tagsüber das Geld nur so scheffeln und sich den Rest des Tages die Birne wegschießen.

Das ist dann wohl untergegangen, sagt Lukas. Ich bin davon ausgegangen, du hättest das mit dem Schlüssel mitbekommen. Sorry, Sonja!

Sie überhört seinen Einwand absichtlich. Sonja Freese ist erkennbar ärgerlich. Stephan, wenn du mir deinen Laden überlässt, muss ich so etwas wissen, sagt sie streng. Denn dann habe ich die Verantwortung. Es kann nicht einfach jeder machen, was er will!

Aber ich habe dir gesagt, dass ich den Schlüssel habe, beteuert Lukas.

Hör auf, zu singen! Du hast mich *nicht* nach dem Schlüssel gefragt, Lukas. Und wenn doch, dann hätte ich garantiert Stephan angerufen und mich vergewissert …

Stephan sieht, dass ihre Empörung nicht gespielt ist. Denn Sonja identifiziert sich mit dem *Engel*. Da ist sie rigoros. Nimmt kein Blatt vor den Mund. Kritisiert ihn, den Chef, wobei sie auch noch häufig recht hat. Aber das tut sie niemals vor den Gästen. Doch jetzt faltet sie ihn vor Lukas zusammen. Das ist neu.

Stephan? Du stehst gerade strategisch günstig. Kann ich bitte einen Kaffee haben? Sonja holt ihr Portemonnaie hervor und legt demonstrativ einen Euro auf den Tresen. Für den Espresso zum Personalrabatt, fünfzig Prozent.

Das kann ich jetzt aber echt nicht ab, deine Aggression, sagt Lukas. Heute schon gar nicht.

Sonja Freese seufzt. Ich meine das doch nicht persönlich, Lukas. Es geht mir ums Prinzip. Ich nehme meinen Job nun mal sehr ernst.

Und ich nicht, oder was?, ruft Lukas. Bin ich hier oder nicht?

Stephan Engler klatscht in die Hände. Kommt, Kinder! Ruhe

jetzt. Lasst uns alle mal die Samthandschuhe anziehen. Kriegt euch bitte wieder ein. Ich bin mordsmäßig verkatert und habe Kopfschmerzen! Er stellt Sonjas Espressotasse auf den Tresen. Er sieht es ihr an, dass es nach wie vor in ihr brodelt.

Sonja nippt an ihrem Kaffee. Dann muss ich mich wohl bei dir entschuldigen, Lukas. Tut mir leid. Ich werde es sicherlich überhört haben.

Stephan weiß, dass sie das nur deshalb sagt, um für Frieden zu sorgen. Einen Burgfrieden.

Entschuldigung ist angenommen, sagt Lukas lächelnd. Süßlich.

Sonja lächelt nicht zurück.

Haben wir's dann?, fragt Stephan in die Runde. Ihr wisst genau, wie ich solche Streitereien hasse. Und eure Nickligkeiten ganz besonders.

Ja, das weiß ich, sagt Sonja Freese, aber da musst du nun halt mal ab und zu durch.

Lukas weiß es natürlich auch. Er hatte schon nach wenigen Schichten herausgefunden, dass seinem neuen Chef enorm viel daran gelegen ist, auf einem Teppich der Harmonie durch den *Engel* zu schweben. Zoff mit harten Bandagen ist nicht sein Ding.

Du solltest dich dringend um einen weiteren Koch bemühen, Stephan!, wechselt Sonja Freese das Thema. Das geht nicht, dass du dauernd in der Küche arbeitest, bloß weil Alphonse nur zweimal pro Woche kann. Ich brauche dich hier vorn. Du bist der Chef, und der darf nur in Ausnahmefällen nach Frittenfett müffeln!

Versprochen, Sonja, sagt Stephan Engler. Ich schalte gleich am Montag eine Anzeige.

Na gut. Dann kümmere ich mich mal ums *Mise en Place,* sagt Sonja. Sie trinkt ihren Espresso aus und verschwindet in der Küche.

Ich mache den Biergarten klar, Stephan, sagt Lukas, also die Schirme zu. In Ordnung?

Danke, sagt Stephan, der sich gerade vorkommt wie ein Kind, das beim Klauen erwischt wurde. Er wartet, bis Lukas nach draußen auf die Terrasse gegangen ist, und folgt dann Sonja in die Küche, um sich jetzt von ihr noch rasch den fälligen Einlauf abzuholen.

Sie erwartet ihn bereits am Pass.

Sag jetzt bitte nichts, Sonja, bettelt Stephan und schielt zu Alphonse, dem ghanaischen Aushilfskoch, hinüber, der mit dieser Situation schon seit Langem vertraut ist. Immer wenn Sonja und der Chef am Pass stehen und ihre Gespräche beginnen, dreht er ihnen den Rücken zu und fängt an, zu schnippeln. Zur Not auch irgendwas, was gar nicht nötig ist.

Sonja schüttelt den Kopf. Ich schwöre es dir beim Augenlicht meiner ungeborenen Enkelkinder, Lukas hat mich nicht nach den Schlüsseln gefragt, flüstert sie. Ihr Flüstern ist ein scharfes Zischen, wie wenn die Klinge eines Samuraischwerts durch die Luft schneidet.

Das weiß ich doch, entgegnet Stephan, ebenfalls mit gedämpfter Stimme. Ich war zuerst auch ganz schön irritiert – kannst mir wirklich glauben –, als ich ihn auf der Bank pennen sah.

Mensch, Stephan, an dem Bund sind auch deine Wohnungsschlüssel dran. Stephan Engler hüstelt verlegen. Sonja Freese schaltet sofort. Nein!, ruft sie, sag, dass es nicht wahr ist. Hat er dich etwa belatschert?

Doch. Es ist wahr. Ich habe Lukas mein Gästezimmer angeboten, bis er was Neues hat. Soll er in seinem Auto schlafen? Ach so, das kann er ja auch nicht mehr.

Wieso nicht?

Die Polizei hat seinen Wagen konfisziert. Ist eine hanebüchene Story.

Dann kapiere ich dich erst recht nicht. Du kennst Lukas doch kaum.

Ich denke schon, dass ich ihn kenne. Zumindest ein bisschen. Und ich verstehe ehrlich gesagt nicht, was dich an ihm so stört.

Du machst einen schweren Fehler, Stephan, glaub mir bitte. Sie tritt dicht an ihn heran und legt ihre Hand auf seine Schulter. Hör mir bitte zu. Sonja senkt ihre Stimme. Ich habe dir schon ein paarmal gesagt, was ich von Lukas halte. Im Gegensatz zu dir kenne ich solche Typen nämlich gut, wenn du dich nur an meinen glorreichen Motorradfahrer erinnern würdest …

Kann ich, sagt Stephan. Gut, dass du dieses Arschloch abgeschossen hast.

Ja, aber viel zu spät! Weißt du noch, wie lange es gedauert hat, bis ich es endlich geschafft hatte, ihn nicht mehr in mein Leben zu lassen? Und dass ich nach der Trennung trotzdem so fix und fertig war, dass ich mich auf die Couch gelegt habe?

Was hat das denn mit Lukas zu tun? Stephan nimmt Sonjas Hand von seiner Schulter herunter. Er ist ärgerlich.

Gegenfrage: Siehst du nicht die Parallelen? Diese Typen sind alle gleich, mehr oder weniger. Lukas ist auch so ein Narzisst. Diese desaströse On-off-Beziehung mit dieser Geli. In nicht einmal vier Wochen sechs Trennungsdramen mit tränenreicher Versöhnung – wenn man ihm glauben kann. Vielleicht sollte man diese ominöse Frau einmal selbst fragen, wie sie die Sache sieht …

Nenn es einfach Solidarität unter Männern. Und ich spare 300 Euro Miete.

Sonja Freese legt nun auch ihre zweite Hand auf Stephan Englers Schulter. So als ob sie ihn schütteln will. Bist du blind? Hast du nicht gemerkt, wie Lukas sich dauernd im Spiegel betrachtet und wie seltsam beherrscht er manchmal wirkt, vor allem dann, wenn du oder ich ihn kritisieren? Kein Wort, keine Geste, kein Lächeln. Das heißt nichts anderes als: *Guckt mal, wie überlegen ich euch allen bin!*

Das ist jetzt deine Küchenpsychologie, Sonja. Ist doch super, dass er nicht den Kopf verliert, wenn der Laden tobt – und dabei auch noch auf sein Aussehen achtet.

Ich bin auch eitel. Aber nicht so! Meinetwegen soll er einfach nur Bier zapfen, dem Service die Getränke in der richtigen Reihenfolge hinstellen, seinen Tresen in Schuss halten – und ansonsten seine Klappe. Aber du bietest ihm dein Gästezimmer an …

Was um alles in der Welt hast du bloß gegen ihn? An seiner Arbeit gibt es nichts auszusetzen.

Sonja Freese verdreht die Augen. Das ist alles nur Fassade! Über kurz oder lang hält er das nicht durch. Bitte, glaube mir, Stephan, du checkst es noch nicht, oder du willst es nicht wahrhaben, weil du einfach zu vertrauensselig bist. Eigentlich müsste Lukas verschwinden, am besten sofort.

Das geht aber nicht. Ich kann nicht die Küche und den Tresen gleichzeitig machen. Er blickt hinüber zu Alphonse.

Ist mir doch klar. Aber ich möchte dir einfach nur den größten Mist ersparen, den du erleben könntest. Weißt du eigentlich, wie er mit unseren Aushilfen umspringt? Hast du eine Ahnung, wie penetrant er unsere weiblichen Gäste anbaggert?

Er macht Stimmung und treibt den Umsatz nach oben. Übertreibst du nicht gerade ein bisschen, Sonja?

Nein, Lieblingschef! Dieser Typ wird über kurz oder lang zum Problemfall …

… sagte die Hellseherin … Werd jetzt bitte nicht hysterisch, Sonja – das sind alles nur Mutmaßungen.

Davon bin ich weit entfernt. Du erinnerst dich hoffentlich daran, was ich dir bereits vor einer Woche gesagt habe, oder?

Willst du mich immer noch erpressen? Du oder er?

Es ist mir verdammt ernst, Stephan, ich kriege überall einen neuen Job. Und natürlich will ich dich nicht erpressen. Ich will mich bloß vor solchen Menschen schützen. Also mich und dich und diesen verdammten Laden.

FREITAG,
26. JUNI 2009, 22.45 UHR

Es prickelt in Stephans Magen, als er auf den Eingang zum Dojo in Giesing zugeht. Lukas hatte von einer *Hausgala* gesprochen, einem Kampfabend vor etwa 200 bis 300 Zuschauern. Die Straße ist zu beiden Seiten mit Autos zugeparkt, die verdächtig nach Milieu aussehen; die meisten sind Limousinen und Coupés der oberen Mittelklasse und der Oberklasse, tiefergelegt, mit breiten Reifen, Spoilern, Camouflage-Lackierungen; auch zwei *Hummer* befinden sich darunter.

Stephan Engler will sich selbst davon überzeugen, was Lukas ihm in den vergangenen Tagen über Martial Arts erzählt hatte. Im *Engel* war wenig los gewesen, sodass er den Laden guten Gewissens Sonja und zwei Springern überlassen hatte. *MMA* kannte er bisher nur aus dem Fernsehen. Lukas hatte ihm versichert, dass alle Gerüchte über diesen umstrittenen Kampfsport nicht stimmen würden: Die Kämpfer achten und ehren sich vor und nach dem Kampf, sagt er, die Regeln sind brutal streng, und wenn ich dir jetzt erzähle, dass MMA ungefährlicher ist als Boxen, nimmst du mir das ab?

Kann ich mir ehrlich gesagt nicht vorstellen, sagt Stephan. Sie sitzen auf seinem Balkon in der Sonne und essen Gyros, das Stephan Engler bei seinem Lieblingsgriechen auf der Leopoldstraße geholt hat.

Im vergangenen Jahr sind weltweit 68 Boxer im Ring oder nach dem Kampf gestorben. MMA-Kämpfer: null.

Keine Ahnung, sagt Stephan und schaut über die Straße. Angst hast du keine? Ich meine, dass dir jemand das Gesicht zertrümmert?

Das sagst du doch bloß, weil du mich hinterm Tresen brauchst.

Ja, auch. Eine Boxervisage wäre wohl unpassend.

Das wird aber nicht passieren. Vorher gebe ich auf. Versprochen, Chef!

Abwarten. Stephan Engler legt das Besteck zur Seite und langt nach seiner Zigarettenpackung. Lukas erhebt sich. Willst du noch ein Radler, Stephan?

Holst du eins?

Klar. Mit oder ohne?

Mit Alkohol. Ausnahmsweise.

Lukas stapelt die Teller und die Reste ihres Mittagessens aufeinander und bringt alles in die Küche. Stephan Engler begreift in diesem Moment einmal mehr nicht, warum Sonja dauernd gegen Lukas stänkert. Bisher hat sich sein Untermieter fabelhaft benommen. Na gut, er ist zwar erst ein paar Tage in der Wohnung, aber wenn Stephan Engler in sich hineinhorcht, dann findet er es sogar richtig gut, einen Mitbewohner zu haben. Gestern Nacht hatten sie zusammen eine Pokerpartie im Netz gespielt, in einem Online-Casino. Da Lukas keine Kreditkarte besitzt, hatte Stephan den Einsatz bezahlt. Für ihn war es Neuland gewesen, aber Lukas hatte es zweimal geschafft, den Tisch als Sieger zu verlassen. Er kannte sich offenbar ziemlich gut aus. Einsatz 50 Euro, Gewinn 250 Euro. Wir teilen den Gewinn natürlich, hatte Stefan gerufen, aber Lukas hatte abgewinkt: abzüglich deines Einsatzes!

Jetzt dürfte der Einsatz höher sein. Die Gesundheit. Lukas hatte versprochen, Stephan Engler auf die VIP-Gästeliste zu setzen.

Stephan? Vom *Engel?* Du kommst gerade rechtzeitig. Der Mexikaner kämpft in fünf Minuten, sagt der Zweimeterriese am Eingang.

Der Mexikaner? Sorry, ich bin zum ersten Mal auf so einem Event. Ich bin zu einem Kampf von Lukas Friedrich …

… sag ich doch: der Mexikaner. Einer von zwei Hauptkämpfen heute auf unserer *Fight Night*.

Ach so.

Ein Freund von dir?, fragt der zweite Bouncer und befestigt ein schwarz-goldenes Bändchen um Stephan Englers Handgelenk.

Sozusagen. Wir arbeiten zusammen.

Alles klar. Viel Spaß. Du hast einen reservierten Sitzplatz, da, wo *VIP-Lounge* steht. Wird wahrscheinlich ein geiler Kampf. Luki ist ein Wahnsinniger.

Okay, entgegnet Stephan Engler. Er wundert sich, dass die Bouncer seinen Laden kennen; Lukas wird wohl was erzählt haben. Das Prickeln in seinem Magen nimmt zu, als er sich mit vornehmer Zurückhaltung durch die Zuschauermenge drängelt. Die Neugier des Polizeireporters hat sich augenblicklich zurückgemeldet: Er will möglichst dicht ran an den Käfig, der in der Mitte des Dojos aufgebaut ist. Er glaubt sogar, einige wenige Gesichter wiederzuerkennen. Gesichter, die er wahrscheinlich vor ein paar Jahren in Gerichtssälen gesehen hat, an Tatorten, im Bahnhofsviertel oder in den Münchner Bordellen, wo er sich manchmal Insider-Informationen besorgt hat. Man sieht es den meisten männlichen Besuchern an, dass sie in ihrer Freizeit Eisen pumpen. Dass sie offenbar sehr viel Freizeit haben. Und sich ansonsten gerne tätowieren lassen. Schwarze Lederjacken überwiegen, zwischendrin erspäht er aber auch einige Anzugträger, echte Schmierlappen, denkt Stephan Engler, besonders, wenn sie Ray-Ban-Fliegerbrillen aus den Achtzigern tragen.

Die Zuschauerinnen dagegen tragen extrem kurze Röcke, eher ein Hauch von Nichts, vielleicht gerade mal breite Gürtel, und sie sind ebenfalls aufgepumpt wie ihre männlichen Begleitungen. Die meisten Dekolletés sind jedenfalls atemberaubend, findet Stephan und lässt sich bereitwillig von einer Hostess mit glitzernden French Nails seinen VIP-Platz zeigen, einen Klappstuhl aus Kunststoff – und ganz nahe dran am Käfig.

Möchtest du was trinken?, fragt die Hostess artig.

Nach dem Fight vielleicht, entgegnet Stephan lässig, vielen Dank! In seinem dunkelgrünen *Camel*-Jackett und der kakifarbenen Cargohose fühlt er sich ein bisschen wie ein Fremdkörper.

Er schafft es noch gerade, einen Blick auf die weiße Kampfmatte zu erhaschen, die mit Werbung für Proteinnahrung bedruckt ist. Und an vielen Stellen eingetrocknete Blutflecken aufweist. Dann geht auch schon das Licht im Dojo aus, eine Discokugel setzt sich in Bewegung und taucht die Szenerie in zahllose rotierende Lichtpunkte. Sekunden später richtet ein Punktscheinwerfer seinen Lichtstrahl auf den Zugang zur Umkleidekabine, und der wohl an zweiter Stelle berühmteste Gitarrenriff aller Zeiten – *Highway to Hell* von AC/DC – setzt mit dem Lärm eines startenden Düsenjägers ein. Heraus tritt ein glatzköpfiger Kämpfer, der eine rote, eng anliegende Sporthose trägt, einer Badehose nicht unähnlich. Stephan vermutet, dass er darunter ein Suspensorium trägt. Der Kämpfer reißt die behandschuhten Hände hoch und betritt, begleitet von seinem Trainer, mit federnden Schritten den Käfig. Sein Gesicht ist eine einzige aggressive Grimasse, sein Stiernacken ist gerötet. Er schlägt ununterbrochen seine rechte Faust in seine linke Handfläche, lockert dabei seine Schulter- und Halsmuskulatur und lässt sich von seinem Betreuer einen Mundschutz in den Mund stecken, der dem Union Jack nachempfunden ist. Stephan Engler sieht, dass dem Kerl die oberen Schneidezähne fehlen. Er schätzt ihn auf vielleicht 1,75 Meter, doch soweit er es beurteilen kann, macht Lukas' Gegner seine kürzere Reichweite durch Kompaktheit wett. Er schätzt, dass sein Untermieter mindestens zehn Zentimeter größer ist.

Im nächsten Moment ebben AC/DC ab, und der Mann am

Mischpult blendet über in thailändische Trommelmusik, garniert mit pfeifenden Flötentönen. Stephan Engler reißt die Augen auf, als er Lukas die Kampfzone im Licht des Punktscheinwerfers betreten sieht – ohne Betreuer, die Handflächen aneinandergepresst, so, als würde er beten. Aber das allein ist es nicht, was ihn in Erstaunen versetzt. Sondern es ist Lukas Friedrichs athletischer Körper; sehnig und muskulös, mit einem beeindruckenden Sixpack, ohne ein einziges Tattoo, sorgfältig rasiert. Stephan Engler kommt es so vor, als befinde Lukas sich in einem Tunnel. Er wirkt konzentriert, beinahe schon entrückt. Jetzt fällt ihm außerdem auf, dass der Applaus des Publikums für seinen Tresenmann weitaus größer ist, als es der für seinen Gegner eben war. Lukas trägt gelb-grüne, seidig glänzende, labberige Boxershorts mit weißen Fransen am Saum. Er stellt sich in die Mitte des Käfigs und verbeugt sich knapp in alle vier Himmelsrichtungen. Stephan fragt sich, was Muay Thai mit Lukas' Kampfnamen *Der Mexikaner* zu tun hat, aber er möchte sich nicht blamieren, indem er seinen Nebenleuten diese Frage stellt.

Schließlich betritt der Ringrichter den Käfig, ein vierschrötiger Hundertkilomann, ganz in Schwarz, mit ebenfalls schwarzen Gummihandschuhen und eindrucksvollen Blumenkohlohren. Das könnte bedeuten, dass er vom Fach ist. Der Betreuer des Engländers verlässt das Oktagon, eine Stimme aus den Lautsprechern stellt die beiden Kämpfer vor. Lukas Friedrich ist vier Kilogramm leichter und sechs Jahre älter als sein Gegner in diesem Mittelgewichtskampf, *Richie »The Dozer« Shamrock* aus Bath, Großbritannien.

Stephans Puls schlägt mindestens 120-mal pro Minute. Er würde sich garantiert vor Angst in die Hose machen, wenn er dort stehen würde, wo Lukas jetzt steht. Beide Kämpfer erhalten die letzten Instruktionen durch den Ringrichter. *The Dozer* murmelt irgendwas, Stephan Engler sieht, dass Lukas ihm antwortet, woraufhin sein Gegner ein breites Grinsen auf sein demoliertes Gesicht zaubert. Dann heißt es: *Fight!*

Es ist zunächst ein vorsichtiges Abtasten. Bestimmt eine halbe Minute lang kreisen die beiden umeinander herum und versuchen, sich auszuspähen. Eine Lücke in der Deckung zu erhaschen, eine Schwäche. Der Engländer ist flink auf den Beinen, pendelt ein paar Jabs von Lukas geschickt aus. Die Anfeuerungsrufe aus dem Publikum werden lauter. Die Zuschauer wollen offenbar, dass Blut fließt. Stephan spürt, wie sich das Adrenalin jetzt auch in seiner Blutbahn bemerkbar macht.

Und schon im nächsten Augenblick startet Shamrock einen Angriff: Wie ein wild gewordener Bulle stürmt er auf Lukas zu, schlägt mehrere wilde Haken, von denen einer Lukas am Kopf trifft, rammt ihn gegen den Zaun des Käfigs, nagelt ihn dort fest und bearbeitet seinen Körper mit einem Hagel von Schlägen. Lukas schützt seine Nieren und seine Leber, so gut es geht, mit seinen Armen, als Shamrock abtaucht, Lukas umklammert und ihn zu Fall bringt. Lukas liegt plötzlich auf dem Rücken, die Knie angezogen, Shamrock versucht, sich auf seinen Oberkörper zu setzen, und trifft ihn dabei mehrmals mit seiner Hammerfaust auf den Kopf. Stephan Engler mag schon nicht mehr hinsehen. Das Gebrüll der Menge schwillt an zu einem Orkan, und Stephan Engler hört sich plötzlich selbst schreien: Hau ihn weg, Lukas! Mach ihn platt!

Und als ob Lukas ihn gehört hätte, gelingt es ihm, den Engländer mit einer gewaltigen Kraftanstrengung seiner Beine von sich hinunterzustoßen. Der Ringrichter unterbricht den Kampf, beide Fighter nehmen erneut Aufstellung, und jetzt brüllt die Menge ein gewaltiges *Olé*.

Lukas Friedrich blutet aus einem Cut über der linken Augenbraue. Er wischt sich mit der linken Hand über die Verletzung, sieht das Blut. Sein Blut. Fassungslosigkeit überzieht einen Moment lang sein Gesicht, und als er seinem Gegner jetzt provozierend mit dem Zeigefinger droht, rastet das gesamte Dojo aus. Einzelne Zuschauer springen auf, auch Stephan Engler, um nur Sekunden später Zeuge einer Schlachtung zu werden: Lukas täuscht einen Sidestep an, bewegt sich dann aber einen halben Schritt zurück und dreht sich fast gleichzeitig blitzschnell um die eigene Achse. Dabei reißt er sein linkes Bein hoch und trifft Shamrock mit dem Rist seines Fußes am Hals. Der bullige Kerl knickt weg wie ein gefällter Baum, wie in Zeitlupe, in seinen Augen ist nur noch das Weiße zu sehen. Schon ist Lukas über ihm und bearbeitet das Gesicht seines regungslosen Gegners mit wuchtigen Faustschlägen. Der Kopf des Engländers fliegt hin und her. Stephan Engler kommt es wie eine halbe Ewigkeit vor, bis der Ringrichter sich endlich auf Lukas wirft und ihn von dem Wehrlosen herunterzieht. Seiner Meinung nach viel zu spät.

Sein Beifallsgeschrei bleibt ihm im Halse stecken. Denn er hat gerade mit angesehen, zu was Lukas fähig ist. Doch es ist nicht die Kampftechnik, die ihn beeindruckt, sondern die unglaubliche Konsequenz, mit der Lukas seinen bereits geschlagenen Gegner offensichtlich vernichten wollte. Eine solche Brutalität hätte er dem charmanten Liebling der Damenwelt vor diesem Kampf niemals zugetraut.

Lukas nimmt Anlauf, springt auf die Käfigumrandung und setzt sich rittlings auf den gepolsterten Rand. Er ist gerade mal drei Meter von Stephan Engler entfernt, deutet mit dem Zeigefinger auf ihn und zwinkert ihm zu, bevor er sich ausgiebig von den Zuschauern feiern lässt.

Stephan Engler streckt ihm kurz seinen erhobenen rechten Daumen entgegen. Dann wirft er aber auch schon wieder einen sorgenvollen Blick auf den englischen Gegner, dessen Gesicht aussieht wie eine schiefe Ebene. Lukas hat ihm mit Sicherheit den Unterkiefer zertrümmert, vielleicht noch weitere Gesichtsknochen gebrochen. Der Mundschutz liegt neben seinem Kopf auf der Matte. Zwei Helfer und sein Betreuer helfen dem schwer Gezeichneten auf die Beine und führen ihn aus dem Oktagon hinaus. Stephan Engler hat genug gesehen. Er braucht jetzt dringend ein Bier. Und eine Zigarette, am besten an der frischen Luft. Ihm ist ganz schön mulmig, Sonjas Worte fallen ihm wieder ein – kennt er Lukas wirklich?

***

Der Champion kommt gegen 2 Uhr morgens heim. Stephan Engler sitzt nachdenklich auf dem Balkon. Die Nacht ist warm, aber das ist es nicht, warum er nicht schlafen kann. Er ist aufgewühlt und gleichzeitig nachdenklich. Er hört, wie Lukas sich aus dem Kühlschrank etwas zu trinken holt. Wenige Augenblicke später lässt Lukas sich in seinem Trainingsanzug neben Stephan auf den zweiten Stuhl fallen, öffnet die Wasserflasche, trinkt sie in einem Zug aus und unterdrückt ein Aufstoßen.

Glückwunsch, Lukas!, sagt Stephan Engler.

Ich hab dich am Ring gesehen, Stephan. Warum bist du nicht noch geblieben? Lukas trägt ein breites Siegerlächeln im Gesicht. Der Cut über seiner linken Augenbraue ist mit drei schmalen Klebestreifen verschlossen.

Ich war zu geflasht. Das hatte ich so nicht erwartet. Einfach irre, sagt Stephan Engler, diese …

… Taktik? Eleganz? Überlegenheit? Sag es ruhig!

Brutalität, wollte ich eigentlich sagen. Du warst gnadenlos. Das hat mich ziemlich erschreckt. Der Tritt allein hätte doch schon gereicht.

Das gehört dazu. Er hat mich vorher fast gehabt. Es war sehr knapp, aber letztlich war ich halt besser.

Und wieso nennt man dich den Mexikaner?

Das kommt vom Profiboxen. Mexikaner gelten als besonders unerschrockene, mutige Boxer. Viele Experten meinen sogar, es seien die besten der Welt. Also, es heißt, sie würden immer nach vorn gehen, viel einstecken können und immer die finale Entscheidung suchen.

Weißt du, Lukas, ich kenne mich weder mit Boxen noch mit deinem MMA-Dings aus. Aber wenn ich es richtig beobachtet habe, dann hast du dich während des Kampfes verändert.

Ach ja? Interessant. Erzähl mal!

Als du gemerkt hast, dass du überm Auge geblutet hast.

Gut beobachtet, sagt Lukas anerkennend.

Du hast plötzlich so entschlossen gewirkt. Für einen Moment habe ich gedacht: Jetzt will Lukas die arme Sau umbringen.

Das könnte auch durchaus passieren. Wenn er meinen Rat nicht befolgen will …

Stephan sieht ihn fragend an. Was meinst du denn damit?

Wenn wir uns vor dem Kampf gegenüberstehen, gebe ich meinem Gegner immer eine Botschaft mit auf den Weg: *Schlag mich einmal ins Gesicht, dann kämpfst du nie wieder. Tritt mir in die Eier, und ich töte dich.* Und glaub mir, da bin ich konsequent. Das ziehe ich dann voll durch. Stephan sieht ihn ungläubig an. Lukas lächelt. Keine Angst! Ist nur ein psychologischer Trick. Aber er funktioniert. Meistens jedenfalls. Ich bin schließlich nicht mehr der Jüngste.

Aber du kriegst mit 39 Jahren immer noch einen Spagat hin. Cheers! Stephan Engler prostet ihm mit seinem Highball-Glas zu, sichtlich erleichtert.

Für einen K. o. reicht es noch, sagt Lukas vergnügt. Aber bis wir dich zu einem Spagat kriegen, würde es mindestens zwei Jahre dauern. Du solltest überhaupt mal darüber nachdenken, was für deine Fitness zu tun. Guck dich mal an!

Wo du gerade Spagat sagst! Lukas sieht Stephan Engler in gespannter Erwartung an. Vielleicht ist es jetzt nicht der richtige Moment, aber mir brennt sozusagen was auf der Seele. Das hat aber nur was mit dem Laden zu tun.

Lukas weiß anscheinend bereits, worüber Stephan Engler reden möchte. Denn er sagt: Ich wundere mich in letzter Zeit auch über Sonja. Ich glaube, sie verbirgt was vor dir.

Stephan starrt Lukas entgeistert an. So was darfst du nicht sagen, wenn du keinen hieb- und stichfesten Beweis hast.

Stephan, ich will dir mal was sagen: Du bist so verdammt vertrauensselig. Manchmal könnte ich dich echt schütteln.

Das sagt Sonja auch immer. Und sie ist von Anfang an dabei. Ohne sie hätte ich das alles nie geschafft.

Ich verstehe dich ja, Stephan! Doch du musst der Realität ins Auge sehen. Glaub mir, ich kenne diese Sorte Mensch: Die tun erst alles für dich, und dann, wenn du überhaupt nicht damit rechnest, greifen sie ab.

Wenn du es genauer wissen willst: Sie behauptet von dir, dass du ab und zu in die Kasse greifst. Komisch, nicht wahr?

Das habe ich mir schon gedacht.

Du würdest Tische aus der Kasse löschen, sagt sie. Aber die Gäste vorher abkassieren.

Verstehe, entgegnet Lukas bedächtig. Aber das stimmt nicht. Im Gegenteil. Ich habe während der letzten beiden Schichten nur versucht, nebenbei mal Sonjas Kassenbuchungen zu checken.

Was? Nun mach es doch bitte nicht so spannend!

Ich glaube, dass ihr Portemonnaie nach Kassenschluss häufiger nicht stimmt. Ich habe natürlich keinen Beweis dafür, aber ich bin jetzt schon so lange im Geschäft. Ich verlasse mich da ganz auf mein Bauchgefühl – und auf meine Augen.

Scheiße, sagt Stephan. Alles Scheiße. Er stellt sein Highball-Glas neben sich auf dem kleinen Balkontisch ab. Ich kümmere mich darum. Gleich morgen. Das geht nicht, dass sich meine Leute gegenseitig ausspionieren.

Lukas lehnt sich zurück und greift in die rechte Tasche seines Trainingsanzugs. Also, wenn Sonja das von mir behauptet … Ich habe es nicht nötig, Geld zu unterschlagen. Er holt ein zusammengerolltes Bündel Banknoten hervor, lauter braune Scheine, zählt ein Dutzend Fünfziger ab und steckt sie unters Highball-Glas, damit der Wind das Geld nicht wegweht. Hier, Stephan, meine Miete für Juli und den August auch gleich noch.

Deine Kampfgage?

Ja, 2000. Auf die Kralle. Geil, was? Lukas steckt den Rest des Geldes wieder ein.

Das wäre zu wenig, um mir dafür die Fresse polieren zu lassen. Stephan erhebt sich aus seinem Stuhl. Lukas, ich bin hundemüde. Ich gehe ins Bett. By the way, hast du zufällig meine Brille hier irgendwo rumliegen sehen? Ich such sie schon seit Tagen!

Deine Brille? Ich wusste nicht mal, dass du eine hast!

Doch, so eine ganz dünne, halbrunde. Ich brauche die neuerdings, aber nur zum Lesen.

Nein, tut mir leid. Sollen wir sie suchen?

Nee, lass mal. Ich werde sie bestimmt finden. Dabei bin ich mir sicher, dass ich sie auf meinen Schreibtisch gelegt hatte. Stephan steckt die Miete ein. Ach so, Lukas – denk bitte noch an deine Anmeldedaten.

Ja, klar.

Gute Nacht, Champ! Noch mal: Glückwunsch!

Danke, Chef! Gute Nacht, Stephan! Ich bleibe noch einen Moment sitzen. Muss noch runterkommen.

Mach einfach, wie du denkst.

Lukas streckt die Beine aus, lehnt sich zufrieden zurück und schaut in den nachtklaren Himmel. Er könnte sich über Stephan kaputtlachen. Dieser Gutmensch schöpfte keinen Verdacht und glaubt anscheinend alles, was man ihm sagt. Wenn der Vollpfosten gewusst hätte, wie hoch seine Kampfgage wirklich war. 1000 Euro. Der Rest des Bündels stammte zum größten Teil aus dem *Engel,* knapp 300 hatte er mit Sparring verdient. Wenn Stephan Engler sich jedoch gewundert hätte, wäre es für Lukas bestimmt ein Leichtes gewesen, ihm irgendetwas von *Wettgeldern* vorzugaukeln. Bloß diese verfickte Sonja, denkt Lukas, die könnte eventuell zu einem Problem werden.

SONNABEND, 18. JULI 2009, 17.15 UHR

Zuerst waren Sabine Dallmeyer seine Augen aufgefallen, die tiefbraun sind und sanft. Dann die kleine Risswunde über dem linken Auge, die verschorft ist. Gerade war er mit dem Maßkrug in der Hand an ihre Bierbank herangetreten und hatte mit einem Zwinkern gefragt, ob er mal den Männeranteil etwas erhöhen und dafür die Promille senken dürfe. Ziemlich frech, aber wenigstens direkt. Und gut, dass er nicht Altersdurchschnitt gesagt hatte. Die ganze Zeit schon hatte er ihr von gegenüber Blicke zugeworfen. Zumindest bildet Sabine sich das ein. So viel Aufmerksamkeit ist sie nicht gewohnt, und dann auch noch angesprochen zu werden.

Dabei ist der Kerl mindestens 15 Jahre jünger und auch noch gut aussehend; groß, schlank, offensichtlich sportlich und ziemlich muskulös; mit vollem dunklem Haar, gut rasiert. Seine Tracht stammt nicht aus Asien, sondern aus dem Traditionsgeschäft *Köppl* in Berchtesgaden, und sie ist schon jahrelang getragen; das erkennt Sabine sofort an den echten Hirschhornknöpfen und der seidigen Patina seiner Lederhose. Das Festtagsdirndl, das sie heute trägt, hat sie ebenfalls dort gekauft.

Mit ihren Freundinnen Gisela und Frieda hat sie wie in jedem Jahr drei Plätze beim *Waldsommer* reserviert, im Festzelt. Kichernd rückt Frieda ein Stück, damit er sich zwischen sie und Sabine setzen kann.

Komm schon, ruft Gisela in den Lärm des überfüllten bierdunstigen Festzelts hinein. Sie hatte Sabines Blicke wohl bemerkt, doch aufgestanden und hinübergegangen wäre ihre Freundin nie. Weil die Sabine eben so ist, wie sie ist. Über sechs Jahre ist es her, dass sie ihren Mann Gerhard beerdigt hat. Danach folgten mehrere Enttäuschungen nacheinander, vor ein paar Wochen war Sabine von einem Ingenieur aus Ingolstadt total verarscht worden, den sie im Internet kennengelernt hatte. Dieser Feigling war über Nacht aus der Partnerbörse verschwunden, und von da an war auch seine Telefonnummer nicht mehr erreichbar gewesen.

Gisela prostet Lukas mit ihrem lippenstiftverschmierten Weinglas zu. Mit einem Kopfnicken nach links und rechts stellt sie ihm Frieda, Sabine und dann sich selbst vor.

Und jetzt hock dich schon hin! Du machst mich ja ganz nervös.

Muss mein Glückstag sein, Ladys, sagt Lukas und lächelt ein schönes Lächeln. Er quetscht sich auf die Bierbank zwischen Frieda und Sabine. Gisela sitzt ihm gegenüber. Sie taxiert ihn eine Spur zu lang, leckt sich einmal reflexartig mit der Zunge über die Lippen, aber sie ist nicht sein Typ. Zu mollig, zu fidel, zu laut, zu dominant. Zu viele blonde Strähnchen, zu viel Schminke und Lippenstift, zu viel Goldschmuck und viel zu viel künstliche Bräune. Frieda dagegen ist überschlank, beinahe hager, mit eisgrauer Kurzhaarfrisur und, ihren Brillengläsern nach zu urteilen, stark kurzsichtig.

Sabine ahnt nichts von dem, wie er sie sieht und beurteilt. Sie könnte es jetzt fühlen. Aber dafür ist es noch viel zu früh.

Während Lukas auf der schmalen Bierbank nach einer bequemen Position sucht, streift sein Knie wie zufällig ihr Bein. Lukas heiße ich, ich bin aus Tölz. Ihm entgeht nicht, dass Gisela ihrer Freundin Sabine verstohlen zuzwinkert.

Haben wir uns nicht schon mal gesehen? Frieda spricht langsam, verschluckt ein paar Silben. Sie ist beschwipst.

Nicht, dass ich wüsste.

Doch, doch. Mir fällt's gleich ein ...

Lukas nimmt rasch einen Schluck aus seinem Maßkrug, um

seinen Schrecken zu verbergen. Er kann sich nicht vorstellen, dass Sabine und ihre Freundinnen etwas gemerkt hatten, wenn er sie heimlich beobachtet hatte. Er war mindestens ein halbes Dutzend Mal in Wolfratshausen und Geretsried gewesen. War mit ihnen S-Bahn gefahren, nach München hinein, ins Kino. Hatte Sabine heimlich auf den Markt und in den Supermarkt begleitet. Hatte vor ihrem Weinhändler gewartet. Vor der Bücherei. Vor der Reinigung. Immer auf der anderen Straßenseite. Es hatte ihn erregt, wenn er sie so beobachten konnte. Manchmal hatte er sie natürlich auch verpasst. Dann war er umsonst nach Geretsried gekommen.

Einmal war er den drei besten Freundinnen sogar zehn Kilometer ins Gebirge hinein gefolgt und einmal auf dem Rennrad von Geretsried nach Bad Tölz und zurück. Und jedes Mal war sein Interesse an Sabine Dallmeyer ein großes Stück gewachsen. Bis zu dem Tag, als sein Mercedes auf der Autobahn zurück nach München verreckt war. Einen Kilometer vor der Stadtgrenze. Der ADAC-Mann hatte ihn voller Mitgefühl angesehen und kopfschüttelnd gemeint, dass da nichts mehr zu machen wäre. Die Kurbelwelle und das Getriebe waren hin. Der Schrotthändler hatte Lukas lächerliche 100 Euro in die Hand gedrückt und die Abschleppkosten übernommen. Aber seit jenem Tag waren seine Stippvisiten in Geretsried für ihn komplizierter und vor allem anstrengender geworden – auf dem Rennrad und mit der S-Bahn.

Doch, doch, doch, insistiert Frieda kopfschüttelnd, ich weiß es jetzt wieder! In Königsdorf sind wir uns begegnet, im Biergarten vom *Hofherrn*, das ist ungefähr zwei Wochen her … Sie wendet sich an Gisela. Als wir unsere Radtour nach Bad Tölz gemacht haben.

Dort, im Biergarten, hatte Lukas zufällig mitbekommen, wie das Trio den Besuch des *Waldsommers* verabredet hatte. Gut, dass die dicke Gisela immer so laut sprach.

Also, ich habe diesen flotten Herrn leider noch nie gesehen, sagt Gisela und seufzt theatralisch.

Und du, fragt Lukas Sabine, hast du mich etwa auch schon mal gesehen?

Sabine schüttelt den Kopf. Dann lächelt sie wieder. Wie zauberhaft, denkt Lukas. Sie hat offensichtlich noch nicht so viel getrunken wie ihre beiden Freundinnen, aber dass sie zu viel trinkt, ist klar.

Ich glaube, du bist fasziniert von mir, sagt Lukas.

So, so ...

Doch, doch: Aber, du weißt es nur noch nicht.

Holla, die Waldfee, kreischt Gisela. Lukas, du hast es ja echt drauf!

Lukas achtet nicht auf sie. Du bist eine wirklich wunderschöne Frau. Deshalb hab ich dich vorhin die ganze Zeit anschauen müssen ... Verzeih mir.

Ach geh! Sabine winkt ab.

Das wird man ja wohl mal sagen dürfen, flötet Lukas.

Eine alte Schachtel bin ich. Sabine errötet leicht.

Oh, là, là, schaltet Gisela sich wieder ungefragt ein, da will es aber jemand wirklich wissen. Mut hat er, der Lukas!

Ich bin mir nicht sicher, ob man Mut braucht, um angenehme Wahrheiten auszusprechen, sagt Lukas ernst. Vorsicht jetzt! Sabine mag keine Übertreibungen.

Aber weiter kommt er gar nicht, denn Frieda sagt: Jetzt hört mir doch mal zu, ich bin mir ganz sicher! Wir haben beim *Hofherrn* in Königsdorf doch genau in der Mitte des Biergartens unter der Kastanie gesessen und der Lukas am hintersten Tisch, neben dem Ausgang zum Parkplatz, mit einem älteren Ehepaar!

Vielleicht liegt es an meinem Allerweltsgesicht?

Gisela lacht mit gespielter Empörung laut auf und winkt eine Kellnerin heran. Sie bestellt zwei Weißweinschorlen, einen Weißwein für sich selbst und auf Nachfrage ein alkoholfreies Radler für den *jungen Mann.*

Ich muss heute noch nach München zurückfahren. Morgen früh brauche ich mein Auto, erklärt Lukas.

Noch ein Radler, alkoholfrei, wiederholt die Kellnerin und setzt ihren Weg durch die Biertischreihen fort.

Lukas tippt sich an die Stirn. Moment mal, Königsdorf, sagst du?

Ja, beim *Hofherrn,* im Biergarten, antwortet Frieda und beugt sich ein wenig vor.

Vor vierzehn Tagen? ... Natürlich, Lukas seufzt. Klingt total erfunden, aber ich habe einen Zwillingsbruder. Kann also gut sein, dass du mich schon mal gesehen hast. Nur war das dann mein Bruder Ludwig, wenn du dir so sicher bist, mich jetzt wiedererkannt zu haben.

Lukas und Ludwig! Gibt's etwa zwei von eurer Sorte? Kannst du deinen Bruder nicht anrufen?, fragt Gisela und klimpert mit ihren Mascara-Wimpern.

Lukas wird schmallippig.

Der Ludwig ist leider ein bisschen anders als ich. Er deutet mit der flachen Hand den Scheibenwischer vor seinem Gesicht an. Mein Bruder ist geistig behindert. Bei unserer Geburt gab es Komplikationen, und er hat wirklich Pech gehabt … Das ältere Ehepaar beim *Hofherrn* waren dann sicher meine Mutter und ihr Mann.

Nicht euer Vater?

Stiefvater, sagt Lukas. Damit sind schon mal seine Familienverhältnisse fast vollständig geklärt. Wunderbar.

Entschuldige, sagt Gisela hastig. Es ist ihr sichtlich unangenehm, dieses Thema angeschnitten zu haben.

Und warum musst du heute noch nach München zurück, wenn du in Bad Tölz wohnst?

Friedas Fragerei nervt ihn kolossal. Doch Lukas darf auf keinen Fall unhöflich werden.

Ich *stamme* aus Bad Tölz. Heute Vormittag war ich bei meiner Mutter und Ludwig. Er macht eine kurze Pause. Das Hotel Friedrich in Tölz, sagt euch das vielleicht was?

Was denn, sagt Gisela, deiner Familie gehört das Friedrich?

Schon, aber ich bin nicht im Hotelgewerbe. Ich bin in München an einem Lokal beteiligt.

In Schwabing? Wieder Frieda.

Ja. In der Herzogstraße.

Da ist doch dieser Nobel-Italiener, ruft Gisela aufgeregt. Da war ich schon mal!

Du meinst das *Rustica!* Das ist nur ein paar Häuser weiter. Aber kennst du das *Engel?*

Gehört habe ich den Namen schon mal, sagt Gisela. Oder gelesen.

Warst du nicht mit diesem Wolfgang, der diesen aufgemotzten Porsche fuhr, im *Rustica* – und dann funktionierten seine Karten angeblich nicht? Frieda vergisst offenbar nie etwas. Jetzt lacht auch Sabine.

Erwähnt bitte nie wieder seinen Namen! Ihr wisst, dass mich der Abend über 300 Euro gekostet hat. Gisela sagt in Lukas' Richtung: Im Netz sind ja so viele Spinner unterwegs. Frag mal die Sabine! Wie heißt dein neuer Volltrottel? Daniel? Der ist garantiert genauso wenig echt wie dieser Steffen. Zu perfekt, der Mann.

Lukas spürt, wie seine Sitznachbarin in diesem Moment am liebsten unter den Biertisch rutschen möchte. Er müsste nicht fragen, warum. Jedenfalls nicht jetzt. Stattdessen sagt er: Contenance, meine Damen, Contenance! Redet ihr gerade von einer dieser Partnerbörsen im Internet? Ich halte davon gar nichts. Man lernt überall jemanden kennen, wenn man will. Oder man wird gefunden.

In Bierzelten zum Beispiel, prustet Gisela und haut sich lachend auf den Oberschenkel.

Ja, auch im Bierzelt. Da seh ich wenigstens schon mal, auf wen ich mich einlasse.

Könnten wir vielleicht das Thema wechseln? Sabine möchte anscheinend am liebsten schon im nächsten Augenblick aufstehen und gehen.

Verzeih mir, Sabine! Gisela schaut schuldbewusst drein. Zum Glück bringt die Kellnerin in diesem Moment die Getränke, und Lukas zieht sein Portemonnaie aus der Gesäßtasche seiner Hirschledernen. Keine Widerrede, sagt er zu Gisela. Was macht das zusammen?

44 Euro.

Lukas streckt der Bedienung einen 50-Euro-Schein hin.

Stimmt so.

Hey, danke, sagt die Kellnerin.

Wow! Wie großzügig von dir, sagt Sabine. Aber ihr seid ja in gewisser Weise auch Kollegen.

Schon, aber ich bin glücklicherweise nicht von den Trinkgeldern abhängig. Und wenn ich dann irgendwann das Hotel übernehme …

Und warum tust du das nicht jetzt schon? In Sabines Stimme liegt kein Misstrauen, nur echtes Interesse.

Da rede ich nicht so gerne drüber. Das sind ungelegte Eier, weißt du. Mein Stiefvater und ich haben ziemlich verschiedene Ansichten, vorsichtig ausgedrückt. Und meine Mutter, na ja … Familie kannst du dir halt nicht aussuchen.

Schon gut, ich wollte nicht neugierig sein.

Kann ich dir aber gern ein andermal erzählen, wenn es mal nicht so laut ist. Lukas freut sich sichtlich, dass sie verlegen ist. Und dass sie ihn gleichzeitig anlächelt.

Gisela zieht die Augenbrauen hoch. Ihr Blick sagt: Vorsicht,

Sabine-Schätzchen, dünnes Eis. Aber Sabine-Schätzchen achtet nicht auf Giselas stumme Warnung. Wer nichts wird …, sagt Gisela schließlich, rote Wangen und rote Flecken am Hals, aber nur vom Wein.

Schon klar. Lukas bleibt gelassen, denn Sabines aufgebrezelte Freundin spielt ihm traumhaft in die Karten. Soll ich dir mal ein Geheimnis verraten, Gisela? Wer nichts wird, wird Wirt, ja? Und wer das nicht schafft, wird Gast! Und wem selbst das ist nicht gelungen, macht heute in Versicherungen!

Die drei Freundinnen kreischen auf, aber das interessiert in dem überfüllten Festzelt niemanden. Lustig ist er ja auch noch, ruft Gisela und hebt ihr Weinglas. Sie stoßen an. Auf das Leben!

Aber holla! Auf was für eins! Lukas stupst Sabine leicht mit der Schulter an. Und als sein Knie dann zum zweiten Mal wie aus Versehen ihr Bein berührt, zieht sie es nicht zurück.

Gegen 20 Uhr bleibt Gisela nichts anderes übrig, als die sturzbetrunkene Frieda nach Hause zu bringen. Sabine dagegen bleibt neben Lukas auf der Bierbank sitzen, schafft zunächst nur ein bisschen mehr Distanz zu ihm, doch als ihre beiden Freundinnen aus ihrem Blickfeld verschwunden sind, rückt sie wieder näher an ihn heran. Im Gegensatz zu Lukas, der brav beim alkoholfreien Radler geblieben ist, hat sie inzwischen ebenfalls einen mittelschweren Schwips. Sie vertraut ihrem Instinkt, der sie bisher immer vor Dummheiten bewahrt hat. Doch jetzt ist sie tatsächlich drauf und dran, eine Dummheit zu begehen.

Allerdings genießt sie seine Nähe auch sehr. Es ist großartig, neben einem Mann zu sitzen, der zwar so viele Jahre jünger ist als sie. Doch er wirkt erwachsen, souverän und vor allem männlicher als die beiden geschiedenen Schnarchnasen aus ihrer Firma. Diese beiden Kollegen, ruinös geschieden, waren die einzigen Männer, denen sie es in den vergangenen sechs Jahren gestattet hatte, sie zum Essen auszuführen. Und in beiden Fällen hatte das

Bezahlen der Rechnung einen langersehnten Schlusspunkt unter einen stinklangweiligen Abend gesetzt.

Lukas dagegen besitzt Esprit. Er hört ihr aufmerksam zu und bestätigt sie häufig in ihren Ansichten über das Leben, die Menschen, die Arbeit und die Liebe. So als ob er sie schon lange kennen würde. So als ob sie sich schon ein paarmal unterhalten hätten.

Glaubst du wirklich an Seelenverwandtschaft?, fragt Sabine.

Dass es sie gibt?, fragt Lukas zurück. Bestimmt. Wenn sich zum Beispiel Freunde sehr gut verstehen, einander vertrauen und aufeinander zählen und gemeinsame Interessen haben … Sabine will widersprechen, aber Lukas sagt: … das wäre wohl zu wenig. Für mich geht eine Seelenverwandtschaft noch darüber hinaus, weißt du? Seelenverwandte verstehen sich blind und müssen noch nicht mal was miteinander reden. Aber das Beste ist … Lukas sieht Sabine zärtlich an, bevor er nach einer wohlgesetzten Atempause weiterspricht: Das Beste ist, Seelenverwandtschaft kennt keinen Altersunterschied.

Sabine knispelt verlegen mit den Zähnen an ihrer Unterlippe. Und wie alt bist du, Lukas?

Neununddreißig.

Sabine tastet nach seiner Hand. Dann bin ich ja vierzehn Jahre älter als du.

Aber du siehst keinen Tag älter aus als 52, reißt Lukas seinen Standardwitz, von dem er ganz genau weiß, dass er zieht. Macht bloß verflixte dreizehn Jahre.

Das hast du jetzt aber wirklich nett gesagt, du Charmeur. Sabine lacht. Zeigt dabei ihre schönen Zähne und schmiegt sich enger an ihn heran, vergräbt ihr Gesicht in seiner Halsbeuge, schnuppert kurz, bevor sie ihm ins Ohr flüstert: Weißt du, was ich total schade finde? Dass man allein nicht küssen kann.

Möchtest du mich denn jetzt küssen? Hier?

Sabine sieht sich im lärmenden Festzelt um. Glaubst du, das würde jemandem auffallen? Aber schon rückt sie wieder von ihm ab. Nein, das geht natürlich nicht. Ich bin schließlich eine anständige Frau.

Lukas legt den Arm um ihre Schulter und zieht sie zu sich heran. Beugt sich vor und küsst Sabine leicht auf die Wange. War das jetzt so schlimm?

Sie schüttelt den Kopf. Er weiß, was er will, und das findet sie gut.

Noch einmal?

Warum eigentlich nicht? Sabine schließt die Augen und spitzt leicht ihre Lippen. Lukas folgt ihrer Einladung und küsst sie erneut, dieses Mal jedoch zärtlich auf den Mund. Doch bevor sich daraus mehr ergeben könnte, weicht Sabine erneut zurück und sagt entschlossen: Lass uns gehen, Lukas! Aber ich darf nicht mehr fahren! Wir nehmen ein Taxi!

Ich kann doch fahren. Ich hab ja nichts getrunken!

Lukas steuert Sabine Dallmeyers Peugeot-Cabrio konzentriert und ruhig, während sie ihn durch den Baustellen-Irrgarten von Geretsried lotst und gleichzeitig die vergangenen Stunden Revue passieren lässt. Fest steht: Egal, was jetzt noch passieren wird, war es für sie der aufregendste *Waldsommer* seit Langem. Lukas hatte sie den ganzen Abend lang nicht ein einziges Mal bedrängt, sondern sie auf angenehme Art wissen lassen, wie attraktiv er sie fand. Er hatte mehr gefragt als geredet und ihren Antworten aufmerksam zugehört. Sie war erstaunt, wie gut er sich in sie hineinversetzen konnte, und dass er auf Anhieb ihr Sternzeichen erraten und sogar ihre Lieblingsblume gekannt hatte, Gerbera, was für eine Frage. Was für ein empathischer, verständnisvoller, aufmerksamer Mann.

Er hatte sich auch große Mühe gegeben, Gisela und Frieda immer wieder anzusprechen, damit sie sich nicht ausgeschlossen fühlten, und doch war Sabine heilfroh gewesen, als ihre beiden

Freundinnen gegangen waren. Jetzt hatten Lukas und sie unbeobachtet Händchen halten können. Und der Altersunterschied? Lukas hatte offen zugegeben, dass er sich schon als Teenager mehr für ältere Mädchen, nein, junge Frauen interessiert hatte. Seine erste feste Freundin war 25 gewesen, er gerade mal 16. Und auch beim Tanzen hatte Lukas sie sicher über den groben Holzboden geführt. Seine rechte Hand hatte warm und fest auf ihrem Rücken gelegen. Beim Küssen sowieso.

Hier wohne ich. Das da ist mein Parkplatz.

Lukas bringt Sabines Auto sanft zum Stehen und stellt den Motor ab. Sie schauen sich an. Keiner von beiden sagt ein Wort. Lukas räuspert sich. Na gut, dann habe ich jetzt drei entscheidende Fragen an dich: Erstens, wollen wir noch einen Kaffee bei dir trinken? Zweitens, möchtest du mich wiedersehen? Drittens, sollen wir uns noch einmal küssen?

Einmal ja, sagt Sabine lächelnd und beugt sich zu Lukas hinüber. Es ist ein Hauch von einem Kuss. Er legt wieder seinen starken Arm um sie. Noch einmal, sagt er leise. Denn das hat sich eben nicht nur verdammt gut angefühlt, sondern es fühlt sich immer besser an.

Vielleicht hat es ja was mit Seelenverwandtschaft zu tun, flüstert Sabine mutig. Seine Zunge spielt zärtlich mit ihren Lippen; sie ist jetzt fordernder, aber weicht sofort zurück, wenn sie auf ihre Zungenspitze trifft. Sabine merkt, wie sehr sie solch eine Liebkosung vermisst hat. Und dass er so viel jünger ist als sie, macht das Spiel noch reizvoller. Einen kurzen Moment denkt sie an ihre Tochter und daran, was die wohl sagen würde, wenn sie erfahren würde, dass sich ihre Mutter gerade wie eine Femme fatale benommen hatte.

Du willst jetzt wirklich noch zurück nach München? Wie willst du denn zum Bahnhof kommen? Was Sabine nun partout nicht hören möchte, ist ein Ja.

Du meinst also, ich sollte lieber nicht mehr fahren? Er grinst sie schelmisch an. Getrunken habe ich ja nichts, aber ich glaube nicht, dass du mir dein Auto leihen würdest. Nein, nein, ich müsste dann schon die S-Bahn nehmen.

Dummes Zeug, sagt Sabine, bevor sie sich ein drittes Mal küssen; viel länger und leidenschaftlicher als zuvor, und dann kann Lukas ihre rechte Hand auf seinem Oberschenkel spüren. Deshalb ist es dummes Zeug, flüstert sie. Langsam schiebt sie ihre Hand weiter nach oben, bis sie die beiden Hirschhornknöpfe seiner Krachledernen öffnen kann. Vorsichtig streicht sie mit den Fingerspitzen über seinen Penis, der augenblicklich reagiert.

Ich erkenne mich nicht wieder, murmelt sie zwischen zwei Küssen. Lukas, wie wird das enden?

Seine Antwort ist ein leises Stöhnen. Oben, in ihrer Wohnung, wird er ihre Frage dann korrekt beantworten.

Sie zieht ihre Hand zurück. Komm mit zu mir, sagt Sabine entschlossen.

Lukas triumphiert in sich hinein. Mit leisem Zweifel in der Stimme fragt er jedoch: Bist du dir wirklich sicher, dass du das willst? Kaffee mit einem Fremden?

Bist du denn ein Fremder, Lukas? Sabine zwinkert ihm zu, steigt aus, schließt die Beifahrertür und geht auf den Hauseingang zu. Dabei holt sie ihre Schlüssel aus der Handtasche, schwenkt sie provozierend in der Luft und wackelt sogar ein bisschen mit ihrem Popo. Lukas findet, dass sie sich das locker leisten kann. Er findet, dass sie einen galaktischen Arsch hat.

Und Sabine selbst? Sie will das Leben wieder spüren. Denn das ist ihr endlich klar geworden – das ist für sie noch lange nicht vorbei. Sie ist gespannt darauf, wie es sich anfühlen wird, nach langer Zeit wieder etwas Verrücktes zu tun. Gisela hat recht: Einfach nur zu versauern, das hat sie nicht verdient. Und von wegen *dünnes Eis!* Sie kann jetzt einen Schlussstrich unter ihre jüngere Vergangenheit ziehen. So traurig dieser endgültige Abschied von ihrem geliebten Gerhard später vielleicht auch sein mag.

***

Stephan Engler hatte lernen müssen, dass eine funktionierende Gastronomie ein fragiles Gebilde ist. Eine Summe von feststehenden Abläufen, die sich reibungslos ineinander verzahnen müssen, damit der Service entspannt ablaufen kann, selbst dann, wenn es mal hektisch wird.

Was ihm daher zunehmend Sorgen macht, ist das beinahe schon unerträgliche Gezicke von Sonja, mit der er gemeinsam seinen *Engel* zum Schweben gebracht hatte. Er begreift einfach nicht, was sie umtreibt. Warum sie Lukas gegenüber ständig misstrauisch ist und ihre Launen auslebt.

Er setzt seine neue Lesebrille auf und überfliegt den Z-Bon, den die Kasse gerade ausgespuckt hat. Sonjas Tagesumsatz. War kein schlechter Tag, sagt er. Zeit für unser Feierabendbier.

Und so harmonisch, sagt Sonja spitz und beginnt, die beiden kleinen Hellen zu zapfen. Wo ist Lukas eigentlich?

In Geretsried, beim *Waldsommer,* diesem Fest. Er wollte dort eine Frau treffen. Sonja verdreht die Augen. Nein, wirklich, Sonja, er hat mir erzählt, dass er sie vor ein paar Wochen im Netz kennengelernt hat. Sie sei zwar ein bisschen älter, aber …

Jaja, ich weiß: Lukas steht auf Friedhofsblond. Das erlebe ich ständig, wenn er Schicht hat. Und es nervt mich.

Sei doch froh, dann lässt er dich wenigstens in Ruhe, sagt Stephan grinsend. Und überhaupt ist es doch seine Sache, wen er angräbt.

Was ich dich fragen wollte, Stephan, hast du eine neue Brille?

Ach, ist dir das auch schon aufgefallen? Ja, meine alte ist tatsächlich verschollen. Ich glaube sowieso, dass ich langsam vergesslich werde.

Wie kommst du darauf?

Es muss am Alter liegen. Wahrscheinlich habe ich sie in der *Metro* liegen lassen oder beim Einzahlen am Bankautomaten. Ich habe überall nachgefragt und die Suche dann aufgegeben. Deshalb trage ich die neue jetzt auch immer um den Hals, auch wenn ich dieses Bändchen furchtbar spießig finde.

Immer noch besser, als sich ständig eine neue Brille kaufen zum müssen, sagt Sonja und stellt ihm das Bier hin. Prost, Stephan!

Du, ich meine das ernst, in der letzten Zeit verlege ich häufiger irgendwelche Dinge. Stell dir vor, gestern habe ich mein Portemonnaie im Eisfach meines Kühlschranks gefunden. Und dann …

Sonja hätte sich beinahe verschluckt. Sie muss das Bierglas absetzen und fängt an, lauthals zu lachen.

Kein Scheiß, Sonja, sagt Stephan Engler, und weißt du, wer mich darauf gebracht hat, ausgerechnet dort nachzusehen?

Sonjas Lachen erstirbt schlagartig.

Ganz genau. Lukas hat mich daran erinnert, dass ich mir einen Whisky mit Eis geholt habe, als wir gestern Nacht ein Pokerturnier ganz knapp verloren haben. Stephan sieht es Sonja jedoch sofort an: Ihre eben noch so gute Laune ist nun endgültig dahin. Stattdessen knistert die Luft.

Zockt ihr beiden etwa immer noch im Internet?, fragt sie.

Ab und zu. Aber ganz harmlos.

Und wer bezahlt den Einsatz? Doch nicht etwa Lukas …

Hey, Sonja, das ist doch Fun! Da geht es doch nicht ums Gewinnen. Doch Sonja rümpft die Nase. Jetzt habe ich aber langsam doch die Schnauze voll, denkt Stephan plötzlich. Jetzt wäre vielleicht der richtige Moment, um die Sache ein für alle Mal aus der

Welt zu schaffen. Denn in den letzten Wochen war kein Tag vergangen, ohne dass Lukas bei ihrem traditionellen Feierabendbier Thema gewesen war – *dieses faule Ei, das in unserem Nest liegt und alles durcheinanderbringt*. O-Ton Sonja. Stephan möchte es nicht mehr hören.

Also, ich fasse dann mal zusammen, sagt er und reckt sich: Lukas hat den Tresen im Griff, er trinkt nicht, er schäkert mit älteren Frauen rum, schleppt ab und zu schon mal eine ab, ist allseits beliebt und sorgt für Umsatz. Darüber hinaus spare ich 300 Euro Miete im Monat. Das eine, was mich vielleicht ein wenig an ihm stört, ist, dass er immer so lange duscht und mit seinen Trainingsklamotten meine Waschmaschine blockiert. Das andere nervt mich jedoch inzwischen wahnsinnig: dass ihr beiden nicht miteinander klarkommt.

Lukas redet hinter deinem Rücken schlecht über uns, sagt Sonja kampflustig.

Das ist mir jetzt ganz neu, Sonja.

Das wurde mir auch erst heute Abend zugetragen.

Dann hast du es nur gehört! Oder hast du *zugehört?*

Leider nicht, sagt Sonja und leert ihr Feierabendbier in einem Zug aus. Aber mit mir reden noch ein paar Gäste, stell dir vor.

Warum sollte Lukas schlecht über uns sprechen? Und außerdem: Wer erzählt solch einen Quatsch?

Informantenschutz, Stephan!

Und was erzählt Lukas angeblich so?

Dass du keine Eier in der Hose hättest, deine Angestellten mies behandeln würdest, weit unter Tarif bezahlst und einen Haufen Schwarzkohle einsackst. Und ich sei eine herrische, unfreundliche Zicke und hätte dich voll im Griff.

Das soll Lukas wirklich gesagt haben?

Wortwörtlich!

Wem gegenüber?

Jedem, der es hören wollte.

Auf dieses Gerede gebe ich nichts. Aber ich finde auch, dass du mich voll im Griff hast, sagt Stephan Engler lachend. Und das ist auch gut so. Denn was würde ich ohne dich machen?

Was anderes, entgegnet Sonja schmallippig. Ich mach mir jedenfalls noch ein Bier. Willst du auch noch eins? Stephan Engler nickt. Während Sonja die beiden kleinen Hellen zapft, sagt sie: Außerdem bescheißt er dich.

Sonja, jetzt hör aber mal auf!

Nix, Sonja! Sie lässt das Bier aus Versehen überlaufen und ärgert sich.

Du meinst doch nicht wirklich, dass Lukas in die Kasse greift! Das kann ich mir beim besten Willen nicht vorstellen. Stephan Engler bemerkt, dass Sonjas Finger zittern.

Mir ist klar, dass das ein schwerer Vorwurf ist, aber seit gestern glaube ich zu wissen, wie er es anstellt: Er löscht Bestellungen aus der Kasse, wenn Stammgäste keinen Beleg wollen.

Das verstehe ich nicht, sagt Stephan Engler und versucht, ruhig zu bleiben. Die Umsätze waren doch okay.

Meinem Gefühl nach nicht. Pass auf: Wenn der Gast zahlen will, ruft Lukas die Rechnung auf und fragt noch vor dem Abkassieren, ob der Gast einen Beleg haben möchte. Wenn nicht, dann kann er das Geld abkassieren und den Tisch später löschen, bevor er den Umsatz speichert. Kein Storno, kein Vertippen, keine Testbuchung, die Kasse ist sauber, das Geld wandert schwarz ins Portemonnaie und später irgendwann am Abend in seine Hosentasche – was weiß ich. Das klappt am besten bei Stammgästen, von denen er weiß, dass sie grundsätzlich keinen Bewirtungsbeleg möchten, oder bei Gästen, die eher zufällig reinkommen, auf ein, zwei schnelle Bier oder, was richtig perfide wäre, bei Freunden und Bekannten. Ist doch klar, dass er nicht die wirklich großen Zechen einsackt. Sondern zwei Bier hier, drei Kurze da, bloß ein paarmal am Abend. Aber rechne das mal auf den Monat hoch und dann aufs Jahr!

Stephan muss erst einmal durchatmen. Das Gehörte verarbeiten. Er fragt sich vor allem, warum Lukas so etwas tun würde, wo er ihm doch wie ein barmherziger Samariter unter die Arme greift. Gib mir ausnahmsweise mal einen Grappa, bittet er sie.

Ich hoffe, du akzeptierst einen doppelten. So schnell hat Sonja noch nie einen Grappa ausgeschenkt.

Stephan greift zum Glas. Bis jetzt war alles korrekt. Er kippt den Trester hinunter und schüttelt sich. Kannst du das beweisen, Sonja? Das sind wirklich schwere Anschuldigungen. Dann müsste ich ihn sofort rausschmeißen.

Wie soll ich denn das beweisen? Außerdem: In dem Moment, in dem ihm jemand offensichtlich auf die Finger guckt, würde alles korrekt ablaufen. Wir müssten endlich mal ein ordentliches Warenwirtschaftssystem einführen.

Doch selbst, wenn das stimmt, was Sonja sagt, kann ich Lukas gar nicht so einfach rausschmeißen, denkt Stephan. Weil er bei mir zur Untermiete wohnt. Überhaupt rausschmeißen: Was, wenn sich diese Kampfmaschine nicht rauswerfen lässt? Auf einmal blitzt in seiner Erinnerung die Szene nach dem Kampfabend auf. Als Lukas 2000 Euro aus der Tasche gezogen und ihm lässig zwei Monatsmieten auf den Tisch gelegt hatte. Für einen Moment gerät er dennoch ins Zweifeln. Okay, sagt er. Sonja, ich muss dir jetzt was gestehen. Er versucht, sein Unbehagen vor dem, was jetzt kommen wird, zu verbergen. Dass er für manche Situationen keine Eier in der Hose hat, könnte stimmen.

Vergiss es, ich will dich nach wie vor nicht heiraten, sagt Sonja.

Stephan lächelt müde, holt ein paar schmale Zettel aus Thermopapier aus seinem Portemonnaie und legt sie vor Sonja auf den Tresen.

Was ist das?, fragt sie verwundert.

Die Kopien deiner X-Berichte aus den letzten zwei Wochen, sagt Stephan. Und dein X-Bericht von heute. Es fällt ihm hörbar schwer, diese Sätze über die Lippen zu bringen.

Ich habe doch noch gar nicht abgerechnet, Stephan.

Eben. Das machen wir jetzt mal zusammen. Kann ich bitte dein Portemonnaie haben?

Was soll denn das – spinnst du jetzt total? Sie holt ihr Portemonnaie aus ihrem Hosenbund, löst es von der Sicherheitskette und knallt es auf den Tresen. Du misstraust mir? Ja, dann bitte: zähl nach. Mach einen Kassensturz. Ich warte. Sonja stellt sich kerzengerade hin und verschränkt die Arme vor ihrer Brust.

Stephan senkt seinen Kopf. Aber aus dieser Nummer kommt er nicht mehr raus. Das weiß er. Sonjas X-Bericht, der ihren persönlichen Umsatz während einer Schicht ausweist, beträgt insgesamt 844 Euro. Und 60 Cent. Das sind die Einnahmen, die sie an diesem Freitagabend generiert hat. Zieht er von dieser Summe jetzt das Wechselgeld in Höhe von 100 Euro und die Kartenzahlungen ab, müssen sich in Sonjas Portemonnaie 236 Euro und 80 Cent befinden.

Ein paar Minuten später hat Stephan einen roten Kopf. Stimmt genau, sagt er verlegen.

Was hast du denn von mir erwartet, Stephan? Sonjas Stimme ist brüchig. Sie hat Tränen in den Augen. Sie langt nach den Kopien der anderen X-Berichte und überfliegt die Zahlenkolonnen. Stephan … Stephan? Er sieht sie schuldbewusst an. Und er sieht auch, dass jetzt nicht mehr nur ihre Hände zittern. Du hast vorhin von Beweisen gesprochen, sagt sie anklagend. Und das hier sind die Beweise, aber ich wollte sichergehen, bevor ich dir diesen Schmarotzer auf dem Silbertablett serviere. Glaubst du, dass ich mich sechsmal hintereinander verzähle? Dass ich insgesamt ein Dutzend Male falsch herausgegeben habe? Oder dass ich, so wie am vergangenen Freitag, zwei Phantomtische abkassiert habe?

Glaubst du wirklich, dass ich die Fehlbestände bei der Abrechnung nicht bemerkt habe? Aber ich habe die 380 Euro, die sich Lukas genehmigt hat, erst mal aus eigener Tasche ausgeglichen, damit deine Kasse fürs Finanzamt stimmt. Sie wird lauter. Und wenn du einmal nachgedacht hättest, anstatt dich von diesem Schmarotzer einwickeln zu lassen, dann hättest du sehen können, dass die Fehlbeträge merkwürdigerweise immer nur an den Tagen erscheinen, an denen *dein verschissener Luki* Schicht hat.

Stephan bittet Sonja, nicht so zu schreien. Er hat einen Kloß im Hals. Andererseits: Wer so herumbrüllt, wie Sonja in diesem Augenblick, hat normalerweise was zu verbergen.

Aber wie kommt Lukas an deinen Kassenschlüssel, Sonja? Ohne den kann er deine Bestellungen doch gar nicht beeinflussen.

Das weiß ich doch nicht. Vielleicht mit *deinem* Generalschlüssel?

Der ist immer in der Tresenschublade mit dem Krimskrams.

Weiß ich doch, sagt Sonja. Hab ihn gestern nach der Abrechnung selbst noch reingetan. Sie reißt die oberste Lade auf und guckt hinein. Wühlt darin herum. Heute aber nicht.

Das kann doch nicht sein!, ruft Stephan.

Überzeug dich selbst, sagt sie. Oder sieh oben in deiner Wohnung nach. Am besten in deinem Kühlschrank …

Nun werd mal nicht komisch, Sonja! Wo ist der Schlüssel?

Ehrlich gesagt: Das interessiert mich nicht. Denn das war's, sagt Sonja dumpf.

Wie meinst du das denn jetzt?

Da fragst du noch? Fick dich, Stephan. Such dir 'nen neuen Fußabtreter! Sie zeigt ihm den Mittelfinger, bindet ihre Schürze ab und will nach hinten in die Küche gehen.

Ach komm, Sonja, nun sei doch bitte nicht so empfindlich. Es ist mein gutes Recht …

Unsinn!, ruft sie und dreht sich in der Schwingtür zu ihm um. Wenn ich dich hätte bescheißen wollen, hätte ich das in den vergangenen zweieinhalb Jahren jeden Tag tun können. Aber dass du mich so einschätzt, weil dir dieser Wichser irgendeinen Mist erzählt … Ich habe dich gewarnt, Stephan. Der Typ manipuliert dich, und du merkst es nicht. Meine 380 Euro kannst du meinetwegen behalten, denn du wirst dieses Geld garantiert noch brauchen – glaub mir!

Sonja, bitte! Verzeih mir, ich habe mich wahrscheinlich geirrt …

Wahrscheinlich geirrt?, ruft sie. Das wird ja immer besser. Sie schluchzt einmal laut auf. Dann reißt sie sich zusammen und sagt: Eins muss ich *deinem Luki* lassen. Er hat schneller gemerkt als ich, was für ein Weichei du tatsächlich bist.

Und weg ist sie. Stephan hört es noch eine Minute in der Küche rumpeln, und dann fällt auch schon die Hintertür ins Schloss. Er fühlt sich wie betäubt. Wie in Trance schlurft er hinter den Tresen und schenkt sich einen weiteren Grappa ein. Dieses Mal einen dreifachen. Egal. Runter damit. Er fragt sich, ob er eben zu weit gegangen ist. Aus Sonjas Sicht mit Sicherheit. Doch nirgendwo wird so viel und so ausdauernd und geschickt betrogen wie in der Gastronomie. Aber wer von beiden hat die Unwahrheit gesagt? Für ihn steht fest, dass Lukas sich Sonja gegenüber immer korrekt verhalten hat, während sie ihn von Anfang an nicht ausstehen konnte und ihn von oben herab behandelt hat. Beim Thema Sonja hatte Lukas auch stets ruhig und besonnen reagiert, während sie meistens sofort hochgegangen war wie eine Furie, wenn das Gespräch auf ihn gekommen war. Stephan weiß: Abschied ist ein scharfes Schwert. Was für ein blöder Spruch. Er rollt ein ganzes Fass solcher Sprüche vor sich her, die allesamt von seiner Großmutter mütterlicherseits stammen, Gott hab sie selig. Er schenkt sich noch einen Grappa ein, denn jetzt hat er erst recht Lust darauf, sich einen zu brennen. Danach traut er sich in die Küche. Auf dem Pass liegen Sonjas Schlüssel und ihre Schürze, lieblos zusammengeknüllt. Kein Wunder. Soll sie doch bleiben, wo der Pfeffer wächst. *Herrisch* hatte es eigentlich ganz gut getroffen. O ja, manchmal war Sonja ihm gehörig auf die Nerven gegangen. Und eigentlich, denkt Stephan, ist ja jeder Mensch letztlich ersetzbar.

SONNTAG,
19. JULI 2009, 11.15 UHR

Hier bist du! Ich habe gar nicht mitbekommen, dass du aufgestanden bist.

Lukas, der splitternackt auf Sabine Dallmeyers Balkon in der Sonne sitzt, dreht sich zu ihr um. Sabine Dallmeyer steht, in ihre Bettdecke eingewickelt, in der Balkontür. Jetzt, in der grellen Sonne, ohne Make-up, mit verstrubbelten Haaren, sieht sie längst nicht mehr so jung aus. So wie gestern noch im Festzelt und auch später, im schummerigen Schlafzimmer, als er ihr die Seele aus dem Leib gevögelt hat. Schade nur, dass sie nicht bereit gewesen war, sich in ihren wunderbaren Hintern ficken zu lassen. Na ja, aber das wird schon.

Lukas erhebt sich. Lächelt, als er wortlos auf sie zugeht und Sabine sanft, aber bestimmt in ihr Wohnzimmer hineinschiebt, ihr die Bettdecke von den Schultern streift und sie stumm betrachtet. Sabine bedeckt instinktiv ihre Brüste mit dem rechten Arm und ihre haarige Scham mit der linken Hand. Soll ich uns vielleicht einen Kaffee machen?, fragt sie, aber Stefan geht, noch immer ohne einen Ton zu sagen, vor ihr in die Hocke, ergreift ihre linke Hand und zieht sie beiseite, um sein Gesicht in ihrer Scham zu vergraben. Er saugt hörbar ihren Duft ein, schnuppert, genießt. Sie lässt es geschehen. Dann erhebt er sich wieder und küsst auf dem Weg zu ihrem Gesicht ihre beiden Brüste, bevor er endlich seine Lippen auf ihren Mund presst und ihre Hand gleichzeitig auf seinem Penis platziert. Sie soll ruhig fühlen, wie der rasch zu seiner vollen Größe anschwillt. Guten Morgen, Schöne, sagt Lukas. Doch offenbar gefallen ihr seine morgendlichen Verführungskünste nicht. Zumindest nicht so gut, wie er es sich vorgestellt hat.

Was ist los, meine Schöne?, flüstert Lukas und beginnt, sie zu streicheln.

Sie entzieht sich seinem Drängen. Gib mir bitte ein wenig Zeit, Lukas, sagt sie, ich bin das einfach nicht mehr gewohnt. Und ohne meinen Morgenkaffee bin ich eigentlich ungenießbar.

Das warst du sicherlich noch nie gewohnt, denkt Lukas. Aber wenn ich dich anschaue, sagt er, dann werde ich sofort wieder geil. Er macht Anstalten, sie erneut zu umarmen, aber sie weicht zurück, bückt sich nach ihrer Daunendecke und legt sie sich sittsam um die Schultern.

Ach, Lukas, sagt Sabine versöhnlich, sei bitte nicht enttäuscht … Sie streicht ihm zart über die stoppelige Wange. Wir haben doch so viel Zeit. Heute ist Sonntag. Keiner hetzt uns. Ich mache uns jetzt einen Kaffee, und dann schlüpfen wir noch einmal unter die Decke und kuscheln ein bisschen. Was hältst du davon?

Wenn Lukas das Wort *kuscheln* nur hört, könnte er kotzen. Doch er beherrscht sich. Er *weiß*, dass er sich jetzt beherrschen muss. Entschuldige, Sabine, aber hast du zufällig auch grünen Tee da? Ich trinke nämlich keinen Kaffee.

Nein, aber Darjeeling, glaube ich.

Okay, den nehme ich auch gern.

Willst du dir nicht was anziehen? Ich habe noch einen Herrenbademantel, allerdings ein älteres Modell, aber schick, und er dürfte dir sogar leidlich passen. Gerhard wird mir sicherlich verzeihen, denkt sie.

Solange du mir jetzt nicht auch noch ein paar Puschen hinstellen willst – klar, lacht Lukas.

Ein paar Minuten später kann er den dunkelblauen Bademantel, der vermutlich ihrem verstorbenen Mann gehörte, zum Glück wieder ausziehen. Sabine hat sich mit ihrer Espressomaschine einen Café crème gemacht und ihm, wie gewünscht, einen Tee. Dann hat sie ihn in ihr Doppelbett aus massiver Kirsche gebeten, ihm ein zusätzliches Kissen hinter den Rücken gestopft und endlos lange stumm mit ihrer Kaffeetasse kommuniziert. Das Bett ist wie geschaffen für seinen Spielplan. Kopf- und Fußteil besitzen Rippen, die sehr stabil wirken. Aber, sagt sich Lukas, nichts überstürzen. Grüner Tee ist super für den Körper, sagt Lukas dann laut, um irgendwas zu sagen.

Sabine stellt ihre leere Kaffeetasse auf den Nachttisch und schmiegt sich an ihn. Dann kriegst du keinen von mir, sagt sie lachend, denn noch mehr von diesem Körper würde ich vermutlich nicht aushalten.

Nein? Plötzlich hört er das heisere Bellen eines Hundes.

Das ist Anton, sagt Sabine, ein alter Dackel. Eine echte Nervensäge. Anton gehört meiner Nachbarin, der Frau Scherell. Ich gehe manchmal für sie einkaufen. Sie ist nicht mehr gut zu Fuß.

Ganz schön hellhörig, deine Wohnung, sagt Lukas.

War ich etwa heute Nacht zu laut?, fragt Sabine entsetzt.

Also leise warst du jedenfalls nicht, sagt Lukas grinsend.

Gott sei Dank hört die Frau Scherell nicht mehr gut, sagt Sabine und presst sich noch fester an ihn. Und dann fällt ihr wieder ein, dass sie Hände hat, mit denen man fabelhafte Dinge anstellen kann. Ich habe dir gestern schon gesagt, dass ich mich nicht wiedererkenne, murmelt sie. Darf ich? Sie tastet unter die Bettdecke, findet und packt beherzt zu. Mache ich das gut?

Fantastomanisch, sagt er und bäumt sich auf, als eine erste größere Welle der Erregung über ihn hereinschwappt.

Schneller?

Fester!, bittet er. Du kannst mir ruhig ein bisschen wehtun.

Sabine freut sich, dass Lukas keucht. Ich würde ihn gerne einmal …

Du kannst alles mit mir machen, was du willst, Sabine, entgegnet Lukas. Aber nur, wenn ich dann später auch das tun darf, was ich möchte.

Versprochen, antwortet sie. Aber nicht in den Popo, okay? Ihr Kopf verschwindet unter der Bettdecke.

Ich möchte dabei zusehen, wie du es mir machst, herrscht er sie an.

Sabine schlägt gehorsam die Bettdecke zurück und lässt ihn zuschauen.

Lukas stellt fest, dass er mit so viel Glück auf einmal wahrscheinlich gar nicht richtig umgehen kann.

***

Ein *Später* hatte es dann doch nicht mehr gegeben. Irgendwann hatte sie mittendrin aufgehört und erklärt, dass sie nicht mehr könnte. Außerdem wäre der Tag einfach zu schön, um ihn nur im Bett zu verbringen, hatte Sabine gesagt, komm, wir duschen jetzt rasch und fahren nach Tegernsee! Dort hatte sie Lukas spontan in das total überfüllte *Bräustüberl* eingeladen, wo sie nach einer Viertelstunde Wartezeit tatsächlich einen Platz auf der Terrasse ergattert hatten. Sie hatte sich auf sein Drängen hin ein alkoholfreies Radler – *du möchtest doch schließlich noch fahren, Sabine!* – und eine halbe Schweinshaxe bestellt, Lukas nur einen gemischten Salat mit gebratenen Champignons, vegetarisch also, weil er, wie er ihr erklärt, unbedingt in Form bleiben will. Außerdem esse ich sowieso nur sehr selten Fleisch, und Schweinefleisch schon mal gar nicht.

Du bist schon ein merkwürdiges Exemplar Mann, sagt sie.

Ich habe jedenfalls ein ausgefallenes Hobby, sagt Lukas. Ich boxe, aber nicht so, wie du es vermutlich kennst, sondern Muay Thai.

Sabine zuckt mit den Schultern. Keine Ahnung, was das ist.

Es ist verdammt hart, sagt Lukas, die härteste Kampfsportart der Welt, und hat viel mit Spiritualität zu tun. Aber es ist bei Weitem nicht so gefährlich wie Boxen. Dann erklärt er ihr wortreich, um was es bei Muay Thai geht. Darüber hat er schon immer stundenlang reden können. Zwischendurch tippt er sich ein paarmal an den getapten Cut über seiner linken Augenbraue, der schon fast vollständig abgeheilt ist. Das ist vor zehn Tagen passiert, erklärt er, auf der Hausgala in unserem Dojo. Ich habe von meinem Gegner einen üblen rechten Haken gefangen, aber für mich war es absolut nichts Dramatisches. Man spürt keinen Schmerz, weißt du? Er erwähnt nicht, dass er, seit er denken kann, kaum Gefühle verspürt hat, und Schmerz gehört dazu.

Und dann?

Habe ich zurückgeschlagen. Und natürlich gewonnen. Er lächelt. Sein Siegerlächeln.

Sabine Dallmeyer reagiert jedoch nicht so, wie er es sich erhofft. Sondern mit deutlicher Distanziertheit anstatt mit Bewunderung.

Erzähl mir doch lieber von deinem *Engel*, bittet sie ihn zwischen zwei Bissen Kruste.

Ich dachte, du kennst mein Lokal. Das hast du gestern im Festzelt jedenfalls gesagt.

Nein, nein, die Gisela hat davon erzählt. Und sie meinte den Italiener nebenan.

Stimmt, die Gisela hat's erwähnt. Und diese Frieda schießt sich offenbar gerne mal ab.

Ach, die Frieda. Sie ist eine treue Seele, kannst mir glauben, auch wenn sie immer so harsch tut … In Wahrheit hat sie ein großes Herz.

So gut kenne ich deine Freundinnen noch nicht.

Vielleicht lernst du sie ja bald besser kennen, sagt Sabine fröhlich.

Wirst du den beiden denn von mir erzählen? Von uns, meine ich – die haben doch sicher was gemerkt, obwohl sie ordentlich geladen hatten.

Machst du dir darüber Sorgen?

Natürlich nicht.

Weißt du, ich lebe mein eigenes Leben. Ich teile viel mit anderen Menschen, die mir guttun, aber nicht alles, und ich kann auch sehr verschwiegen sein …

Aha, du hast also auch eine dunkle Seite, sagt Lukas.

Alles zu seiner Zeit. Sie blinzelt ihm zu. Aber nun sag doch mal, wann hast du dich gegen eine Hotellaufbahn und für eine Schwabinger Kneipe entschieden?

So fragt man Leute aus, sagt Lukas lachend. Also, die Story mit meinem Stiefvater und meiner Mutter kennst du ja schon. Und dann habe ich vor gut drei Jahren zufällig diesen Stephan Engler in München kennengelernt, der auch ein Lokal aufmachen wollte. Er hat mal bei der Zeitung gearbeitet und war wohl irgendwie frustriert. Aber es hat gepasst. Wir haben dann aus dem abgeranzten Schuppen ein wirklich schönes Lokal gemacht, mit einem kleinen Biergarten im Hinterhof.

Und ihr kommt gut miteinander aus? Man hört ja so einiges aus der Gastronomie.

Bisher, ja. Zum Glück!

Bleibt für euch denn auch genug übrig?

Lukas weiß genau, warum sie ihm diese Frage stellt. In einem Jahr wollen wir einen zweiten Laden eröffnen, sagt er. Das ist eine der wenigen seiner Lügen, die nicht dicht an der Wahrheit entlangschrammen. Wir haben ein verdammt großes Objekt in Aussicht, am Wittelsbacher Platz. Eine Bar. Lukas trinkt einen Schluck Wasser und räuspert sich. Na ja, wir haben schon unsere kleinen Differenzen, aber im Großen und Ganzen funktioniert es mit uns tatsächlich so gut, dass ich Stephan sogar bei mir wohnen lasse! Direkt überm Lokal ist nämlich eine sehr hübsche Wohnung. Das ist überhaupt der Clou am *Engel!* Mein Kompagnon hat eine total ruinöse Scheidung hinter sich.

Dann kann ich dich ja gar nicht besuchen kommen, sagt sie unvermittelt. Ihre Stimme klingt ein wenig enttäuscht.

Willst du mich denn in München besuchen?

Macht man das nicht so, wenn man zusammen ist? Sich gegenseitig besuchen?

Daraufhin nimmt er ihr das gezackte Messer weg, greift nach ihrer Hand, drückt sie zärtlich und schaut Sabine verliebt an. Dann beugt er sich vor und raunt: Stell dir vor: Ich habe tatsächlich gehofft, dass du mich wiedersehen willst.

Er spürt ihren Fuß an seinem Schienbein. Der Fuß wandert nach oben, bis zu seiner Kniekehle. Was glaubst du denn, Lukas?

Vielleicht bin ich dir ja zu alt, scherzt Lukas. Aber, mal im Ernst: Macht es dir was aus, dass ich etwas jünger bin als du?

Dann wär ich aber schön blöd, mein Lieber. Beide müssen herzlich lachen. Doch dann fragt Lukas unvermittelt, wie spät es ist.

Kurz vor vier, sagt Sabine verwundert. Hast du etwa noch was vor?

Allerdings. Ich habe heute noch Schicht. Stephan hat frei heute. Das hätte ich beinahe vergessen, weil du mir den Kopf verdrehst, Sabine! Ich müsste spätestens um fünf im *Engel* sein.

Das wird aber knapp.

Nicht, wenn wir gleich losfahren. Dann kommen wir vielleicht um den Stau herum.

Aber ich dachte, wir könnten heute Abend noch ein wenig zusammensitzen, nachher, bei mir zu Hause. Ich würde dich nämlich gerne näher kennenlernen, nein, ich *möchte* dich näher kennenlernen, Lukas. Und dann fährst du halt morgen früh heim.

Sabine, ich komme mir gerade ganz schäbig vor, und es tut mir wirklich leid. Aber ich kann Stephan jetzt nicht anrufen und ihm sagen: *Hey, Kumpel, mir ist leider was dazwischengekommen!* Bitte, Sabine, das musst du verstehen!

Ja, das verstehe ich natürlich, sagt sie seufzend und winkt den Kellner herbei.

Ich möchte das übernehmen. Ich bestehe darauf!

Nein, du hast gestern im Festzelt schon so viel Geld gelassen. Ich zahle!

Sabine duldet keine Widerrede. Was Lukas im Grunde sehr recht ist. Denn sein Portemonnaie enthält nur noch einen Notgroschen. Lächerliche 50 Euro. Besser könnte es nicht laufen.

***

Auf dem Weg nach Tegernsee waren sie noch mit offenem Verdeck über Nebenstrecken nach Tegernsee gezuckelt, auf dem Rückweg waren sie mit geschlossenem Verdeck über die A8 nach München gerast. Dichter Verkehr, aber kein Stau und nur wenig Gerede, denn Sabine hatte sich bei diesem Tempo nicht ablenken lassen wollen.

Es ist zehn Minuten nach sechs, als Sabine ihren metallicblauen Peugeot vor dem *Engel* zum Stehen bringt. Lukas wundert sich, denn es sieht so aus, als ob der Laden nicht geöffnet hat. Was ist denn da los?, fragt er.

Keine Ahnung. Sabine öffnet das Verdeck per Knopfdruck. In dem Moment, als das Stoffdach in der Versenkung verschwindet, öffnet sich die Eingangstür. Hey, Stephan, ruft Lukas, alles klar? Sorry, ich bin zu spät.

Macht nichts. Ist egal. Wir machen heute nicht mehr auf.

Das ist dein Kompagnon?, fragt Sabine.

Yep, entgegnet Lukas, dessen Herz bis zum Hals schlägt. Diese Wechselbäder! Blöder hätte es jetzt wirklich nicht laufen können. Was redet Stephan denn da? Wieso bleibt der *Engel* heute geschlossen?

Er sieht sehr sympathisch aus, dein Kompagnon, sagt Sabine.

Ist er ja auch, meint Lukas und wendet sich an Stephan, der zur Beifahrerseite kommt. Was ist denn los?

Darüber müssen wir dringend reden, Luki. Aber drinnen. Er sieht Sabine an. Entschuldigung, ich habe mich noch gar nicht vorgestellt. Stephan Engler.

Darf ich dann ebenfalls vorstellen, sagt Lukas rasch: Das ist Sabine. Sabine Dallmeyer. *Die* Frau, die ich gestern auf dem *Waldsommer* getroffen habe.

Davon habe ich schon gehört. Vom *Waldsommer,* meine ich. Stephan verrät mit keiner Regung, dass er sich über den Altersunterschied wundert. Und, hattet ihr Spaß, ihr zwei?

Ich würde sagen, ja, antwortet Sabine lächelnd. Das ist immer ein sehr schönes Fest.

Lukas schickt Stephan einen warnenden Blick. Dann sieht er aber auch schon den großen Zettel, der auf der Eingangstür prangt. *Heute wegen Krankheit geschlossen*. Und das da?, fragt er.

Sonja ist raus, Alphonse und unsere beiden Springer sind angeblich alle drei krank, und ich bin fix und fertig, sagt Stephan.

Wie, Sonja ist raus?

Sie hat hingeschmissen, sagt Lukas.

Ach du Scheiße, sagt Lukas. Und wieso ...

Hör mal, Lukas, unterbricht Sabine, ich glaube, ich lasse euch beide jetzt mal in Ruhe, damit ihr eure Probleme lösen könnt. Einverstanden?

Danke für dein Verständnis, Sabine.

War nett, dich kennengelernt zu haben, sagt Sabine zu Stephan. Auf Wiedersehen!

Wiedersehen. Vielleicht bis bald mal – im *Engel?* Stephan zeigt verstohlen auf Lukas hinunter und grinst.

Sabine verzieht keine Miene. Bestimmt!

Als er im *Engel* verschwunden ist, wendet sie sich an Lukas: Und, wann sehen wir uns wieder?

So schnell wie möglich?

Gute Idee!, sagt Sabine.

Aber dann bräuchte ich jetzt deine Telefonnummer …

Nein! Haben wir die etwa noch nicht ausgetauscht? Sabine greift sich an den Kopf. Na so was! Sie kramt aus ihrer Handtasche eine Visitenkarte heraus. Ruf mich am besten mobil an – dann habe ich auch gleich deine Nummer.

Gut, dass du es sagst. Ich muss mir morgen sofort ein neues Handy besorgen. Meins hat man mir vorgestern geklaut. Aber ich ruf dich nachher vom Festnetz aus an, um Gute Nacht zu sagen …

Ich freu mich drauf, sagt Sabine. Sie beugt sich zu Lukas hinüber und küsst ihn einmal. Danke für den schönen Abend.

Und ich danke dir für die aufregende Nacht, sagt er augenzwinkernd, und überhaupt für alles, Sabine.

Dann steigt er aus und folgt Stephan in den *Engel*. Im Eingang bleibt er noch einmal kurz stehen und winkt ihr zu. Sabine winkt zurück, startet den Motor und fährt los. Wenn Gisela sie jetzt, genau in diesem Moment, anrufen und fragen würde, wie es denn mit Lukas gelaufen sei und wie sie sich fühle, dann würde sie antworten: ziemlich gemischt.

***

Stephan hatte Lukas in knappen Worten über den dramatischen Abgang von Sonja informiert. Lukas war schlau genug, um nicht nachzutreten. Es war ihm zu riskant, auf die gegenseitigen Betrugsvorwürfe einzugehen. Vor allem deswegen, weil Stephan mit seinem verschwundenen Kassenschlüssel gehadert hatte – der einzigen Möglichkeit zum Zugriff auf alle Servicekonten in der Kasse.

Hast du schon in deiner Krimskramsschublade nachgesehen?

Natürlich, sagt Stephan ungehalten. Der Scheißschlüssel ist weg.

Wann hattest du ihn denn zum letzten Mal?

In den vergangenen Tagen hat Sonja immer die Abrechnungen gemacht. Sie sagte noch, sie hätte ihn nach der letzten Abrechnung zurückgelegt. Und dann hat sie mir den Mittelfinger gezeigt.

Lukas geht nicht darauf ein. Und nun?

Bin ich erst mal ziemlich am Arsch. Ohne Sonja, sagt Stephan und greift zu seiner Grappaflasche.

Das bringt doch jetzt auch nichts, sagt Lukas. *Wir* müssen nach vorn schauen.

Stephan stellt die Flasche neben das Glas auf den Tresen. Und wie stellst du dir das vor?

Lass mich ein paar Anrufe machen. Ich kenne doch so viele Leute in der Gastro. Wir finden bestimmt ein paar zuverlässige … Ach so, bevor ich es vergesse: Hast du vielleicht irgendwo noch ein altes Handy rumliegen?

Stephan sieht Lukas verblüfft an. Ich glaube, ja. Sogar mit Ladegerät.

Könnte ich das haben?

Ja klar, sagt Stephan. Ich kann es dir nachher geben.

Hey, Alter, Kopf hoch, sagt Lukas, ich mach das schon. Stephan sieht unschlüssig aus. Weißt du, was? Ich hole uns jetzt erst mal was vom Griechen, fährt Lukas fort, und dann: Männerabend!

Stephan lächelt müde. Na gut, sagt er schließlich. Ich nehme wie immer die 23. Und einmal Zaziki extra.

***

Als die Nacht über der Stadt hereinbricht, ist Stephan satt, hat einen ordentlichen Glimmer und endlich mal ein bisschen mehr über Lukas erfahren. Am meisten hatten ihn seine Frauengeschichten interessiert. Sein Hang zu wesentlich älteren Frauen. Seine neue Eroberung namens Sabine, die er sehr apart gefunden hatte.

Aber wenn ich mir eine Bemerkung erlauben darf: Du hast einen ganz schönen Verschleiß, sagt Stephan. Und immer nur *Cougars?*

Ich sage dir, eine richtig scharfe *MILF* ist das Beste, was dir passieren kann. Die jungen Weiber kannst du mir nackt auf den Bauch binden, die würde ich wegrosten. Meine allererste Freundin war neun Jahre älter als ich. Inzwischen habe ich mich gesteigert. Das kann man bekloppt finden, ich aber finde es einfach geil.

Meine erste richtige Freundin habe ich geheiratet, sagt Stephan. Und seitdem wir uns getrennt haben, habe ich abgebaut.

Aber zwischen euch ist hoffentlich alles klar?, fragt Lukas mitfühlend. Er glaubt, dieses Gefühl zu kennen, obwohl er es noch nie selbst erlebt hat. Weil er gar nicht weiß, was das ist. Das hatte angeblich ein Schulpsychologe herausgefunden, als er es in nicht einmal drei Monaten auf sagenhafte 17 Prügeleien auf dem Schulhof gebracht hatte. Daraufhin hatte sogar seine bescheuerte Mutter eingesehen, dass es besser war, ihm eine weitere schulische Karriere zu ersparen. Lukas hatte die Beurteilung entwendet und heimlich gelesen.

Ich denke schon. Nina hat mich immerhin nicht ruiniert, obwohl ich mich teilweise wie ein Idiot benommen habe, aber wir verstehen uns gut. Wir sind uns inzwischen sogar einig, was unsere Kinder angeht.

Die du aber sehr selten siehst, sagt Lukas mit einem leisen Vorwurf in der Stimme. Kinder brauchen ihren Vater. Meiner ist gestorben, als ich noch ganz klein war. Wer weiß, wo ich wäre, wenn er noch leben würde.

Du hast natürlich recht. Stephan zuckt mit den Schultern. Ich liebe meine Kinder, doch ich stehe auf dem Standpunkt, dass ich sie lieber drei- bis viermal im Jahr für zwei Wochen sehe und mit ihnen wegfahre als zwischen Tür und Angel. Sie wissen, dass ich mir den Arsch abarbeite – die beiden sind ja schon fast erwachsen.

Und was ist mit Frauen? Ich dachte zuerst, du und Sonja …

Hör mir auf. Die ist auch so eine Psychotante. Frauen, die silberne Zehen- und Daumenringe trugen, herrenlose Hunde retten wollten und vom Aussteigerleben in Indien oder Sri Lanka träumten, waren Stephan schon immer suspekt gewesen. Außerdem habe ich einen Grundsatz, sagt er, leicht lallend: Never fuck in the same Kostenstelle – wahrscheinlich der einige Grundsatz, den ich bisher in meinem Leben strikt befolgt habe.

Betrunkene und Kinder sagen meistens die Wahrheit, denkt Lukas. Er ist zufrieden. Frauen waren immer ein hervorragendes Gesprächsthema, denn so hatte Lukas die Wahrheit stets nur leicht verbiegen müssen. Er hatte Stephan auf diese Weise fast sein ganzes Leben anvertraut, als vertrauensbildende Maßnahme: seine traurige, von Lieblosigkeit geprägte Kindheit und Jugend, seine Odyssee durch die Internate Bayerns, seine Lehre im familieneigenen Hotel und schließlich die Wanderjahre, die er in Österreich verbracht hatte – und wie er in Salzburg beinahe in die Bandenkriminalität abgerutscht war, als Kollege und Musterschüler eines libanesischen Clanchefs. Wobei er sich gar nicht sicher war, ob Dayyan nicht bloß nur zum mittleren Management gehört hatte. Lukas hatte nicht übertreiben wollen, um seine Opferrolle nicht zu sehr auszureizen, aber schließlich hatte er dem neugierigen Stephan sogar von seiner verhängnisvollen Affäre mit der Aldi-Süd-Filialleiterin Conny Fischbach erzählt.

Was hat die behauptet? Dass du sie erwürgen wolltest? Stephan ist auf einmal hellwach.

Ja, mit einem Kabel. Dabei hat sie mich von hinten die Kellertreppe hinuntergeschubst und sich selbst dabei verheddert. Lukas beugt seinen Kopf hinunter und fährt sich mit dem Finger über die Narbe, die von seinem Haar verdeckt wird. Hier kannst du es fühlen: achtzehn Stiche. Oder waren es zwölf? Ich war minutenlang weg.

Du hast ja ganz schön was erlebt, mein Lieber. Respekt! Er muss aufstoßen. 'tschuldigung!

Lukas winkt ab.

Über so eine ähnliche Geschichte habe ich übrigens schon mal geschrieben, sagt Stephan. Da lag mal eine tote Frau in einem Kleiderschrank. Seine Zunge ist inzwischen tonnenschwer.

Willst du noch einen Ouzo?, fragt Lukas. Zur Feier des Tages gönne ich mir auch mal einen.

Wie jetzt?, wundert sich Stephan, du trinkst auf einmal Alkohol? Bist du krank?

Nur heute. *Einen* Ouzo! Und nur, weil ich dich an einem solchen Scheißtag nicht allein trinken lassen möchte. Aber dann die nächsten zehn Jahre nicht mehr. Ich hole mir nur rasch ein Glas.

Als Lukas auf den Balkon zurückkehrt und den Ouzo einschenkt, sagt Stephan: Jetzt ist es mir wieder eingefallen. Das war in Starnberg. Da hatte man eine tote Frau in einem Kleiderschrank gefunden. Eine Unternehmerin aus Wolfratshausen. Die war mit einem Kabel erdrosselt worden. Und wenn ich mich richtig erinnere, gab es damals zwei Verdächtige: ihren Mann oder Freund und noch einen anderen, aber ich habe damals nicht rausbekommen, um wen es sich gehandelt hat. Doch die Staatsanwältin, huh, die war echt süß.

Und, wer war's? Lukas reicht Stephan das Schnapsglas.

Den Täter hat man nie gefasst. Das Verfahren wurde ein paar Jahre später endgültig eingestellt. Er windet Lukas das Schnapsglas aus der Hand.

Worauf trinken wir denn?, fragt Lukas.

Stephan lacht plötzlich auf. Moment, das ist jetzt echt witzig. Na ja, eher tragisch: Der Ehemann oder Freund, wie auch immer – also, der eben dringend tatverdächtig war –, der ist ein paar Wochen später in einem Hotel gestorben.

Das gibt's ja nicht, sagt Lukas.

Ich weiß gar nicht mehr, wie der hieß.

Ich sag ja, das gibt's nicht, sagt Lukas kopfschüttelnd. Die Welt ist so dermaßen klein ... Stephan sieht ihn verständnislos an. Wann war das noch mal?

1993, sagt Stephan. Ich war damals genau ein halbes Jahr bei der *Neuen Münchner Presse.*

Ja, das hast du mir erzählt. Nicht schlecht, sagt Lukas.

Wieso fragst du, wann das war?, sagt Stephan.

Ich glaube, ich weiß nämlich, wie der Typ hieß ... Moment, ich hab's gleich ... Pfaffmann!

Ja, genau!, ruft Stephan, Günther Pfaffmann.

Und seine Frau hieß ... Hannelore. Hannelore Plattner!, ruft Lukas.

Psst, nicht so laut, mahnt Stephan. Die Nachbarn ... Hast du die etwa gekannt?

Du wirst es nicht glauben: Die waren beide im Starnberger Tennisclub. Und zwar genau zu der Zeit, als ich da gearbeitet habe. Ich kann mich gut an sie erinnern: Sie war eine echt Hübsche, hat immer reichlich Trinkgeld gegeben – aber er war ein echter Choleriker, genau wie mein damaliger Chef, Schorsch Keller. Das war auch so ein Oberarschloch und Menschenschinder. Deshalb habe ich ja ganz schnell wieder gekündigt ... Und dieser Pfaffmann ist tot, sagst du? Hat er sich umgebracht, oder was?

Er ist, soweit ich mich erinnern kann, an einem Herzinfarkt gestorben ... O Mann, die Welt ist wirklich klein, bemerkt Stephan. Sechzehn Jahre ist das nun schon her ... Aber jetzt wird mir der Ouzo langsam zu warm. Er betrachtet versonnen das Schnapsglas. Also, auf was wollen wir trinken?

Auf die goldene Zukunft des *Engel*, sagt Lukas. Auf jede Menge Kohle und Spaß.

Ist akzeptiert. Yammas!, ruft Stephan und stürzt den Anis hinunter.

Yammas! Während Lukas den klebrigen Schnaps hinunterschluckt, stellt er sich ganz fest vor, der Ouzo sei Hustensaft. Sonst müsste er sich vermutlich übergeben. Jedoch nicht wegen des Ouzos. Sondern auch, weil er gerade sein Meisterstück abgeliefert hat. Und gleich morgen früh wird er noch eine Schippe drauflegen. Er erhebt sich. Gibst du mir mal bitte dein Handy, Stephan? Ich will Sabine noch schnell Gute Nacht sagen, und auf dem Festnetz wird das zu teuer.

Bedien dich. Es liegt auf meinem Schreibtisch.

Danke. Ich gehe dann auch gleich ins Bett. Das solltest du auch machen. Dich mal richtig ausschlafen. Wir haben schließlich eine Menge vor.

Stephan nickt. Seine Augen fallen ihm zu. Hör mal, Luki, ich glaube, deine neue Freundin ist 'ne Gute! Das habe ich sofort gemerkt vorhin. Er lallt. Die Sabine ist solide …

Lukas wartet, bis Stephan endgültig eingeschlafen ist. Eigentlich hat er keine Lust, Sabine anzurufen und irgendwelche Süßlichkeiten ins Telefon zu säuseln. Überdies ist es bereits nach Mitternacht. Das macht die Sache allerdings schon wieder interessant. Als er am Benjamini vorbeigeht, bleibt er kurz stehen und dreht sich zum schnarchenden Stephan um. Er hat sich die Stelle genau gemerkt. Stephans Kassenschlüssel hängt neben seiner alten Lesebrille.

MONTAG, 20. JULI 2009, 8.45 UHR

Warum fluchst du denn hier so rum? Stephan blickt konsterniert auf das Chaos hinter dem Tresen, das Lukas angerichtet hat. Der kniet auf dem Boden, neben sich die geöffnete Werkzeugkiste, und hat den Schubladenschrank schon beinahe komplett auseinandergenommen. Fehlt nur noch die unterste Schublade.

Guten Morgen!, sagt Lukas. Die Kaffeemaschine ist schon an. Bedien dich!

Stephan kratzt sich ausgiebig am Kopf und steigt über den knienden Lukas hinüber, um sich einen doppelten Espresso zu machen. Meine Fresse, sagt er, ich habe gestern Abend echt zu viel getrunken. Mein Kopf platzt gleich.

Ich wollte dich nicht wecken, und die Nacht war ja warm. Und du hast geschnarcht wie ein Büffel. Ich meine, ich sag es nur – wegen der Nachbarn.

Auch egal. Was machst du da überhaupt?

Es folgt eine längere Erklärung über die Konstruktion des Tresens. Er hätte nachgedacht, sagt er, und festgestellt, dass sich zwischen den Schubladen und der Rückwand ein gut fünf Zentimeter breiter Zwischenraum befände. Seine Vermutung: Stephans Generalkassenschlüssel könnte dort hineingerutscht und bis ganz nach unten gefallen sein. Aber genau die unterste Schublade lässt sich nicht rausziehen.

Das ist nur eine Blende, sagt Stephan. Er schaut sehnsüchtig auf die dicke kleine Steinguttasse, die sich langsam mit Espresso füllt.

Eben. Also, ich musste leider den ganzen Kram auseinandernehmen. Und die meisten Schrauben der Schubladen sind total kaputt, sagt Lukas. Er schwitzt. Aber gleich hab ich's.

Ich hätte doch unseren Kassenfredi wegen eines neuen Schlüssels anrufen können, sagt Stephan. Der doppelte Espresso tut ja so gut.

Klar hättest du ihn anrufen können. Aber vielleicht kannst du das Geld auch sparen.

Gib mir bitte mal die Kopfschmerztabletten, Lukas. Dritte Schublade.

Lukas hatte die Medikamentenpackung bereits griffbereit hingelegt. Stephan ist ein offenes Buch. Wenn er gesoffen hat, braucht er immer eine Paracetamol. Hier, fang auf, Chef!

Was Stephan erstaunlicherweise gelingt. Er holt ein kleines Mineralwasser aus der Kühlung, um gleich zwei Paracetamol auf einmal einzunehmen. Ich bin ja gespannt, sagt er. Wenn du recht hast …

Ich kann mir nicht vorstellen, dass jemand den Schlüssel absichtlich versenkt hat, sagt Lukas.

Sonja kann man alles zutrauen!, sagt Stephan.

Ach Quatsch, meint Lukas. So. Das ist die fünfte Schublade, die keine ist, und jetzt noch das Bodenbrett.

Vielleicht kannst du ihn ja schon ertasten, schlägt Stephan vor, stellt seine Espressotasse zum zweiten Mal unter den Auslauf und drückt auf *Doppelt*.

Okay. Ich versuch's mal. Er macht sich lang, greift mit seiner rechten Hand unter das Bodenbrett, um die Kante herum, tastet – und erstarrt.

Das glaube ich jetzt nicht, sagt Stephan.

Lukas richtet sich ächzend auf. An seiner Hand kleben fettige Staubflusen, der Dreck aus einem Jahrhundert – doch zwischen Daumen und Zeigefinger hält er den Kassenschlüssel hoch. Tata!, sagt Lukas, und, wie war ich?

Gimme five, mein Freund, sagt Stephan lachend und hebt seine rechte Hand.

Lukas schlägt erfreut ein.

DONNERSTAG, 17. SEPTEMBER 2009, 0.15 UHR

Am Mittwochmorgen hatte er Lukas in der Küche erstmals damit konfrontiert, dass es wohl besser wäre, wenn sie getrennte Wege gehen würden, bevor vielleicht noch eine Katastrophe passiert. Lukas hatte ihn ausgelacht.

Du kriegst mich nicht mal so eben raus, Stephan. Und wenn du es versuchst, reicht ein kurzer Anruf bei der Berufsgenossenschaft, dass du mich schwarz beschäftigst. Illegal. *Capisce?* Den Ärger möchtest du doch nicht haben, oder?

Du hast mir mindestens zehnmal versichert, dass du dich von der Grundsicherung abgemeldet hast, sagt Stephan. Alter, du arbeitest schwarz.

Och, nö – ich kann dir alles versichern, ich kann dir auch das Blaue vom Himmel runterschwindeln, denn was nützt es, wenn du mich nicht *kontrollierst?*

Du bist irre, Lukas. Ich möchte, dass du heute noch deine Sachen zusammenpackst und ausziehst!

Hör mal, Bro – ich war deswegen gerade beim Anwalt. Wollte mich mal prophylaktisch schlaumachen. Du kannst mir selbstverständlich fristgerecht kündigen, aber fristlos? Dafür gibt es keinen einzigen Grund. Okay: Dann setz mich einfach vor die Tür, falls dir das gelingen sollte. Und wenn es dir wider Erwarten gelingt: Was meinst du, was passiert, wenn das Ordnungsamt Kakerlaken in deiner Küche findet? Oder wenn es feststellt, dass dein Fettabscheider kaputt ist …? Ich nehme jetzt erst einmal ein Bad. Bin ein bisschen verspannt, weißt du?

Am frühen Mittwochnachmittag hatte Stephan dann jedoch einen Geistesblitz gehabt, als er vor seinem Benjamini gestanden und den Staub auf den Blättern kritisch beäugt hatte. Lukas war beim Training im Dojo; er hatte kurz durchschnaufen können, denn er hatte sich schließlich schon seit Wochen als Gefangener in seiner eigenen Wohnung gefühlt. Das kann er aber niemandem erzählen, weil niemand ihm diese Geschichte abnehmen würde.

Inzwischen war er der festen Überzeugung, dass Lukas auch für das rätselhafte Verschwinden seiner ersten Lesebrille verantwortlich war. Damit hatte Stephans Meinung nach der ganze Psychoterror höchstwahrscheinlich begonnen. Vermutlich gleich am ersten Tag, an dem Lukas bei ihm eingezogen war. Also hatte er angefangen, das Blätterwerk des Benjamini nach einem bestimmten Raster, von unten nach oben, nach seiner Brille abzusuchen, und er war dann nicht einmal sonderlich überrascht, als er die seit Monaten vermisste Brille nach zehn Minuten gefunden hatte.

An diesem Tag hatte er dann noch zahlreiche mehr oder weniger dramatische Entdeckungen gemacht: Aus seinem Kleiderschrank waren mehrere Stücke verschwunden, wobei Lukas offenbar sorgfältig darauf geachtet hatte, die Hose seines blauen Anzugs zu entwenden und gleichzeitig das Jackett seines grauen Anzugs. Die goldenen *Cartier*-Manschettenknöpfe seines Vaters, die Stephan in der alten Schmuckschatulle aus Leder verwahrte, die seiner Mutter gehört hatte, hatten sich wie durch Zauberhand in billige Manschettenknöpfe von *H&M* verwandelt, das 300-Millimeter-Teleobjektiv für seine Spiegelreflexkamera war durch einen gigantischen Kratzer unbrauchbar geworden, und als er dann auch noch seine aktuelle Kreditkartenabrechnung überflogen hatte, hatte er den untrüglichen Beweis in den Händen gehalten, dass Lukas mit seinem Laptop etwa 500 Euro im Online-Casino verzockt hatte.

Stephan hatte festgestellt, dass dieser Parasit nach einem perfiden System vorgegangen war. Er hatte sich ausschließlich an Dingen vergriffen – oder sie eben gänzlich verschwinden lassen –, die Stephan im Grunde nicht mehr oder kaum genutzt hatte. Dinge, deren Fehlen ihm erst nach einiger Zeit aufgefallen wäre und die er im Grund nur deswegen aufbewahrt hatte, weil er gute Erinnerungen an sie besaß. Oder auch nur, weil er einfach an ihnen hing.

Der fehlende Band neun des großen *Meyer-Lexikons* sowie der fehlende Band sieben des *Großen Brockhaus* waren dann wiederum Peanuts gegen die bittere Erkenntnis, dass Lukas einen antiken afrikanischen Hocker aus Namibia geklaut hatte, und er, Stephan, hatte es nicht einmal gemerkt.

Kein Zweifel, er war auf dem besten Wege, verrückt zu werden. Ein Minimalist hätte mit Sicherheit gesagt: *Siehst du, Stephan, mit was für einem unnützen Scheiß du dich die ganzen Jahre belastet hast?,* aber Stephan war nun mal kein Minimalist, sondern ein Mensch, für den die Vergangenheit enorm wichtig war, um in der Gegenwart und in der Zukunft bestehen zu können.

Aber die echte Katastrophe war natürlich, dass Lukas innerhalb kürzester Zeit seinen *Engel* in einen Treffpunkt für seine Kameraden aus der Kampfsportszene umgewandelt hatte. Und er hatte hilflos mit ansehen müssen, wie viele seiner Stammgäste fluchtartig in andere Lokalitäten gewechselt waren.

Der Laden ist zwar nach wie vor gut besucht, aber die neue Klientel bringt deutlich weniger Umsatz, sorgt aber dafür regelmäßig für Ärger. Und die aufgeblasenen jungen Mädchen, die ihm Lukas *nach ein paar Anrufen* in der Szene als *Spitzenkräfte* verkauft hatte, wissen nicht mal, wie man das Wort Service schreibt.

Stephan ist aufgewacht. Er fühlt sich elend, wie ein echtes *Weichei,* als er jetzt, kurz nach Mitternacht, im Schein seiner Schreibtischlampe auf dem Bildschirm seines Laptops die Liste aller Verfehlungen überfliegt, die auf Lukas Konto gehen. Er kommt auf insgesamt 47, aber vielleicht sind es sogar mehr. Aber es sind fast alle, die ihm sein Gedächtnis zur Verfügung gestellt hat. Denn im Grunde sind es 48. Und diese Nummer 48 hat es in sich. Wenn er damals auf dem Balkon, nach Sonjas Abgang, nur nicht so betrunken gewesen wäre. Natürlich war es ein Zufall, aber was für einer. Und jetzt, da er weiß, dass Lukas offenbar einer der beiden Hauptverdächtigen in einem Mordfall gewesen ist, der sich 16 Jahre zuvor ereignet hatte und den er als Reporter beackert hatte, weiß er, dass er handeln muss. Er braucht einen Plan, und zwar ganz schnell. Als Erstes will Stephan zukünftig alle Zimmer abschließen, bis auf das Gästezimmer und das Gästebad, die Lukas nutzt. Er wird seine Wertgegenstände in zwei Umzugskartons packen und sie zu einem Freund bringen. Er wird eine neue Kreditkarte und neue Scheckkarten beantragen, er wird alle Passwörter ändern, er wird Lukas einfach mal mit breiter Brust entgegentreten und sich nicht mehr von ihm einschüchtern und erpressen lassen. Er wird auf seine Chance lauern, um ihn loszuwerden. Endgültig. Er hat sogar selbst schon dumme Mordgedanken entwickelt, aber nein: Diesen Gefallen wird er diesem Schwein nicht tun.

SONNABEND,
26. SEPTEMBER 2009, 3.35 UHR

Bevor Stephan am frühen Freitagabend hinunter in die Küche des *Engel* gegangen war, hatte er sich noch einmal davon überzeugt, dass *seine* Zimmer in der Wohnung fest verschlossen waren.

Erstaunlicherweise hatte Lukas die abrupte Veränderung ihres Zusammenlebens bisher mit keiner Silbe kommentiert. Sie waren sich aus dem Weg gegangen, und wenn sie, wie heute auf der Freitagsparty, ausnahmsweise zusammenarbeiten mussten, hatten sie ihre Tätigkeiten möglichst schweigend und räumlich voneinander getrennt verrichtet; Lukas vorn am Tresen, Stephan hinten in der Küche. Wenn sie miteinander gesprochen hatten, dann nur das Nötigste. Stephan fühlt sich wie gelähmt. Er scheut die Konfrontation. Ein paar Tage zuvor war er Lukas gegenüber endlich einmal laut geworden, als der einfach Stephans Wäsche aus der laufenden Waschmaschine rausgenommen, in der gesamten Wohnung verteilt und durch seine eigene ersetzt hatte. Am nächsten Morgen hatte Stephan fassungslos vor seinem Auto gestanden – irgendjemand hatte zwei Reifen zerstochen. Dafür war eigentlich nur Lukas infrage gekommen, aber der Beamte in der Polizeiinspektion 13 hatte bedauernd mit dem Kopf geschüttelt und gesagt: Dafür hätten'S den Herrn schon auf frischer Tat ertappen müssen.

Aber irgendwas ist an diesem Freitag anders. Und das liegt nicht an den Gästen oder an der müden Stimmung, sondern es liegt an Lukas, der die gespielt fröhliche Rampensau im Stall gelassen hat und dafür eine latent aggressive Grundstimmung verbreitet. Stephan spürt es genau, und er kann es sogar sehen: Lukas wirkt zerknirscht, frustriert, und er ist hektisch. So hatte er sich noch nie benommen. Beinahe jede zweite Bestellung, die er ihm auf den Pass legt, stellt sich als falsch heraus; er ist ständig mit seinem Handy zugange, lässt Gläser fallen, vergisst Getränke und schreit dann auch noch vor den Gästen eines der beiden Mädchen im Service zusammen, sodass sie heulend zu Stephan in die Küche flüchtet. Sabrina heißt die bemühte Kleine, und Stephan, der gerade eine Ladung frisch getrockneter Biergläser aus der Gläserspülmaschine wuchtet, fragt sie, was denn heute *bloß mit dem Tresenmann* los sei.

Ich glaube, er hat Ärger mit seiner Freundin, sagt Sabrina. Jedenfalls ist er auf Zinne.

Ach du je, sagt Stephan. Sie will ihm den Gläserkorb abnehmen, denn das ist ihr Job, aber Stephan empfiehlt ihr, sich erst einmal zu beruhigen und draußen eine zu rauchen. Er will die Gläser selbst hinter die Bar bringen und einräumen. Denn vielleicht ist das die Chance, die er nicht noch einmal bekommen wird.

Wir brauchen noch zwei Hühner!, sagt Lukas, als Stephan mit den Gläsern neben ihm auftaucht. Das kann die kleine Fotze machen.

Hey, hey, hey, sagt Stephan, atme doch mal zur Abwechslung ganz entspannt durch die Hose. Wir wissen doch alle, was für ein Arschloch du bist.

Lukas sieht ihn verächtlich an, sagt aber kein Wort, sondern macht rasch zwei Weinschorlen fertig; Stephan ahnt, für wen, und entdeckt die beiden älteren Frauen hinten am Tresen, neben dem DJ-Pult, sofort. Er erinnert sich daran, dass er der einen schon mal oben in seiner Küche begegnet ist, am frühen Morgen, gut drei Wochen ist das her.

Er beginnt, die Biergläser ins Regal zu räumen, zwanzig Stück, dafür braucht er normalerweise zwei Minuten. In diesem Moment hat er eine Idee. Er wird es dieses Mal in einer Minute schaffen, vielleicht sogar schneller. Lukas wird es zunächst vielleicht gar nicht merken, denn er ist in ein intensives Gespräch mit den beiden Schorle-Ladys vertieft, während fünf junge Männer vor dem Tresen durstig mit den Hufen scharren.

Bier?, fragt Stephan. Die fünf nicken unisono. Kollege kommt gleich, ruft Stephan, zeigt auf Lukas und verschwindet mit dem leeren Getränkekorb in der Küche.

Nicht einmal sechzig Sekunden später zitiert Lukas ihn aus der Küche hinaus. Zeigt anklagend auf die Biergläser. Fällt dir was auf? Stephan schüttelt den Kopf. Wie oft habe ich dir gesagt, dass das Emblem nach vorn zeigen muss. Das sieht doch scheiße aus. Wie Kraut und Rüben. Total unprofessionell.

Meinst du? Sieh dich doch mal um, Lukas. Bist du etwa der Meinung, dass du den Gastraum professionell im Griff hast? Die Hälfte der Tische ist nicht abgeräumt, überall stehen leere Gläser herum … Hauptsache, du füllst deine Großmütter da hinten mit Weinschorle ab. Wobei mir einfällt: Was ist eigentlich mit deiner Sabine? Die habe ich hier noch nie gesehen. Weiß die eigentlich, dass du in der Woche regelmäßig andere Weiber bumst? Denk mal darüber nach. Oder hat sie dir schon den längst fälligen Arschtritt verpasst? Das wäre ihr nämlich echt zu gönnen …

Lukas ist erstarrt. Mit solch einer Predigt hat er mit Sicherheit nicht gerechnet. Nicht von Stephan, dem *Weichei*. Das ihn jetzt auch noch rotzfrech angrinst und ihn einfach stehen lässt.

In der Küche trifft Stephan auf Sabrina. Na, besser jetzt?, fragt er.

Sie nickt. Wem von euch gehört eigentlich der *Engel?*, fragt sie.

Mir, antwortet Stephan.

Echt jetzt?

Erzählt Lukas was anderes?

Mmh.

Hör nicht auf ihn. Bring dich lieber in Deckung. Der tut niemandem gut, sagt Stephan, als im selben Moment die Schwingtür auffliegt, Lukas mit einem Teller in die Küche stürmt und ihn mit voller Wucht wie einen Frisbee auf Stephan schleudert. Der Teller ist voller abgenagter Hühnerknochen. Stephan reißt die Arme hoch, jedoch vergeblich, denn der Rand des Tellers trifft Sabrina am Hinterkopf. Die Hühnerknochen fliegen durch die Luft, der Teller zerschellt am Boden, und Sabrina sackt bewusstlos zusammen. Es geht alles so schnell, dass sie nicht einmal mehr aufschreien kann. Stephan gelingt es im letzten Moment, ihren Sturz abzufangen. Dann liegt sie ausgestreckt auf den fettigen Fliesen, atmet flach, und unter ihrem Kopf breitet sich rasch eine Blutlache aus.

Zehn Minuten später trifft der Notarzt ein, gefolgt von einem Krankenwagen und einem Streifenwagen der Münchner Polizei. Während Lukas sich weiterhin angeregt mit seinen beiden Tresenbekanntschaften unterhält, kämpfen der Notarzt und die beiden Rettungssanitäter in der Küche um das Leben von Sabrina.

Stephan geht auf die beiden Polizeibeamten zu, stellt sich vor. Ich bin der Inhaber. Dort drüben, er zeigt verstohlen auf Lukas, ist derjenige, der meine Servicekraft verletzt hat. Ansonsten war niemand von den Gästen involviert.

Was ist denn passiert?

Mein Angestellter hat im Streit einen Teller nach mir geworfen und das Mädchen getroffen.

Die beiden Polizeibeamten tauschen einen befremdeten Blick. Ja, dann sollten wir jetzt mal Ihre Personalien aufnehmen, sagt der eine, den sein Namensschild auf der Uniform als N. Schmidt ausweist.

Natürlich, sagt Stephan. Ich würde bloß gerne vorher meine Gäste loswerden.

Das geht leider nicht. Vielleicht findet sich unter ihnen noch der eine oder andere Zeuge …

Sie haben recht. Mein Fehler, sagt Stephan Engler.

Der zweite Beamte postiert sich vor der Eingangstür und telefoniert um Verstärkung.

Die Musik stoppt. Ich möchte alle Anwesenden bitten, diesen Gastraum nicht zu verlassen, ruft der Beamte Schmidt. Sie alle kommen als potenzielle Zeugen einer Straftat infrage und werden deshalb einzeln von meinen Kollegen und mir vernommen!

So gut wie alle Gäste sind mit dieser Ansage natürlich nicht einverstanden. Dementsprechend lautstark fallen die ersten Reaktionen aus, aber letztlich beruhigen sich alle.

Die Schwingtür zur Küche fliegt auf. Machen Sie bitte den Weg frei, ruft der Notarzt mit einem besorgten Blick auf die Trage. Sabrina hängt an einem tragbaren Beatmungsgerät.

Können Sie mir vielleicht sagen, was sie hat?, fragt Stephan.

Ich vermute, einen Schädelbasisbruch, sagt der Notarzt.

O Gott. Stephan ist weiß wie eine Wand. Er brüllt quer durch den Gastraum, dass seine Gäste verdammt noch mal Platz machen sollen. Die Schwerverletzte wird nach draußen geschoben und in den Krankenwagen verfrachtet. Die Freitagabendparty ist damit endgültig vorbei.

Die Befragungen enden allerdings erst gegen ein Uhr morgens und sind trotzdem wenig ergiebig. Soweit Stephan es mitbekommen hatte – er war ja als Erster befragt worden –, hatte Lukas lediglich seine persönlichen Angaben gemacht, sich jedoch nicht weiter zu dem Vorfall geäußert und die Aussage verweigert. Danach war er nur noch mit seinem Handy beschäftigt gewesen.

Als sie spätnachts nur noch zu zweit im Gastraum sind, fasst sich Stephan ein Herz und nimmt sich Lukas zur Brust.

Was ist?, fragt Lukas gereizt.

Das werde ich dir jetzt sagen, was ist – was gleich sein wird. Ich weiß, dass du mich mühelos umhauen kannst. Aber, du hast mir vor knapp zwei Monaten etwas erzählt, was ich damals nicht gerafft habe – weil ich vom Ouzo besoffen war.

So? Was habe ich dir denn erzählt?

Starnberg. Hannelore Plattner. Günther Pfaffmann. Der Mord. Erinnerst du dich nicht? Was du mir nicht erzählt hast: Dass du damals einer der beiden Hauptverdächtigen gewesen bist.

So ein Blödsinn. Das habe ich alles nur erfunden ...

Nein, nein – das hast du nicht, Lukas: Die Luft ist jetzt ganz dünn für dich geworden – und deshalb wirst du Folgendes tun: Du händigst mir auf der Stelle alle Schlüssel aus, gehst dann nach oben in die Wohnung, packst deine Sachen und verschwindest – und zwar für immer. Du hast eine Stunde, aber wenn du dich beeilst, schaffst du es auch in 15 Minuten, deinen Seesack zu packen. Ich will dich jedenfalls hier nicht mehr sehen. Verstanden?

Und wenn nicht? Lukas macht sich so groß wie möglich.

Du kannst wieder ausatmen. Wenn du glaubst, mich mundtot machen zu müssen oder zu können ... Ich habe für diesen Fall vorgesorgt. Dann bist du voll am Arsch. Stephan hofft inständig, dass Lukas seine Todesangst nicht riechen kann.

Lukas langt lässig in seine Hosentasche und legt seinen Schlüsselbund auf den Tresen. Wenn du meinst, sagt er und verlässt ohne ein weiteres Wort die Gaststube.

Stephan braucht jetzt dringend einen Grappa. Er darf auf keinen Fall vergessen, die Vordertür und die Hintertür abzuschließen.

***

Eine knappe halbe Stunde später hört Stephan, wie oben die Wohnungstür ins Schloss fällt. Die ganze Zeit hatte er gelauscht, mit einer Dose Pfefferspray in der Hand. Lukas hatte jedoch nicht randaliert. Er geht ans Fenster und sieht hinaus auf die Herzogstraße. Sein Herz klopft ihm bis zum Hals. Zwei Minuten später geht Lukas mit seinem Rennrad am Fenster vorbei, seinen Seesack geschultert, die Herzogstraße in Richtung Münchner Freiheit hinunter. Als er aus seinem Blickfeld verschwunden ist, sprintet Stephan die Treppe hoch in seine Wohnung. Er schließt die Wohnungstür zweimal von innen ab und atmet tief durch. Er fühlt sich von einer Riesenlast befreit. Und schrecklich müde.

Deshalb beschließt Stephan, sofort ins Bett zu gehen. Es einmal ohne die gnädige Hilfe von König Alkohol zu versuchen, einzuschlafen. Sein Alkoholkonsum hatte sich in den vergangenen Wochen immer mehr gesteigert. Mit dem zweifelhaften Erfolg, mitten in der Nacht gegen zwei Uhr, manchmal auch um vier, aufzuwachen und nicht wieder einschlafen zu können.

Er schließt sein Schlafzimmer auf, pellt sich aus seinen Kochklamotten und legt sich, dreckig und verschwitzt, wie er ist, nackt auf sein Bett. Aber die Bettdecke fühlt sich merkwürdig feucht an. Nicht die gesamte Bettdecke, sondern nur punktuell. Und jetzt kann er es auch riechen. Den feuchten Abschiedsgruß von Lukas Friedrich, der sich wahrscheinlich königlich darüber amüsiert hatte, ihm ins Bett zu pinkeln. Die Frage war nur: Wie hatte Lukas es geschafft, das Türschloss zu überlisten? Stephan springt vom Bett hinunter. Also jetzt doch, duschen. Und dann mit der Wolldecke auf die Couch. Morgen ist ein neuer Tag, und Stephan weiß, dass vor ihm viele Aufgaben liegen. Gleich als Erstes wird er morgen früh im Baumarkt neue Schlösser kaufen. Und dann muss er sich unbedingt nach Sabrina erkundigen. Er hofft, dass sie überleben wird.

DIENSTAG, 13. OKTOBER 2009, 10.00 UHR

Darf ich offen mit Ihnen reden?

Ich bitte darum, sagt Stephan Engler. Nehmen Sie doch bitte Platz, Frau Dallmeyer. Vielleicht einen Kaffee?

Nein, nichts, vielen Dank.

Aus der Küche dringen Klopfgeräusche. Sabine Dallmeyer zuckt zusammen. Ist da noch jemand?

Das ist nur Alphonse, mein Koch. Wir müssen den *Engel* mit einem neuen Konzept wieder nach vorn bringen. Wir setzen jetzt auf original Wiener Schnitzel.

Das hatten Sie mir schon am Telefon erzählt … Wissen Sie, aber nach meinen Erfahrungen mit Herrn Friedrich …

… mit Lukas …

… ja, also durch Lukas bin ich sehr ängstlich geworden. Sie glauben nicht, was es mich für eine Überwindung gekostet hat, heute Morgen meine Wohnung zu verlassen.

Doch, sagt Stephan, das kann ich mir leider sehr gut vorstellen. Ich habe ja selbst erlebt, zu was er fähig ist. Er besitzt keinerlei Empathie. Es ist ihm – pardon – scheißegal, was mit anderen Menschen geschieht.

Aber nicht zu Anfang, widerspricht Sabine Dallmeyer. Als ich ihn kennengelernt habe, war er der charmanteste junge Mann, der mir je begegnet ist. Er hat mich alte Schachtel tatsächlich um den Finger gewickelt – und das habe ich jetzt davon.

Sabine Dallmeyer hatte sich überraschend bei Stephan gemeldet. Sie hatten dann zweimal miteinander telefoniert, bevor sie sich dazu entschlossen hatte, ihn in München zu besuchen.

Glauben Sie mir, Sabine – ich darf Sie doch so nennen? –, es geht mir ganz ähnlich. Auch wenn ich ein Mann bin. Nebenbei bemerkt sind Sie in meinen Augen alles andere als eine alte Schachtel. Aber gegen Lukas haben Sie und auch ich schlechte Karten. Das Einzige, was gegen diese emotionalen Vampire hilft, ist, sie aus dem Leben hinauszuschmeißen. Einen Schlussstrich zu ziehen, denn jeder weitere Tag wird doppelt so teuer, vor allem dann, wenn diese Menschen merken, dass sie durchschaut werden und man sich gegen sie zur Wehr setzt. Wenn mir die Brauerei jetzt nicht mit einem kurzfristigen Darlehen ausgeholfen hätte, wäre ich vermutlich pleite gewesen. Aber versuchen Sie mal, einem Betrüger nachzuweisen, dass er sie betrügt. Das geht manchmal total schief. In diesem Moment fällt ihm Sonja ein, die er morgen Abend besuchen, nein, eher überfallen will, denn sie geht nicht an ihr Handy. Auch nicht, als er sie mit unterdrückter Nummer angerufen hatte.

Ich weiß eigentlich gar nicht, warum ich Sie unbedingt persönlich kennenlernen wollte, Stephan. Aber mein größtes Problem ist, dass ich das Gefühl habe, dass mich niemand ernst nimmt – nicht einmal die Polizei. Ich weiß nämlich ganz genau, wer mir dauernd die Reifen zersticht oder mich nachts zwanzigmal anruft oder mir Päckchen und Pakete schickt …

Ja, Reifen zu zerstechen und Scheibenwischer zu verbiegen ist mit Sicherheit eine seiner besonderen Leidenschaften, sagt Stephan Engler grimmig. Geschickt hat er mir allerdings bisher nur das Ordnungsamt. Weil bei uns in der Küche angeblich Kakerlaken rumkrabbeln. Ich kann Ihnen also versichern, Sie sind wirklich nicht allein, und ich glaube Ihnen jedes Wort. Wollen Sie nicht doch was trinken?

Nein, immer noch nicht. Danke. Sie lächelt verlegen, schaut dann an Stephan vorbei ins Leere. Schließlich gibt sich Sabine Dallmeyer einen Ruck. Eigentlich will ich nur noch eins wissen – und hoffentlich verzeihen Sie mir diese Frage: Aber meine Tochter – sie studiert hier in München – hat für mich Privatdetektivin gespielt und war insgesamt dreimal hier. Sie hat sich sogar extra eine blonde Perücke besorgt und eine hässliche Brille, um nicht erkannt zu werden …

Ich ahne, auf was Sie hinauswollen, Sabine. Ja. Ihre Tochter hat ihn anscheinend genau im richtigen Moment beobachtet. Ich kannte ja Ihren Beziehungsstatus nicht, also habe ich über seinen häufigen Damenbesuch diskret hinweggesehen. Stephan nickt nachdrücklich. Aber wissen Sie, was: Als Sie die beste Entscheidung Ihres Lebens getroffen haben und ihn einfach nicht mehr in Ihre Wohnung gelassen haben … Damit haben Sie mir unendlich geholfen. Denn Lukas ist ausgerastet.

Ich habe nachgezählt, sagt Sabine Dallmeyer, 234 SMS in fünf Tagen hat er mir geschickt. Am Tag, als ich ihn aus meiner Wohnung hinausgeworfen habe, hat er mit einem einzigen Faustschlag meine Wohnungstür fast durchgehauen.

Völlig irre, bestätigt Stephan.

Ich hoffe nur, dass seine Stalkerei irgendwann aufhört und er das Interesse an mir verliert.

Die Tür zum *Engel* öffnet sich. Stephan denkt, dass es der Postbote ist, und sieht hinüber zur Eingangstür. Er stutzt, sieht genauer hin, will anscheinend nicht wahrhaben, dass es nicht der Postbote ist, auch kein Lieferant, sondern: Lukas. Sabine Dallmeyer folgt irritiert seinem Blick und muss sich im nächsten Moment mit beiden Händen an der Tischkante festhalten. O nein, flüstert sie.

Lukas macht jedoch keine Anstalten, sich ihrem Tisch zu nähern. Er steht nur ganz ruhig da, sagt kein Wort und mustert Sabine Dallmeyer mit seinen dunklen Augen. Dann dreht er sich wieder um und schreitet gemessenen Schrittes zur Tür hinaus. Das kannte Stephan Engler von ihm noch nicht.

Sabine Dallmeyer zittert am ganzen Körper.

Dieser Auftritt von Lukas hat Stephan Engler gerade noch gefehlt. Alles klar mit Ihnen?, Sabine. Er ist weg.

Wieso wusste er, dass ich hier bin? Dass wir beide uns verabredet haben? Sie ist den Tränen nahe.

Keine Ahnung, vielleicht hat er Sie nur ganz zufällig auf der Straße gesehen.

Vielleicht aber auch nicht. Sie schluchzt auf. Stützt ihren Kopf in beide Hände.

Vielleicht tröstet es Sie ja, dass ich eben mindestens genauso viel Angst hatte wie Sie, sagt Stephan Engler, der sich gerade ziemlich hilflos vorkommt.

Das wird niemals aufhören, stößt Sabine Dallmeyer hervor, niemals!

Möchten Sie vielleicht Ihre Tochter anrufen? Was anderes fällt ihm in diesem Moment nicht ein.

MITTWOCH, 14. OKTOBER 2009, 23.45 UHR

Wer ist denn da?, quäkt Sonja Freeses Stimme aus dem Lautsprecher über den Klingelknöpfen.

Ich bin's. Stephan. Mach mal bitte auf …

Weißt du, wie spät es ist? Und eigentlich habe ich auch keine Lust, mit dir zu sprechen. Bad Karma, Stephan!

Jaja, ich weiß: Wenn du zu jemandem einmal *Fick dich* sagst, dann meinst du auch *Fick dich*.

So ist es. Aber … ach, was soll's, sagt Sonja und drückt auf den automatischen Türöffner.

Vor Stephan liegen fünf Etagen. Ohne Fahrstuhl. Kein Wunder, dass Sonja so fit ist. Sie steht mit verschränkten Armen im Türrahmen und mustert ihn mit strengem Blick. Ich habe in den vergangenen Wochen mehrmals versucht, dich zu erreichen, sagt Stephan keuchend und hält auf dem letzten Stück Treppe eine Flasche *Ruinart* hoch. Sonjas Lieblingschampagner.

Ach du Scheiße!, sagt Sonja. Ich hätte es mir denken können, jetzt, wo du mitten in der Nacht bei mir aufkreuzt.

Ich habe es dir doch gesagt: Ich habe dich nicht erreicht – ich war sogar ein paarmal hier. Erst jetzt, als er vor ihr steht, fällt ihm ihr kräftiger brauner Teint auf.

Ich war doch fast zweieinhalb Monate in Indien und bin erst vor drei Tagen zurückgekommen. Es herrschte zwar Monsunzeit, aber für ein bisschen Sonnenbräune hat es gereicht.

Na prima. Dann bist du ja jetzt bestens erholt, um …

Um was zu tun? Nee, Stephan. Vergiss es! Du glaubst doch nicht im Ernst, du könntest einfach so bei mir reinschneien und auf Tralala machen, als wäre nichts gewesen. Außerdem habe ich schon bei Mario angeheuert, im *Instant*.

Stephan geht nicht darauf ein. Er vermutet, dass Sonja ihm etwas vorgaukelt, um ihn zu provozieren. Denn Mario ist in der Schwabinger Gastroszene als ultimativer Choleriker verschrien. Können wir uns nicht in deiner Wohnung unterhalten?, bittet Stephan. Und hast du vielleicht zwei saubere Gläser?

Sonja seufzt. Dann komm endlich rein.

Zu ihrem vierzigsten Geburtstag war Stephan einmal auf einer Party in ihrer Wohnung gewesen, die er seitdem als *Ashram* bezeichnete. Denn Sonja besaß zweifellos einen Indientick, was sich in den kräftigen Wandfarben in Curry und Kurkuma und ihrer Einrichtung widerspiegelte, die aus kreischbunten Teppichen und Sitzkissen und ein paar ausgesuchten Kolonialmöbeln aus dunklem Holz bestand.

Nun hatten sie sich in die Küche zurückgezogen, weil Stephan das Sitzen auf dem Boden nicht besonders schätzte. Sonja hatte sich einen dünnen Joint gedreht und dann noch einen und noch einen, denn Stephan hatte nicht aufgehört, zu erzählen, wie dieses *miese kleine Arschloch* Lukas in kürzester Zeit Besitz von seiner Wohnung, dem *Engel* und schließlich seinem Leben ergriffen hatte. Was ihm fast gelungen wäre, aber eben nur fast.

Wie bitte? Der vögelt mit zwei Weibern in deiner Wohnung, und du gehst ins Kino, weil du das Gestöhne nicht hören willst? Und dann kommst du nach drei Stunden zurück, und die sind immer noch am Machen …

… und plötzlich steht Lukas nackt vor mir auf dem Balkon und lädt mich ein, mitzumachen. Ich dachte, ich bin im falschen Film. Das ist ja irgendwie noch ganz lustig, aber dann komme ich eines Tages vom Einkaufen, will oben in der Wohnung noch schnell meine Wäsche in den Trockner werfen und stelle fest, dass Lukas einfach den Waschgang unterbrochen hatte. Meine

Wäsche lag nass in der Wohnung, seine Wäsche rotierte in der Maschine; ich meine, okay, das war vielleicht nur eine Kleinigkeit, aber da habe ich ihn das erste Mal angebrüllt.

Und wie war seine Reaktion?

Er hat sich wortlos umgedreht und mit seiner Faust voll zugeschlagen – in die Wand. Der Putz hat gebröckelt, Sonja, da war ein richtiges Loch drin. Ich habe gesehen, dass seine Knöchel blutig waren, aber es hat ihm anscheinend überhaupt nichts ausgemacht. Am nächsten Morgen waren zwei meiner Autoreifen zerstochen. Ich hab alles aufgeschrieben. Ich bin auf 47 Aktionen gekommen. Nein, eigentlich auf 48. Er hat sich vorgenommen, nichts von der Mordsache zu erzählen.

Tja, sagt Sonja. Und nun? Was willst du von mir?

Das weißt du, sagt Stephan. Ich möchte dich ganz offiziell um Verzeihung bitten. Ernsthaft – ich habe mich dir gegenüber benommen wie das größte Arschloch, indem ich mich dazu hinreißen ließ, dir zu misstrauen.

Arschloch reicht nicht, mein Lieber. Du hast mir damit echt wehgetan.

Das kann ich dann wahrscheinlich nicht wiedergutmachen, oder?

Es dürfte jedenfalls schwer werden, sagt Sonja.

Gut. Ich falle jetzt mal mit der Tür ins Haus: Der *Engel* liegt zurzeit ziemlich am Boden. Ich pfeife finanziell auf dem letzten Loch und werde von der Brauerei künstlich beatmet. Eine meiner neuen Servicekräfte liegt dank Lukas mit einer schweren Schädelverletzung im Krankenhaus, aber sie wird aller Wahrscheinlichkeit nach wieder vollständig genesen. Die andere müsste ich eigentlich rausschmeißen, es sei denn, jemand wie du zeigt ihr in einem Crashkurs, auf was es ankommt. Ich suche zurzeit also händeringend nach zuverlässigem Personal. Etwa die Hälfte der Stammgäste hat sich was Neues gesucht, und seitdem ich Lukas rausgeschmissen habe, kommen natürlich auch seine Straßenkämpfer nicht mehr – und auch die Cougars sind weg. Immerhin habe ich Alphonse davon überzeugen können, zukünftig in Vollzeit bei mir zu arbeiten. Wir werden die Karte auf original Wiener Schnitzel und ein paar österreichische Schmankerl umstellen. Ich selbst bin nervlich am Ende und verdammt dünnhäutig geworden. Ende der Geschichte.

Sonja stellt mit großem Bedauern fest, dass die Flasche *Ruinart* schon leer ist. Sie holt aus ihrem Kühlschrank eine neue. Stephan schöpft ein wenig Hoffnung, als sie die Champagnergläser füllt. Sie berührt sein Glas mit ihrem Glas und trinkt einen Schluck. Also, ich sehe Stephan: Du bist so richtig am Arsch.

Hilf mir bitte.

Was hätte ich davon?

Du wirst Geschäftsführerin, kriegst erst einmal 380 Euro Gehaltserhöhung, eine dreiprozentige Umsatzbeteiligung sowie die Option, spätestens in drei Jahren 24,9 Prozent des Ladens zu übernehmen. Das Angebot hatte Stephan nach Rücksprache mit seinem Steuerberater ausbaldowert.

Hast du schon wieder deine Tabletten vergessen? Das ist verdammt großzügig. Aber wieso 380 Euro Gehaltserhöhung?

Denk mal nach. Das soll mich immer an die Scheiße erinnern, die ich gebaut habe. Stephan zieht einen Briefumschlag mit 380 Euro aus seiner Innentasche. Die schulde ich dir übrigens noch, Sonja.

Du bist ja ein richtiger Fuchs, Stephan!, sagt sie und streckt ihm die Hand hin. Deal?

Deal. Ich liebe dich, Sonja.

Ich weiß, Stephan. Ich liebe dich auch.

Aber wir werden nicht heiraten.

Nein, und wir werden auch niemals miteinander schlafen.

Gott bewahre!

MITTWOCH, 9. DEZEMBER 2009, 18.00 UHR

Sabine und Gisela kommen fast gleichzeitig im Restaurant am Bibisee an, an das Sabine Dallmeyer keine guten Erinnerungen hat; Gisela in ihrem neuen BMW, Sabine mit dem Taxi. Es regnet in Strömen. Hier hatte sie am 6. Juni, vor gut einem halben Jahr und nach beinahe sechs Jahren der Trauer und Leere in ihrem Herzen auf Giselas Rat hin den ersten Versuch gestartet, wieder ein ganz normales Leben zu führen. Sich vielleicht zu verlieben, die Nähe, Wärme und Geborgenheit eines starken männlichen Arms zu spüren und, ja, auch wieder Lust. Aber dieser erste Versuch war gründlich misslungen, da sie in der Partnerbörse auf einen Mann hereingefallen war, der vermutlich gar nicht existierte. Steffen war sein Name gewesen, angeblich ein Ingenieur. Und nun hatte sie gedacht, dass dieses kroatische Restaurant genau der richtige Ort für das Treffen mit Gisela war.

Nanu – warum kommst du denn mit dem Taxi?, fragt die Freundin, die erschrocken ist, weil sie Sabine noch nie so gesehen hat. Bleich, mit strähnigen Haaren, hohlwangig. Hast du abgenommen? Wir haben uns ja so lange nicht mehr getroffen. Ich dachte schon, du wollest nichts mehr von mir wissen. Ach ja, liebe Grüße von Frieda.

Ja, ich hab abgenommen. Fast fünf Kilo. Aber lass mich bitte erst einmal ankommen, sagt Sabine, denn genau darum geht es: ums Abnehmen, um mein Auto, das mit kaputten Bremsen in der Werkstatt steht, und vor allem darum, warum ich abgetaucht bin.

Dann bin ich mal gespannt, sagt Gisela.

Sie nehmen am Tisch Platz, den Sabine mittags reserviert hat.

Das Restaurant ist nur mäßig besucht, sie hatte extra um einen ruhigen Tisch gebeten. Ich esse höchstens eine Kleinigkeit, sagt Sabine, ich kriege kaum was runter. Sie bestellt sich eine Hühnersuppe, aber eine ganze Flasche Weißwein. Grauen Burgunder.

Ich trinke mit, sagt Gisela zum Kellner – und bringen Sie mir bitte den gebratenen Zander.

Dein Telefon ist übrigens auch kaputt, sagt Gisela. Ich versuche schon seit einem Monat, dich anzurufen, ich habe es sogar in deiner Firma probiert, aber man sagte mir, du seist nicht erreichbar.

Ich bin seit Wochen krankgeschrieben, sagt Sabine kleinlaut. Außerdem habe ich jetzt eine Geheimnummer. Und ich habe meine Wohnungstür verbarrikadiert. Wahrscheinlich ziehe ich sogar um …

Endlich fällt der Groschen. Sag bloß …

Ja. Aber irgendwann kann ich es ja nicht mehr verheimlichen. Du sollst es als Erste erfahren: Lukas ist ein Stalker. Ein Irrer. Ein Soziopath. Wahrscheinlich hat er die Bremsleitungen an meinem Auto manipuliert. Außerdem bin ich mir inzwischen sicher, dass er dieser ominöse Ingenieur Steffen gewesen ist und dass er sich in der Partnerbörse auch als Daniel ausgegeben hat. Der hat mich von Anfang an gestalkt.

Um Gottes willen! Dieser charmante Kerl? Eben war doch alles noch in Ordnung! Sabine presst ihre Lippen zusammen und schüttelt den Kopf. Oder etwa nicht?

Dass die Bremsleitungen angeschnitten worden sind, steht außer Frage, Gisela. Ich habe wieder die Polizei einschalten müssen.

Wieder?

Die halten mich inzwischen für plemplem und hysterisch. Aber man kann nicht beweisen, dass er es gewesen ist.

Wann war denn das? Da komm ich ja gar nicht mit.

Vorgestern bin ich gleich an der ersten Kreuzung einem Lieferwagen hintendrauf gefahren. Ich habe ins Leere getreten, verstehst du? Gott sei Dank nur im Schritttempo. Das Seil der Handbremse war ebenfalls zerschnitten. Ein paar Hundert Meter weiter auf der Bundesstraße … Ich will es mir gar nicht ausmalen. Und davor hat er mir wahrscheinlich schon zweimal einen Reifen zerstochen und mehrmals die Luft rausgelassen.

Und was sagt die Polizei?

Nichts sagt die Polizei. Außer man würde Lukas auf frischer Tat ertappen … Ach, endlich: unser Wein!

Kaum, dass der Kellner wieder verschwunden ist, stürzt Sabine ein halbes Glas des Grauen Burgunders hinunter und schenkt sich sofort nach. Ich werde noch zur Alkoholikerin, sagt sie und versucht ein zaghaftes Lächeln. Na ja, was heißt *werde* ...

Gisela nimmt ihre Hand. Versuch mal runterzukommen, Sabine. Hier passiert dir nichts. Ich bin deine Freundin. Ich bin für dich da. Und Frieda wäre es auch. Sabine fängt an zu weinen. Gut so, lass alles raus, Schätzchen.

Ein paar Minuten lang hält Gisela geduldig Händchen. Als der Kellner Sabines Hühnersuppe serviert, taucht sie seitlich ab und gibt vor, in ihrer Handtasche zu kramen.

Der Zander kommt sofort, sagt der Kellner mit einem verwunderten Blick auf Sabine.

Alles okay, sagt Gisela leise. Servieren Sie bitte einfach den Fisch. Und bringen Sie mir auch noch ein Wasser, ja?

Sehr wohl!, sagt der Kellner, um Diskretion bemüht.

So, er ist weg. Kannst wieder hochkommen, Sabine, sagt Gisela. Brauchst du ein Taschentuch?

Sabine greift nach ihrer Serviette, wischt sich die Tränen ab und putzt sich geräuschvoll die Nase. Ich heule in letzter Zeit so viel, dass sich das Schminken nicht mehr lohnt, sagt sie und muss fast schon lachen.

Der Zander kommt. Sabine senkt ihren Kopf und schaut auf die Tasse mit der Hühnersuppe, als wäre die hundert Meter tief.

Guten Appetit, sagt Gisela fröhlich. Komm, iss deine Suppe. Die wird sonst kalt!

Sabine unterdrückt mühsam die nächste Tränenflut. Versucht, sich zusammenzureißen. Legt aber schon nach drei Versuchen den Löffel neben die Suppentasse und trinkt dafür ihren Wein aus.

Langsam, mahnt Gisela. Wann hat denn das alles angefangen?

Das ist ja das Verrückte. Eigentlich schon in der ersten Nacht. Damals, im Festzelt, als wir uns alle amüsiert hatten, musste ich mich an deine Worte erinnert: *Wenn ein Kerlchen lecker ist, dann kann man das ruhig mal mitnehmen.*

Ihr beiden habt geflirtet, als gäbe es kein Morgen mehr. Deshalb bin ich ja mit Frieda gegangen. Ich erinnere mich ganz genau.

Aber kannst du dir vorstellen, dass ich an jenem Abend plötzlich unter Druck gestanden habe? So eine Art Erfolgsdruck.

Weil ich das mit dem *Kerlchen* gesagt habe?

Natürlich nicht, Gisela. Wo denkst du hin! Das war ganz allein meine Entscheidung. Ich wollte es mir einfach beweisen, dass ich noch … lebe. Verstehst du? Ein potenter Mann fühlt sich doch etwas anders an als so ein Plastikding.

Ich wusste gar nicht, dass du einen Vibrator besitzt, Sabine, sagt Gisela.

Sabine verdreht die Augen und schnalzt mit der Zunge. Dann sieht sie ihrer Freundin ins Gesicht und sagt: Inzwischen habe ich 17 Stück in allen Größen und Farben. Weich, hart, groß, klein … alle neu und originalverpackt. Und noch viele weitere kleine Geschenke – sicherlich alle von Lukas. Natürlich ist der Absender falsch. Der Paketbote sieht mich inzwischen schon ganz merkwürdig an.

Und warum schickt er dir so was? Wirf es doch einfach weg!

Um mich in den Wahnsinn zu treiben. Und, nein: Ich behalte

das Zeug. Vielleicht taugt es irgendwann als Beweismittel. Das meint übrigens auch die Polizei. Aber das ist ja noch harmlos. Sie sieht aus dem Fenster hinaus in die Dunkelheit.

Gisela isst schweigend ihren Zander. Ich glaube, mir vergeht gerade der Appetit. Aber als wir am Tag nach dem *Waldsommer* miteinander telefoniert haben, hast du noch ganz anders über Lukas geredet. Ich habe damals gedacht: Meine Güte, mein Sabinchen muss da einen regelrechten Liebesrausch erlebt haben …

Eigentlich hatte Sabine Dallmeyer noch nie offen über Sex gesprochen. Sie war schon immer der Meinung gewesen, dass das Leben zwischen den Laken keine Vergleiche gestatten würde. Jeder Mensch agierte und reagierte doch anders. Der Sex mit ihrem Mann Gerhard war in Ordnung gewesen, mehr oder minder befriedigend, mal aufregender, mal aber auch ein bisschen langweilig.

Was willst du mir erzählen, Sabine? Du musst nicht, wenn du nicht magst.

Ich war ausgehungert, Gisela.

Natürlich warst du das.

Darf ich mal ordinär werden?

Da warte ich eigentlich schon die ganze Zeit drauf, sagt Gisela lächelnd. Du kennst mich ja.

Aber du erzählst niemandem ein Wort.

Niemals, entgegnet Gisela und legt ihre rechte Hand wie zum Schwur auf ihr Herz.

Lukas liebt nicht, sondern er fickt. Na ja, das war in der ersten Nacht vielleicht gar nicht so schlecht, aber er hörte dann einfach nicht auf. Und am nächsten Morgen ging es genauso weiter, bis ich irgendwann gesagt habe: So, Lukas, ab unter die Dusche, und dann fahren wir raus an den Tegernsee.

Einige Frauen würden sich so einen Kerl für viel Geld kaufen, sagt Gisela.

Nein. Ganz bestimmt nicht. Mit einem Sexsüchtigen sollte man sich niemals einlassen. Ich möchte jetzt nicht ins Detail gehen, Gisela, aber glaub mir: Dieser Mann ist total schwanzgesteuert. Obwohl ich zunächst dachte, dass er vielleicht noch etwas anderes zu bieten hat als nur seine Eitelkeit und seinen Drang, es mir ständig und überall besorgen zu müssen … Nein, Gisela, das möchtest du weder wissen, noch möchtest du so etwas jemals erleben. Und wenn ich sage, er hat gefickt, dann hat er sich eigentlich nur in den ersten zwei Wochen zumindest halbherzig bemüht, auf meine völlig harmlosen Wünsche einzugehen. Kuscheln, einfach mal zusammen die Stille zu genießen, einen Spaziergang – da kam nichts, immer nur Triko Trako in Barako, und dann hat er auch noch versucht, mich zu richtig perversen Spielen zu überreden.

Triko Trako in Barako! Du hast dir ja meinen Spruch aus unserem Dom-Rep-Urlaub gemerkt. Gisela lacht, aber sie merkt sofort, dass ihr Lachen unpassend ist. Und dass es Sabine schwerfällt, weiterzusprechen. Gut, dass der Kellner in diesem Moment höflich nachfragt, ob er noch etwas für die Damen tun könne. Ja, sagt Sabine, bitte bringen Sie mir noch eine Flasche Grauen Burgunder. Der ist wirklich gut. Gisela runzelt die Stirn. Sabine hebt beschwichtigend die Hände. Lass mich mal, der Wein macht mich locker. Und im Gegensatz zu dir muss ich ja morgen nicht zur Arbeit.

Was ich ja überhaupt nicht verstehe, sagt Gisela, warum hast du mich nicht schon früher kontaktiert? Oder Frieda. Warum hast du nicht einfach um Hilfe gebeten und bist stattdessen abgetaucht?

Weil ihr mich anfänglich so bewundert habt – besonders Frieda, wenn wir uns ja nur noch sporadisch gesehen oder telefoniert haben. Weil Lukas mir von Anfang an eingeredet hat, dass ihr nicht gut für mich wärt – weil eigentlich schon von Anfang an alles so kaputt gewesen ist! Aber ich wollte mir, euch beiden – vielleicht der ganzen Welt – beweisen, dass ich mich keiner Illusion hingegeben habe. Dass ich ihn ändern könnte.

Ich nehme das nicht persönlich, Sabine. Du hast ins Klo gegriffen, hast es gemerkt und dich dafür geschämt.

So ungefähr. Aber eins musst du wissen, Gisela. Lukas hat etwas Manisches an sich. Eine Anziehungskraft, so wie der stärkste Magnet, den du dir vorstellen kannst. Bevor ich ihn endlich rausgeschmissen habe, hat er sich bestimmt ein halbes Dutzend Mal wieder in mein Leben hineingeschlichen. Versprechungen noch und nöcher, Liebesschwüre, dass er sich ändern würde … Er kann sogar auf Kommando weinen. Aber alles nur Lüge und Fassade.

Doch jetzt ist es vorbei, sagt Gisela feierlich.

Nein, ist es nicht. Sie zögert kurz, bevor sie Gisela erzählt, dass Lukas heimlich Nacktfotos von ihr aufgenommen hatte, während sie schlief, die inzwischen vermutlich im Internet kursierten. Dass er sie unter falschem Namen auf einschlägigen Seitensprungportalen angemeldet hatte. Und ihrem Chef eine anonyme Mail geschrieben hatte, in der er auf ihren *extremen Alkoholkonsum* hingewiesen hatte. Und diese lebensgefährliche Sache mit dem Auto war dann wohl der vorläufige Höhepunkt. Und dass Lukas mich außerdem beklaut hat, muss ich wahrscheinlich nicht extra erwähnen, sagt sie.

Das kann man sich alles nur sehr schwer vorstellen, Sabine.

Du glaubst mir nicht, oder? Du glaubst nicht, dass zwei Menschen so verrückt sein können? Pass auf: Es gibt immer einen Täter, und es gibt immer ein Opfer. Ich habe mittlerweile so viel darüber gelesen, und wenn Lukas mich zum Beispiel beklaut hat, dann nicht, um sich materiell zu bereichern. Er stiehlt Dinge, von denen er *weiß*, dass sie dir besonders am Herzen liegen. Erinnerungen, Schmuck – aber nur einen von zwei Ohrringen! Er stiehlt dir Stück für Stück dein Leben, und du fängst an zu rotieren wie ein Brummkreisel, weil du das Warum nicht verstehst.

Sabine, die sich in Rage geredet hat, hatte sich in ihrer Verzweiflung an den Psychologischen Notdienst gewandt. Dort hatte man ihr erklärt – natürlich unter Vorbehalt –, dass es sich vermutlich um einen Fall von malignem Narzissmus handelte. Zum Abschied hatte die verständnisvolle Psychologin gesagt: Wenn Sie den Herrn losgeworden sind, müssen Sie sich darauf einstellen, dass er Ihnen schaden will. Denn es gibt nichts Schlimmeres für einen solchen Menschen, als zurückgewiesen zu werden.

Du tust mir so leid, Sabine, sagt Gisela.

Als ich ihn nicht mehr in meine Wohnung gelassen habe, hat er mit der Faust das Türblatt kaputt geschlagen. Das ist aus Hartholz. Die Reparatur hat mich über 1500 Euro gekostet.

Wann war das?

Am 20. September. Wenige Tage später bekam ich den ersten Vibrator geschickt und musste mir einen neuen Hinterreifen kaufen.

Und was war der Grund dafür, dass du ihn plötzlich nicht mehr reingelassen hast?

Sabine muss erst mal durchatmen. Ich mach's kurz: Ich habe mich immer rarer gemacht. Und dann hatte ich dieses Gefühl, dass da noch eine andere Frau war. Ich habe verzweifelt nach einem Grund gesucht, mich zu trennen. Und dann habe ich meine Tochter gebeten, einfach mal mit zwei Freundinnen in den *Engel* einzukehren. Was soll ich sagen: Alexandra hat meinen Verdacht noch am selben Abend bestätigt. Sie hat gesehen, wie Lukas mit einer Frau unseres Alters am Tresen geflirtet hat … Später, als der Laden schon ganz leer war, ist sie dann mit ihm gemeinsam durch einen Vorhang verschwunden, und der Besitzer hat den Tresen übernommen.

Dann weiß Alex also Bescheid …

Aber nicht im Detail.

Hast du keine Angst, dass Lukas sie erkannt haben könnte?

Nein, stell dir vor, sie hat sich extra eine blonde Perücke aufgesetzt.

Miss Marple 2.0., sagt Gisela.

Pass auf: Noch eine Geschichte, sagt Sabine. An unserem ersten gemeinsamen Ausflug nach Tegernsee am Sonntag nach dem *Waldsommer* musste ich Lukas plötzlich zu seiner Kneipe nach Schwabing fahren. Er hatte *vergessen,* dass er arbeiten musste. Vergessen hatte er es! Heute bin ich mir nicht mehr sicher, ob er das nur gesagt hat, um mir zu zeigen, wie unersetzlich er ist. Auf jeden Fall habe ich damals auch seinen Kompagnon kurz gesehen, ein ganz normaler Mann, ein bisschen übergewichtig, normal gekleidet, sehr freundlich und höflich. Weißt du noch, was uns Lukas damals erzählt hat?

Dass er in der Herzogstraße eine Gaststätte besitzt, den *Engel!*

Das hatte er mir auch weisgemacht. Lukas hat es sogar fertiggebracht, in diesem kurzen Gespräch zu dritt genau dieses Thema auszuklammern, damit seine Lüge nicht auffliegt. Und dann habe ich vor sechs Wochen, also relativ kurz nachdem ich Lukas rausgeschmissen hatte, all meinen Mut zusammengenommen und habe diesen Stephan Engler – so heißt er – angerufen.

Und?

Dasselbe in Grün, Gisela. Wir haben uns am 13. Oktober im *Engel* getroffen, und er hat mir freimütig erzählt, wie Lukas sich in sein Leben reingewanzt hatte. Der Mann war fix und fertig. Lukas hatte ihm seine Kneipe innerhalb von wenigen Monaten beinahe vollständig ruiniert.

Seine Kneipe?

Sabine nickt heftig. Habe ich das etwa nicht erzählt? Ihre Wangen sind vom Wein gerötet. Lukas hat gelogen. Er hat bloß drei- bis viermal pro Woche am Tresen gestanden, und ansonsten hat er den dicken Macker raushängen lassen. Er war dort angestellt. Aber er hat auch bei diesem Stephan Engler gewohnt, zur Untermiete, weil Lukas nämlich in Wahrheit eine ganz arme Sau ist und dieser Engler Mitleid mit ihm hatte.

Wo ist Lukas jetzt?

Keine Ahnung. Untergetaucht, was weiß ich. Damals im *Engel* habe ich ihn zum letzten Mal gesehen. Plötzlich tauchte er in der Kneipe auf, wie aus dem Nichts, während dieser Engler und ich uns unterhalten haben.

Meine Güte, sagt Gisela, mir wird ganz schwindlig. Und wie hat Lukas reagiert, als er euch beide zusammen gesehen hat?

Gar nicht. Er stand bewegungslos da, sah uns an und hat kein Wort gesagt. Wir auch nicht, wir hatten beide nur Angst. Wusstest du eigentlich, dass Lukas ein sogenannter *Ultrafighter* ist und als einer der besten Thaiboxer in Bayern gilt? Das hat mir der Herr Engler auch erzählt. Aber Lukas hat, wie gesagt, einfach nur dagestanden, vielleicht dreißig Sekunden lang, hat sich dann umgedreht und ist wieder gegangen. Seitdem hat auch Stephan Engler nichts mehr von ihm gehört oder gesehen. Aber sein Laden wurde seitdem schon zweimal von der Polizei durchsucht, vom Finanzamt, von der Lebensmittelkontrolle und so weiter.

Boah, sagt Gisela. Meine Güte, Sabine!

Kannst du mir verzeihen?, fragt Sabine unvermittelt. Und fängt augenblicklich erneut an zu weinen.

Gisela macht dem Kellner rasch das Zeichen, dass sie per Unterschrift zahlen möchte. Dann wendet sie sich wieder ihrer heulenden Freundin zu, steht auf und geht zu ihr, um sie in den Arm zu nehmen. Alles wird gut, mein Schätzchen, sagt Gisela, ich fahre dich jetzt nach Hause. Sie wirft einen Blick auf die zweite Flasche *Lugana*. Die Flasche ist nur noch zu einem Viertel voll.

DRITTER TEIL

DER WOLF

Bei seinen Jagden verfährt der Wolf mit der List und Schlauheit des Fuchses, von dessen Eigenschaften er gelegentlich auch noch eine andere, die Frechheit, an den Tag legt. Er nähert sich einer ausersehenen Beute mit äußerster Vorsicht, unter sorgfältiger Beobachtung aller Jagdregeln, schleicht lautlos bis in möglichste Nähe an das Opfer heran, springt ihm mit einem geschickten Satze an die Kehle und reißt es nieder.

Alfred Edmund Brehm, deutscher Zoologe und Schriftsteller

MITTWOCH, 9. DEZEMBER 2009, 21.30 UHR

Der verdammte Schlüssel passt nicht. Hat das Biest tatsächlich ein neues Schloss einbauen lassen. Und einen Sicherheitsriegel noch dazu. Nicht gut. Gar nicht gut, aber das hätte er sich auch denken können, und während Lukas noch überlegt, ob er Sabine dann eben unten abfangen wird oder zu Plan B wechseln soll, öffnet sich die Nachbarwohnung, und Gerda Scherell tritt hinaus in den Hausflur. Sie erkennt ihn aber erst beim zweiten Hinsehen, wird blass, und natürlich fängt Anton, ihr alter Langhaardackel, sofort an, Radau zu machen, ein heiseres Kläffen. Dieser Drecksköter hat ihm gerade noch gefehlt.

Sie habe ich aber schon eine Ewigkeit nicht mehr gesehen, Herr Friedrich.

Unfreundlich wie immer. Ihr Blick auf den Gerberastrauß in seiner linken Hand spricht Bände.

Ach, die Frau Scherell. Ja, ich hatte zu tun, immer unterwegs.

Stirnrunzeln. Sie glaubt ihm nicht.

Einen Bart haben Sie jetzt, deshalb habe ich Sie nicht gleich erkannt, Herr Friedrich.

Was dagegen?

Sie schnappt nach Luft. Aber die Frau Dallmeyer, sagt sie dann triumphierend, die ist nicht da!

Der Hund fängt wieder an zu bellen. Die Alte zerrt ruckartig an der dünnen Leine und würgt das Kläffen ab: Aus jetzt, Anton! Mach Platz!

Doch das Mistvieh denkt nicht daran.

Ja, bellen, das konnte der Anton schon immer am besten, sagt er und kratzt sich am Kopf. Es juckt ihn, dem stinkenden Köter einen Tritt zu verpassen. Geschähe der alten Schabracke gerade recht, dauernd steckt sie ihre Nase in anderer Leute Leben. In Dinge, die sie nichts angehen. Und überhaupt: Was weiß sie schon über ihn und Sabine?

Doch Scherereien kann er sich jetzt nicht erlauben. Ich wollte die Frau Dallmeyer überraschen. Bin einen Tag früher aus Frankfurt zurückgekommen, wissen Sie? Seine Stimme ist butterweich. Er hält ihren Wohnungsschlüssel hoch. Aber mit dem hier komme ich nicht weit.

Wundert Sie das? Und einen Riegel hat Ihre …

… Freundin.

… also, die Frau Dallmeyer hat ihn einbauen lassen. Sie wird schon wissen, warum!

Lukas neigt den Kopf und kneift die Augen zusammen. Wie meinen Sie das? Er baut seine eins neunzig vor ihr auf.

Es klappt. Gerda Scherell weicht hastig zurück, stolpert über die Türschwelle und kann sich gerade noch an der Klinke ihrer Wohnungstür festhalten. Komm, Anton! Sie zieht den sich sträubenden Dackel rücksichtslos heran. Lukas macht noch einen Schritt auf sie zu und kann den süßlichen Gestank des Nassfutters aus ihrer Wohnung riechen. Wir gehen später Gassi, Anton! Sie knallt die Wohnungstür zu.

Also Plan B. Lukas weiß, dass die Alte ihn durch den Türspion beobachtet, er grüßt sie mit einer lässigen Geste, schnappt sich seinen Rucksack und poltert die drei Etagen hinunter. Der Blumenstrauß landet in der Biotonne. Schade ums Geld.

Er bleibt unter den Balkonen stehen. Stahl und Milchglas, wie sie heutzutage an jedem zweiten Haus verbaut werden. Billig, aber stabil. Niemand ist in der Nähe, keiner der Nachbarn steht zum Rauchen draußen. Lukas schnallt sich den Rucksack auf den Rücken, zieht den Bauchgurt fest, springt hoch und bekommt schon beim ersten Versuch eine Querstrebe zu fassen. Jetzt einen

Klimmzug und dann das rechte Bein über die Brüstung. Geschafft. Er rollt sich fast lautlos auf den Balkon. Eine Kleinigkeit, wenn man dreimal in der Woche Kraftsport macht.

Die Übung wiederholt er noch zweimal, dann ist er auf ihrem Balkon. Hat keine zwei Minuten gedauert, aber er beeilt sich trotzdem, bevor der Köter wieder anschlägt. Lukas schnallt seinen Rucksack ab und nimmt ein Paar schwarze Lederhandschuhe und einen langen schweren Schraubendreher heraus. Er setzt das Werkzeug knapp unter dem Türgriff an, treibt die scharfe Spitze mit zwei, drei festen Schlägen in den Spalt zwischen Tür und Rahmen und setzt den Hebel an. Die Balkontür springt mit einem leisen Knacken auf. Als würde er es ahnen, fängt Anton an zu bellen. Schnell schlüpft Lukas in die Wohnung und drückt die Balkontür in den Rahmen zurück. Der Schaden ist minimal, Sabine müsste schon sehr genau hinsehen, um die Risse im Kunststoff zu entdecken.

Doch dazu wird sie sowieso nicht mehr kommen. Er muss einfach nur hellwach und konzentriert bleiben. Und warten. Und ab und zu durch den Türspion gucken.

Eine gute Dreiviertelstunde später hört Lukas von draußen aus dem Treppenhaus Schritte. Da ist sie. Endlich. Begehrenswert wie eh und je, auch wenn das Glas des Türspions ihre Proportionen verzerrt. Sie hält ihren Wohnungsschlüssel in der Hand, doch schon öffnet sich die Wohnungstür ihrer Nachbarin. Genaues versteht er nicht, denn prompt fängt der blöde Köter wieder an, Radau zu machen. Sicher wird die Alte Sabine stecken, dass sie Lukas im Hausflur angetroffen hat, mit einem Strauß Gerbera. Aber das ist ihm egal.

Er huscht auf Zehenspitzen zurück in sein Versteck hinter der Wohnzimmertür, presst sich mit dem Rücken an die Wand und zieht das Türblatt dicht an sich heran. Sabine hasst geschlossene Türen. In den Wochen, in denen er hier ein und aus gegangen war, hatte sich diese Tür nur dann bewegt, wenn sie die Fußleisten in der Ecke abgesaugt hatte.

Er hatte lange auf diesen Moment warten müssen, viel zu lange vermutlich. Seitdem Sabine ihn nicht mehr hineingelassen und ihm durchs ganze Treppenhaus hinterhergeschrien hatte, dass er ein *dreckiger Perverser* sei und gefälligst aus ihrem Leben verschwinden solle.

Schade, hatte er gedacht, denn ihr ungebührliches Benehmen würde unweigerlich Konsequenzen nach sich ziehen. Sabine Dallmeyer war schließlich nicht die erste Frau in seinem Leben, die mit Blindheit geschlagen war. Er hätte für sie die Sterne vom Himmel geholt, aber sie hatte ihn dazu gezwungen, auf dem Boden zu bleiben. Selbst schuld, Sabine. Und so waren die letzten drei Monate wie im Flug vergangen. Lukas war wieder voll ins Martial-Arts-Training eingestiegen, hatte zwei recht gut dotierte Kämpfe hintereinander durch K. o., einmal in der ersten und das andere Mal in der zweiten Runde, gewonnen und eine Schicht mehr pro Woche im *Engel* geschoben. Finanziell ging es ihm deshalb blendend. Und dennoch hatte er zwischendurch immer wieder genügend Zeit gefunden, um seine Spielchen zu spielen – mit Sabine *und* mit Stephan.

Der platte Autoreifen gehört dabei zu seinem Standardrepertoire, so wie die kleinen Kerben in den Scheibenwischerblättern, die für Schlieren auf der Windschutzscheibe sorgen, wenn es regnet. Sabine sollte froh darüber sein, dass er aus lauter Gnade die Luft aus den Reifen meistens nur rausgelassen hatte. Seinem ehemaligen Vermieter hatte er sie mehrmals aufgeschlitzt, aber auch nur dann, wenn sie sich gemeinsam in Stephan Englers Wohnung aufhielten oder im *Engel* arbeiteten, sodass der Verdacht nicht auf ihn fallen konnte. Das hatte dann einer seiner Sparringspartner aus der Kampfschule erledigt, für ein paar Gratisrunden.

Er hatte Sabine jede Woche lustige Sexspielzeuge im Internet bestellt, ab und zu auch vollkommen unnützen Kram wie Gartenzwerge, eine original ukrainische Weißkohlraspel, einen Fleischwolf oder grottenhässliche Unterwäsche. Ihre Kreditkartendaten hatte er ja, und es hatte drei Wochen gedauert, bis Sabine gemerkt hatte, dass sich jemand ihrer Daten bemächtigt hatte. Dann hatte sie ihre Kreditkarte sperren lassen. Ab und zu hatte Lukas auch einen gefalteten Zettel unter ihren Scheibenwischer geklemmt, ein Briefchen mit glühenden Liebesschwüren, verziert mit rosafarbenen Herzstickern, selbstklebend. An anderen Tagen schickte er ihr mehrmals einen Pizzaboten vorbei oder einen Handwerker.

Zu Anfang war es ihm noch ein paarmal gelungen, sie in der Öffentlichkeit zu treffen – natürlich ganz zufällig und immer in sicherer Entfernung. Er kannte schließlich ihre Angewohnheiten und Tagesabläufe, da Sabine nach wie vor zu einem sehr strukturierten Leben tendiert. Aber dann hatte sie sich plötzlich total zurückgezogen und ihre Wohnung so selten wie möglich verlassen. Er hatte gewusst, dass sie bei der Polizei gewesen war.

Lukas erschauert in seinem Versteck, als er den ersten Schlüssel im Türschloss hört, dann den zweiten, und wie der Sicherheitsriegel aus den Klammern gleitet. Doch trotz seiner Anspannung muss er grinsen, denn Sabine hat ihre Gewohnheiten in der Zwischenzeit nicht geändert. Er hört, wie sie ihre Schuhe auszieht, den Mantel an der Garderobe aufhängt, in die Küche geht, den Kühlschrank öffnet, dann den Hängeschrank über der Spüle, wo sie ihre Alltagsgläser aufbewahrt, sich ein halbes Glas Weißwein einschenkt und, nachdem sie es rasch ausgetrunken hat, noch ein ganzes. Das ist ihr Ritual, wenn sie abends nach Hause kommt. Ist es immer gewesen. Jetzt wird sie die Weinflasche in den Kühlschrank zurückstellen und sich im Wohnzimmer vor den Fernseher setzen. Oder ins Bad gehen. Je nachdem, wie viel sie getrunken hat und wie sie sich fühlt.

Der Gedanke daran, dass sie vielleicht gleich durch diese Tür kommen wird, hinter der er ihr auflauert, und an die Mitbringsel in seinem Rucksack lassen ihn erschauern. Die reine Vorfreude. Gleich geht die Party richtig los. Dann wird sie sich garantiert besser fühlen. So gut wie noch nie.

An diesem Abend geht Sabine jedoch direkt ins Badezimmer. Es scheppert, und Sabine sagt: *hoppla*. Wie oft hatte er ihr gesagt, sie solle ihre Badezimmerwaage nicht immer im Weg stehen lassen. Lukas greift behutsam in die Plastiktüte, in der er auch seine neueste Errungenschaft mit sich führt. Einen Elektroschocker. Nur nicht rascheln. Er holt ihn hervor, schaltet ihn probehalber an und dann sofort wieder aus. Er hört es plätschern. Dann rauscht die Toilettenspülung, und einen Moment später dreht sie den Wasserhahn des Waschbeckens auf. Oops. Der Deckel der Zahnpastatube ist ihr offenbar heruntergefallen. Ist sie etwa mal wieder betrunken? Das würde die ganze Sache vereinfachen, aber dann würde es auch bestimmt nicht so lustig. Endlich hört Lukas das Summen ihrer elektrischen Zahnbürste. Er weiß, er hat jetzt noch exakt zwei Minuten Zeit. So lange dauert das Reinigungsprogramm.

Lukas schleicht aus dem Wohnzimmer hinaus auf den dunklen Flur und stellt sich neben den Rahmen der Badezimmertür. Er atmet ganz flach. Er schaltet den Schocker an. Das Summen hört auf. Sie spült ihren Mund aus, dreht den Wasserhahn zu und trocknet ihr Gesicht ab. Und dann steht sie neben ihm auf dem Flur.

Lukas presst ihr den Elektroschocker in die Seite.

Aber nichts passiert. Kein Britzeln, kein Aufstöhnen, keine Ohnmacht.

Stattdessen drückt Sabine auf den Lichtschalter. Die Halogenleuchten flammen auf, tauchen den Flur in weißblaues Licht. Sabine starrt ihn an. Er starrt zurück. Sie senkt ihren Blick. Warum trägst du Handschuhe, Lukas?, fragt sie. Ganz ruhig.

Wegen der Fingerabdrücke, antwortet er und betätigt noch einmal den Abzug des Schockers.

Was ist das?, fragt sie.

Ein Elektroschocker.

Den brauchst du doch nicht, Lukas.

Er lässt den Elektroschocker fallen und packt sie fest an beiden Oberarmen. Die Plastiktüte in seiner linken Hand baumelt herab.

Und was jetzt, Lukas?

Er begreift nicht, warum Sabine nicht schreit. Wieso sie so verdammt cool ist. Ins Schlafzimmer, sagt er. Und dann: Leg dich aufs Bett, und mach keine Zicken.

Sabine denkt in diesem Moment nicht darüber nach, warum sie sich nicht wehrt. Warum sie sich gehorsam auf ihr schönes altes Bauernbett legt, ganz ruhig, ohne zu zappeln, und dann sagt: Ich weiß, dass du davon immer geträumt hast, nicht wahr? Mich zu fesseln und es mir dann richtig zu besorgen. In den Arsch? Tu es bitte, Lukas. Jetzt hast du die Chance dazu, jetzt ist der Moment da, den du dir so sehnlich gewünscht hast.

Vielleicht hatte Sabine ja geahnt, dass Lukas sie eines Tages überfallen würde. Vielleicht hatte sie sich unbewusst sogar darauf vorbereitet. Vielleicht half ihr auch der *Lugana*. Aber vom ersten Moment an hatte sie zwei entscheidende Gedanken nicht aus dem Sinn verloren: Ich will nicht sterben. Ich werde das hier überleben. Ich will nicht sterben. Ich werde das hier überleben. Ich will nicht sterben. Ich werde das hier überleben …

Lukas setzt sich auf ihren Oberkörper, aber nicht mit seinem ganzen Gewicht. Streck deine Arme aus. Nach hinten! Er kippt den Inhalt der Plastiktüte aus. Sie fragt sich im Stillen, warum er außer drei monströsen Dildos und einem Packen langer schwarzer Kabelbinder vom *Bauhaus* ein weißes Verlängerungskabel mitgebracht hat. Sabine ist weiterhin gehorsam, obwohl er sich mit den Kabelbindern enorm ungeschickt anstellt. Es dauert ihrem Gefühl nach fast eine halbe Ewigkeit, bis er ihre Handgelenke endlich an die Rippen des Kopfteils gebunden hat.

Bitte nicht so fest, Lukas!

Dann sind ihre Knöchel an der Reihe. Sie kommt ihm ein weiteres Mal entgegen, indem sie ihre Beine freiwillig spreizt, damit er sie nicht auseinanderbiegen muss.

Gut so?, fragt er.

Das ist doch irgendwie surreal, denkt Sabine. Irrer geht es nicht. Ja, alles gut, sagt sie und schließt ihre Augen. Und jetzt darfst du mit mir tun, was du willst. Nur bitte nicht schlagen oder würgen, ja?

Lukas hat an alles gedacht. Er holt eine Bastelschere aus der Innentasche seines Blousons und schneidet Sabines Nachthemd vom Saum her nach oben auf. Erst als sie nackt vor ihm liegt, fängt Lukas an, sich selbst auszuziehen. Einmal blinzelt sie durch ihre Augenlider und sieht, dass sein Penis bereits steinhart ist und dass seine Hoden zu einer unnatürlichen Größe angeschwollen sind.

Wow, sagt Sabine anerkennend. Der ist aber mächtig! Sie windet sich, soweit es die Fesselung zulässt, und fängt an, leise zu stöhnen. Nur nicht übertreiben. Sie weiß, dass sie ihn um Himmels willen nicht überfordern darf. Dann spürt sie seine Finger, die in sie eindringen.

Du bist aber ganz schön feucht, wundert er sich und wühlt ein bisschen herum.

Was hast du denn gedacht?, erwidert sie. Und sagt im Geiste ihr Mantra auf: Ich will nicht sterben. Ich werde das hier überleben. Ich will nicht sterben. Ich werde das hier überleben. Ich will nicht sterben. Ich werde das hier überleben … Soll er doch seine

Machtgelüste befriedigen. Dann wird sie nicht sterben. Sondern sie wird das hier überleben.

Als Sabine ihre Augen wieder öffnet, steht Lukas über ihr und masturbiert. Sie schielt auf ihren Radiowecker auf dem Nachttisch. Er zeigt 3.56 Uhr an. Mehr als vier Stunden sind vergangen. Vier Stunden, in denen sie versucht hatte, alles auszublenden, was Lukas mit ihrem Körper angestellt hatte. Ihre Hand- und Fußgelenke schmerzen. Sie sind wund gerieben, so wie alles andere auch. Doch der Schmerz ist noch zu ertragen. Los, komm jetzt, Lukas!, feuert Sabine ihn an, gib mir deinen Saft! Ja, spritz alles in mich rein! Sie hätte niemals gedacht, dass sie jemals einen solch ekelhaften Mist von sich geben würde; diesen Standardsatz, der vermutlich in jedem zweiten Pornofilm gesprochen wird. Sekunden später stöhnt Lukas laut auf, aber sie wartet vergeblich auf sein klebriges Liebeselixier.

Erschöpft sinkt er neben Sabine aufs Bett. Und, war es für dich genauso schön wie für mich?

Ich müsste jetzt echt mal aufs Klo, sagt Sabine.

Das geht aber nicht. Dann müsste ich dich ja losbinden, antwortet Lukas.

Ich lauf schon nicht weg. Mir tut alles weh, so wie du mich rangenommen hast. Lass mich pinkeln gehen, bitte.

Das muss ich mir noch überlegen, sagt Lukas. Erst will ich wissen, warum du dich nicht geziert hast. Und warum du nicht rumgezickt hast, wie du es normalerweise getan hast, wenn ich dich in deinen Hintern ficken wollte. Ich hatte sogar extra einen Knebel besorgt!

Du checkst es wohl immer noch nicht, Lukas, oder?

Was denn?, fragt er verblüfft.

Dass ich auf Rollenspiele total abfahre. Je realistischer, desto besser. Und das eben war schon ziemlich geil. Du hast es sogar noch besser drauf als Gerhard – und das war mein Ehemann!

Sabine weiß, dass Gerhard ihr diese dreiste Lüge verzeihen würde. Aber viel wichtiger ist jetzt die Frage, ob Lukas ihr Glauben schenkt. Sabine kann seine Gesichtszüge im Dunkel ihres Schlafzimmers nur erahnen.

Wie weit ist es eigentlich von hier zur Tankstelle?, fragt Lukas unvermittelt.

Auch wenn seine Frage Sabine mehr als verwundert, bleibt sie ihrer Linie treu: zu Fuß oder mit dem Auto?

Mit dem Rad, sagt Lukas.

Drei, vier Minuten. Bitte, ich muss dringend. Ich mache gleich ins Bett!

Hältst du es noch zehn Minuten aus, Sabine? Er wartet jedoch ihre Antwort nicht ab, sondern springt aus dem Bett und schlüpft in seine Sachen. Sagst du mir bitte, wo deine Schlüssel sind?

Auf der Kommode im Flur, wo sie immer liegen. Sie fragt sich, was dieser Verrückte vorhat.

Bin gleich wieder da, Sabine! Aber vorher musst du noch deinen Mund aufmachen. Das Haus ist einfach zu hellhörig, weißt du! Ich will nicht, dass du mit deiner Schreierei die Nachbarn weckst! Er steckt ihr den Knebel in den Mund, huscht aus dem Schlafzimmer und dann aus der Wohnung. Er schließt behutsam die Wohnungstür. Fast gleichzeitig setzt bei Sabine ein starker Würgereiz ein. Aber wenn sie sich jetzt übergeben würde, könnte sie an ihrem Mageninhalt ersticken. Da ist sie sich ganz sicher, obwohl sie den ganzen Tag lang kaum was gegessen hat. Also versucht Sabine, zu entspannen und den Würgereiz mit ruhigen Atemzügen durch die Nase wegzuatmen. Doch sie muss feststellen, dass eine volle Blase und Entspanntheit nicht vereinbar sind. Also lässt sie es schweren Herzens laufen.

Es ist 4.25 Uhr, als Lukas zurückkehrt. Er schaltet das Licht im Schlafzimmer an und bemerkt sofort das Malheur. Sabine sieht, dass er hinter seinem Rücken etwas verbirgt. Verzeih mir, aber da waren gleich vier Idioten vor mir am Nachtschalter, sodass ich es nicht mehr rechtzeitig geschafft habe, wie ich sehe.

Lukas setzt sich neben sie auf die Bettkante und zieht ihr mit der rechten Hand den Knebel aus dem Mund. Sabine muss husten. Lukas wartet geduldig, bis der Anfall vorbei ist. Dann zaubert er hinter seinem Rücken eine kleine Pralinenschachtel hervor. Eine Packung *Lila Herzen.* Als kleine Aufmerksamkeit, fügt Lukas hinzu. Und als Dankeschön.

Sabine muss sich beherrschen, um nicht lauthals aufzulachen. Die Schmerzen und die widerliche Feuchtigkeit zwischen ihren Beinen helfen ihr dabei. Das ist aber lieb von dir! Magst du mich dann jetzt bitte losbinden, sagt sie. Er zögert kurz, dann greift er zu seiner kleinen gelben Bastelschere und schneidet die vier Kabelbinder durch. Du bist ein Engel, Lukas! Sabine richtet sich stöhnend auf. Ich gehe rasch ins Bad, sagt sie, wenn ich mich überhaupt auf den Beinen halten kann – so wie du mich eben rangenommen hast, du Tier, du! Sie krabbelt aus dem Bett, wuschelt Lukas durch seine Haare und gibt ihm einen Kuss auf die Stirn. Dann macht sie sich auf den beschwerlichen Weg in ihr Badezimmer.

Nicht abschließen, sagt Lukas mit warnendem Unterton in der Stimme, ich passe auf!

Natürlich nicht, erwidert Sabine. Sie muss sich an der Wand abstützen, um nicht hinzufallen. Ihre Beine wackeln wie Götterspeise.

Als sie auf der Toilette sitzt, erscheint Lukas überraschend im Türrahmen. Du, Sabine?

Ja, Lukas! Sie sieht ihn erwartungsvoll an.

Ich hab mir was überlegt: Sollen wir es vielleicht noch einmal gemeinsam versuchen?

Ich habe mich eben nicht getraut, dir dieselbe Frage zu stellen, antwortet Sabine. Ich würde allerdings gerne ein paar Stunden für mich haben, um meinen Kopf klarzukriegen. Aber wenn du willst, kannst du natürlich erst mal duschen. Oder soll ich zuerst?

Du, sagt er. Und gründlich waschen, auch untenrum.

Das ist doch wohl klar, sagt sie lächelnd. Dann drückt Sabine den Spülknopf, reißt ein paar Blätter Toilettenpapier ab und wischt sich ab. Es ist ihr völlig egal, dass Lukas ihr dabei interessiert zusieht. Ihre Schamgrenze hat schon lange vorher aufgehört, zu existieren.

***

Als Lukas sich unter der Dusche die Haare shampooniert hatte und für ein paar Sekunden die Augen schließen musste, hatte Sabine das Versprechen, das sie Lukas gegeben hatte, gebrochen, im Badezimmer zu verharren, und war aus dem Horrorfilm geflohen. Nur mit ihrem Trenchcoat bekleidet, war sie barfuß aus ihrer Wohnung geflüchtet, was wohl eher einem schnellen Humpeln entsprochen hatte; sie war die Treppen hinuntergestolpert, wobei sie sich krampfhaft am Geländer hatte festhalten müssen, und dann hinaus in den anbrechenden Morgen. Sie hatte weder die nasse Kälte gespürt noch die Steine des Weges unter ihren Fußsohlen. Sie hatte sich auch kein einziges Mal umgedreht, um sich zu vergewissern, dass Lukas ihr nicht folgte. Sabines Ziel war die 300 Meter entfernte Bundesstraße 11 gewesen, wo trotz der frühen Stunde bereits der erste Berufsverkehr eingesetzt hatte. Dies sollten die längsten 300 Meter ihres Lebens werden. Sie hatte den Knopf der Fußgängerampel gedrückt; sie hatte aber nicht gewartet, bis es Grün geworden war, sondern sie hatte sich einfach mitten auf die Straße gestellt und mit beiden Armen wild rudernd das nächstbeste Auto angehalten: Bitte, bringen Sie mich zur Polizei!

Vier Stunden später wartet Sabine in einem Untersuchungszimmer des Rechtsmedizinischen Instituts in München auf eine Gynäkologin und einen Rechtsmediziner, die schon fast alle notwendigen Untersuchungen durchgeführt haben, die in einem solchen Fall juristisch vorgeschrieben sind. Jetzt ist noch der Abstrich angezeigt, häufig der heikelste Teil des gesamten Prozederes, da er die Opfer einer Sexualstraftat häufig seelisch besonders stark belastet.

Gisela, die Sabine noch vom Revier in Geretsried angerufen hatte, steht ihr bei. Sie hatte ihrer Freundin einen Jogginganzug mitgebracht, der Sabine zwar um mindestens drei Nummern zu groß ist, aber das macht nichts, denn er ist praktisch und kuschelig warm; zum Glück besitzt Gisela jedoch dieselbe Schuhgröße. Ihrer Tochter Alexandra hatte Sabine ihren Anblick ersparen wollen.

Mittlerweile geht die Polizei davon aus, dass Lukas Friedrich sich auf der Flucht befindet; zwei Polizeistreifen, die schon eine Viertelstunde nach Sabines Erscheinen aus dem Geretsrieder Polizeirevier ausgerückt waren, hatten Sabines Wohnung leer vorgefunden; die Wohnungstür hatte offen gestanden, bewacht von einer misstrauischen Alten und ihrem heiseren Rauhaardackel, der einen der Polizeibeamten in den Fuß gezwickt hatte.

Die Wohnung war verwaist, aber sie war nicht verwüstet worden. Die Beamten hatten ihre Pistolen wieder in die Holster gesteckt und über die Geretsrieder Wache die KTU aus Fürstenfeldbruck angefordert, denn es war auf den ersten Blick erkennbar gewesen, dass es sich bei dem Schlafzimmer um einen Tatort handelte. Der flüchtige Tatverdächtige, Name Lukas Friedrich, geboren am 29. Januar 1970, wohnhaft in München, Herzogstraße, hatte sogar Beweismaterial in Hülle und Fülle am Tatort zurückgelassen – einen Elektroschocker, zerschnittene Kabelbinder und ein schwarzes Verlängerungskabel sowie drei Vibratoren und eine Bastelschere mit gelbem Plastikgriff. Auf dem Bett sind mehrere Blutspuren deutlich erkennbar.

Die Tür des Untersuchungszimmers öffnet sich. Zwei Frauen betreten den Raum, stellen sich als Kommissarinnen der Kriminalpolizeiinspektion Fürstenfeldbruck vor, vom Fachdezernat für Sexualdelikte. Sie möchten erfahren, ob Sabine in der Lage ist, nach der letzten Untersuchung eine Aussage zu machen. Sabine ist selbstverständlich dazu bereit. Sie hat sich vorgenommen, aktiv mitzuhelfen. Sie will sich keinesfalls gehen lassen, sondern möchte, dass Lukas möglichst schnell gefasst und vor Gericht gestellt wird.

Die gründliche gynäkologische Untersuchung hatte eine gute Dreiviertelstunde gedauert. Danach hatten Sabine und Gisela die beiden Kommissarinnen in einem leer stehenden Büro des Instituts getroffen. Gisela hatte bei der Befragung jedoch nicht dabei sein dürfen, da sie als enge Freundin des Opfers sowie in Kenntnis des Tatverdächtigen unter Umständen als Zeugin in einem Gerichtsverfahren vorgeladen werden könnte.

Ich schaffe das schon, Gisela, sagt Sabine. In den nächsten neunzig Minuten schildert sie den beiden Ermittlerinnen dezidiert die vergangenen schlimmsten sechs Monate ihres Lebens. Sie lässt kein Detail aus, obwohl sie aufgrund der teilweise ungläubigen, erstaunten Gesichter der beiden Kommissarinnen ahnt, dass die Geschichte ihrer Vergewaltigung wohl eine ganz besondere ist.

Als das Bandgerät abgeschaltet wird, sagt die federführende Hauptkommissarin – *off the record,* wie sie betont –, dass ihr während ihrer gesamten Dienstzeit noch nie eine solch beherrschte Frau begegnet sei, die einen offensichtlich narzisstischen Vergewaltiger mit seinen eigenen Waffen geschlagen hat.

Sie irren sich, sagt Sabine, ich bin nicht beherrscht. Dann rollen ihr auch schon Tränen über die Wangen. Jetzt kann sie wirklich nicht mehr.

DONNERSTAG, 10. DEZEMBER 2009, 16.35 UHR

Welcher Idiot hämmert denn da gegen die Tür?, fragt Stephan, der mit Sonja und Alphonse in der Küche gerade dabei ist, die Gästewünsche für die nächsten vier anstehenden Weihnachtsfeiern zu besprechen.

Polizei! Machen Sie auf! Das Hämmern gegen die geschlossene Eingangstür des *Engel* wird intensiver.

Ach du Scheiße. Schon wieder eine Razzia?, fragt Sonja.

Schöne Grüße von Lukas! Keine Ahnung, was sie dieses Mal wollen, sagt Stephan und stürzt aus der Küche hinaus. Moment, ruft er laut, bin schon da. Der Schlüssel steckt von innen. Ich öffne jetzt die Tür. Ich bin unbewaffnet! Man kann schließlich nie wissen.

Seine Ahnung bestätigt sich: Kaum, dass Stephan aufgeschlossen hat, wird er auch schon zur Seite geschoben, gepackt und auf den Boden befördert; seine Arme werden ihm auf den Rücken gedreht, die Hände zusammengebunden. Er macht keine Anstalten, sich zu wehren. Er weiß: Je mehr Widerstand er leisten würde, desto schmerzhafter wäre die Prozedur.

Ey, was soll denn das?, hört er Sonjas empörte Stimme.

Polizei! Bleiben Sie genau dort stehen. Nicht bewegen.

Mann, nimm deine Scheißwaffe runter – ich beweg mich doch gar nicht. Ich hab bloß einen Kugelschreiber in der Hand, schreit Sonja.

Die Polizisten schwärmen aus. Schwere Schritte auf dem Holzboden. Sicher! Küche ist gesichert! Sicher! Das ist bloß ein Film, denkt Stephan. *Versteckte Kamera* oder ein ähnliches TV-Format. Aber es ist ein echt mieser Film. Im nächsten Moment wird er hochgerissen und sieht sich einem Beamten des Mobilen Einsatzkommandos gegenüber, in schwarzer Uniform, behelmt, eine *Heckler & Koch*-Maschinenpistole in den Händen.

Sind Sie Lukas Friedrich?

Ich? Stephan atmet erleichtert auf. Nein. Mein Name ist Stephan Engler, mir gehört dieser Laden. Das da ist Sonja Freese, meine Geschäftsführerin, und in der Küche finden Sie Alphonse Tetteh, meinen ghanaischen Koch. Sonst ist niemand hier.

Können Sie sich ausweisen?

Mein Ausweis ist im Portemonnaie, in der hinteren Gesäßtasche. Würden Sie Ihrem Kollegen bitte sagen, dass er mich loslassen soll? Ich bin weder derjenige, den Sie offenbar suchen, noch stelle ich irgendeine Gefahr für Sie da.

Eine halbe Minute später ist das Missverständnis geklärt. Stephan, der seine Handgelenke massiert, zeigt den Beamten bereitwillig die Treppe, die hinter einem Vorhang neben dem Kellerabgang hinauf in seine Wohnung führt. Weitere drei Minuten später ist klar: Stephan Engler hatte die Wahrheit gesagt, Lukas Friedrich, tatverdächtig und flüchtig, *konnte an seiner Meldeadresse nicht angetroffen werden.*

Ich habe keinen blassen Schimmer, wo er sich zurzeit aufhält, sagt Stephan Engler, der die kurze Wartezeit dazu genutzt hat, den Einsatzführer ganz nebenbei auf seinen Beruf des Polizeireporters bei der *Neuen Münchner Presse* hinzuweisen. Schaden kann das sicher nicht, hatte er gedacht, auch wenn es nicht mehr stimmt. Ich habe Lukas Friedrich zum letzten Mal vor etwa zwei Monaten gesehen, am 13. Oktober, sagt er. Wenn Sie möchten, können Sie seine Sachen mitnehmen.

Und das wissen Sie so genau?

Ja. Denn an dem Tag hatte ich Besuch von jemandem, den er mindestens genauso beschissen hat wie mich.

War das nicht diese Frau Dallmeyer?, mischt Sonja sich ein.

Stephan nickt. Ja, Sabine Dallmeyer. Lukas Friedrichs Ex-Freundin. Wollen Sie ihre Adresse? Ich habe eine Visitenkarte von ihr in meinem Tresen. Sonja, holst du sie bitte.

Danke, das ist nicht nötig, entgegnet der Einsatzführer knapp und wendet sich an seine Männer. Ihr könnt abrücken.

Moment, sagt Stephan. Ist ihr was zugestoßen?

Wem?

Frau Dallmeyer!

Wie kommen Sie darauf?

Weil Sie eben kurz geblinzelt haben, als meine Mitarbeiterin ihren Namen erwähnt hat.

Darüber kann ich Ihnen keine Auskunft geben.

Sie könnten aber eine Ausnahme machen. Ich verrate es niemandem, ich schreibe außerdem schon lange keine Berichte mehr. Da habe ich Sie eben angeschwindelt, im Eifer des Gefechts. Und überhaupt könnte ich Frau Dallmeyer auch anrufen, Herr Krug. Den Namen auf der Uniform des Einsatzführers kann Stephan auch ohne Brille lesen.

Ein Lächeln huscht über das Gesicht des Polizisten. Dann rufen Sie an. Vielleicht erreichen Sie sie ja, sagt der Beamte und zwinkert zur Bekräftigung kurz mit dem linken Auge.

Danke, sagt Stephan. Er ist erleichtert. Dafür habe ich jetzt vielleicht doch noch eine Idee, wo Sie Lukas Friedrich finden können …

FREITAG,
18. DEZEMBER 2009, 20.00 UHR

Lukas hatte sich, nur wenige Stunden nachdem Sabine ihn so unfassbar verarscht hatte, in einem Friseursalon den Kopf kahl scheren lassen. Außerdem will er sich einen Vollbart wachsen lassen. Er findet zwar, dass dieses neue Styling total bescheuert aussieht, aber was soll er machen? Er kann sich schließlich ausmalen, dass die Bullen ihn mittlerweile suchen, doch andererseits: Sabine hatte aus freien Stücken seine Einladung zur Party angenommen. Er hatte sie weder bedroht noch geschlagen oder gewürgt. Na gut, vielleicht war das Ganze ein wenig aus dem Ruder gelaufen, aber sie hatte doch selbst gesagt, dass sie auf realistische Rollenspiele stehen würde. Es muss ja keiner wissen, dass sie ihn angelogen hatte. Überdies war sie betrunken gewesen, da ist Lukas sich ganz sicher.

Zum Glück hat er seine Kumpel im Dojo. Dragan zum Beispiel, der bekloppte Schwergewichtler aus Zagreb, der schon mal sieben Jahre wegen versuchten Totschlags im Knast gesessen hatte, jetzt aber sauber ist und ihm ein Zimmer untervermietet hat. Dragan ahnt wohl, dass Lukas zurzeit unter dem Radar der Bullen bleiben muss, und er hilft gern. Aber das kostet halt doppelt; wie eben alles kostet, und Lukas hat weder einen Job, noch hat er Geld, und im Jobcenter kann er sich nicht blicken lassen, weil sie ihm inzwischen auf die Schliche gekommen waren. Wahrscheinlich hatte Stephan Engler sich selbst angezeigt, um einem Strafverfahren wegen Leistungserschleichung zum Nachteil von Sozialversicherungen zuvorzukommen. Ja, er hatte sich schlaugemacht, beim Rechtsanwalt Dr. Google. Irgendwann würde er ihm dafür so dermaßen in die Fresse hauen! Dieser Wichser würde seine Mutter verfluchen, dass sie ihn geboren hatte. Die einzige Chance, an Geld zu kommen, ist das Dojo. Für drei Runden Sparring bekommt er 20 Euro, außerdem darf er die Umkleideräume putzen. Deshalb ist der Kampf im Rahmen der regelmäßig stattfindenden *Hausgala* auch so wichtig. Wenn er ihn gewinnt, erhält er 500 Euro, aber er würde sich vor allem für die nächste *Straubinger MMA-Blutnacht* qualifizieren, wo die Börsen vierstellig sind.

Was ihm ein wenig missfällt, ist, dass ausgerechnet er den ersten Kampf des Abends bestreiten soll. Lukas hat es nämlich lieber, wenn das Publikum sich bereits heiser gebrüllt hat. Wenn der Stimmungspegel die hundert Prozent überschreitet.

Sein Gegner an diesem Kampfabend ist ein Italiener. Etwa gleich groß, etwa gleich schwer, aber mindestens 15 Jahre jünger als Lukas und kein unbeschriebenes Blatt. Angeblich beherrscht er zahlreiche Elemente von Krav Maga; ein Kampfstil, den ein ungarischer Jude erfunden hatte und der bis heute zum Standardausbildungsprogramm der israelischen Streitkräfte gehört. Das heißt für Lukas: Schnelligkeit und Reaktionsvermögen gegen seine Erfahrung und Entschlossenheit. Dragan schmiert sein Gesicht mit Vaseline ein. Jetzt verwandelt Lukas Friedrich sich endgültig in *den Mexikaner,* der bereit ist, seinen Gegner im Achteck umzubringen. Seine Einmarschmusik ertönt. Viel Glück, sagt Dragan und gibt ihm einen scharfen Klaps auf die Schulter. Als er an seinem Gegner vorbeigeht, sagt Lukas: *Schlag mich einmal ins Gesicht, dann kämpfst du nie wieder. Tritt mir in die Eier, und ich töte dich.* Der Italiener glotzt ihn verständnislos an. Offenbar versteht er kein Deutsch. Das ist schon mal Mist.

Lukas entert den Käfig, verbeugt sich wie immer in alle vier Himmelsrichtungen und tänzelt schließlich herum, als der DJ seine Kampfdaten verkündet. Im Grunde hat er, der Spätzünder, eine recht ordentliche Bilanz aufzuweisen. 26 Kämpfe, 23 gewonnen, 20 durch K. o., drei verloren. Doch dann bricht die Stimme des DJs mitten im Satz ab. Auch die thailändische Trommelmusik verstummt mit einem Schlag. Die Lautsprecher knacken, eine Rückkopplung jagt einen unangenehmen Pfeifton durch die Membranen. Dann ruft eine Stimme: Scheiße! Die Bullen. Im nächsten Moment bricht unter den Zuschauern im Dojo so etwas wie Panik aus. Es gibt ja auch nicht wenige unter ihnen, die schon häufiger in intensiven Kontakt mit der Staatsmacht geraten waren. Aber der Ausgang ist bereits hermetisch abgeriegelt. Niemand kommt rein, niemand raus. Lukas sieht, dass eine Woge auf den Käfig zurollt, eine Woge aus schwarzen Helmen, die sich durch ein Meer aus Köpfen kämpft. Die Zuschauer buhen, pfeifen, schreien. Einen Moment lang denkt Lukas an Flucht, aber es ist zu spät. Die Beamten des MEK verteilen sich um den Käfig, und dann spazieren zwei junge Männer in Zivil, begleitet von einem Trupp MEK-Beamten, an das Oktagon. Lukas lässt die Schultern hängen. Einer der beiden Zivilbeamten hält ihm einen roten Zettel vor die Nase.

Lukas Friedrich? Geboren am 29. Januar 1970 in Bad Tölz?

Lukas nickt. Er fühlt sich plötzlich müde.

Herr Friedrich, gegen Sie liegt ein richterlicher Haftbefehl vor. Begleiten Sie uns bitte. Leisten Sie keinen Widerstand. Alles, was Sie jetzt sagen, kann in diesem Ermittlungsverfahren und im Besonderen in einem Gerichtsverfahren gegen Sie verwendet werden. Sie werden in die Untersuchungshaftanstalt Stadelheim verbracht. Dort haben Sie die Möglichkeit, einen Rechtsbeistand hinzuzuziehen. Haben Sie mich verstanden? Lukas nickt. Ein Kollege wird Ihnen jetzt Handfesseln anlegen. Lukas zuckt mit den Schultern und verschränkt seine Hände freiwillig auf dem Rücken. Die Beamten müssen ihm die Fingerhandschuhe ausziehen. Lukas steht aufrecht in der Mitte des Käfigs und lässt die Prozedur über sich ergehen. Merkwürdigerweise ist das Publikum verstummt, von einzelnen Unmutsäußerungen abgesehen. Aber viele der Anwesenden kennen den Unterschied zwischen einer vorläufigen Festnahme und einem Haftbefehl. Nicht zuletzt auch aus eigener Erfahrung. Ein Haftbefehl: Da müssen die Bullen schon was Gewichtiges gegen *den Mexikaner* in der Hand haben.

Lukas lässt sich widerstandslos abführen, zunächst in die Umkleidekabine, wo er sich noch rasch seine Straßenkleidung überstreifen darf. Ein paar Minuten später eskortieren ihn die MEK-Beamten aus dem Dojo hinaus. Lukas trägt den Kopf stolz erhoben, auch wenn sein Hals vermutlich dreckig ist, und verzieht keine Miene; reagiert nicht auf die aufmunternden Worte und Sprüche, die ihm vereinzelt aus dem Publikum zugerufen werden. Er weiß: Die erste Runde hat er vielleicht verloren. Aber dieser Kampf ist noch nicht zu Ende.

FREITAG, 10. APRIL 2010, 9.00 UHR

Am vierten Verhandlungstag in der Strafsache gegen Lukas Friedrich wegen der Vergewaltigung zum Schaden der Sabine Dallmeyer in Tateinheit mit Freiheitsberaubung, Körperverletzung und Nötigung wird Stephan Engler in den Zeugenstand gerufen. Lukas, der bisher an allen Verhandlungstagen von seinem Aussageverweigerungsrecht Gebrauch gemacht hat, wirkt überrascht, als er im Zeugenstuhl vor dem Richtertisch Platz nimmt. Stephan weicht seinem Blick aus und versucht, ein unbeteiligtes Gesicht zu machen.

Stephan, der schon zur Prozesseröffnung im Zuschauerraum gesessen hatte – in der letzten Reihe, weil Lukas ihn nicht hatte entdecken sollen –, hatte sich gewundert, dass die viermonatige Untersuchungshaft bei Lukas bereits zu einer erheblichen Gewichtszunahme geführt hatte. Sein Gesicht hatte rundlicher gewirkt, und der Ansatz eines Bauches war ebenfalls unübersehbar.

Stephan hatte im Vorfeld der Hauptverhandlung, allerdings erst nach langem Zögern, dem Drängen von Sabine Dallmeyers Anwältin nachgegeben, als Zeuge auszusagen. Denn zum eigentlichen Tathergang hätte er ja nichts beitragen können.

Darum geht es uns auch nicht, Herr Engler, sondern um das Gesamtbild von Lukas Friedrich, um seine Persönlichkeit und insbesondere um sein Verhältnis zu Frauen, hatte die Anwältin argumentiert. Er, Stephan Engler, hätte schließlich mit dem Angeklagten eine Zeit lang zusammengewohnt und einige von Lukas Friedrichs Eskapaden bestimmt hautnah miterlebt.

Eskapaden? Stephan Engler hatte zynisch gelächelt, denn *Eskapaden* empfand er nach all dem, was Lukas angerichtet hatte, als eine äußerst vage und verharmlosende Beschreibung – besonders, wenn er an Sabine Dallmeyer dachte –, ohne die Einzelheiten jener verhängnisvollen Nacht genau zu kennen. Die hatte Stephan Engler dann am zweiten Verhandlungstag erfahren, als ihre Zeugenaussage per Video in den Gerichtssaal gelangt war, um ihr eine Begegnung mit dem mutmaßlichen Täter zu ersparen und einer *möglichen Retraumatisierung* vorzubeugen.

Stephan Engler, der vor der Hauptverhandlung noch ein paarmal mit ihr telefoniert und ihr Mut gemacht hatte, war überzeugt, dass vermutlich noch Jahre ins Land gehen würden, bis ihre psychische Verfassung einigermaßen wiederhergestellt sein würde – wenn überhaupt. Ein gerechtes, weil hartes Urteil könnte dafür sicherlich hilfreich sein.

Doch Lukas Friedrich hatte es richtig vorausgesehen: Die Staatsanwaltschaft steht vor der schwierigen Aufgabe, dem Angeklagten eine Vergewaltigung nach Paragraf 177 StGB nachzuweisen. Zwar steht es aufgrund der genetischen Spurenanalyse, der diagnostizierten Verletzungen sowie der sichergestellten Beweismittel außer Frage, dass Sabine Dallmeyer und Lukas Friedrich miteinander in ihrem Schlafzimmer, auf ihrem Bett Sex hatten. Doch zum Zeitpunkt der Blutabnahme in der Münchner Rechtsmedizin war bei ihr eine Blutalkoholkonzentration von knapp 0,3 Promille festgestellt worden, was nach der allgemeingültigen Rückrechnung einen Wert von mindestens 1,2 Promille zum Zeitpunkt der Tat ergeben hatte – was bei ungeübten Alkoholkonsumenten beinahe schon zum Vollrausch führt.

Auch die Tatsache, dass der Angeklagte über die Terrassentür in die Wohnung des vermeintlichen Opfers eingedrungen war, hätte mit einigem Wohlwollen als wesentlicher Bestandteil eines *Rollenspiels* interpretiert werden können. Schließlich hatten beide vor der angeblichen Vergewaltigung eine kurze, aber sexuell sehr aktive Beziehung miteinander geführt.

Wer das Vorleben des Angeklagten genauer kennt, würde vermutlich eins und eins zusammenzählen und Lukas Friedrich mit der Höchststrafe hinter Gitter schicken. Doch das Wissen um seine *Eskapaden,* wie es die Anwältin von Sabine Dallmeyer euphemistisch ausgedrückt hatte, würde für die Wahrheitsfindung nur eine untergeordnete Rolle spielen. Lukas wäre nicht der erste Angeklagte, der einem Gericht seine wundersame Verwandlung vom Saulus zum Paulus glaubhaft darlegen könnte.

Stephan Engler hatte dies als Prozessbeobachter und Mitglied der schreibenden Zunft schon einige Male erlebt. Jetzt ist er zum ersten Mal in seinem Leben als Zeuge gefordert. Wohl fühlt er sich nicht, als er auf dem Zeugenstuhl vor der Richterin und den beiden Schöffen Platz nimmt, um über seine Beobachtungen und Eindrücke bezüglich Lukas Friedrichs *Verhältnis und Umgang mit Frauen* Auskunft zu geben. Er hätte selbstverständlich einen ganzen Tag lang über Lukas schwadronieren können, hätte minutiös all seine Untaten in den schwärzesten Farben schildern können, aber das wird von ihm nicht verlangt. Und während er nun – in unmittelbarer Nähe zu diesem unberechenbaren Mistkerl, den er am liebsten lebenslänglich in ein nordkoreanisches Straflager verfrachten würde – in dürren Worten erzählt, wie er als Chef seinen Barmann Lukas hinter dem Tresen zunächst als Glücksfall erlebt hatte, dem die – reiferen – Frauenherzen nur so zugeflogen waren; wie er als Vermieter seinen ehemaligen *Freund* beinahe schon für dessen Schlag beim weiblichen Geschlecht bewundert hatte – Stephan hatte etwa ein Dutzend verschiedener Übernachtungsversuche mitbekommen –, fühlt er sich als doppelter Verräter: Einmal, weil er sich bewusst dafür entschieden hatte, bei der nüchternen, möglichst objektiven Wahrheit zu bleiben, anstatt dem Gericht das monströse Bild eines Soziopathen zu präsentieren, was Sabine Dallmeyers Position jedoch nicht verbessern würde. Zum anderen, weil Stephan aus seiner Sicht vermutlich zu Recht befürchten muss, dass Lukas Friedrich ihn irgendwann nach seinem Strafprozess erneut drangsalieren würde. Ganz gleich, ob er verurteilt oder freigesprochen werden würde.

Stephan fühlt sich als elender Feigling. Und als er einmal – wirklich nur einmal – Lukas während seiner Zeugenbefragung anschaut, sieht er ihm sofort an, was der in diesem Augenblick triumphierend von ihm denkt: *Na, du Weichei? Merkst du es immer noch nicht? Du hast keine Chance gegen mich!*

Am achten Verhandlungstag fordert die Staatsanwältin eine Gesamtfreiheitsstrafe von sieben Jahren und sechs Monaten, Lukas' Anwalt plädiert, wie zu erwarten, auf einen vollumfänglichen Freispruch. Lukas selbst hat während des gesamten Verfahrens nicht ein einziges Mal den Mund aufgemacht, was sein gutes Recht ist, und er verzichtet auch auf das Schlusswort, das ihm zusteht.

Das Urteil, das zehn Tage später, am 20. Mai 2010, verkündet wird, lautet auf zwei Jahre und sieben Monate wegen Freiheitsberaubung, Nötigung und Körperverletzung. Die Untersuchungshaft wird angerechnet. Eine Vergewaltigungsabsicht hat das Gericht dem Angeklagten *auch nach sorgfältiger Abwägung* nicht nachweisen können. Der hohe Blutalkoholgehalt des Opfers spielt dabei eine entscheidende Rolle. Lukas Friedrich nimmt die Urteilsbegründung der Richterin regungslos hin, sein Anwalt kündigt schon im Gerichtssaal an, dass sie nach Prüfung des schriftlichen Urteils in Revision gehen würden. Für Sabine Dallmeyers Gerechtigkeitsempfinden ist es eine schwere Niederlage.

Stephan hat insgeheim mit einer solch milden Strafe gerechnet, die er als Konzessionsentscheidung des Gerichts verbucht. Er ist natürlich froh, dass Lukas zunächst einmal komplett von der Bildfläche verschwinden wird; bei guter Führung, und das traut er ihm bedingungslos zu, könnte Lukas in ungefähr 16 Monaten schon wieder auf freiem Fuß sein. Ansonsten ist Stephan froh, dass er sich nun endlich nur noch darauf konzentrieren kann, gemeinsam mit Sonja, Alphonse und seiner neuen Crew, seinen *Engel* so schnell wieder dorthin zurückzuführen, wo er hingehört. An die Spitze.

MITTWOCH, 19. OKTOBER 2011, 8.30 UHR

Da die Revision vom Münchner Oberlandesgericht verworfen worden war, hatte Lukas Friedrich seine Gefängnisstrafe regulär absitzen müssen. Die Chance, dass man ihn bis zu einem möglichen zweiten Gerichtsverfahren auf freien Fuß gesetzt hätte, war eh nur sehr gering gewesen.

In der Justizvollzugsanstalt Aichach galt er als Mustergefangener. Immer ruhig, immer bedächtig, immer fleißig, immer umgänglich, bis auf das eine Mal, als er im gefängniseigenen Arbeitsbetrieb, wo er in die Produktion von Kunststoffteilen für die Autoindustrie eingebunden war, einem Mitgefangenen mit einem gezielten Ellbogenschlag das Jochbein gebrochen hatte; dies war während der Mittagspause auf der Toilette geschehen, vor Zeugen, und Lukas hatte nach übereinstimmenden Aussagen seiner Mitgefangenen in Notwehr gehandelt, da die Aggression von seinem Kontrahenten ausgegangen war; einem Langzeitgefangenen, der wohl schon mehrfach Schlägereien angezettelt hatte und dementsprechend unbeliebt war.

So hatte sich Lukas den notwendigen Respekt verschafft, den man zum angenehmen Überleben in einem Gefängnis benötigt. Er hatte wenig auszustehen, hatte in seiner Freizeit regelmäßig trainiert und Hanteln gestemmt und nach etwa der Hälfte seiner Strafe wieder sein ursprüngliches Kampfgewicht erreicht. Was ihm, wie den meisten seiner Mitgefangenen, fehlte, war natürlich Sex, und er hatte es als Gemeinheit empfunden, dass er seine Haftstrafe ausgerechnet in einer JVA verbüßen musste, die im Frauenhaus doppelt so viele weibliche Gefangene beherbergte wie männliche.

Sein um acht Jahre jüngerer Zellenkumpel war wegen fortgesetzten Einbruchdiebstahls und Hehlerei zu viereinhalb Jahren verknackt worden; Lukas war auf den acht Quadratmetern, die ihnen zur Verfügung standen, gut zurechtgekommen. Er hatte ihm ein paar Tricks aus seinem umfangreichen Kampfsportrepertoire beigebracht und im Gegenzug wertvolle Tipps erhalten, wie man die Eigenschaften von Schlössern erkennt und wie man Türen und Fenster lautlos knackt. Außerdem hatte Marcel einen echten Klasse-Fernseher, sodass Lukas sich diese Anschaffung hatte sparen können. Ihnen hatten eine Waschmaschine und ein Trockner zur Verfügung gestanden, außerdem befand sich eine gut ausgestattete Küche auf jedem Zellenflur; schade nur, dass dieses Ferienhaus Gitter vor den Fenstern hatte und eine Mauer drum herum.

An diesem 19. Oktober soll Lukas vorzeitig entlassen werden, wegen guter Führung, einer günstigen Sozialprognose auf Bewährung. Bevor Marcel an diesem Morgen zur Arbeit angetreten war, hatten sie beim Abschied ausgemacht, dass sie sich nach seiner Entlassung in München treffen würden, in einem Jahr, vielleicht aber auch später, je nachdem, was die Justiz für ihn vorgesehen hatte. Ansonsten hatte Lukas keine Pläne. Es würde sich garantiert was ergeben, es hatte sich schließlich immer etwas irgendwie ergeben. Nur seine Stammnutte Geli, die würde er natürlich sofort anrufen. Was Lukas an diesem Morgen dann jedoch irritiert hatte, war eine überraschende Ankündigung des Aufsehers gewesen: Lukas hätte Besuch, er solle seine Habseligkeiten mitnehmen, aber er hatte keine Ahnung, wer ihn ausgerechnet an seinem Entlassungstag besuchen könnte. Außer seinem Anwalt hatte bisher niemand den Weg zu ihm nach Aichach gefunden.

Es ist Punkt neun, als ihn ein Aufseher in einen der Besucherräume der JVA Aichach führt, wo er überraschenderweise auf zwei uniformierte Polizisten trifft; darüber hinaus sitzen aber auch noch zwei Frauen am Besuchertisch, auf dem ein dicker Aktenordner liegt, der ziemlich abgegriffen aussieht.

Guten Morgen, Herr Friedrich. Nehmen Sie Platz, sagt eine der beiden Frauen, und noch während er sich etwas verwundert auf den Stuhl setzt, fragt sie: Wissen Sie noch, wer ich bin?

Natürlich weiß Lukas das, nein, jetzt fällt es ihm ein.

Frau Landau, richtig? Und Sie sind Franziska Junginger, richtig?

Das ist korrekt, sagt die Ermittlerin, die inzwischen als Erste Polizeihauptkommissarin Karriere gemacht hat. Auch Anja Landau trägt mittlerweile einen höheren Titel: Sie ist Oberstaatsanwältin, aber das spielt an diesem Morgen alles keine Rolle.

Und, was kann ich für Sie tun?, fragt Lukas. Charmant wie eh und je. Voller Vorfreude, dass er den Knast verlassen wird.

Da ja Ihr Erinnerungsvermögen offenbar sehr gut funktioniert, Herr Friedrich, möchte ich Sie fragen, ob Sie sich vielleicht auch an den Namen Hannelore Plattner erinnern?

Ja, da war mal was, glaube ich, sagt Lukas Friedrich.

Ganz genau, da war mal was, entgegnet Anja Landau. Und zwar ein Mord.

Hallo! Das Verfahren gegen mich wurde eingestellt, sagt Lukas verwundert.

Das ist ebenfalls richtig, aber ein Verfahren kann auch wieder aufgenommen werden. Ich mache es kurz, Herr Friedrich … Anja Landau schlägt den Aktenordner auf, räuspert sich und legt ihm dann ein Schreiben auf rosafarbenem Papier vor, das er schon einmal gesehen hat, damals im Käfig, als ihm die Bullen seinen 27. Kampf verdorben hatten. Den Itaker hätte er locker umgehauen.

Ein Haftbefehl? Schon wieder? Er lacht gekünstelt auf. Das ist doch absurd. Aber seine Stimme verrät, dass seine Selbstsicherheit gerade in den Keller rauscht.

Anja Landau wird förmlich: Herr Friedrich, ich verhafte Sie hiermit wegen des dringenden Tatverdachts des Mordes an Hannelore Plattner, den Sie am Sonnabend, den 17. Juli 1993, in ihrem Haus in Starnberg in der Possenhofener Straße zwischen 17 Uhr und 17.25 Uhr begangen haben. Sie werden nach München in die Untersuchungshaftanstalt Stadelheim überführt. Bevor Sie sich dazu äußern – falls Sie sich äußern wollen, Herr Friedrich –, muss ich Sie darüber informieren, dass …

Diesen ganzen Mist brauchen Sie mir nicht vorzubeten, sagt Lukas, den kenne ich bereits. Ich sage Ihnen nur: Ich war es nicht, das war ihr Freund. Dieser Pfaffmann hat Hannelore auf dem Gewissen! Er schlägt mit der flachen Hand auf den Tisch, dass der wackelt.

Die beiden Polizisten treten sofort vor, um notfalls eingreifen zu können.

Wenn Sie es also nicht waren, mischt sich Franziska Junginger ein, warum sind Sie dann plötzlich so aggressiv?

Weil ihr mir auf die Nerven geht. Ich habe mit diesem Mord nichts zu tun. Ich sage Ihnen noch mal: Ich war es nicht. Und basta.

Anja Landau sieht ihn durchdringend an. Herr Friedrich, die Beweislage ist erdrückend. Sie haben Ihre gesamte DNA auf Hannelore Plattners Leichnam verteilt.

Wie soll ich das denn angestellt haben, wenn ich sie nicht umgebracht habe?

Das werden wir in der Hauptverhandlung dann schlüssig darlegen, entgegnet Anja Landau. Ich empfehle Ihnen jedenfalls dringend, sich um einen Rechtsbeistand zu bemühen.

Und wie wollt ihr das *schlüssig darlegen?* Habt ihr ihre Leiche ausgegraben, oder was?

Nein, sagt Anja Landau ruhig. Das war gar nicht nötig. Wissen Sie vielleicht, was eine Polymerasekettenreaktion ist?

Ihr könnt mir viel erzählen. Ihr wollt mich verarschen. Lukas macht Anstalten aufzuspringen.

Sitzen bleiben. Hände auf den Rücken, Herr Friedrich. Machen Sie jetzt keine Dummheiten, sagt einer der beiden Polizeibeamten.

Lukas Friedrich schließt die Augen und gehorcht.

Stehen Sie bitte auf. Mitkommen.

Und mein Gepäck?

Dafür sorgen wir schon, antwortet der Aufseher.

Wir sehen uns dann noch, Herr Friedrich, sagt Anja Landau.

Als die Tür des Besucherraums sich hinter dem Tatverdächtigen schließt, sagt der Aufseher: So aufgebracht habe ich den Lukas Friedrich in seiner gesamten Haftzeit nicht einmal erlebt. Der war einer unserer absoluten Musterhäftlinge. Und der soll vor 18 Jahren eine Frau umgebracht haben? Das hätte ich ihm niemals zugetraut.

Davon können wir zumindest mit großer Sicherheit ausgehen, sagt Anja Landau.

Ich meine, er hat doch eigentlich nur wegen Kleinigkeiten gesessen …

Kleinigkeiten? Na ja, ich würde sagen, zu einer Verurteilung wegen Vergewaltigung hat es damals leider nicht gereicht. Aber das habe ich Ihnen natürlich nie gesagt, meint Anja Landau und bedenkt ihn mit einem strengen Blick.

Ich verstehe. Heiland, sakra! – das ändert natürlich alles … Er wirkt geschockt. Er schüttelt den Kopf und stößt hörbar den Atem aus. Wissen Sie, ich mache meinen Job jetzt schon fast ein Vierteljahrhundert. Aber was ich mich jetzt wieder einmal fragen muss: Wie schafft man es als Mensch, 18 Jahre lang eine solche Schuld mit sich herumzutragen?

Och, das ist ganz leicht, zumindest, was Ihren ehemaligen Musterhäftling betrifft, sagt Franziska Junginger. Denn Schuldgefühle hat Lukas Friedrich mit hoher Wahrscheinlichkeit noch nie gehabt. Er weiß vermutlich gar nicht, wie sich Schuld anfühlt.

Anja Landau zieht ihr Mobiltelefon aus der Aktentasche. Wir sollten jetzt Ihren alten Chef anrufen. Ich glaube, diese Nachricht von Lukas Friedrichs Verhaftung wird ihn sehr freuen. Seine Aufklärungsquote wäre makellos. Wollen Sie es Herrn Kloth sagen, Frau Junginger?

FREITAG, 9. MÄRZ 2012, 9.00 UHR

Stephan hatte sich über seine alten Pressekontakte eine Eintrittskarte für den Gerichtssaal am Münchner Landgericht erschlichen. Er hatte es eine Woche zuvor aus der Zeitung erfahren: München würde ein aufsehenerregender Indizienprozess bevorstehen. Dem Angeklagten, einem gewissen Lukas F., wurde der Mord an einer Starnberger Unternehmerin zur Last gelegt – wobei die Tat fast 19 Jahre zurücklag. Die Oberstaatsanwältin Anja Landau hatte in dem Interview auf die besondere Bedeutung der genetischen Forensik hingewiesen. Dazu würden die Anklage und die Verteidigung 38 Zeugen und drei Sachverständige aufbieten.

Für Stephan würde es ein Wiedersehen geben. Er kann sich noch sehr gut an sein Gespräch mit ihr auf der sonnigen Hotelterrasse des *Alten Wirths* in Geretsried erinnern. Wie sie ihn, damals noch der forsche Polizeireporter, mit netten Worten, aber erbarmungslos abgebürstet hatte. Sie war verdammt hübsch gewesen, und beinahe hätte er sie blindlings angebaggert; vielleicht auch, weil zu jenem Zeitpunkt seine Ehe bereits den Bach hinunterging. Doch an einem Wiedersehen mit Lukas ist er noch mehr interessiert. Kann es wirklich sein, dass er mit einem Frauenmörder zusammengewohnt hatte? Er hadert mit sich, ob dies eine *gute Geschichte* sein würde oder eher eine Geschichte zum Gruseln.

Wenn es jemanden gibt, der Lukas einen Mord zutrauen würde, dann ist es Stephan. Oder Sabine Dallmeyer, die bedauernswerte Frau. Vielleicht hatte es sogar noch mehr Frauen gegeben, viele mehr, die unter Lukas' starken Händen um ihr Leben gefleht hatten, nachdem sie auf seinen vorgespielten Charme hereingefallen waren und ihn bereitwillig in ihr Leben gelassen hatten.

Denn als er dieses Interview mit Anja Landau gelesen hatte, war ihm nämlich noch mehr eingefallen: Lukas' abenteuerliche Story, wie er angeblich von einer seiner Freundinnen die Kellertreppe hinuntergestoßen worden war. Und, noch verrückter, dass er das Starnberger Mordopfer und einen der Hauptverdächtigen zufällig persönlich gekannt hatte. Wäre er damals auf seinem Balkon nicht so betrunken gewesen, hätte er besser zuhören können. Aber er hatte seine, wenn auch sehr leisen, Zweifel leichtfertig hinuntergespült, weil auch er diesem bösartigen Kuckuck sein Nest überlassen und einfach übersehen hatte, dass ihm Lukas ein faules Ei nach dem anderen hineingelegt hatte. Biologisch betrachtet hinkte dieser Vergleich mit dem Kuckuck natürlich ein bisschen. Aber jeder würde ihn verstehen.

Jetzt erfährt Stephan offiziell, wer der zweite Tatverdächtige ist. Nein, er weiß, wer der Mörder ist. Er ist sich ganz sicher: Es wird noch ans Licht kommen.

Dann dreht Stephan sich um und geht die Treppen im Münchner Landgericht wieder hinunter, während die Türen des Gerichtssaals geschlossen werden. Er kennt schließlich den Fall, und er wünscht der Oberstaatsanwältin Anja Landau von Herzen Glück und Fortune, damit sie ihn nicht vergeigt. Aber Stephan will nicht mehr zu denjenigen gehören, die der Bühne eines Narzissten aufgrund ihrer Neugier und Sensationslust erst den richtigen Rahmen verleihen. Wer weiß, vielleicht kommt er in ein paar Monaten zur Urteilsverkündung. Doch bis dahin hat er Besseres zu tun.

FREITAG, 20. JULI 2012, 9.00 UHR

Bitte erheben Sie sich!

Der Augenblick der Urteilsverkündung ist gekommen, und Stephan hat es sich schließlich doch nicht nehmen lassen, ebenfalls im Münchner Landgericht zu erscheinen. Er hat den Prozess gegen Lukas in den Zeitungen verfolgt und ist daher einigermaßen im Bilde. So wie er es vorhergesehen hatte, hatte Lukas an fast allen Prozesstagen eisern geschwiegen, nur eben am vorletzten nicht. Als ihm der Vorsitzende Richter der Ersten Schwurgerichtskammer, Wolfgang Waffenschmidt, das letzte Wort erteilt hatte, war Lukas aufgestanden und hatte gesagt: Ich war es nicht. Und hatte sich sofort wieder hingesetzt.

Stephan schielt zu Anja Landau hinüber. Sie ist sich anscheinend ihrer Sache ziemlich sicher, obwohl sie letztlich auf Totschlag plädiert hatte, da die Beweislage zwar wirklich erdrückend war, aber für ein Mordmotiv aus Habgier oder Heimtücke nicht ausgereicht hatte. Sie möchte Lukas für acht Jahre und fünf Monate ins Gefängnis schicken.

Hans Glogauer, Lukas' Verteidiger, hatte dagegen auf Freispruch plädiert: Das Gericht möge nicht außer Acht lassen, dass mein Mandant monatelang in dem Haus ein und aus gegangen ist. Dabei hat er natürlich Spuren hinterlassen, wie auch immer die ins Bett gekommen sein mögen und von dort auf den Körper und die Kleidung des Opfers.

Im Namen des Volkes ergeht folgendes Urteil: Der Angeklagte Lukas Friedrich, geboren am 29. Januar 1970 in Bad Tölz, wird des Totschlags zum Nachteil der Frau Hannelore Plattner für schuldig befunden und zu einer Freiheitsstrafe von acht Jahren und fünf Monaten verurteilt. Der Angeklagte trägt die Kosten des Verfahrens. Nehmen Sie bitte wieder Platz, sagt Waffenschmidt, ein freundlich wirkender Mann Anfang fünfzig, der an den insgesamt 17 Verhandlungstagen durch seine ruhige, aber sehr stringente Prozessführung aufgefallen war, so jedenfalls hatte der einmütige Tenor der Medien gelautet.

Lukas hat das Urteil regungslos hingenommen. Stephan sieht genauer hin: Nicht einmal sein Verteidiger, der ihm offenbar etwas sagen will, dringt zu ihm durch. Auch Anja Landau macht ein unbeteiligtes Gesicht, als der Vorsitzende Richter erneut das Wort ergreift:

Das Gericht begründet dieses Urteil wie folgt: Nach Überzeugung des Gerichts hat der Angeklagte am Sonnabend, den 17. Juli 1993, um etwa 17 Uhr die verwitwete Hannelore Plattner in ihrer Starnberger Villa in der Possenhofener Straße besucht, um ihr eine Schachtel mit neuen Tennisbällen zu bringen. Der Angeklagte hielt sich dann etwa zwanzig Minuten im Haus der Hannelore Plattner auf. Dies wurde übereinstimmend von dem mittlerweile verstorbenen Zeugen Riessle – laut seiner aktenkundigen Aussage vom 18. Juli 1993 – und dem Zeugen Haller, der damals mit dem Angeklagten zusammenwohnte und ihn zum Haus des späteren Opfers gefahren hatte, bestätigt.
Was ist nun in diesen 20, vielleicht 22 Minuten geschehen?
Der Angeklagte geriet rasch in Verdacht. Es war mehr oder weniger bekannt, dass er mit der vermögenden Unternehmerwitwe, die er aus dem Starnberger Tennisclub kannte, wo er als Servicekraft arbeitete, ein wie auch immer geartetes näheres Verhältnis entwickelt hatte. Ihm war bekannt, dass Hannelore Plattner zu diesem Zeitpunkt allein zu Hause war – ihr Sohn hielt sich in Tübingen an der Universität auf, ihr Lebens-

gefährte war auf einer Dienstreise in Tschechien und Polen – und darüber nachdachte, sich von ihrem Lebensgefährten Günther Pfaffmann zu trennen, der ebenfalls Mitglied des Starnberger Tennisclubs war und überdies als Vertriebschef in der Firma der Getöteten tätig war. Günther Pfaffmann, der den Leichnam seiner Lebensgefährtin am 18. Juli morgens im Kleiderschrank entdeckt hatte, war durch die besonderen zeitlichen Umstände des Auffindens der Leiche ebenfalls dringend tatverdächtig, darüber hinaus besaß er ein Motiv, und das war der schwelende Streit über den Lebenswandel des Opfers, der mit dem Begriff Eifersucht vermutlich am besten beschrieben werden kann. Doch Günther Pfaffmann verstarb bekanntlich kurz nach dem Verbrechen an Hannelore Plattner unter natürlichen Umständen. Anhand der vorliegenden Vernehmungsprotokolle, vom 18. Juli 1993 und vom 5. August 1993, in denen der Angeklagte ausgesagt hatte, Hannelore Plattner geliebt zu haben, kann das Gericht jedoch nur spekulieren, was ihn schließlich dazu veranlasst haben könnte, Hannelore Plattner zu töten. Die kriminaltechnische Untersuchung, die Ergebnisse der Obduktion und die genetischen Spuren lassen jedoch auf folgenden Tathergang schließen: Sicher ist, es kam nicht zum Geschlechtsverkehr. Sicher ist nach Auffassung des Gerichts ebenso, dass der Angeklagte die zwanzig Jahre ältere Frau aufs Bett warf, mit seinen Knien ihre Oberarme walkte und ihr dann ein Kissen aufs Gesicht drückte, und zwar mit solcher Kraft, dass Lippenstift und Wimperntusche ein Spiegelbild des Gesichts in den Stoff stempelten. Danach wurde sie auf den Boden gezogen und erdrosselt, mit etwas Breitem und Weichem, mit einem Kleidungsstück oder durch einen Zug am Kragen […]

Das hatte Stephan bereits alles in den Zeitungen gelesen. Die Luft im Gerichtssaal war zum Schneiden, der Sauerstoff wurde knapp, er musste sich zusammenreißen, um nicht wegzunicken. Er schlägt erschrocken die Augen auf. Sein Sitznachbar hatte ihn angestupst: Sie schnarchen!

Entschuldigung, wispert Stephan, der gleichzeitig puterrot anläuft. Mein Gott, wie peinlich! Er macht sich klein und versucht, weiterhin der Urteilsbegründung zu folgen.

[…] Was der Angeklagte damals jedoch nicht ahnen konnte: Auf dem roten Büstenhalter, dem Slip und dem Bademantel sowie auf dem Kopfkissen hatte er Spuren mit nahezu vollständigen DNA-Fragmenten hinterlassen, die nur jeweils einem von zigmillionen Menschen zuzuordnen sind […]
Auch dass Hannelore Plattner ihm in einer blauen Shorts und einer weißen Bluse die Eingangstür geöffnet hatte, was er gegenüber dem zuständigen Kriminalhauptkommissar Karsten Kloth am 18. Juli 1993 angegeben hatte, wertet das Gericht als Schutzbehauptung des Angeklagten, obwohl seine Angabe, die Bluse hätte einen Kaffeefleck besessen, stimmte. Die Vermutung liegt nahe, dass er bewusst die Schmutzwäsche des Opfers im Badezimmer inspiziert hatte, um eine möglichst glaubwürdige Beschreibung der Bekleidung geben zu können. Er wollte den Eindruck erwecken, Hannelore Plattner hätte ihm die Tür nicht in roter Reizwäsche und einem Bademantel geöffnet. […] Doch alle Beweismittel wurden aufbewahrt. Daran fanden sich nun bei einem routinemäßigen DNA-Abgleich mit der zentralen Datenbank des Bundeskriminalamtes Spuren des Erbguts des Angeklagten. Diese Daten waren vor gut zwei Jahren erfasst worden, als er nach einem Überfall auf seine damalige Freundin wegen Nötigung, Freiheitsberaubung und versuchter gefährlicher Körperverletzung angeklagt

und später auch zu einer Haftstrafe von zwei Jahren und fünf Monaten verurteilt wurde. Der Angeklagte wurde daraufhin am Tag seiner vorzeitigen Entlassung aus der Strafhaft in der JVA Aichach verhaftet und in die Untersuchungshaftanstalt Stadelheim verlegt. […]
Die Aufklärung dieses Falles zeigt eindrücklich, dass der genetische Fingerabdruck aufgrund der ständig verfeinerten Analysemethoden dazu geeignet ist, Verbrechen auch nach einem langen Zeitraum noch aufzuklären und Täter zu überführen. Zum damaligen Zeitpunkt war es jedoch nicht möglich gewesen, eine so genaue Spurenanalyse vorzunehmen wie heute, da die genetischen Hinterlassenschaften des Angeklagten einfach zu winzig waren und die Polymerasekettenreaktion, mit der Erbsubstanz in vitro praktisch unendlich vervielfältigt werden kann, noch in den wissenschaftlichen Kinderschuhen steckte […] Die Gutachten der beiden Sachverständigen Höhner und Fiebusch haben das Gericht davon überzeugt, dass für die sichergestellte Menge des Erbguts des Angeklagten auf der Kleidung und dem Körper sowie auf dem Teppich im Schlafzimmer ein lediglich kurzer Kontakt nicht ausgereicht haben kann. Wir wissen jedoch nicht, ob das Opfer freiwillig mit dem Angeklagten ins Schlafzimmer gegangen ist oder ob er sie gezwungen hat. Der Angeklagte hat dazu geschwiegen, was sein gutes Recht ist, doch dies spielt für die Schuldfrage letztlich auch keine Rolle. Die Sitzung ist geschlossen.

***

Stephan hatte geduldig gewartet, bis Anja Landau die Fragen seiner alten Zunft beantwortet hatte. Lauter junge Leute, hatte er gedacht. Lauter junge Leute, die vielleicht brannten, so wie er auch einmal; die aber seiner Meinung nach eine ziemlich ungewisse Zukunft besaßen. Er hatte sich schon öfter gefragt, ob ihn sein ehemaliger Beruf noch reizen könnte. Und hatte immer wieder dieselbe Antwort gefunden. Sie lautete Nein. Aber vielleicht würde er bald einmal versuchen, ein Buch zu schreiben. Jetzt, wo Sonja und er den *Engel* gemeinsam wieder in den Griff bekommen hatten, könnte es bestimmt nicht schaden, das Gehirn auch einmal wieder mit schöngeistigen Dingen zu fordern.

Stephan hatte sich strategisch am Eingang zur Staatsanwaltschaft postiert. Anja Landau kommt jetzt auf ihn zu, und als sie nur noch ein paar Schritte von ihm entfernt ist, spricht er sie an.

Kenne ich Sie?

1993, Geretsried, Hotel *Alter Wirth,* Terrasse. Ihr einer Hauptverdächtiger in diesem Fall, Günther Pfaffmann, war Stunden zuvor verstorben, und Sie haben mir damals den Namen des zweiten Hauptverdächtigen, Lukas Friedrich, ums Zerplatzen nicht verraten. Nicht mal einen winzigen Anhaltspunkt haben Sie mir gegeben.

Das würde ich heute auch nicht tun – nicht mal für Stephan Engler, den ehemaligen Polizeireporter der *Neuen Münchner Presse.* Eigentlich hatten wir uns damals im Starnberger Polizeirevier verabredet.

Dann kennen Sie mich ja doch noch. Sind Sie mit dem Urteil zufrieden?

Natürlich bin ich zufrieden. Mehr war nicht drin.

Ich bin allerdings der Meinung, der Mann müsste nach der Verbüßung seiner Strafe entweder in Sicherungsverwahrung oder in die Geschlossene.

Da sind Sie nicht der Einzige. Aber, keine Chance. Wenn Sie die psychologischen Gutachten einsehen dürften, wüssten Sie, warum. Nur so viel: Lukas Friedrich ist wirklich sehr clever.

Allerdings, sagt Stephan. Und komplett empathiebefreit.

Ich habe übrigens Ihre Zeugenaussage gelesen, die Sie im Vergewaltigungsprozess gegen Sabine Dallmeyer gemacht haben, sagt Anja Landau.

Das war aber nur die Spitze des Eisbergs, das können Sie mir glauben.

Bestimmt … Aber, Herr Engler, darf ich Sie mal fragen, was Sie jetzt von mir wollen? Sie wirkt etwas ungeduldig.

Na klar. Ein Hintergrundgespräch zu Ihrem gerade gewonnenen Fall. Ganz offiziell, mit Bandgerät und späterer Autorisierung. Ich habe vor, diese Geschichte zu einem Buch zu verarbeiten.

Anja Landau schüttelt vehement den Kopf. Es tut mir leid, aber da müssen Sie schon eine offizielle Anfrage an unsere Pressestelle richten. Was ich Ihnen aber mit auf den Weg geben kann: Hätte Lukas Friedrich nicht ein weiteres Verbrechen begangen, wäre dieses Tötungsdelikt vermutlich niemals aufgeklärt worden – und die Tat wäre im kommenden Jahr verjährt gewesen.

Das ist ja schon mal was, sagt er. Dann einen schönen Tag noch.

Hab ich vermutlich nicht. Die Aktenberge sind meterhoch. Wiedersehen, Herr Engler.

Wiedersehen, Frau Landau, sagt Stephan. Und denkt: Hab ich aber auch ein Pech.

EPILOG

DIENSTAG, 24. DEZEMBER 2019, 15.50 UHR

Susanne Fuchs hockt vor dem Ofen und begießt den veganen Truthahn aus Seitan, als Stephan Engler die Küche ihres Bauernhauses betritt. Er bleibt im Türrahmen stehen und klopft ans Holz. Nicht erschrecken, ich bin's nur!

Wie? Schon da? Wie schön! Susanne spendiert dem künstlichen Vogel noch einen Löffel Bratensaft, schiebt ihn in den Ofen zurück und dreht sich strahlend zu ihm um. Fröhliche Weihnachten!

Sie treffen sich in der Mitte am Küchenblock, eine Umarmung, ein langer Kuss. Sie wischt sich die Hände an der Schürze ab. Weißt du, was? Ich habe dich tatsächlich vermisst.

Erstaunlich. Ging mir genauso. Er küsst sie noch einmal.

Du hast sogar richtig Farbe bekommen, Stephan.

Er sieht rüber zu ihrem schweigenden Mitbewohner Dr. Watson, einem Kunststoffskelett, das ihren Kühlschrank bewacht. Auf der Fensterbank steht ein halbes Dutzend Rotweinflaschen; ein Bräter mit Gänsebrust neben großen Schüsseln mit Blattsalaten, geschälten Kartoffeln, Semmelknödeln und geputztem Rosenkohl auf der Kücheninsel; vier der sechs Flammen des Gasherds sind belegt. Wer soll denn das alles essen? Er schnuppert. Und was schmurgelt da im Ofen?

Ein ganzer Truthahn.

Essen wir auf einmal wieder Fleisch?

Sie lacht. Hundert Prozent Seitan. Sieht aus wie Puter, riecht wie Puter und soll auch so schmecken. Nun guck nicht so fassungslos. Du kriegst schon deine Gans. Mit Preiselbeersoße. Ganz klassisch.

Stephan schweigt.

Du könntest ja den Tisch decken.

Wer kommt denn überhaupt?

Nur die üblichen Verdächtigen. Sonja, mit ihrem neuen Freund natürlich, meine Blumenliesel nebst Mann, meine Schwester, und unser Heimatdichter Rudi darf natürlich nicht fehlen. Aber wieso bist du eigentlich schon da?

Wir sind eineinhalb Stunden früher in Frankfurt gelandet, ich habe den früheren Anschlussflug nach München noch bekommen und mir dann zur Feier des Tages ein Taxi gegönnt. Aber das Beste ist: Ich muss meinen Koffer nicht auspacken, der hat es in Frankfurt nicht geschafft. Sie bringen ihn morgen.

Wie wäre es dann mit einer Dusche, und *ich* decke den Tisch?

Deal, sagt Stephan rasch. Ihm steckt die 24-stündige Rückreise aus Chile noch in den Knochen. Vor allem aber seine Höhenkrankheit, die er sich im Nationalpark Lauca, hoch oben im Norden des Landes, eingefangen hatte. Von Meereshöhe auf 4800 Meter in drei Stunden hatte sein Körper nicht geschafft. Zwei Tage hatte er mit bohrenden Kopfschmerzen in dem spartanischen Hotel in Putre gelegen, während die Kollegen die kegelförmigen Vulkane im Dreiländereck von Chile, Peru und Bolivien bewundert hatten.

Stephan ist wieder zurückgekehrt an die Schreiberfront, allerdings nur in Teilzeit, als freier Autor. Zwei, manchmal drei Reisereportagen schreibt er im Jahr. Sie sind miserabel bezahlt, aber er will was von der Welt sehen, Susanne gönnt es ihm. Und wenn es darum geht, Journalisten die Vorzüge eines Landes zu präsentieren, lassen sich die Tourismusverbände zumeist nicht lumpen. Im Grunde sind es gekaufte Geschichten, platte PR. Außerdem braucht er diese Honorare gar nicht: Sonja führt seinen *Engel,* er macht dort den Einkäufer und ab und zu noch den Frühstücksdirektor. Die Wohnung überm Lokal hat er an seine Geschäftsführerin untervermietet.

Ich hab mir solche Sorgen gemacht, als du angerufen hattest, Liebling, sagt Susanne.

Am ersten Tag habe ich vier Dosen Sauerstoff verbraucht, sagt er, damit ging es dann einigermaßen. So was von schlapp war ich noch nie.

Aber vorher war es doch schön? Ich glaube, ich muss auch mal in die Anden.

Das machen wir nächstes Jahr. Aber von Kolumbien aus. Ich habe nämlich eine Anfrage bekommen, von einem Kriminalmagazin …

Ach was?

Doch. Hast du schon mal den Namen Garavito gehört? Susanne schüttelt den Kopf. Was soll er sagen: Garavito ist mit Sicherheit einer der grausamsten Serienmörder der Kriminalgeschichte. Er war 1999 zu dreißig Jahren Gefängnis verurteilt worden, wegen Mordes an 138 Jungen im Alter zwischen acht und sechzehn Jahren. Die längste Gefängnisstrafe, die Kolumbiens Justiz kennt. Und weil er der Polizei gegenüber bereitwillig erzählt hatte, wo er seine Opfer verscharrt hatte, war seine Strafe auf 22 Jahre reduziert worden. Susanne trinkt einen Schluck Rotwein und hört Stephan mit unbewegter Miene zu. Als Beerdigungsunternehmerin ist sie hartgesotten.

Mannomann. Was du alles weißt, was ich nicht wissen möchte.

Und das Verrückte ist: Man hat bisher noch nicht mal alle Leichen gefunden, obwohl Garavito die Justiz bei der Suche nach seinen Opfern unterstützt.

Bei so vielen Morden kann man ja auch schon mal den Überblick verlieren, sagt Susanne sarkastisch.

So ungefähr. Stephan lächelt.

Willst du denn wirklich diese Geschichte schreiben? Ich meine, wieso soll man so einem Perversen auch noch die große Bühne bieten?

Gute Frage. Aber Verbrechen haben Stephan Engler schon immer fasziniert. Als Junge hat er Edgar Wallace und Jerry Cotton verschlungen. Agatha Christie fand er dagegen langweilig. Später las er die Amerikaner. Raymond Chandler, Mickey Spillane, Elmore Leonard, Chester Himes. Er stand auf Hardboiled Fiction, träumte immer davon, irgendwann selbst Krimis zu erfinden. Stephan hatte dann sechs Jahre später wieder damit begonnen, zu schreiben. Merkwürdig, dachte er inzwischen häufig, denn seitdem er finanziell nicht mehr darauf angewiesen war, Manuskripte abzuliefern, bekam er mehr Anfragen, als er bewältigen konnte.

Ich weiß es ehrlich gesagt noch nicht. Tatsächlich hadert Stephan mit der Anfrage und versucht, die Frage für sich selbst zu beantworten, ob es denn wirklich notwendig ist, zu versuchen, hinter die Stirn eines der grausamsten Massenmörder der Kriminalgeschichte zu blicken.

Und wie findest du unser Bäumchen? Susanne reißt ihn aus seinen Gedanken.

Stephan linst um die Ecke in die ehemalige Tenne, die jetzt das Wohnzimmer ist. Eher eine Wohnhalle. Die Zwischendecke wurde entfernt, der Dachstuhl mit den alten Balken ist freigelegt. Um den Raum herum verläuft eine begehbare Galerie mit Durchgang zu einem Anbau mit zwei Schlafzimmern und dem Bad. Aber, Bäumchen? Die Nordmanntanne ist mindestens fünf Meter hoch. Wie hast du dieses Monstrum reingekriegt?

Das Geheimnis des Flaschenzugs. Physik! Susanne schenkt sich Rotwein nach und prostet ihm zu.

Du bist irre. Ich hätte allerdings Wachskerzen genommen. Stephan grinst schelmisch.

Sehr witzig, Liebling. Genau mein Humor.

Aber der Baum sieht wirklich wunderschön aus, Susanne.

Gehst du jetzt bitte duschen, Stephan? Unsere Gäste kommen gleich.

Stephan hebt entwaffnend die Hände und sprintet dann die Holztreppe zur Galerie hoch. Es ist schön, ein solches Zuhause zu haben. Er würde Susanne gerne heiraten, aber sie ziert sich. Noch.

***

Kennengelernt hatten Susanne und Stephan sich drei Jahre zuvor, im tristen Januar. An jenem Donnerstagabend war Stephan nach einer halben Ewigkeit wieder zu einer Lesung gegangen, im Münchner Literaturhaus. Die Veranstaltung war seit Wochen ausverkauft, der Autor war ein ehemaliger Profiler der Münchner Kriminalpolizei, der nach mehreren erfolgreichen Sachbüchern nun seinen ersten Roman veröffentlicht hatte.

Stephan Engler sitzt in der dritten Reihe, Mitte. Es hat sich um einen spontanen Entschluss gehandelt. Im *Engel* war nicht viel los gewesen. Januar eben, der blanke Horror für die Gastronomie. Die Menschen leben ihre guten Vorsätze aus, die sie in der Silvesternacht betrunken gefasst haben. Er hatte gelangweilt in der Zeitung geblättert, den Veranstaltungshinweis gelesen und plötzlich gedacht, er könne sich vielleicht doch mal einfach inspirieren lassen. Die Eintrittskarte hatte er vorm Eingang gekauft. Es gibt immer jemanden, der eine Karte übrig hat.

Eine merkwürdige Lesung, findet Stephan. Nicht, weil der Text schlecht ist, sondern weil der Autor mehr aus seiner beruflichen Vergangenheit erzählt als aus seinem Roman liest und den Schwerpunkt offenbar ganz auf die Recherchen legt, die letztlich zu seinem erzählerischen Werk geführt haben. Noch merkwürdiger, dass er seinen Vortrag mit Originalfotos von Tatorten und Leichenfunden garniert, die von einem Beamer auf eine Leinwand geworfen werden und nicht selten an die Grenzen des gerade noch Erträglichen stoßen. Immer wieder geht ein Raunen durch den Saal. Manche Zuschauer mögen nicht hinsehen, schütteln sich vor Ekel und Entsetzen, kichern ungläubig und heben dann doch wieder ihren Blick.

Als der verstümmelte Torso einer Frau ohne Gliedmaßen auf der Leinwand erscheint, wendet Stephan seinen Kopf intuitiv nach rechts, in die Richtung, aus der eben ein unterdrückter Schreckensschrei zu hören gewesen ist. Sein Blick fällt dabei auf eine Frau, schräg rechts vor ihm in der zweiten Reihe, nur zwei Plätze entfernt. Sie war ihm schon ein paarmal aufgefallen, weil sie mitschreibt und einen konzentrierten Eindruck erweckt. Die ist aber hübsch, denkt Stephan und schaut sie einen Moment länger an als vielleicht unbedingt nötig. Sie merkt es anscheinend und dreht sich unvermittelt zu ihm um. Stephan lächelt. Sie lächelt kurz zurück. Nein, denkt er, die hat bestimmt nicht geschrien. Sie hat tolle grüne Augen.

Es folgt eine dezidierte Beschreibung der unerlässlichen Notwendigkeiten, die ein sadistischer Serienkiller bei der Beseitigung seiner Opfer beachten sollte. Fast schon eine Anleitung, wie man Leichen möglichst kraft- und platzsparend zerteilt. Zum Beispiel Arme und Beine am besten an den Gelenken zersägen und bitte ja nicht quer durch den Bauchraum schneiden, damit die Eingeweide nicht herauspurzeln.

Doch egal, wann und wo er mit Verbrechen konfrontiert wird: Sofort muss er dann immer an Lukas denken. An seinen Freund, den Frauenmörder und Vergewaltiger, der noch immer sitzt. Stephan kann sich jedoch nicht entscheiden, wie er damit umgehen soll, dass er einen wie ihn in sein Leben hineingelassen hatte. Wenn er davon erzählt, kann er eingeschlafenen Gesprächsrunden zwar sofort wieder Leben einhauchen: Ich habe mal mit einem Mörder zusammengewohnt, wer kann das schon von sich behaupten? Das Erstaunen ist zumeist groß, der anfängliche Unglauben ebenso. Doch wenn er ehrlich zu sich selbst ist, weiß

Stephan genau, dass dies nichts anderes ist als Effekthascherei. Denn wenn seine Erlebnisse einen tieferen Sinn haben sollten, dann den, dass er vielleicht gelernt hat, vorsichtiger zu sein und nicht mehr blind zu vertrauen, genauer hinzuhören und hinzusehen und sich dann konsequent zu entscheiden, als immer nur zu hoffen. Was ihm, dem selbst ernannten Menschenfreund, eigentlich widerstrebt. Er wäre auch gespannt zu erfahren, wie es Sabine Dallmeyer mittlerweile geht. Der Kontakt zwischen ihnen ist abgerissen, sie soll weggezogen sein aus Bayern. Er wünscht ihr von ganzem Herzen, dass sie ihre fürchterlichen Erlebnisse seelisch verarbeiten kann.

Nach der Veranstaltung spricht ihn erstaunlicherweise die Unbekannte an. Die Hübsche aus der zweiten Reihe, Mitte, zwei Plätze rechts schräg vor ihm, die er angelächelt hatte und sie ihn. Stephan Engler raucht eine. Er hat es sich immer noch nicht abgewöhnt. Sie hält ihm zwischen zwei Fingern eine Zigarette entgegen. Hätten Sie vielleicht Feuer?

Sicher. Aber es ist recht windig. Nach zwei vergeblichen Versuchen nimmt sie ihm das Feuerzeug aus der Hand. Danke, ich mach das lieber selbst. Dann gibt sie ihm sein Feuerzeug zurück. Gute Show, sagt sie und nimmt einen Zug, nicht wahr?

Gute Show? Sie ist ein bisschen jünger als er, zweifellos attraktiv, etwa einen halben Kopf kleiner. Dunkelbraunes Haar, halblang, im Nacken zum Pferdeschwanz zusammengebunden. Nur sparsam geschminkt. Sie trägt einen schwarzen Hosenanzug, schwarze Doc Martens und eine schlichte Kette, an der ein Totenschädel aus Sterlingsilber baumelt. Groß wie die Faust eines Säuglings, mit zwei grünen Smaragden in den Augenhöhlen. Passend zu ihren Augen.

Sie waren mir vorhin aufgefallen.

Ich hab's gemerkt. Das kann man manchmal spüren.

Aber Sie haben zum Glück gelächelt, als Sie es bemerkt haben. Ich habe auch gesehen, dass Sie fleißig mitgeschrieben haben.

Berufsbedingt. Ich würde sagen Recherche oder, besser, Fortbildung.

Ach was. Eine Kollegin!

Sind Sie etwa Journalist?

Ja. Und nein. Also eigentlich nicht mehr. Ich unternehme jedenfalls gerade wieder einen halbherzigen Anlauf, vielleicht doch noch mal in meinem Leben ein Buch zu schreiben.

Wow. Ein Buch. Einen Krimi natürlich.

Wäre ich sonst hier?

Nö. Wahrscheinlich nicht. Sie lächelt ihn erneut an, kurz, und drückt dann ihre Zigarette im Standaschenbecher aus. Es ist ein hübsches Lächeln, findet Stephan. Haben Sie denn schon angefangen mit Ihrem Krimi?

Er schüttelt den Kopf.

Und für wen arbeiten Sie, wenn ich so indiskret fragen darf? Stephan hat ebenfalls fertig geraucht.

Ich bin Trauerbegleiterin. Ein leichtes Zögern. Also, ich betreibe ein Beerdigungsinstitut, südlich von München. In Straßlach.

Stephan schmunzelt.

Ich heiße übrigens Susanne Fuchs. Und Sie?

Stephan Engler.

Sie geben sich die Hand. Ihr Händedruck fühlt sich gut an, trocken und fest. Er ertappt sich dabei, dass er nach einem Ring schaut. Und weil er keinen Ring entdecken kann, hat Stephan eine plötzliche Eingebung. Haben Sie vielleicht Lust auf ein Bier oder einen Wein? Dann könnten wir uns gegenseitig unsere Rechercheergebnisse erzählen und sie miteinander vergleichen, ohne dass wir uns hier draußen den Hintern abfrieren müssen.

Susanne Fuchs stutzt einen Augenblick. Okay, sagt sie dann. Und wohin gehen wir?

Ich kenne da eine wirklich sehr nette Kneipe, sagt er. Allerdings in Schwabing. Wir müssten mit dem Taxi fahren. Aber, es lohnt sich, versprochen ... Waren Sie schon mal im *Engel?*

So hatte es begonnen mit ihnen, damals vor drei Jahren. Stephan hat noch keine Minute bereut, und er glaubt fest daran, dass Susanne wohl dasselbe sagen würde.

***

Als Stephan geduscht, rasiert und duftend zurück zu Susanne in die Küche kommt, hat sie sogleich einen Auftrag für ihn. Sie hat doch tatsächlich vergessen, den Weißwein aus dem Kofferraum zu holen.

Macht nichts, dann ist der ja wenigstens schon kalt, sagt Stephan.

Aber zieh dir eine Jacke an und setz dir was auf den Kopf. Draußen schneit es. Und du hast nasse Haare!

Manchmal erinnert Susanne ihn an seine Mutter. Aber das macht nichts, denn seine Mutter war seiner Meinung nach eine echt toughe Frau. Jedenfalls war Stephan, soweit er sich erinnern kann, nur selten erkältet.

Vergiss den Autoschlüssel nicht! Hier, fang!

Er schlüpft in seine Winterstiefel und streift brav seinen Daunenanorak über, den mit der Kapuze, und geht hinaus in die nasse Kälte. Die beiden Leichenwagen parken gegenüber vor der Leichenhalle, daneben stehen ihre beiden Privatwagen, Susannes Mini-Cabrio und sein Kleintransporter, mit dem er die Einkäufe für den *Engel* erledigt.

Susanne hat recht. Die Temperatur hat angezogen. Wirklich unangenehm, wenn man wie er noch vor 24 Stunden im südamerikanischen Sommer geschwitzt hatte. Und der Schnee, mit dem München ihn bei der Landung begrüßt hatte, bleibt jetzt liegen.

Er muss einmal über den geteerten Hof, eine Strecke von vielleicht dreißig Metern. Als er Susannes Auto erreicht, fallen ihm mehrere frische Fußspuren im Schnee auf. Zuerst denkt Stephan sich nichts dabei, denn nicht wenige Straßlacher nutzen den Hof als willkommene Abkürzung zwischen der Schäftlarnstraße und der Lohstraße. Aber diese Spuren führen einmal über den Hof und um ihre beiden Autos herum. Wer macht denn so was? Er wirft einen Blick auf seinen Lieferwagen. Könnte es etwa sein, dass der einen Platten hat? Als er genauer hinsieht, hängt der Kasten ganz deutlich nach links. Na ja, heute braucht er das Auto auf keinen Fall. Aber plötzlich hat er ein ganz seltsames Gefühl. Sehr unangenehm. Es legt sich wie ein grauer Schleier über sein Gemüt. Entschlossen folgt er den Spuren und sieht dann auch schon einen zusammengefalteten Zettel, der mit Zellophan umwickelt ist. Er klemmt unter dem linken Scheibenwischer seines Lieferwagens. Aber es ist kein Strafmandat, sein letztes hatte er längst bezahlt, und seitdem war kein neues hinzugekommen.

Stephan rümpft die Nase. Dann zieht er den Zettel unter dem Scheibenwischer hervor, wickelt ihn aus der Folie und faltet ihn auseinander. Eine mit der Hand geschriebene Grußbotschaft, verziert mit ein paar aufgeklebten goldenen und rosafarbenen Sternchen, wie nett.

Hallo Stephan, ich wünsche dir und Susanne fröhliche Weihnachten! Herzlicher Gruß L.

Historischer True Crime: Rudolf Pleils spektakuläre Mordserie gehört zu den größten Skandalen der Nachkriegszeit

FRED SELLIN

NUR HERINGE HABEN EINE SEELE

GESTÄNDNIS EINES SERIENMÖRDERS – DER FALL PLEIL

Der Kellner Rudolf Pleil ist 23 Jahre alt, als er 1947 verhaftet wird, weil er einen Kaufmann erschlagen hat. Pleil wird zu zwölf Jahren Zuchthaus verurteilt. Im Gefängnis brüstet er sich mit zahlreichen Morden und nennt die Tatorte. Die Ermittler prüfen seine Angaben und können ihm weitere elf Morde und einen versuchten Mord an Frauen zuordnen. Der anschließende Prozess im Herbst 1950 gilt als der spektakulärste im Nachkriegsdeutschland, Pleil wird zu lebenslänglich Zuchthaus verurteilt. Fred Sellin hat Tausende Seiten Ermittlungs- und Gerichtsakten eingesehen, darunter auch Aufzeichnungen von Rudolf Pleil selbst. In seinem Tatsachenroman verknüpft er das Psychogramm eines Serienmörders mit dem vielschichtigen Porträt der deutschen Trümmergesellschaft.

»Wenn Menschen eine Seele hätten, dann hätte ich
das gesehen, bei den ganzen Frauen, die ich totgemacht hab.
Aber da war nie was. Nur Heringe haben eine Seele.«
Rudolf Pleil

KNAUR

Katakomben unter dem Münchner Hauptbahnhof!

ALEXANDER SCHULLER

KATAKOMBEN

THRILLER

Die Münchner »Rich Kids« Nellie, Max und Janosch wollen mal nicht in einem angesagten Szene-Club feiern, sondern auf einem illegalen Luxus-Rave in den geheimen Gängen unter dem Hauptbahnhof. Sie ahnen nicht, dass im Untergrund Menschen leben, die in der normalen Welt keinen Platz mehr finden: die Unsichtbaren. Plötzlich eskaliert die Party nach einem Feuer in den Tunneln, und Massenpanik bricht aus. Die verheerenden Auswirkungen der Partynacht werden erst am nächsten Morgen klar: Dutzende Verletzte und drei Vermisste – darunter auch Max. Weshalb bietet ausgerechnet Tyler aus dem Untergrund bei der Suche nach den Vermissten ihre Hilfe an? Und wer profitiert tatsächlich von den Verschwundenen?

Ein hochspannender Thriller, der gleichzeitig ein Spiegel der Gesellschaft ist – denn in Panik und Not machen Geld und gesellschaftliche Stellung keinen Unterschied.

KNAUR